全民閱讀精品文庫

黄森林

著

芍药是芍药
牡丹是牡丹

中国言实出版社

图书在版编目（CIP）数据

芍药是芍药　牡丹是牡丹 / 黄森林著 . -- 北京：
中国言实出版社，2018.6
（当代实力派作家美文精选集 / 凌翔，汪金友主编）
ISBN 978-7-5171-2811-3

Ⅰ . ①芍⋯ Ⅱ . ①黄⋯ Ⅲ . ①散文集－中国－当代
Ⅳ . ① I267

中国版本图书馆 CIP 数据核字（2018）第 127744 号

责任编辑：胡　　明
出版统筹：李满意
插图提供：荷衣蕙
排版设计：叶淑杰
　　　　　严令升
封面设计：戴　　敏

出版发行　**中国言实出版社**
　　　地　　址：北京市朝阳区北苑路 180 号加利大厦 5 号楼 105 室
　　　邮　　编：100101
　　　编辑部：北京市海淀区北太平庄路甲 1 号
　　　邮　　编：100088
　　　电　　话：64924853（总编室）　64924716（发行部）
　　　网　　址：www.zgyscbs.cn
　　　E-mail：zgyscbs@263.net
经　　销　新华书店
印　　刷　三河市金元印装有限公司
版　　次　2018 年 6 月第 1 版　　2018 年 6 月第 1 次印刷
规　　格　710 毫米 ×1000 毫米　1/16　13 印张
字　　数　180 千字
定　　价　49.80 元　ISBN 978-7-5171-2811-3

散文的气质

红孩

每一个人都不是孤立存在的，他需要社会的滋养。社会就是人群之间的往来，既然人与人之间有往来，就必然会有人与人之间的评价。评价一个人，标准很多，可以用小家碧玉，也可以用大家闺秀，最简单的方法就是用好人和坏人区分。这在二十世纪六七十年代的电影中处处可以看到。而事实上，这世界的芸芸众生，哪里有那么多的好人和坏人，好人和坏人是相对的，就大多数人而言，基本属于不好不坏的人。

生活中，我们对一个人的外表评价，通常爱用"气质"这个词。譬如，形容某个女人漂亮，常用气质高雅；形容某个男人有修养，喜欢用气质儒雅。由此可见，气质这个词是人们所需要的，也是男女可以通用的。查现代汉语词典，对气质的解释有两种：一是指人的相当稳定的个性特点，如活泼、直率、沉静、浮躁等，是高级神经活动在人的行动上的表现；二是人的风格和气度，如革命者的气质。很显然，我们一般选择的是后者，前者过于确定，不过后者也让人感觉到是属于不好定义的那种。

同样，我们看一篇文学作品，往往也会从作家的文字中读出其人与文的气质。这就是所谓的文如其人。以我的见识，人和文在很多的时候并不一致。一个文弱的书生，他的气节和人格可能是刚硬的。鲁迅个头不足一米六，可谁能说鲁迅不高大呢？不管怎样，我们看一个人的作品总会很自然地和这个人的人品联系在一起。所以，我们在研究一个人的作品时，往往会从作家的社会性和作品的艺术性两个方面来考证。近些年，社会价值取向多元化，人们对过去的人和事也变得宽容起来，像过去被封杀被长期边缘的作家作品逐渐走向人们的视野，这些作品甚至如日中天地成了一段时间的文学主流。文学的艺术性与社会性，是不可割裂的，过于强调哪一方面都会失之偏颇。

　　散文也是如此。我们说一篇散文的优劣得失，其评价体系也很难绕开艺术性和社会性。当然，如果是风景描写的那种游记作品，就另当别论了。即使是风景描写，也不完全超脱于当时的社会背景，如《白杨礼赞》《茶花赋》《荷塘月色》《樱花赞》等。假设我提出鲁迅、冰心、朱自清、杨朔等作家的作品具有散文的优秀气质，不知会不会有人站出来反对？我想肯定会有的。据我所知，有相当多的一些作者，始终坚持散文的艺术性，而不愿提作品的社会性，似乎一提到社会性就是和政治挂钩。

远离政治，已经成为某些作家的信条。前几年，周作人、林语堂等二十世纪二三十年代的作家突然走红，就是被这类人追捧的结果。以我个人而言，我对散文创作的路数是提倡百花齐放的，风花雪月与金戈铁马都可以成为作家笔下的文字。我们不能说写花鸟鱼虫、衣食住行就题材窄、格局小，就缺少散文的气质。有的作家倒是常把江河万里挂在嘴边，可其文章味同嚼蜡，一点散文的味道都没有，更谈不上散文的气质。

我理解的散文的气质，首先是文字的朴素、洁净，如果一篇散文连这一点都做不到，就很难有别的作为了。这就如同我们看到一个衣衫不整的人，他怎么可能有好的气质呢？然后，作品的内容要更多地承载读者所要获取的知识、信息、情感、思想的含量。第三，在写作技巧上，要发掘出生活的亮色，特别是能在所见的人与物中悟出人生的道理和对世界的看法，且能熟练地运用修辞手法和文章的结构方法。第四，文章的意境要高拔出常人的想象与思维，具有超越时代的精神高度。第五，要做到内容和形式的统一，其内外气场要打通，要浑然一体，有霸王神弓那种气派。有了这些，还不够，一篇好的散文必须与社会相结合，要得到广大读者的认同与共鸣。这个社会的认同，光是一时的认同还不行，它还必须是超越时代的，像我们读《岳阳楼记》那样，要能产生"先天下之忧而忧，后天下之乐而乐"那样的人生思想境界，这才算真正地具有了散文的气质。

　　散文的气质是不可确定的，不同的作家创作了不同的作品，其气质也是不尽相同的。气质是最让人捉摸不定的东西，它像风又像雨，很难用数字去量化。大凡这种捉摸不定的东西，恰恰是审美不可回避的问题。艺术的美是感悟出来的，即我们常说的艺术就是感觉。在这里，我们也可以把散文的气质说成散文的气象，气象可以是眼前的，也可以是未来的。我喜欢"气象万千"这个成语，它如果作用于散文，那就是散文是可以多样的。一篇优秀的散文一定有着不同寻常的气质，拥有了这个气质，你就能鹤立鸡群，就能羊群里出骆驼。

（作者系中国散文学会常务副会长）

都是题外话（代序）

黄伯益

懒人都有自己的理由

如果要搞个拖沓懒人淘汰赛，我肯定要比许多人站台站得更久，即使进不了十强，也绝不会三场五场就被 K 掉的。

我一直觉得，懒散也是一种人生境界。现在的人都太拼了：为了权势，拼；为了金钱，拼；为了浮名，拼；为了孩子，拼；甚至为了一张渐渐老去的脸、一桶慢慢膨胀的腰，也拼……仿佛这世上不拼，连空气都会绕过你的呼吸。

我也拼过，在酒桌上。结果是，此生醒时难有醉时多。记不清有过多少次轻易承诺他人了，那是因为在醉中，我是有求必应的，反正醒后一概不认。

只是，有一件事我是醒时承诺却久没兑现的，那就是答应过给黄森林写个序，没想到一拖就是几年，这事他不好意思提，我也没好意思问是写还是不写了，心里一直就这样"欠欠"的虚。

前几天，突然接到他的微信留言，说是他的散文集要出版了，问我给他写的序写妥当没有。当时我在睡觉，没及时回复，他又来了一条："装作没看见呀！"我只好如实向他汇报上班偷懒睡觉了。我为什么要白天睡大觉呢？待会再坦白交代。他当然能理解我的生活状态，只是强调说序言急着要。这可能是他的"最后通牒"，我知道我该"交作业"了。

话痨的话外也有音

其实，我这几天是没喝酒的，原因很简单，身体正处于"特别时期"，男人嘛，也会有难言之隐的。可别想歪了，我是每到这个季节，都会严重过敏，就是发"痒疙瘩"，医学上叫荨麻疹。尤其到了晚上，那些疙瘩都快连成片了，吃着脱敏药也不见效，所以，每天晚上和疙瘩们战斗，基本是半夜无眠。白天上班呢，又得和瞌睡战斗，实在困得不行了，就跑沙发上躺会，可身边有仁美女在"噼里啪啦"地敲字卖钱，连小睡都难。到了吃饭的时候，还得和酒瘾战斗，都痒成这样了，医生说你好歹戒几天，等脱敏后再好好喝一次。

我就是在这种状态下接到黄森林微信留言的，战斗着战斗着，又把写序的事给耽误了。半夜又接到黄森林的微信："黄老师，请莫忘了给我的东东。今年我被下派当扶贫队员，每天早出晚归的，忙死了，只能半夜微你。"

突然，就有些感动，他那文质彬彬的样儿，天天没明没黑地往乡下跑，小脸是不是晒黑了？我得趁他小脸晒黑之前把稿子交了，不然，看他的黑脸我心虚啊。

赶紧爬起来吃药，各种药，甜的、苦的，片片的、胶囊的……先把自己整晕，晕着晕着就醒了。

写到这里我才发现一个秘密，不知从什么时候起，老黄变成话痨了。

东拉西扯半天，也入不了正题。给你说实话吧，不是不想入，而是入不了，因为，对于写序言、文评、书评之类的，确实不是我之所长，主要是怯。我这样扯来扯去，一是为了凑字数，二是为了让自己放松下心神。

大家都说"文如其人"，其实应该叫"人如其文"才对。镜头这样一转换，我的主题就有了——你们可以读他的文字，我要"读读"黄森林这个人。

想起那个好奇心重的"小邻居"

那还是二十世纪八十年代初的事了。

那时，我在槐店中学教书。农村学校的条件差，一开始住的是间小土坯房，几年后学校才建了一排新宿舍，"乔迁"新居的那个学期，学校又调来个新老师，也姓黄，年长于我，我叫他黄老师，他叫我伯益老师。我们正好又做了邻居，这是一种缘分。

跟随他一起转学的还有个大男孩儿，文文静静的，见面时也不怎么说话，只是低头偷偷地乐一下，就钻进他老爸的宿舍了。我当时就想，这孩子将来不当作家，就会当警察。

果然，二十多年后的一天，在县文联举办的一次文学聚会上，我在入会人员名单中发现了他的名字——黄森林。

都说士别三日，当刮目相看，现在是一别二十多年，我得刮多少次目，才能看清这个在不经意间就长大成熟的"小邻居"啊？

这回，该是我好奇心大发了，我得要慢慢打开他，看看其中有啥成长秘密。

抖好生活之外的包袱

在诸多的曲艺种类中，我独爱相声，因为它轻松，不论长相多么奇怪的人，只要往台上一站，就能牢牢地吸引住观众的眼球与听众的耳朵。别看他们那么随意，甚至无稽，但总会有个包袱在不远处等你，那一刻的爆发与放松，是享受。而在诸多的文学种类中，我偏爱散文，它随性、随心，无拘无束，看似漫无边际，实则"别有用心"。

说实话，自从离开槐店，尤其是迁居郑州后，对于曾经的朋友，是鲜有关注的。怎么说呢，我这人有点小自闭，大多数时间一直生活在自己的内心深处，对于身外之人、之事、之物，关心得并不太多的。

其实，大多数人的一生，过得就像散文，一天一天地看，你看不出精彩，如果一段一段地看，你就会发现惊喜。对于森林的重新认识，就是有着这种惊喜的。从当初那个小男孩儿，到现在佳作频出的青年作家，这中间的过程虽然会被人们忽略，但是，他甩给我的这个"包袱"，绝对值得我又认真地去"翻看"一下他的过往。

他人的故事也是你的人生

森林是勤奋的，从他发表作品的目录，到他寄给我的作品集样稿，我都是认真读过的。因为是我喜欢的文体，加之有着相同的生存经历与环境，所以，读来轻松，轻松之外还有认同。他写乡土与亲情的稿子，应该是他最早的文学表达，文字质朴，叙述沉稳，中规中矩；另一类写景状物的短文，语言更灵动，注重了铺与收的有机结合，每则故事的结尾，都会是一个精心设计的"包袱"，与当前流行文章的写法高度契合，说明，他是个有心人，能随时调整自己的写作心态。

更喜欢的是他的随笔小品，生动、轻盈、优美、智慧，题材较前，又是一变，选材范围更宽泛了，从史实中、从影视中寻找自己想要表达思想的载体，这就弥补了他生活阅历上的不足。

作为一个写作者，最难拥有的不是语言表达与各种技巧，而是丰富多彩的生活阅历，因为这个时代被网络冲击了，人们的生活圈子甚至缩小到几英寸的屏幕上。

不说别人，就说我自己，很多时候坐在电脑前都不知道要写些什么，因为自己经历的那点东西实在太少、太庸常了。我想，以森林的经历，该写的能写的，大多没被浪费，写无可写时，他人的故事，也可以成为我们的源泉。

讲他人故事，说自己人生。黄森林是聪明的，学会借力，才不至力竭。我想，这点，对大家都会有所启迪的。

（黄伯益，诗人，《人生与伴侣》杂志主编）

目　录

第二辑：一米远的世界

第一辑：在日历上行走

生活在云下

美国电影《在云端》中瑞恩·宾汉姆是一名裁员专家，因为工作的缘故，他得经常坐飞机，穿梭于全国各个城市之间，一年中居然有三百二十二天的时间是在飞机上度过的。飞机在天空中翱翔，在白云间滑过，瑞恩·宾汉姆很是喜欢这种"在路上"的看似无拘无束的生活方式。他孑然一身，了无牵挂，就像他跟别人演讲时说得一样，他清空了自己的背包，孤单上路。他的世界里没有朋友，也远离了亲情。他内心只有一个目标，那就是坐满一千万公里的航程，成为美航公司的白金会员。

在一次飞行途中，瑞恩·宾汉姆遇到了同样也一直在云端飞来飞去的亚历克斯，从最初的艳遇到逐渐产生感情，并且因为妹妹茱莉的婚礼，瑞恩·宾汉姆不得不重新审视自己的生活方式以及自己的感情世界。就像他对茱莉的未婚夫吉姆说的一句话那样：每个人都需要有自己的副机长。他觉得自己也得有自己的副机长。所以当他真正坐完一千万公里的航程，成为美航历史上第七位白金会员时，他却表现得出奇的淡定。因为他觉得自己应该停下来，不再过那云端的日子。然而令他意想不到的是，与他情意绵绵的亚历克斯却是有夫之妇，跟他只不过是逢场作戏而已。而就在这时，那位倡导通过网络视频进行裁员的新人娜塔莉却因为一位被解雇人员的自杀而被迫辞职。所以，瑞恩·宾汉姆还得继续他在云端的日子。影片的结尾是瑞恩·宾汉姆再次上路，但是大家都清楚，此时的他不再是孤单前行，因为他的背包里肯定装满了许多东西……

剧中，瑞恩·宾汉姆在云端飘浮不定的生活以及娜塔莉那种冷漠无情的解雇方式，揭示了现实生活中越来越冷淡的人际关系。

但是人却是社会的动物，不是孤单的个体。没有人能够真正做到脱离社会，过着天马行空的生活。那种虚无缥缈的日子只是一场游戏一场梦。到头来，每个人都不得不面对现实，因为我们的生活永远在云下，在那被亲情、友情、爱情包裹着的尘世。那里才是我们的栖息地，不论你飞得再高，你总得双脚落地，一步一步进行你人世的征程，一千万公里，一万万公里，甚至更远更远。

那些被解雇的人员之所以大多能够保持着生活的信念，往往是因为有家人的支持。那是一种无声的理解、包容和爱。这些正是这个世界所不可或缺的情感，是这个世界之所以生生不息的源泉。所以，感恩你所拥有的一切吧。即使不能坐在宝马里面笑，能够坐在自行车上面哭，那也是一份难得的美丽人生。

朋友们，请记住剧中的台词吧：今晚大多人都将回到自己温暖的小家，迎接家里闹腾的小狗、吵闹的孩童，他们的伴侣会亲切地打听白天发生的事情，晚上，他们在夜幕中安然入睡……

我只是人群中的一张脸

大千世界，芸芸众生。每个人都有一张不同于别人的脸，那些形形色色的脸是每个人区别于他人的名片，那张名片上有自己独特的信息，那些信息传递着每个人的人气、味道、形象、气质，那是属于每个人的唯一。"树活一张皮，人活一张脸"，那张脸，就是每个人的标签，是每个人全部的意义。可以说，每个人都只是人群中的一张脸而已。

那些脸在眼前晃动，这个世界才如此的精彩，滚滚红尘中，那些脸交替变换演绎着不同寻常的美丽。只是，站在岁月的风中，每个人能记得人群中的多少张面孔呢？那些在眼前来来往往的脸，又有多少张是自己所熟悉的或者是似曾相识的呢？我相信不是太多，绝大部分都是相见不相识，大家只是陌路相逢匆匆赶路的陌生旅人。

每个人穷其一生，虽然都在跟不同的人打交道，可是，纵使他的交际面再广泛，他所认识的人也是非常有限的。每个人的圈子总是太小，圈不住那所有的脸，所以大街上总是异彩纷呈。于是大家都很珍惜那些自己所熟悉的脸。

如果，有一天，你发现，虽然那所有的脸都在你的眼前，可是你却根本分不清谁是谁，你的心中又是怎样的感受呢？

美国电影《人群中的脸》中，主人公安娜是一名幼儿园教师，她意外地发现了一场凶杀案，在与凶手的搏斗中撞伤了头部，等她苏醒过来后，却发现她根本无法辨认眼前的任何一张面孔。原来她患上了"人面失忆症"。这种病很可怕，安娜认不出她的闺蜜，甚至认不出和她同居的男友，当然更认不出那个凶手了。剧中安娜在心理学家的治疗下，通过学习一些细节来极力辨认眼前的脸。而凶手也知道了安娜的病情，便铤而走险地换上安娜男友的衣服、领带，准备将她灭口。她在警察的帮助下，最终正义战胜邪恶。那个她所依赖的警察牺牲了，临终前他对安娜说："你会找到其他人的，我只是人群中的另一张脸。"

安娜的病一直没有好转，她也不得不换了工作。心理医生说"茫茫人海中可能有一张脸会神奇地保持不变"。直到女儿出生后，安娜才理解了医生的话，她说，那张她能够辨认出来的脸，原来是爱。

是啊，如果心中有爱，世上那所有的脸都会是生动的面容，是永恒的感动。

你必须承担选择的后果

美国电影《妙笔生花》中讲述了三个作家的故事，三个作家做出的选择，让人颇为回味。

电影一开始，穿戴考究、满面春风的作家克恩面对无数听众朗读着自己小说中的故事，故事是关于两位作家的。

罗里是一位文学发烧友，写作是他生活中不可或缺的一部分。为了写作，他和妻子租住在一个僻静的地方，白天闲逛寻找灵感，而夜晚就坚持文学创作。几年时间他写出了两部小说，但是因为他是无名之辈，他的作品没有得到一家出版社的青睐。他也只好靠父亲的救济生活，好在他的妻子多拉很是支持他。在他们的蜜月旅行中，妻子在巴黎给他买了一个老旧的公文包。而正是这个公文包改变了罗里以后的人生。回家后，罗里无意中在公文包中发现了一部泛黄的小说手稿，他看后大为吃惊，因为那部小说比他写的小说要精彩万倍。罗里读后感慨万千，鬼使神差地他竟然将那部小说原封不动地打印下来，连标点符号和错别字都没有一丝改动。多拉看了那篇小说，误以为是罗里写的，就建议他拿给出版社出版。在虚荣心的驱使下，罗里那样做了。结果小说引起了轰动，罗里一下子就出了名，并且获得了国家最高的文学奖项。

突然有一天，一位老人出现在罗里的面前，老人向罗里讲了一个凄美的爱情故事。罗里听了故事以后明白，那部小说书稿是老人的。那部书稿是被老人的妻子不小心弄丢了，老人为了追寻书稿而选择离开了他深爱的妻子，这让他痛苦一生。老人找到罗里只是为了让他知道这一切，因为那部文稿是他的整个人生。老人说，罗里虽然偷走了文稿，也偷走了痛苦，但是却不可能偷走自己的人生。

几个星期以后，老人阖然长逝。而罗里选择了隐瞒事实，坚持自己就是那部小说的作者，因为那个秘密再也无人知晓。但是他自己清楚一切，所以他只有默默地承受道德和良心的谴责、考问。

作为作家的克恩，为了光鲜的生活和众星捧月的掌声，而选择了伪装的人生，以至于他的妻子也离他而去。

剧中，那位老人说过一句经典的台词："我们在人生中会做出很多选择，难就难在必须承担选择的后果。"

选择是人生中永远的命题。生活就是一个古怪的考官，总会在我们前进的道路上设置障碍，出一些选择题。选择题的答案也许有很多，但是你只能选择一个。那一个就决定你继续前行的方向。你做出了选择，就得为之而奔忙，不论选择是对是错，你都必须承担自己选择的后果。因为，那是你自己的选择！那份感受，冷暖自知，甜苦独品，无人分享。

著名作家柳青曾经说过："人生的路虽然漫长，可是在紧要处只有几小步。"选择好这紧要的几小步，对我们来说至关重要，因为，它能决定我们的整个人生，幸福或者痛苦，欢笑或者眼泪。

在日历上行走

　　日子总在悄无声息中流逝，在你毫无察觉中，时序轮回，季节更替，光阴流转，时光总是在让人摸不着看不透中不断变幻着色彩，仿佛春草才绿，转而冬雪又飘。

　　办公桌上厚厚的一本日历，在不经意间被我一页页翻过，现在只剩下薄薄的几页了。那些实实在在的日子居然就在我的指缝间悄悄地溜走。如果说时光是可以看得见的，那么这一页页日历应该就是时光的缩影，是时光走过所留下的淡淡的印痕。

　　我轻轻地翻动着日历，慢慢地品味着光阴的味道，感受着岁月的气息。每一页的日历上都有我的笔迹，那些都是我在日历上记下的流水账，一些工作、生活中琐事。慢慢地掀过日历，我有些忍俊不禁，循着我写的笔迹，我居然可以慢慢地回忆起每个日子所发生的事情。谁谁结婚，谁谁生日，谁谁相约，几点开会，何时下乡，哪日出差……每个日子忽然在我的眼前灵动起来，那些人，那些事，那些景，那些物，仿佛放电影一般在我的脑海清晰地闪现，是那么的自然而真切。原来那些日子并没有走远，它们还真实地记录在那每一张薄薄的日历上。

看似漂浮不定抽象的日子，原来可以这么真实具体地展现。一年三百六十五天，就是那三百六十五张日历，从每一张日历上我们都可以回忆起一些事情、一些经历，都可以听到时间的脚步声。我们都是在日历上行走，时光也正是在日历上流转，大家都是按照日历铺就的道路一路前行，在岁月的深处留下我们深深的足印。

日历上没有跌宕起伏、没有高山流水、没有荡气回肠精彩的演绎。有的只是春风夏雨、秋月冬雪的平淡真实，有的只是春种夏播、秋收冬藏的交替更迭，有的只是日升月落、昼夜相交的安然幸福。我们正是在那份真实的时光中感受着岁月静好。因为真实，所以美丽，因为真实，所以温暖。

一页日历就是一天的时光，一本日历就是一年的光阴，所有的日历连起来就是整个人生。岁月从不停下前进的脚步，似水流年，我们都是在日历的流年中步步前行，所以我们必须投入真情，懂得珍惜，在那薄薄的纸片上尽情书写好我们的人生。那一页页日历都是一个个公正的历史见证者，势必记录和还原真实的自我。

每个橘子都代表尊重

前天，我们几个朋友在茶楼喝茶，为一个出车祸而大难不死的好友压惊。好友夜晚在郊外散步时，被一辆狂飙的摩托车撞飞，在地上躺了近两个小时，幸亏一个路过的老者救了他，打了急救电话，并送他到医院，一直等他醒来，还为他垫付了药费。真是好人啦！我们都对那位好心肠的老人赞不绝口。

好友却一言不发。停了一会，他让茶楼的服务员送来一盘橘子，给我们每人一个。我们很是不解。好友笑了笑说："吃吧，每个橘子都代表尊重！"他此言一出，大家都如坠云雾，不知他葫芦里卖的是什么药。朋友剥开橘子，塞一瓣到嘴里，咀嚼了一阵，吞下。然后对我们讲了一段他的故事。

他说，有一次，他去县城一家单位参加一个座谈会。座谈会气氛很轻松，大家很随意地嗑着瓜子，吃着水果，各抒己见地谈着。这时，会议室的门开了，一个老者提着两瓶开水进了会议室，放在茶几上，转身就离开。大家都谈得尽兴，没人理会他。当他经过好友的身边时，好友从桌子上的水果盘里抓起三个橘子递给他，老者愣了一下，感激地望了好友一眼，说了声"谢谢"就出去了。

朋友说到这里，我们已经猜到救他的老者肯定就是送开水的老者了。朋友点了点头。他告诉我们，当他在医院的病床上醒来时，他根本认不出那个老者是谁，对老者也是千恩万谢。老者就向他讲了那三个橘子的事情，好友仿佛记得有那么回事。老者说，因为那三个橘子，他深深地记住好友的样子，记住了好友的和善与尊重。他说，那每个橘子都代表着尊重！

我们不再说话，默默地吃着橘子。好友拿起一个橘子说，他不信什么因果报应，但是他还是愿意把尊重这枚"橘子"与人分享。

工作是件细致活

　　表兄在一家单位当一把手，每次遇到他都见他匆匆忙忙的，我问他怎么那么忙？他总是回答：有那么多的事要做。我就调侃道：当领导就是忙呀！他笑而不言。

　　应该说表兄是我们的骄傲，他一个农家孩子，通过自己的努力，由普通的办事员一步一步当上局长，实属不易。表兄给人的印象就是务实能干敬业，去年他还被评为省劳模呢！这着实让亲戚们的脸上添了光。大家都夸他整得不赖，要求我们几个吃公家饭的人要向他多学习多取经。

　　前天空闲，我真的找表兄取经去了，进他办公室时，他正在打电话，我就退了出来，站在走廊里等他。约莫过了十分钟，他打完电话，让我进去。

　　表兄给我泡了一杯茶，问我有什么事。我说来取经的。他笑了，过一会，他从办公桌的抽屉了取出一个厚厚的日记本递给我。我接过来一看，日记本的封皮上写着：工作日志。我问他是否有保密的内容，他摇了摇头。

我打开日记本，翻了翻，立即被里面的内容吸引。工作日志里记录着他每一天的工作安排，从上班开始直到下班，日程都安排得满满当当。譬如几点开会，几点向领导汇报，几点下乡检查工作，几点学习，几点去看望生病的职工，几点找某某谈话，等等，都列得一清二楚。

表兄的工作日志还应该是一本剪贴本。每一天的日志前都粘贴有花花绿绿的内容，有报纸上的理论文章，有开会的通知单，有派车单的复印件，有单位的值日表，甚至还有职工的请假条……这真的让我大开眼界了。

我合上日记本，默默地还给他。半天才说："你真的太仔细了！"表兄又笑了，上前使劲地拍了拍我的肩膀，意味深长地对我说："老弟，工作是件细致活呀！"

他过一会还有个会，我离开了他的办公室。一路上我一直在想他的话，我知道那将对我今后的工作大有益处。

给心腾出一些空间

现在，随着生活水平不断提高，私家车已经走进了小县城的寻常百姓家，像我们这样的小单位居然有十多位同志拥有了私家车。

每天上班时，大家都一溜地把小车开进单位，煞是风光。可是不久大家就发现了问题，单位的院子小，大家来了都是很随意地把车停下，然后很潇洒地用遥控器关上车门，就上楼了。以致那些车停得杂乱无章，很不雅观。更为要命的是先停车的同志如果中途想出去办点事，半天车也开不出来，有时不得不喊后面的车主下来挪车。

为了解决这一问题，那天办公室管后勤的马主任找来白灰，在单位院子里的空地上划出了专门的停车位，并且在每个停车位之间都留出了一块和停车位一样宽的通道。从那以后大家就按照停车位的位置停车，再也没有发生拥堵的现象。

腾出了一些空间后，空间反而更宽阔了。看来所有的拥挤都在于我们的内心，心里不挤，一切都那么的有序了。

给心腾出一些空间，给世界一个更宽广的舞台。

从"垃圾场"到"生态城"

　　瑞典首都斯德哥尔摩的哈马碧湖城十多年前还是一片肮脏不堪的垃圾场，可如今那里却成了闻名世界的生态城，是领导世界环保的楷模。哈马碧的华丽转身颇值得人们思考。

　　一九九七年斯德哥尔摩市提出申办二〇〇四年奥运会，为了以优美的环境营造申办氛围，市政府决定治理哈马碧垃圾场，并通过招标的方式向社会征集治理方案。尽管斯德哥尔摩市申奥没有成功，但是市政府却没有终止哈马碧的治理改造工作，而是按照既定的方案对其进行了彻底的改造，通过努力，使过去的垃圾场脱胎换骨，以崭新的姿态展现在世人面前。

　　现在的哈马碧依山傍水，绿树成荫，鸟语花香，云白天蓝，空气清新，地面整洁，是宜居佳地。

　　哈马碧的独到之处就是重视环境建设，整体规划好，他们把垃圾、水、能源协调处理，循环利用。

　　那里的垃圾都被装进特制的玉米皮垃圾袋，经过智能分类，然后通过垃圾专用通道进行回收处理，有机垃圾经过发酵，变成沼气做饭，成为能源供电。在他们眼里所谓垃圾只是放错了位置的无价之宝，那里在每栋楼都有垃圾回收系统，每日回收，变废为宝。所以在哈马碧的街道上你是看不到任何垃圾的。同样的，污水也要进行回收处理，经过细菌发酵使温度升高，变成暖气，为居民供暖。为此哈马碧曾获得二〇〇七年世界清洁奖。

哈马碧的城市规划也突出低碳、节能、环保的理念。那里很少有私家车，因为它的公交系统非常健全，公交车可以开到小区里。还有专门的自行车道，使人们出行方便快捷。

徜徉在哈马碧的街区，欣赏风景如画的景色，体验舒适安逸的生活，感受清洁环保的氛围，使人如在天堂，不思归去。

所有梦想都开花

　　四十八岁的刘东立是河南省开封市人，他下岗后一直以当搬运工和拾破烂为生，生活异常艰难困苦。但是刘东立却对舞蹈情有独钟，他说他走到街上听到节奏明快的旋律，他的手便会不由自主地跟着动起来，随之全身就会随着音乐而舞动，所以人们经常见到他在大街上旁若无人地跳舞。为了练习舞蹈，生活拮据的他特意买来一台摄像机和一台二手电脑，记录自己的动作，然后加以修正。功夫不负有心人，在河南电视台举行的"你最有才"选拔赛中，刘东立以他独特的舞蹈动作征服了评委和观众，一路过关斩将，获得亚军，被大家称为"河南舞神"和"中国的迈克尔·杰克逊"。

　　刘东立说："我可以挨饿，我可以穿很旧的衣服，但是我不能没有自己的梦想。"正是凭着这样的信念，刘东立一舞成名，实现了自己当明星的梦想。

　　像刘东立一样，山东单县的"大衣哥"朱之文更为大家所熟知。他是地地道道的农民，但是他对音乐却有着超乎寻常的热爱，试验田里、堤坝上、小院内，到处都是他练歌的舞台，他经常对着镜子练习发音。就是靠着对音乐地痴迷和执着，他一路走来，上了中央电视台春晚的舞台，红遍大江南北。朱之文儿时的梦想在他不懈的追求下，最终开出灿烂的花朵。

在你我心中，每个人都有自己的梦想。那些梦想是我们深埋在心中的种子。种下梦想的种子，我们的生命便充满了无穷的力量。那些力量能催人奋进，催人去勇敢地追逐梦的衣裳，不论山高水长，哪怕岁月沧桑。

在梦想的召唤下，诺贝尔九死一生发明炸药；博尔特跑出人类最好的成绩；J.K. 罗琳在艰辛中创作出了《哈利·波特》。

很喜欢歌曲《北京欢迎你》里面的歌词：有梦想谁都了不起，有勇气就会有奇迹。

我们都有了不起的梦想，所有梦想都开花，那些梦想就在路的尽头鲜艳无比、芳香四溢。

机遇之外

高俅本是苏轼的小史，为人乖巧，善于抄写。苏轼因为外调，就想将高俅送给曾布，可是曾布却婉拒了苏轼的好意。于是，苏轼只好将高俅推荐给自己的朋友，当朝皇帝宋哲宗的妹夫小王都太尉王诜。王诜收留了高俅，让他在府上跑腿打杂。

王诜跟端王交好。有一次，王诜跟端王在朝堂相遇，而端王忘记带篦子刀，就问王诜借篦子刀修理了一下鬓角。王诜就讨好端王说："我最近做了两个篦子刀，家里还有一个，稍后派人送一个给你。"夜晚，王诜就差高俅将篦子刀送给端王。就是这一趟差事，高俅迎来了他人生中最重要的机遇。

高俅拿着篦子刀小心翼翼地来到端王府，碰巧，端王正在园中蹴鞠。要知道，蹴鞠可是高俅的最爱。他就站在那里看着端王踢，可能端王的技术一般，他便有些不以为然。端王注意到他的神情，就上前问他是否会踢。高俅那厮年轻气盛，回答说能。于是，端王就让他踢几脚试试。结果高俅一露脚，就惊艳全场，博得满堂喝彩。端王非常高兴，就派人给王诜传话，直接把高俅给留下来了，以便每天陪他踢球。

不久宋哲宗驾崩，端王即位，他就是大名鼎鼎的宋徽宗。就这样，高俅也鸿运当头，青云直上，官至太尉，权倾朝野。可以说，他一脚把自己踢进了大宋王朝的最高层。

传说，大明开国皇帝朱元璋有次微服私访，一路走来，天高日烈，他满头大汗，饥渴难忍，走到一个破庙前，实在走不动了，就坐在那里休息。破庙前有一个农夫正在水田里插秧，看到朱元璋的模样，就心生怜悯，把自己预备的大碗茶给朱元璋喝了。朱元璋非常感激，一高兴就封了个知县给那个农夫。一时传为佳话。但是，当地的一位秀才却感到心中不平，就在破庙的门上写了一副对联："十年寒窗下，不如一壶茶。"第二年，朱元璋又来到那里，看到对联，知道在说自己，只是笑笑，在对联下接了两句："他才不如你，你命不如他。"一语道尽时运。

但是，我们在感叹高俅和农夫命好的同时，也得看到机遇之外的东西。假如高俅不会漂亮地蹴鞠，那么，面对端王面前那个圆形的东西，肯定不敢多看，唯有诚惶诚恐地送完东西，继续回到王诜那里，当他的差去。还有那位农夫，看到朱元璋优哉游哉地瞎逛，自己却正面朝黄土背朝天黄汗黑流地干着活，如果心里不忿，觉得渴死他管自己屁事，自己的茶还得留着自己应急呢。我估计农夫也只能永远管理他那一亩三分地了。

机遇之外，一定会有其他的东西，譬如能力，譬如才华，譬如良善。

珍惜你说出的每一个字

语言是人与人之间最主要的交流工具，同时语言也是一门艺术。所以有人出口成章、妙语连珠、口吐莲花，听着是一种享受；而有人却不善表达、吐字不清、结结巴巴，听着别扭。这是一种能力问题，无可厚非。

但是世上却有一种人，很有语言天赋，能驾驭语言，却往往干起卖弄之能事，把语言作为其炫耀的资本，口若悬河、随心所欲、大言不惭，无形中就玷污了语言，把语言带进了沟里，满是污秽的味道。

美国喜剧电影《临终千言》中，杰克就是这样一个家伙。他是一位图书出版商，是一个习惯于用花言巧语伪装自己的人，说话如连珠炮不带任何转机，让人根本插不上话。同时他又总是不分青红皂白，随意中止已经谈好的发行合约，让人无可奈何。一次，杰克把出版目标对准了新世纪的印度宗教领袖辛加博士，对其夸夸其谈、天花乱坠地瞎吹一气，说愿意为辛加博士出版一本书。辛加博士早就看穿了杰克的诡计，就给了他五页纸，结果很明显，杰克又一次违约，没有给辛加博士出书。

不知道辛加博士使用了什么样的手段，令杰克家的后花园里不可思议地凭空长出了一棵神奇的菩提树，树上正好挂着一千片绿莹莹的树叶。一开始还不以为意的杰克很快就惊恐地发现，自此以后，他每说出一个字，就会从菩提树上掉落一片树叶，并且一旦树上的叶子全部掉光，就意味着他的生命也走到了尽头。

当生命中只有最后一千个字能说的时候，杰克一时无所适从，他再也不能口无遮拦乱讲一通了，因为他每说出一个字，他的生命就少了一截。没办法，他只好停止说话，甚至把自己的嘴封住，只靠肢体语言来表达意思。但是肢体语言根本代替不了真正的语言，表达不出自己真实的想法。这无形中引起了妻子的误会，造成了婚姻危机，也搞砸了出版合同，以至于被解雇而失业。

这时，杰克才突然明白语言的意义，开始反思自己。他知道只有仔细斟酌，谨言慎行，才能对得起语言。影片最后他想坦然面对死亡，对妻子还有母亲说出了最真的心里话。当然结局却是圆满的，那神奇的菩提树再次长满绿叶，郁郁葱葱。

我们每天都和人用语言交流，每天都说出了许多话，现在你回顾一下，你说的那些话难道都是应该说的吗？那些话又有多少是废话、谎话、假话、大话、空话，甚至是违心的话。假如你的生命中也只有一千个字可说，你还会说出那些话吗？

都说言为心声，我们都应该听从心的召唤，珍惜说出的每一个字，说出最真的、最美的、最纯的、最打动人心的那些话。

司马光的勤俭家风

司马光，字君实，号迂叟，世称涑水先生，是北宋时期著名的政治家、史学家、文学家。司马光留给后人的不光是妇孺皆知的"司马光砸缸"的故事和光耀青史的鸿篇巨著《资治通鉴》，他清廉俭朴、不事奢华的勤俭家风更是为后世传为美谈，津津乐道。

司马光在洛阳编《资治通鉴》的时候，常常废寝忘食，有时家里实在等不上他回来吃饭，便将饭送至书局，还要几次催他才吃。他每天修改的稿子有一丈多长，而且上边没有一个草字。他的房子低矮窄小，夏天闷热难堪，洒下的汗珠把书稿都浸湿了。后来，他请匠人在书房里挖了一个大深坑，砌上砖，修成一间"地下室"，他就在这个冬暖夏凉的地方，专心致志地埋头编书。当时的大臣王拱辰也住在洛阳，他家的宅第高耸入云，最上一层被称为朝天阁，和司马光的房子形成了鲜明的对比。因此，洛阳人就戏称两家："王家钻天，司马入地。"司马光就是在那样恶劣的环境下，认真考核史料，追根寻源，反复推敲，不断修改，才编成《资治通鉴》，《资治通鉴》完成后，洛阳存放的未用的残稿就堆满了整整两间屋。

司马光在洛阳为官时，好友范镇曾送给他一床被子，他为此写了一篇《布衾铭》以言志，这床被子一直使用到他去世。司马光先后在宋仁宗、宋英宗、宋神宗、宋哲宗四朝为官，可谓四朝元老，官拜宰相，权倾朝野，他虽为官数十载，却没有什么积蓄，仅有薄田三顷，他的妻子去世时，家里竟穷得没钱办丧事，最后只好典地葬妻，这着实是不可思议的事情。

司马光为人温良恭俭，忠孝仁义。他的道德品行、人格魅力，一直受到人们的尊敬。他不收受任何人的礼品，连皇上的赏赐都不要。宋仁宗临终前曾留下遗诏，要赏赐司马光等大臣一批金银财宝，司马光领衔上书，陈述国家穷困，不愿受赏。但几次都未被批准，最后他将赏赐自己的一份交给谏院，充作公费，自己分文未取。

司马光的廉洁勤俭是有目共睹的，在他的影响下，连他的仆人都深受他人格魅力的熏陶。一次，他经过独乐园，看见那里新盖了一间厕屋，就问守园者，建造房子的钱是哪里来的。守园者回答说，是他把游人给的赏钱积攒起来的。司马光就问他，为何不把那钱留着自己用？守园者笑了，反问他说："难道这世上就只有相公您不要钱吗？"

司马光深知"由俭入奢易，由奢入俭难"。因此，他在身教同时，非常重视言传。他虽然位高权重，却严于教子，很注重培养子女的自律自立和勤劳俭朴意识。为了教育继子司马康，他专门写了一篇文章《训俭示康》，他在总结历史上许多达官显贵之子，因受祖上荫庇而不能自立自强导致颓废没落的教训，告诫儿子："有德者皆由俭来也。""俭以立名，侈以自败。"由于他教子有方，司马光的孩子们，个个谦恭礼貌，不持家富，事业有成。以至于世人有"途之人见容止，虽不识皆知司马氏子也"。

像银蚁一样奔跑

在非洲撒哈拉沙漠生活着一种银蚁，这种蚂蚁是奔跑健将。我们常见的蚂蚁总是显得很悠闲，慢腾腾地散步、慢腾腾地觅食。而撒哈拉银蚁却没有福气享受到那种闲散的慢生活，它们必须奔跑，因为只有奔跑才能生存。

众所周知，撒哈拉沙漠的气温极高，地表最高温度可以达到七十摄氏度，而银蚁的生命可能承受的最高极限温度是五十三摄氏度，这已经是了不起的生命奇迹了，但是银蚁在烈日暴晒下的撒哈拉沙漠地表却也只能存活十分钟。所以银蚁的每一次出行，来回不得超过十分钟，否则的话，它有可能永远也回不到它地下的巢穴。为了能够活着回来，银蚁必须绷紧生命的神经，加足生命的马力，一刻也不停地奔跑，在十分钟以内完成觅食，并把食物带回洞穴。

小小的银蚁箭一样地在炙热滚烫的沙子上奔跑，那样的情形总能打动人心。它们用如飞的脚步，用奔跑的方式在书写不朽的生命传奇，点亮伟岸的生命姿态，奏响铿锵的生命强音，谱写绚烂的生命华章。

像银蚁一样奔跑吧，让你的生活永葆激情，让你的人生斑斓多姿，让你的生命精彩绝伦。

喝酒与写作无关

都说"李白斗酒诗百篇",也曾想学学"诗仙"的豪爽,把自己灌得酩酊大醉,然后也提笔涂鸦,想妙手偶得一二佳作,却总是感觉大脑一片空白,头昏脑涨,一个字也憋不出,不一会就哈欠连天、呼噜四起了。看来"诗仙"之所以是"诗仙",自有他的过人之处,肯定能把握适当的度,在醉意朦胧中,诗兴大发,笔走龙蛇,酣畅淋漓地写下脍炙人口的千古名篇。这不是我辈所能企及的境界。

偏偏在写作之余,我又喜欢喝酒。虽然酒量不大,不胜杯酌,可有事没事,菜好菜差,总喜欢整两盅。有时即使是就着咸菜,也非得喝几口不可。两天不闻酒香,心里就有点发慌,那叫上瘾。人们总爱联想,闻到我嘴里的酒味,都不约而同地对我说,今夜又可以写一篇好文章了。每每那时,我都是不置可否地"嘿嘿"一笑。因为我心里最清楚不过了:喝酒与写作无关。要知道,中国之大,酒厂之多,如果那些酒都只卖给作家们,恐怕酒厂统统要关门大吉了。

中国的酒文化源远流长,据说已有几万年的历史,酒香飘荡,滋润泱泱华夏。那些来自民间的酒，灌过贩夫走卒，也醉过达官显贵。在酒面前，人人平等。酒仿佛是一个不苟言笑的智者，在它的面前，来不得半点虚假。三杯下肚，是真金还是顽石，保你原形毕露。

无酒不成席，这已经成了中华民族积习已久的风俗了。自古人们就追求"酒色财气""琴棋书画诗酒花"的生活，所以无论是繁华都市的豪华宴席，还是穷乡僻壤的农家饭桌；无论是红白喜事，还是生死别离；无论是朋友小聚，还是居家三餐……开饭必先上酒。酒在那时则是交际的工具，是联系的纽带。酒被赋予了情感的内涵，喝酒喝的是感情，喝的是爱恨，喝的是气氛。于是就有了酒场上的一些有趣的说法：譬如"感情深，一口闷""宁可伤身体，不可伤感情""酒是粮食精，越喝越年轻""酒肉穿肠过，朋友心中留"等等。看，都说到这份上了，还不尽情地喝呀。所以，开怀畅饮，不醉不归！于是也就有洋相百出的醉态。几杯水酒入肚，那个中滋味只有自己知晓。"花间一壶酒"喝的是情调，"酒不醉人人自醉"喝的是心绪；壮士把酒临风，"酒壮英雄胆"；痴女浅斟慢饮，"酒入愁肠，化作相思泪"；"酒逢知己千杯少"喝的是友谊……推杯换盏，觥筹交错，你方喝罢我登场。喝酒与写作无关，只与生活相干！

喝酒与写作无关，但喝酒却在写作者的诗篇中流传。"兰陵美酒郁金香，玉碗盛来琥珀光；但使主人能醉客，不知何处是他乡"，喝的是思乡。"葡萄美酒夜光杯，欲饮琵琶马上催。醉卧沙场君莫笑，古来征战几人回"，喝的是豪迈。"劝君更尽一杯酒，西出阳关无故人"，喝的是离别。"对酒当歌，人生几何"喝的是慷慨……

酒永远是一碟消遣的菜，烈也好，淡也罢，只有喝酒者慢慢品尝。

疤痕是岁月开出的花朵

自小到大，我相信每个人的身上都会留下或多或少，或深或浅的疤痕。那些疤痕是时光刻在我们身上的印记，是岁月开在我们身体上的花朵。那些花开着，每一朵花瓣上都能嗅出时间的味道，那么芬芳醇厚，一如我们所经历过的那些美好的日子。

我的身上留有十余处疤痕，每每抚摸它们，就会倍感亲切甚至莫名的感动。我知道，这些疤痕记录着我成长的阵痛，见证着我每一步的足迹，它们陪伴着我在岁月的河流中泅渡，一起经受那些懵懂、那些青涩、那些冲动。

其中最令我难忘的是右手中指和左腿膝盖的两处疤痕。右手中指那道裂痕是我八岁时留下的。那次爷爷欲将院子里的方桌搬进堂屋，我主动请缨帮他搬。爷爷说方桌很沉。我才不信，试了试，那桌子是实木做的，真的很沉。但我自有我的办法，在爷爷的笑声中，瘦小的我弓身钻进方桌下面，用背部顶起方桌，艰难地挪动着脚步，蹒跚而行。爷爷提醒我要注意脚下的路，可爷爷的话音未落，我就被院子中的石条路所绊倒，结果方桌的边棱将我的中指狠狠地砸在了石条上，我一声惨叫便失去了知觉。现在留给我的是右手中指那道足足有两厘米长深深的伤痕。那是我儿时最深的伤痛和记忆。

左腿膝盖的疤痕是二十八岁那年留下的，是骑摩托车飙车的"奖赏"。当摩托车飘滑歪倒，我的膝盖重重地与柏油马路亲密接触的那一刻，我就知道，我的青春被上了最直接最生动的一课。

每一道疤痕都有一个故事，都诉说着曾经岁月中的那些欢笑和疼痛。每一道疤痕都是一枚图章，是我们跋涉前进最有力的证明。每一道疤痕都是一座里程碑，所有的疤痕排列，就是长长的人生之路。二〇一二年感动中国年度人物，来自我国宝岛台湾的老兵高秉涵说：没有深夜痛哭过的人，不足以谈论人生。因为有那些疤痕，我相信你的人生会更加丰富、饱满、真实、有力。

疤痕是我们经历人生最直观的感受，是我们对世界最刻骨铭心的认知，是岁月深处永不凋谢的花朵。现在每每看到电视上广告说某某除疤药时，我就感到可笑。因为那些疤痕已经是我们永远的财富，任谁也剥夺不去。

站在岁月的风中，我们唯有拈花微笑，才不枉我人生这一遭。

树死了盆不会死

十多年前，作家王安琪在郑州买了一套两居室的房子，乔迁新居之际，著名作家张宇送给他一盆盆景，以示祝贺。张宇先生写作之余，一直制作盆景，那树盆景就是他自己的作品。王安琪很高兴，就把盆景摆放在客厅里。

那时，王安琪从未接触过盆景的制作工艺，也就不知道如何更好地去保养盆景了，只是闲时浇浇水、松松土而已。所以盆景在王安琪的照料下，不到一年就死了。王安琪很不好意思地告诉了张宇先生这个消息。哪知张宇先生只是摆摆手，笑着说："没关系，树死了盆不会死，我再帮你弄一盆。"于是，张宇先生又帮他弄了一盆盆景。

但是，过不多久，那盆盆景又死了。可张宇先生还是轻轻一笑，也还是那句话："树死了盆不会死，我帮你再弄一盆。"如此三番五次，王安琪坐不住了，他觉得自己一来对不住张宇先生，二来他也实在咽不下那口气，为什么自己连一盆盆景都养不活？于是就潜心地跟着张宇先生学习盆景的制作。没想到这一学就上了瘾，十多年来，跟着张宇起早贪黑地到市场去买桩，然后再栽种、修剪、施肥、造型等等。王安琪在不觉中就痴迷上了盆景的制作，他不仅养活了盆景，而且弄了满屋子的盆景，后来换了大房子弄盆景，最后干脆租地专门制作盆景，成了名副其实的盆景制作工艺大师。

迷上制作盆景后，王安琪才知道"树死了盆不会死"是盆景制作者的一句行话，那意思就是，只要热爱，只要坚持，就一定能够弄出好的盆景来。

王安琪是创作与制作盆景两不误，写出了《非典型性谋杀》和《乡村物语》等畅销作品，也对制作盆景情有独钟，认为写作和制作盆景都是创作的过程，有着异曲同工之妙。

王安琪是在谈文学创作时给我们讲的这件事，他的意思是只要热爱文学、坚持写作，就一定能够创作出好的作品。

其实，干任何事情又何尝不是这样，只要热爱、努力、付出、坚持，那么人生之盆终会葳蕤出灿烂的风景。

看一场足球赛

喜欢看世界杯，世界杯总能让人激情飞扬，也让全世界的球迷能够尽情饕餮足球大餐。足球场上风云变幻，每一分钟都会上演令人意想不到的剧情。套用江西卫视《传奇故事》主持人金飞的招牌话语，就是：足球的起起落落，球员的悲喜无常，足球场上正历经传奇。

有传奇，才有看点，才有噱头，才有魅力，才能吸人眼球，才能打动人心，才能赚人泪水。

看一场足球赛，就是看比赛的过程，就是看赛场上的传奇。主裁判的一声哨响，比赛正式开始，余下的九十分钟将会发生什么都是未知，充满变数，不可预测。一切只有随着比赛的向前推进，渐入佳境后，才渐次清晰明朗。这得看足球场上那二十二名演员在扮演自己角色时的演技如何了。前锋能否把握战机，踢好临门一脚；中场能否控好球，搞好传接配合；后卫能否积极跑动，组成密不透风的铁桶阵；守门员能否左扑右推，确保城池不失……这都不是球迷和观众甚至主教练所能左右的，这得看每个球员和足球之间的配合和对话了。球员的每一次出脚，都是一场新戏的开始，都是一个传奇的诞生。所以足球比赛的过程总是那么的扣人心弦。明明球还在甲方脚下，转瞬便被乙方抢断；乙方刚完成一脚射门，甲方便组织了一次漂亮的反击；甲方还沉浸在进球的喜悦之中，谁料风云突变，乙方居然神奇地将比分扳平；眼看双方就要以平局结束，没想在补时阶段，一方的一个梦幻般的进球，彻底地粉碎了对方的梦。这就是足球，这就是足球比赛！所以看足球比赛，你最好能有足够的心理承受力。

看一场足球赛，也是看一场智慧的较量。就是看老将与新帅们是如何运筹帷幄，斗智斗勇，排兵布阵，调兵遣将的。就是看双方球员之间是如何运用球技，玩着心计，拼着体力，彰显魅力的。小小足球场上，却在上演着人生的大智慧。一个假动作，或许能组织一次有效的进攻；一个假摔，或许能骗得一个致命的点球。那不叫狡黠，那叫聪明。小球场，大智慧，狭路相逢勇且智者胜。

看一场足球赛，就是在体验一场真实的生活。那直播是真直播，那激情是真激情，那泪水是真泪水，没有半点的虚假，比电视剧中真实万倍。因为真实，所以动情，那拼搏的英姿，那受伤的鲜血；那胜利的疯狂，那失败的苍凉；那国家的荣耀，那个人的得失，都自然而真实地流露，让人敬佩，让人感动。足球是圆的，圆的足球演绎着捉摸不定的传奇，成败系于一瞬，荣辱常悬一线。我想我们看球的人，对那些胜利的球队和失败的球队，都应该一样地送上我们的敬意。

人生就像连连看

最近迷恋上了连连看的游戏，连连看的规则很简单，就是按照相应的步骤，把相同的物件相连，直至把所有的连完，一关一关地过，过完十关就算胜利了。

但是看似简单的游戏，真玩起来也并不是那么容易能过关的。开始几关还比较好通过，可越到后来越难了。这就要求玩家不得不全神贯注地投入，绷紧思想的弦，恨不得有一双孙悟空的眼睛，对电脑屏幕上上下左右搜索。搞不好它就要重新洗牌，眼看着时间一点一点地减少，这时就得借助帮助来提示一下，有时一招不慎，导致满盘皆输，不得不从头再来。

据说这个游戏很流行，以至于有人说全民都玩连连看，特别是上班族尤为喜爱，大家认为连连看充满了刺激和挑战，可以锻炼眼力，锻炼心智，锻炼毅力。玩了一段时间，我认为这小小游戏其实充满了智慧，让人在玩中能有所学有所悟。

我最大的感悟就是人生就像连连看。开始那几关简单而单调，就像涉世之初的年轻人遇到了几个容易处理的问题，不费吹灰之力就迎刃而解了，于是就觉得道路是平坦的，未来是光明的，不觉中就飘飘然，傲傲然了。可是随着难度的加大，这才发现道路之艰，江湖之险，尘世之难了。尽管百倍的努力，但是还难免处处碰壁，经历起起落落，悲悲喜喜，在这个过程中，肯定走了不少弯路，吃了不少苦头。有时不得不依靠外力，不得不重新审视自己，不得不重新矫正目标，有取舍，有得失，最后才心想事成。

不论如何，只要我们付出努力，投入真情，坦然相对，认真走好每一步，尽管山重水复，终将峰回路转，柳暗花明。相信，最终属于我们的就是那两个英文单词外加三个感叹号：You win！！！

每一块石头都是珠宝

他经历了人生中最惨重的一次失败。

他参加了单位的一个领导职位的竞选，不论资历、学历还是领导的赏识方面，他都占有优势。但是他最终还是落选了，原因是群众测评票数没有过半。当宣布结果时，他一下子愣住了，他没有想到人心居然如此险恶，平时大家在一起都是那么亲热，都表示会支持他，而在关键时刻却将票投给了别人。

那一段时间，他的心绪很糟，对任何人都不理不睬，对任何人都表示怀疑，甚至一连几天不去上班。他还亲手写了这样的一个条幅挂在书房里：山上石多珠宝少，世间人众君子稀。

一天他父亲的一个老友来访，那是一位睿智博学的大学退休教授。教授来到他的书房，看到他写的条幅，颔首而笑。他给教授倒了一杯茶，向教授倾诉了自己的遭遇和困惑。

教授边品茶边一直默默地听着。听完后，教授给他讲了一则有关苏轼和佛印的传说。有一次，苏轼去看望佛印，正赶上佛印在参禅打坐，佛印就问苏轼："你看我像什么？"苏轼笑着说："我看你像牛粪。"说完大笑，以为佛印会很生气，可佛印却笑眯眯的，根本没有生气。苏轼不好意思，反问佛印："你看我像什么？"佛印说："我看你像佛。"回家后，苏轼把这件事告诉了苏小妹，苏小妹听了说："心中有粪便是粪，心中有佛便是佛，佛印比你的境界高多了！"苏轼一时无语。

教授讲完后，指着他写的条幅笑着说："你很苏轼！"然后起身拍了拍他的肩膀说："把每一块石头都当成珠宝吧！"说完起身离去。

他如梦初醒，撤下条幅撕得粉碎。第二天他早早地来到单位，微笑着面对所有的人，一如既往地和大家谈笑风生，以一颗真诚的心和大家交往。

第二年单位又有一个领导职位空缺，他以全票当选。

旧档如新

今年一直在村里开展脱贫攻坚工作，前段时间忙于完善贫困户的档案资料。由于上级会不时下发文件，所以档案的整理也随时会有变化。于是有一些以前整理的不合时宜的档案便被撤了下来，还有一些整理过程中出了些纰漏的档案也理所当然地被拿下，这样一来，每户都留下了许多旧档案。近期整理档案工作告一段落，对整理好的档案进行了最后的清理归档。对这些旧档案的处理，我们却有些犯难了。有人建议旧档案也没什么意义了，干脆付之一炬；有人说把它们也装进档案盒里，附在后面。村支书沉思了一下，下定了决心，拍板说把旧档案统统保留，为每户重新建一份旧档案。他进一步解释说，这些档案也是大家心血换来的，留着它们是一种见证，也是对扶贫工作的一份美好的回忆。大家都觉得他说得在理。

于是就把这些旧档案重新进行了整理归档。在清理旧档案的时候，免不了对它们进行再一次的检查、翻阅和审视。看着看着，慢慢地竟然被它们所吸引。这些档案是所有参加扶贫工作的帮扶责任人一点一点誊写和整理的。每张看似无足轻重薄薄的纸片，每个不起眼的字里行间，无不凝结着帮扶人的汗水，饱含着他们的情感，体现着他们的付出。

每份旧档案，大家都前前后后地整了许多回，可以说大家都已了然于心。但是档案工作是一件细致而又来不得半点掺假的事情，所以大家在整理的过程中，难免会出现一些意想不到的纰漏和瑕疵，在检查中被发现，然后撤下重整。而我们对待档案的态度是非常较真的，进行反复的检查，一经发现问题，立马撤下，毫不含糊，要求重新整理。据说这些扶贫档案，国家博物馆将永久保存，那可是留给后人的一笔永远的财富，岂能马虎了事。大家也毫无怨言地反复修改、整理，也就有了现在的这些旧档案。

现在检视这些旧档案，仿佛又看到了同事们几个月以来伏案奋笔的场景，又看到了他们不辞辛苦走访贫困户的画面，又看到他们为贫困户默默帮扶的情形。知我者谓我心忧，不知我者谓我何求。扶贫工作是国家大计，作为国家公民，有幸参入其中，其实真的是一种幸运和幸福。当我们老时，回忆起这段激情燃烧的岁月，那肯定是此生最美好的回忆和最令人自豪的经历。

这些旧档案，真的是我们精神的一种最美好的寄托。旧档如新，让我们可以时刻对照，经常勉励，奋勇前进。

忽然就想起人生。人生的过程，不就是在书写自己的档案吗？我们一路走来，想必也一定遗留下不少旧档案吧，那些旧档案我们不应遗弃，而应该时时温故，它们将给我们动力、激励和鞭策，伴我们一路前行。

第二辑：一米远的世界

小信封大道行

十年前，我从基层调到局办公室专门从事信息宣传工作，当时真可谓踌躇满志，决定要甩开膀子大干一场。所以一到办公室就买来书籍，认真钻研信息的写作知识，并向老同志虚心求教，还随时注意单位的工作动态。终于写出了第一期信息，经领导满意并同意后印发。信息是要向上级报送的，需要报县四大家主要领导和办公室以及分管副县长。信息打印后，我在单位的信封上一笔一画地写下领导的名字，然后骑着自行车送到县四大家的收发室，这样就算是功德圆满了。至于他们是否转发，或领导是否阅看，那就不是我的事了。

当我编好第二期信息送到县政府收发室时，收发室的同志让我到分管副县长那里去一趟，说领导找我。天！我哪里见过那么大的领导。一路上我忐忑不安，心里是十五个吊桶打水——七上八下，总在想他为什么找我，是不是信息出了差错或纰漏。我听老同志讲过有的领导看信息还是比较仔细的，经常能挑出一两个错别字来。我可是认真校对过好几遍呀！当我怯怯地敲开领导办公室的门时，领导却和颜悦色地接见了我。

当他问明我是哪单位的后，笑着说信息编得不错，希望继续发扬。一听领导这话，我心里的那块石头总算是落了地。然后领导从办公桌上拿起一张信封递给我说：这是你单位的信封，拿回去，还可以接着用。我接过一看，可不是，那上面正是我的墨宝！当我离开领导办公室时，心里就有些忿忿的感觉，就一张信封害得我提心吊胆地爬上七楼，这领导真能折腾人。我当时就是那么想的。

那么想归那么想，但我还是按领导的意思办了。那以后我就用那张信封给他报送信息，每次报送后，再去时，就发现那信封静静地躺在标有我单位名称的信箱柜里，我只需把写好的信息装进出就行了。慢慢地我就喜欢上了这种方式，起码让我少写几个字，嘿！一张信封在我和领导之间进行着接力传递，如此长达三年之久，直到领导调走。领导调走后，那信封被我收藏至今。

当时，我并不明白领导的用意，还一直以为领导是小题大做，甚至是做做样子。直到这几年全国上下都在高喊节能减排，我才突然理解了领导的良苦用心。我粗略地算了一笔账，三年中我大概编了一百二十期信息，按照每张信封一毛钱的成本，用一百二十个信封得十二元钱，而我只用一个信封，无形中节约了十一点九元。而每次我还要报送另外八个地方，如果他们也只用一个信封，则又节约九十五点二元。这样每年可以节约三十五点七元。如果全县按六十个单位计算，则每年可节约两千一百四十二元。光一个小小的信封一年可以节约两千多元，还有其他的呢，全国还有多少个单位呢？这么一算，还真能算出一大笔钱来。

都说节约从自身做起，从小处做起，看来这是很有道理的。别看一张信封不很起眼，但是它传递的确是一个很大很大的命题。起码它现在让我如此的感动。

章教练教车

都说"人过四十不学艺",所以我想赶在四十岁之前学习一门技艺,于是就报名学开车,因为开车是我的一个美丽的梦。我们的教练姓章,个头不高,皮肤黝黑,但一双不大的眼睛却炯炯有神,透出一种自信的威严。

在开班仪式上,章教练首先进行自我介绍,然后又声音洪亮地对学员们进行约法三章,说凡事都得有个规矩,按规矩办事不会错,说得大家都连连点头。

接着,章教练给我们讲解倒库的要领,他肯定是经过长时间的摸索,总结了一整套理论。简而言之他只让我们记住几个点,到这个点时把方向打死,到那个点时回方向,再到下一个点时踩刹车。他说:"那些点就是规律,就是本事,就是驾照!"

由于我从来没有摸过方向盘,一上车未免紧张,就对章教练说自己从未开过车。他笑了笑问我:"你生下来就会写字吗?"我摇了摇头。章教练又笑了:"这就对了,人生总得有第一次!"一句话就让我放松了许多。他让我把离合踏到底，然后挂倒挡。我看了他一眼，怯怯地说："我还不会前进呢，怎么就让我倒车？"他又看了我一眼："不要总想着前进，你一辈子难道只走向前的路？再说倒车会了，何愁不会前进，以退为进嘛！"

教练车是用离合控制速度，对我们初学者来说，控制离合一时有些困难。脚抬高了，车猛地跑好远；脚踩狠了，车一下子就停了。所以那车开地一颠一颠，很难受。章教练就在旁边不住地喊："脚！脚！脚！"并告诉大家，开车就像是走路，快了你就压一下，慢了你就松一点，不就是一个脚的问题嘛！

倒库时，大家往往把车开偏，撞上标杆。这时，章教练就赶紧让我们控制好方向盘。他说，方向盘的作用就是纠正错误，人谁不犯点错，知错能改，就是好同志，纠正了错误，控制住了方向，就能驶入正道！

几天下来，大家在章教练地精心指导下，技艺大有提高。同时，他睿智又不乏诙谐的语言让我们明白，开车就像做人，那里蕴涵着许多人生的哲理。

从"螳臂当车"到"虾臂当车"

儿时在农村，每当夏天，在房前屋后的臭椿、苦楝、刺槐上都可以发现螳螂的踪迹。螳螂全身绿色或土黄色，身体细长，头呈三角形，前腿像镰刀。螳螂体形轻巧，活动灵便。如果幸运的话，还可以看到螳螂捕蝉或其他昆虫的情形。

上学后，知道有一句"螳臂当车"的成语。语出《庄子·人间世》：汝不知夫螳螂乎，怒其臂以当车辙，不知其不胜任也。此成语寓意为不自量力，妄图抗拒强大的力量或做办不到的事情。当时学该成语时，我也感到很可笑，小小螳螂，竟敢阻挡滚滚向前疾驰的马车，真是自不量力，愚蠢至极。可惜的是，我没能看到"螳臂当车"的场景，但我却有幸目睹了"虾臂当车"的"壮举"，并由此对"螳臂当车"这一成语有了新的认识。

平时上下班，都要从商场鱼行经过，大概从前年起，鱼行有人专门从事龙虾收购，每天都能收购许多龙虾，然后分装成筐，运往外地。一些"不安分"的龙虾，纷纷从筐里爬出来，似要逃生。但它们的命运都很悲惨。因为商场人来车往，这些龙虾不是被踩扁，就是被轧碎，以至尸横遍野。

那一天，我骑着自行车去上班，经过鱼行时，正好一只龙虾从筐里爬出来，刚掉到地上，才爬了几步，我的车轮就迎面朝它轧了过去。情急之中，只见那只龙虾猛地坐直身子，触角竖起，伸出像钳子一样长长的前腿，作势要挡住我的车轮，"怒其臂以当车辙"。

我赶紧将车头一摆，自行车从它身边绕了过去。好险啦！可我知道，虽然它逃过此劫，但它还是命在旦夕，难逃厄运。

但是龙虾的这种奋不顾身勇于自救的举动，这种面对强势敢于抗争的精神，却让我深深地感动与敬佩。由此想到"螳臂当车"来，也许庄子看到的那只螳螂正在路上悠闲地散步，或许正想着开心的往事，或许正回味着刚才的美餐，冷不防一辆马车飞驰而至，眼看就要碾着它，螳螂出于本能地向前伸出了镰刀般的前腿……

原来，不论螳螂也好，龙虾也罢，它们并不是闲着无聊，没事找事，甚至为作秀，想成名，才干那"明知不可为而为之"的"自不量力"之事。它们挡车之举纯粹是为了保护自己才不得已而为之啊！人遇危难尚求自保，何况动物哉！

因此，"螳臂当车"不可笑，而实可敬也。

你的位置很重要

　　她上高二的时候，身体还没发育完全，像一株卑微的小草，羸弱瘦小，湮没在一群意气风发、朝气蓬勃的学子中，显得很是微不足道。所以她的座位总在第一排的角落里，无人问津，她自己觉得那是一个春风吹不到的地方，是一个被人遗忘的地方。她没有朋友，其他女生课余时间说笑嬉闹，唯有她木然地坐在那里，仿佛她和她们根本就不是一个群体。她总是莫名的郁郁寡欢，虽然也想把一切寄托在学习上，希望以好的成绩给自己以慰藉。可是任凭她如何努力，成绩却总是平平，这更加重了她的自卑。那个年龄正是人生的豆蔻年华，而她总觉得她的春天迟迟未到。她梦想着自己能够像其他同学一样，灿烂地生活，有说有笑，欢乐幸福。

　　高二下学期，学校举行合唱比赛，以班级为单位，要求所有同学都参加。因为她的个头矮小，所以她理所当然地就排在了第一排的最右边。比赛要排队形，还要走台。她是第一排的排头，要第一个走，带领全班同学入场退场，她的位置在无形中凸显出来。她哪里见过这种阵势，因此总低着头，一迈步就出错，弄得其他同学也很被动，排练了好几次，总是因为她的缘故，使得整个队伍不整齐。她甚至听到有的同学在窃窃私语埋怨她，她的头低得更低了。

那一天，音乐老师笑着对她说，你的位置很重要，全班同学都得向你看齐，你的位置站好了，其他同学才能够做到整齐划一，不要怕，没什么，不就是走路吗？老师还温和地问她有没有信心。她立即就感到有强大的气场朝她扑来，这是从未有过的体验，因为她从来没有这么被人关注过，她的脸霎时变得通红。她觉得老师那句轻轻的话语，却仿佛一声春雷，有万钧之力，让她心扉洞开，春光乍地，顿时觉得浑身充满无穷的力量，她坚定地答道：能！那是她活到那么大，说的最大声的一个字。然后挺胸抬头，迈开步子，带领大家重新开始练习走台。那一次，她走得很轻松，很准确地找到了自己应该站的位置，全班同学也站得很规整。后来，她们班在比赛中取得了优异的成绩。

从那以后，她仿佛变了一个人一样，再也不因为自己坐在角落里而妄自菲薄，而是微笑着面对生活，因为她记住了老师的话，她的位置很重要。有了愉悦的心情，良好的心态，她的生理也发生了巨大的变化，好像春风化雨，她那朵羞涩的花骨朵，临幸春风，忽然花开，她很快就出落成一个亭亭玉立、活泼阳光、自信开朗的女孩子，丑小鸭变成了白天鹅。她积极和同学相处，踊跃参加班级的各种活动，快乐得像一只小鸟，不知不觉中学习成绩突飞猛进。她的梦变成了现实。

多年后，她成了一名人民教师。她从来不忽视班级的每一个角落，因为她明白，那里的每一个位置都很重要，那里有含苞的心事和成功的梦想，她坚信只要洒进爱的阳光雨露，所有的梦想都会开花。

原来我也是风景

我有些感冒，到附近医疗点拿药。到的时候，有一中年妇女也在那拿药。见我进来，她似乎愣了一下，转而朝我微笑着点点头。这一刻我对她有些似曾相识的感觉，却又想不起来在哪见过，也礼貌地对她笑了笑。

她拿了药没走，就站在旁边看医生给我取药。等我的药也到手了，她很客气地问我："你住在后面的楼上吧！"

我点了点头，算是回答。

她接着说："我就住在你对面的楼上。"

我"哦"了一声，原来我们是邻居，怪不得有些眼熟，连忙说："这样啊！"

"你知道吗，你一直是我们的榜样，我一直拿你来教育我的孩子呢！"她显得有些兴奋，但是这话却让我听得有些云里雾里。

我疑惑地望着她，笑了笑问道："我是榜样，这话从何说起呀？"

"你很爱学习啊，我从阳台上总见你在书房里静静地看书。"

是这样啊。她说的倒也不假，因为爱好写作的缘故，我在家里，一闲下来，总喜欢端一杯茶钻进书房，看书、写作，或者练练书法。没想到这竟然在别人眼里树立起了爱学习的良好形象。

　　我有些不好意思，感觉到脸上有些发烧，连说："没什么，就是没事时喜欢看看书而已。"

　　"你不知道，你对我们的影响深远呀。"她竟然说出了"深远"，令我更加不好意思。

　　"我儿子从前总爱贪玩，不好好学习，我就经常让他以你为榜样，向你学习。你知道吗，你坐在那里，什么都不说，却比任何的说教都有说服力。后来，儿子只要见你在那看书，就仿佛变乖了，懂事了，无形中增加了学习的主动性，成绩也突飞猛进，今年高考考上了一本呢，真的要谢谢你！"

　　我不知道是怎么从医疗点出来的，只是觉得心里满是感动。没想到自己不经意的举动在别人眼里却是美好的典型能够让别人关照自身。突然想起卞之琳那首著名的诗米：你站在桥上看风景／看风景的人在楼上看你／明月装饰了你的窗子／你装饰了别人的梦。

　　原来你也是一道风景，所以你得树立自己的形象，加强自身的修养，提升自我的风采，这样才能让你这道风景更加迷人、更富魅力、更有内涵。

快递哥的慢生活

县城西边有一个植物园，一年四季树木葱郁，是小城人休闲的好去处。

每天中午下班后，我都要驱车到那里去转悠一会，以缓解自己业已麻木的神经，那里的鲜花绿叶是很好的疗养剂，能让人精神松弛，身心愉悦。

这段时间的中午，我总能看到一个年轻小伙在植物园的池塘里垂钓，从林荫道上停放着的三轮车，我知道他是一个快递哥。我不免有些好奇，印象中，送快递应该很是忙碌，总是风风火火赶路，可他怎么在这里悠闲自得地垂钓呢？我甚至有些怀疑他是不是有些不务正业，这样是不是会影响到快递的接收。

开始时，我只是站在他的旁边，看他垂钓。他二十多岁的样子，中等个头，皮肤黝黑。他总是朝我憨憨一笑，就专注钓他的鱼。他垂钓的设备很简陋，一把鱼竿、一个渔网、一盒蚯蚓，连一个坐的马扎都没有，只是蹲在那里垂钓，但是他看上去却很享受的样子。

我终于禁不住问他怎么有空到这里来垂钓。他朝我轻轻一笑说："你知道我们这里的人中午有午休的习惯，如果我去送快递势必会影响人们休息。所以中午这段时间我就尽量不去打搅他们。"

　　我"哦"了一声，心想他真会体贴人。但是还是有些疑问："快递快递，你不及时送达，怎么叫快递呢？"

　　他淡然一笑："再快的快递也有一个过程。"

　　我默不作声，静静地看着他。

　　顿了一下，他接着说："我每天送快递，东奔西跑，忙忙碌碌的，像个陀螺一样不停地转动，很是疲惫。正好我利用中午这两个小时的时间让自己慢下来，休息休息。"

　　让自己慢下来。他的这句话倒是让我怦然心动。

　　现在的社会，一切都讲究高速、高效，时间的脚步总是太急，生活的节奏总是太快，人生的追求总是太多，红尘滚滚，攘往熙来，有时我们总会感到无所适从，力不从心。所以我们真的要学会自我调节，让自己慢下来，像快递哥一样，找份自己喜爱的事情做做，散步、打球、钓鱼、看书，享受一份生活的精美。

　　在开封大相国寺，专门辟有一个抄经馆，如果你感到紧张、压力、烦躁、纠结，尽可以到那里给自己放半小时假，静坐抄经。让自己慢下来，让时光慢下来，让生活慢下来，让幸福萦绕周围！

家长该给孩子什么

二〇一六年高考全国语文卷的作文题是一组四格漫画：一个孩子第一次考试，得了一百分，获得了被吻的奖励，脸上留下一个红唇印；第二次考试，得了九十八分，挨了一巴掌，脸上留下一个巴掌印。另一个孩子第一次考试，得了五十五分，挨了一巴掌；第二次考试，得了六十一分，获得了被吻的奖励。

都说艺术源于生活，此话一点不假。我的妻子就如同高考作文漫画中的家长，虽不至于那么极端，但对儿子的成绩也是见得了喜听不得忧。我不用问，每次考试儿子的成绩都写在她脸上了。儿子要是考得好，她的脸上准会灿烂如花；儿子要是没考好，她的脸就会阴得像块湿抹布，要滴出水来。

而且，妻子关注儿子的成绩达到痴迷的程度。每次考试后，班主任会把孩子的成绩通过校讯通发给家长，成绩很详细，条分缕析让人一目了然。即使这样，妻子还是嫌校讯通发得慢，儿子每次考完试，她都要通过熟人第一时间最先得知成绩。

望子成龙，望女成凤，天下父母无不希望自己的孩子将来有一个好的前程。所以，孩子的每一次进步都让他们喜出望外，而孩子的每一次退步又让他们忧虑丛生。对有些家长而言，好像每一次微不足道的小考都会决定孩子的一生，搞得自己紧张得要命，从而对孩子的态度也时冷时热，殊不知这在无形中会影响到孩子的学习、习惯、成长，甚至做人。

　　人生从来没有坦途，有高山的峻拔，就有低谷的委顿；有鲜花夹道，就有荆棘绊脚；有春风得意马蹄疾，就有出门即有碍。人生的轨迹从来不是一条直线走到底，而是沿着曲线去画属于自己的心路历程。曲线看似晦涩，却蕴藏着人生的哲理。一次前进抑或一次后退，都是完美曲线的一个波折、一个褶皱、一个停顿、一个留白。之后又会是怎样的峰回路转、山重水复，是预料不到的。

　　高考前，微信群里纷纷转发这样一个信息：考考看这两份名单你能认识多少个？第一份名单：傅以渐、王式丹、毕沅、林召堂、王云锦、刘子壮、陈沆、刘福姚、刘春霖；第二份名单：曹雪芹、胡雪岩、李渔、顾炎武、金圣叹、黄宗羲、吴敬梓、蒲松龄。很显然，人们熟悉的是第二份名单，连我现在打字，第二份名单也打得快些。第一份名单都是清朝的科举状元，而第二份名单全是落第秀才。当然，这么对比也有偏狭之处，许多鼎鼎大名之人就是状元出身。只是状元自有状元的能耐和别样人生，而即便考得不理想，人生的路还在，那些落第秀才不照样让自己的人生风生水起、青史留名吗？

　　所以，大可不必斤斤计较于一百分还是九十八分，五十五分还是六十一分，那些决定不了孩子的未来。作为家长，给孩子一份健全的人格、良好的心态、正确的价值观，才会真正使他们受用一生。

低头是最美的风景

应邀参加儿子学校的一个活动，活动结束时，正是华灯初上，学生上夜自习的时刻。望着教学楼灯火通明的教室，我突然萌生了去看看儿子是怎么学习的念头。

儿子上高二，正是求学甚至人生的关键时刻。每天见他行色匆匆，好像挺忙碌的样子，倒真不清楚他在学校真实的学习情况。虽然学校离我居住的地方不过一箭之地，但他除了中午回家吃一顿饭外，早晨和夜晚都在学校就餐，夜晚下自习后回家休息。所以每天能和他交流的时间也就只有中午吃顿饭的功夫。而那样的时间总是太短，简单的问答式的交流和着饭菜，实在品不出什么滋味。

儿子的学校是所重点高中，学校对教学抓得很紧，老师们也都敬业认真。每次考试后，班主任老师都会通过校讯通发来孩子的成绩，成绩列的很详细，每科多少分，多少名；总分多少，班级多少名，全校多少名，与上次成绩相比是升还是降等。让人一目了然。学生的分数永远是老师和家长关注的重点，仿佛学生在学校的所有价值都体现在分数上。

这种信息的沟通虚无却又客观，常常让人面对着冷漠的手机，不置可否。

而我们常常忽略了孩子最真实的学习状况，孩子在学校是怎样的状态，他到底是努力还是敷衍，常令人揣想。如今有这样的机会，我正好可以一探究竟。

我蹑手蹑脚地来到儿子位于三楼的教室走廊，我放轻脚步，生怕惊动里面的学生，也尽量离窗户远点，担心儿子发现了我，影响他的学习，只是用眼睛的余光朝教室里斜睨。

从走廊走了一遍，我才发现其实我的担心完全是多余的。我从窗外经过，发现教室里面所有的学生都是一个姿势，那就是在低头看书做题。每个学生的课桌上都摆放着一摞高高的书籍。他们的头都埋在书籍下面，一时很难看清他们的脸。我费了好大一会工夫，才看到儿子。要不是他白色的镜架透露了信息，在那一班姿势相同的孩子中，我还真难发现他。就像我很难辨别两株水稻的不同。儿子也在认真地学习，一会看书，一会思考，一会在本子上写着什么，完全投入到学习当中。我会心地笑了笑，心满意足地点了点头。

我悄悄地走下教学楼，心里热热的，满是感动。为了那一群忘我学习的孩子。那一刻，我豁然明白，学生的分数真的不是最重要的，重要的是他们对待学习的那种自觉、刻苦的姿态，那就足够了。他们低头学习的姿势已铭刻在我的心中，深深地打动着我。我觉得那是人世间最美的风景。

青少年正是人生最壮丽的年华，那些莘莘学子以低头的姿势诠释着奋斗拼搏的青春才最美丽。相信通过书籍那扇小小的窗，展现给他们的将是一个精彩绝伦的世界。

我自己知道

傍晚，带女儿出去散步。女儿显得很高兴，一路上叽叽喳喳说个不停，一张小脸因为兴奋红扑扑的，很是可爱。

这时，我们拐进一条小巷，发现从不远处迎面走来一位盲人。盲人拄着一根细竹竿，一边用竹竿试探着地面的路况一边小心翼翼地走着。小巷的路面很不平整，中间是下水道，上面铺的是一块块的水泥板。由于时间久了，那些水泥板已然错开，高低不平。就是正常人走在上面也得注意，那位盲人走在那里就更显吃力了。他像一个喝多了酒的醉汉趔趔趄着前行。

一见到盲人，刚刚还能说会道的女儿突然安静下来，小手紧紧地搂着我的衣角。她轻轻地对我说："爸爸，我们靠边站吧，等他先走。"我就拉着她退到一户人家的墙边。

盲人离我们越来越近，虽然走得缓慢，但是他还是一步也没停歇，艰难地行走着。突然，他的脚被一块凸起的水泥板绊了一下，差点摔倒。我感觉到女儿的小手，在那一刻徒增了许多力量。

女儿扬起小脸，一双明亮地眸子看着我说："爸爸，要不，我们去扶着他走吧。"我点了点头。

于是我就拉着她一起去扶着那位盲人。女儿对他说："叔叔，我们扶你。"盲人连说了几声谢谢。

我们一直把盲人送到公路上，才折转身。

在回家的路上，我开玩笑地对女儿说："你帮盲人叔叔过马路，可他看不到你，并不知道你是谁呀。"

女儿又用一双清澈纯洁的眸子看着我，嘟着小嘴说道："干吗让他知道，我自己知道不就行了！"

我不由心里一热。真没想到六岁的女儿能有这样的认识。

很多时候，我们做事情，好像都是为做给别人看的，生怕别人不知道。但是却往往忘记了自己，殊不知只要自己知道，只要心知道，一切就够了。

郭明义说："帮助别人，快乐自己。"只要自己知道，你就能体会到那无比的幸福和快乐长久地萦绕在身边。

凌晨四点的灯

朋友自从搬到新居后，他说他凌晨四点以后就没有休息好过。

他的房子靠近路边，而正对着他家卫生间的窗户下面有一个垃圾池，每天凌晨四点，环卫工人都雷打不动准时来到那里，对垃圾进行清除。虽然他的家在二楼，但是每次垃圾车开来时，垃圾车发出的轰鸣声足以将他吵醒，然后，垃圾车保持着低沉的转动，那种"嗡嗡"的叫声叫人心烦。紧接着就是环卫工人用铁锨铲垃圾的响声，铁锨摩擦地面发出刺耳的声音让人感到阵阵揪心。

每次垃圾车在那里停留至少得十分钟。垃圾车扬长而去后，朋友却再也没有睡意，在床上辗转反侧，难以入寐。心里一肚子怨言，却又无处诉说。

夏天的一个夜晚，垃圾车又准时开来。朋友醒后，就起来了。他上了趟卫生间，然后就轻轻地拉开窗户，看环卫工人干活。

垃圾车的司机躺在车上眯瞪，环卫工人就借助垃圾车的灯光，正挥舞着铁锨专心致志地清理着垃圾。虽是凌晨，但是温度还是很高，干了一会儿，环卫工人就用搭在脖子上的毛巾擦一把脸上和身上的汗水。

看着看着，朋友不由有些感动，他知道，这个钟点，别人都在酣然入睡，进入甜美的梦乡之中，可是环卫工人却在那里挥汗如雨，不停地清理着垃圾，从一个垃圾池到另一个垃圾池，然后还要在天亮之前将垃圾运到城外的垃圾处理厂，他们默默地奉献者，做城市的美容师，好让人们清早起来能有一个优美的环境，他们付出太多太多，实在不容易，却还被人误解和抱怨，人们真应该对环卫工人多一些理解和包容。

在朋友想着这些的时候，环卫工人已经将垃圾池里垃圾全部清理完毕，站直了身子，朋友发现他有五十多岁的年纪，正用毛巾擦着汗。

突然，那位环卫工人朝着朋友挥了挥手。朋友一愣，没想到自己被发现了，也机械地挥手致意。环卫工人对他说了声："谢谢！"然后就乘车离开了。

朋友半天没明白环卫工人为何要对他说谢谢，他摇了摇头，就准备关灯继续睡觉。就在他的手摁在开关上的时候，他突然明白了环卫工人说"谢谢"的含义，原来环卫工人以为朋友特意为他亮着灯。朋友脸上一热，他的无心之举，被别人当成了最大的善意。这也突然让朋友有一个想法，那就是，将错就错，每天凌晨四点，他要为环卫工人打开灯。

从那以后，每天凌晨四点，朋友一听到垃圾车开来后，就起来把卫生间的灯打开，等车开走后，他再关上。他知道那点柔和的灯光已经化解了他心中的浮躁与戾气，剩下的只有一片祥和与安逸，垃圾车的轰鸣和铁锹摩擦所发出的声音再也不那么难听了，朋友觉得它们仿佛是寂静的夜晚一段优美的插曲。

"劳"有所乐

老唐退休前是副局长，退休后，他放弃城里的安逸生活，回到农村耕田种地，过上了自给自足的田园生活，成为四邻八村人们热议的话题。

前几日，我们去拜访老唐。老唐的家在一个小山村，那里依山傍水，风光旖旎。一路走来，山路蜿蜒、树林荫翳、野花烂漫。老唐的三间平房坐落在山脚下，背靠一片桃园，门前是一方池塘，碧波微漾，岸边垂柳依依，几只家鸡正在柳荫下悠闲地觅食。

老唐刚从田里回来，看他的行头俨然就是一位地道的老农。他头戴一顶草帽，身着一袭旧西服，脚穿一双黄胶鞋，肩扛铁锹，裤腿半卷。此情此景，一下子就把人的记忆拉回到曾经热火朝天的农村生活之中，让人感到亲切自然。

桃园后面是一片连绵的山头，老唐指着那一片苍翠自豪地对我们说，他把整片山都包了下来，除了原来的树木，他还栽了些板栗，目前，板栗已经见收益了。

站在山头，老唐指着山脚下那一片在阳光下波光粼粼的水田说道：

"那五亩田都是我的，现在农村的青壮年劳力都外出打工了，家乡的田地都撂荒了，我觉得非常可惜，就把那些田拾掇拾掇，种上了水稻。"老唐还说，那些田都已经平整完了，过一段时间就该忙着插秧了。

我们问他那五亩田是否都是他自己平整的，他点点头，这不由让我们顿生敬意。老唐六十多岁了，又好多年不事稼穑，这让我们担心他的身体是否能承受得了。老唐笑了，说他的身板还硬朗着呢。

中午，老唐热情地款待了我们，席间，他说他现在绝对是自给自足，丰衣足食。喂了一头猪，养了数只鸡，种了几畦菜，还有自家大米自家油，日子丰富着呢。可不，我们吃着他自种的菜，满口生香。

喝了点酒，老唐兴致很高，说他每天"晨兴理荒秽，戴月荷锄归"，生活很有规律也很充实。他说山里空气清新，民风淳朴，每天劳动，耳聪目明，身康体健，百病全无。

老唐笑眯眯地对我们说，他从劳动中感受到幸福和满足。老有所乐、"劳"有所乐啊！

你忙我才不闲

我所在的小区住着一对老年夫妇。他们的儿子、儿媳常年在外务工，孙子也在外上学，一年里大部分时间就老两口在家。他们都年过七旬，但是他们的身体很好，精神也不错。

我和他们住在同一个单元，我住四楼，他们在六楼，六楼是顶层。由于没有电梯，我们每天上下都得走楼梯，因此也经常在楼梯上遇到他们。

老大爷每天都起得很早，他常年在县城的某个单位做保安，每天早出晚归，只把老太太一人落在家里。所以，我经常碰到老太太上下楼梯，下楼倒垃圾，或者到菜市场买菜，每天都得爬几次楼梯，六层楼啊，年轻人爬来爬去也会感觉累的，真难为她老人家了。有时，看到她提有重点的东西，楼上的邻居都会主动帮她送上去。

时间长了，小区里的人未免有些议论，都说老大爷都那么大年纪了，每天还出去工作，能挣多少钱呢？大家也都看得出来，他家的情况还算得上殷实，儿子、儿媳也很孝顺。大家都不理解，为什么老大爷不在家多陪陪老伴。

今天中午我下班回家，上楼梯的时候，正碰着老太太也准备上楼梯，看样子她今天到市场买了不少东西，青菜、萝卜装了满满一袋子，居然还买有一条羊！我赶紧帮她提过羊和菜，老太太连说谢谢。

我问她："大娘，现在就开始置办年货呀？"

老太太笑了笑说道："是哟，儿子、儿媳到年底才回家，不指望他们办年货的，我只好一点点先买着。"

我掂量了一下，那羊估计有二十斤重。于是就问她："大娘，这么重的东西，您能提到六楼吗？"

老太太喘了一口气说："慢慢走，还是能提上去的，这次多亏你了。"

听她这么一说，我倒觉得不好意思起来。

我们边走边聊，一会儿到了四楼，老太太示意让我回家，她自己把东西提上去。我还是执意送她到六楼。往上走时，我问她大家都很关心的问题："大爷一月能挣多少钱呀，他为啥不在家多陪陪您？"

老太太又笑了："不少呢，一个月一千块，够我们日常开支的。"顿了一下，老太太接着说，"其实，儿子、儿媳也不主张老父亲出去做保安，让他在家多陪我。是我坚持让老伴去做的。"

我有些好奇，问她为什么。

老太太淡淡一笑："老头子要是在家的话，就什么活也不让我干，可是我只要不干活，浑身毛病都出来了，他不在家的话，我每天拖地、做饭、洗衣服、买菜，每天爬几趟楼梯，可以锻炼身体呀，他忙了我才不闲！"

原来是这样。品着老太太的话，我若有所思。平常大家说"少年夫妻老来伴"，老太太所说的"他忙我才不闲"，应该是这句话的另一种注解吧！

一米远的世界

他，是我的同学，在这回乡的路上我们再次邂逅。只是不知道在他的心中是否还有"同学"这个概念。他叫尚，是我小学一年级的同学。小学一年级，是很久远的记忆了，但对他我却永远也不会忘记。就在我们一年级快念完的时候，他村里有人结婚，在婚礼喜庆的鞭炮还没有燃完之际，顽皮好动的他就迫不及待地去抢散落的炮仗，结果被鞭炮当场炸瞎了双眼。本来是别人大喜的日子，却成了他人生的悲剧。从此一个多彩的世界在尚幼小的生命中关闭了一扇窗，命运在那时让他的人生转了一个方向。那一年他才九岁。

远去了朗朗的读书声，远去了无忧无虑的童年，我不知那时的他是怎么想的。九岁的孩子面对如此命运，真的是生命不能承受之重啊。因为他和我的姑姑在一个村，所以，小时候我经常能见到他。抑郁、孤独、痛苦、悲伤，这是年幼的他给我的最深刻的印象。后来，我外出求学，见到他的机会少了。但是每次到姑姑家，我都要问起他，毕竟他是我的同学啊！姑姑告诉我，尚家里人从来没有放弃过对他的治疗，先后想尽了各种办法，走了全国很多地方，也花尽了全家所有的积蓄。让人感到高兴和欣慰的是，尚通过治疗，在晴朗的天气差不多可以看到一米以内的东西了。一米以内，我不敢想象，他的世界竟然是那么的狭小和局促。世界那么大，为何不再多分给他一点空间呢？

姑姑讲，尚其实是个了不起的人。随着年龄的增长，他慢慢地懂事了，慢慢地开始接受摆在眼前的事实。虽然眼睛不好，但是生活还得继续。尚面对灾难，选择了坚强。从十多岁起，他就习惯了那暗无天日的生活。自己开始料理自己的生活，吃喝拉撒、穿衣行走就不要家人操心了。并且，他开始帮家里人干农活，插秧、种麦、跳水、做饭……他样样都干。摔倒了，爬起；再摔倒，再爬起。常常令人动容。等到再大一些，他开始为自己的家分忧了，先后养过鱼、养过鸡，养过猪。后来，利用他家后院有一片竹林的优势，他就专门学会了篾匠的手艺，编篮编筐编筱子，这些都是农家必不可少的农具。从此他就把这个活计当成了养家糊口的根本。我见到过他编的东西，精致、耐用、好看。绝对比眼睛好的人的手艺差不了。但是，我可以想象得到，以他能见度在一米范围之内的视力学会编这些玩意，那得付出多少的心血和汗水啊。姑姑讲，他开始编时，往往扎得满手鲜血，但他却从来没有喊过一声疼，硬是学会了这门手艺的。

在这回乡的路上，我碰到尚正挑着他编制的篾器到街上去赶集。我站在路边，看他慢慢地从我身边经过，他肩上挑着篾制品，手里还挂着一根拐杖，慢慢地摸索着前行。我退到路边，他经过我时，那时我在他的一米范围之类，他朝我笑了笑，然后继续赶路。望着他有些蹒跚却坚毅、高大的背影，我突然就想起了刚刚结束的北京残奥会，想起那些身残志坚、勇于拼搏的残疾人运动员，因为有了自己的追求和梦想，哪怕他们什么都看不到、听不着、道不明，但是他们同样拥有一个多彩的世界。虽然有时命运让人生转变了方向，但是如果把握好这个方向，照样能活出人生的精彩。面对尚渐行渐远的身影，那一刻我没有了所谓的同情，有的只是崇敬，为我有这样的同学而由衷地感到自豪。

学生的反思

　　新编高中一年级语文课本增加了巴金的文章《小狗包弟》，写的是作者的一条名叫包弟的小狗在"文革"中的遭遇，通篇流露出作者深深地反思和自责的情感。老师在教这篇文章时，就"反思"这个话题，要求学生也讲讲自己生活中曾经发生过的应该值得反思的一些事情。

　　学生们开始交头接耳、窃窃私语，好一会儿了，还是没有学生肯第一个说。

　　突然，一个男生的声音打破了教室的沉闷："我小时候偷过别人的桃子。"全班立即哄堂大笑，有人说"我还偷过别人的红薯呢"，有人说"我偷过花生"……

　　"我上初中二年级那年，打死了一条水蛇。"这是一个女生细细的声音，她的话音刚落，学生们笑得更欢了，有男生说"就你弱不禁风的样子，还能打死水蛇，是草绳吧！"引得全班一阵大笑。老师看到那女生的脸上立即泛起了一阵红晕。

　　不过既然话匣子打开了，同学们就没有什么顾虑，纷纷开始讲述自己认为是值得反思的事情。有学生说，他在"愚人节"时捉弄过女同学；有学生说他偷看了同学的日记；有学生说，他悄悄地给女同学写过情书而不敢落名字；有女生说，她爱慕虚荣，总向父母要钱买化妆品……教室里的气氛越来越活跃，学生们完全地投入到了这堂"话题"课中。刚开始时，还有人发笑，慢慢地他们自己就严肃起来，再没有人起哄了，都认真地听着同学的述说。特别是有两个男生的发言，让教室的气氛一度很是肃静。一个说，他迷恋上网，总是逃课到网吧玩游戏，经常彻夜不归。他说有一天清晨当他从网吧出来时，发现他的父亲正在门口等着他，后来知道，他父亲找了一整夜。他说他父亲是个农民，供他上学不容易，他发誓今后再也不上网了。另一个说，他经常跟他的继母过不去，想方设法地找她的不是，可是那一个夜晚，当他得了急性阑尾炎，而他父亲不在家，是他的继母把他送到医院，并且一夜没睡一直陪着他，那一刻他感动了，说他今后要像对待自己的生母一样对待他的继母。

在这个过程中，老师一直面带微笑静静地注视着这些十多岁的孩子，他在看着听着学生的发言，他知道那堂课已经达到了预期的目的。在那堂课还剩两分钟的时候，他告诉他的学生们，反思是人生中最重要的课程，希望他们要经常反思自己，并且在不断的反思中彼此热爱，懂得珍惜，善待生命，学会感恩，这样，人生才会过得充实而无悔。

给乞丐带早餐

单位隔壁是家银行，银行的门面装修得气派、豪华，连廊檐也阔气、宽敞。宽敞的廊檐前段日子来了一位不速之客，那是一个五十多岁的乞丐。乞丐可能相中了那块风水宝地，夜晚就在廊檐里露宿。廊檐的角落里真能挡雨遮风，乞丐还挺会选择。

初春的天气乍暖还寒，为抵御寒冷，乞丐从别处找来废纸、木棒，就在廊檐里生火取暖。几天下来，就把银行装修好好的门面给弄得面目全非。银行这才急了，就赶他走，可是走是走了，到夜晚又准时回来，照样生火取暖。据说，银行私下地想给他一笔钱，让他走，但是他拒不接受。连钱都不要的乞丐，让银行实在没有办法了，只好听之任之。

我们每天早晨上班时，都能看到他，要么席地而睡，要么就背靠墙壁，衣衫褴褛、满面黑灰地坐在那里，目光呆滞地看着路人。他自然也就成了我们谈论的话题，大家都觉得他挺怪的，银行给钱都不要，那不是傻吗？那天我们又在谈论他为什么不要银行的钱的时候，办公室的美女小湖突然说，他不需要钱！大家都笑了，纷纷问小湖他需要什么。小湖说：早餐！此言一出，大家都不作声了，是啊，我们都吃罢早餐来上班了，而他那会儿还饥肠辘辘的在那里挨饿。小湖顿了顿，又说，从明天起，我给他带早餐。大家都向她投去敬意的目光。

小湖真的开始给他带早餐了。第一天给他带了份热干面，当小湖把热干面递给他的时候，她看见他的嘴角动了动，想说什么，却又没说。第二天，当小湖带给他几个包子的时候，他轻轻地说了声：谢谢！小湖说，每次她给他早餐后，她立即转身走了，她不想看到他感激的目光。终于有一天，当小湖又转身要走的时候，乞丐喊住了她。乞丐说她是一个好姑娘，并絮絮叨叨地向小湖叙说了他的经历，他说他老家在一个很偏远的穷山沟，土地贫瘠，种啥啥不收；他说他也结过婚，但是妻子耐不住贫穷，有一天就跟一个跑江湖的货郎跑了。他受不了这个打击，从此一蹶不振，觉得在老家再也抬不起头，就走上了漫漫的流浪之路。他说多年的流浪生活，他看到最多的是人的白眼和歧视。从来没有人像小湖这样让他感到一丝温暖。他最后告诉小湖，说他要走了，请她不要再带早餐了，并说谢谢她的早餐。小湖问他将要到哪里去，他望了望天空，然后说：回家。

从那以后，我们就再也没有见到他。银行这几天又在忙着重新装修被乞丐破坏的门面。也许他们不会想到，是小湖帮了他们的忙。他们用钱没能解决的问题，被小湖用十几顿温暖的早餐给解决了。

邂逅"文艺农民"

周末，跟同事一块到乡下去接他在村小支教的妻子。

那所村小离县城比较偏远，有四十公里路程。我们一路驱车前行。现在农村都修了"村村通"公路，路虽不是很宽阔，却也平坦、舒适。

正是家乡农村插秧的大忙时节，路两边的水田里，人们正热火朝天地插着秧。只见他们娴熟地把秧苗插进田中，然后双脚后退，撩起"哗哗"的水声。有的水田已被插满秧苗，那些秧苗正整齐地排列着，向着我们行着注目礼。看着如诗如画的田园风光，我们不由地回忆起从前插秧的往事。可如今我们离田园渐远，再也体验不到那种乐趣了。

快到那所村小时，路上有一辆农用三轮车挡住了我们的去路，我们只好停下来。一位年轻的妇女正在把捆扎好的秧苗往农用车上装，秧苗共有两筬子，她很快就把筬子搬上农用车。她打扮得很入时：头戴着有长长飘带的凉帽，上身是一袭无袖衬衫，下身则穿一条超短皮裤，脚踏一双绿色长筒雨靴。搬完后，她朝我们笑了笑，说声："对不起，耽误你们时间了，我这就出发。"然后骑上农用车，一脚蹬响，再一脚油门，农用车便风驰电掣般开走了，她头上凉帽的飘带随风飘了起来，和飘带一起飘动的还有她一肩长发。这真是一个新时代的时髦农民啊，我们不由感叹起来。

接过同事的妻子，我们往回走时，再次碰到了那位年轻妇女。没想到，她们居然认识，相互打着招呼，嘘寒问暖。

在回城的路上，同事的妻子告诉我们，那位年轻的妇女是村里的文艺骨干，农忙时就侍弄农活，农闲时则钟情歌舞，她经常到村小找女老师交流，所以她们就认识了。同事的妻子还介绍说，那个年轻妇女多才多艺，不光歌舞出色，而且对家乡的花鼓戏更是颇有功底，唱腔圆润，优雅动人。有次上级文化部门几个同志到乡下调研地方戏曲，她几嗓子花鼓戏唱下来，让文化部门的同志连连称叹。有个同志就说她呆在农村，真是埋没了人才。可她却很淡定，轻轻地笑着对那位同志说："做个文艺农民其实也是很好的。"从此，她就多了个雅号："文艺农民"。同事的妻子还说，有她的地方就有快乐，她是个乐观的人，说学逗唱，常常让人捧腹。

车已离开好远，我回头望了望，只见满目绿油油的秧苗在夕阳下的微风中摇曳着，显得是那么的安宁、静美。我知道在那秧苗的深处，有位漂亮的"文艺农民"。说不定，此刻，她正在水田里唱着花鼓戏呢。那花鼓戏的戏词里肯定少不了美丽、丰收、幸福。

把日子过得超前一些

前天同学集会，老海带给我们全新的变化，不管穿着还是谈吐都令我们刮目相看。还有，那小子居然买车了，崭新的越野车就停在我们的面前，锃亮锃亮的。我们都惊叹，心想这小子一定做生意发财了，要么就是买彩票中奖了。不然，他怎么舍得买二十万的越野车啊。

可是，我们知道，他既没有赚大钱，也没有中大奖，而是按部就班地上他的班。酒酣之际，大家都开玩笑地追问他用家里的什么值钱宝贝居然换了一辆越野车。老海笑了笑说："我把家里存款单上那点积蓄都换成人民币，然后再换成越野车。"

老海家里的情况大家再清楚不过了，他居然能把所有的积蓄都拿来买车，想必他也是经过深思熟虑才做出决定的，这小子对自己真够大方。

老海端着酒杯，讳莫如深地扫视着大家，然后说："跟你们比，我觉得我是一个落后者。"

他一句话使大家如坠云雾。老海说："我是咱们同学中结婚最晚的，你们的孩子都上高中了，我的女儿才上幼儿园。我落后了吧？"

大家笑了，七嘴八舌地说他眼光高等。

老海摇了摇手："我是咱们同学中在县城最晚买房子的，你们都变成城里人好多年，我还是一个乡巴佬。我落后了吧？"

大家都说他喜欢农村新鲜空气等。

老海把一杯酒一饮而尽。然后说道："婚我最终还是结了，可等你们都有孙子的时候，我还得送女儿上学，我冤不冤啊；房我最后还是买了，你们买的是每平米八百，我买的是每平米四千，我亏不亏啊！所以，通过这两件事，我觉得还真应该把日子过得超前一些。不然，总是被动，总是被生活牵着鼻子走，丝毫享受不到生活的乐趣。"

老海顿了一下又接着说："现在大家都在学车考驾照，下一步肯定都得买车。而我最大的业余爱好就是外出旅游。所以，我就痛下决心，我要学开车，考驾照，然后买车，出去旅游，走遍中国。"

最后，老海居然对着我们说了一句非常诗意的话："把日子过得超前一些，不要等春天到了，你还在追赶冬天的脚步。"

你如何称呼爱人

今天去参加了一个朋友的婚礼，司仪小姐是专门请来的，她主持婚礼很娴熟也很会煽情，使现场的气氛一直都很活跃、热烈。在婚礼的过程中，司仪小姐提出的一个问题，让大家非常感兴趣。她要求新郎和新娘各用十种称谓来称呼对方。那对新人也不含糊，都能够回答出来。新郎的回答：亲爱的、宝贝、老婆、爱人、妻子、媳妇、屋里的、孩子他妈、老伴、老嬷子（方言）。

新娘的回答是：亲爱的、心肝、甜心、老公、当家的、爱人、先生、丈夫、宝贝、my husband，最后想不出了，聪明的新娘用了一个英语，却也不愿意说出下面宾客们一致高呼的"孩子他爸"，嘿！

司仪小姐其实给我们提出了一个非常好的问题，那就是你是如何称呼你的爱人的。所以，当婚礼还在继续举行时，各位宾朋就开始议论起来。当然大家都带着调侃和搞笑的成分，我听到男同志说的有：娘子、娘们、婆娘、贱内、管家、财政部长……女同志说的有：一把手、老板、掌柜的、爷们、老不死的（这是一个年纪大的女士说的），还有一个女士说她从来对丈夫都只喊"喂"……

　　其实，从古至今，对爱人的称呼有很多很多。在百度上随便搜索一下，就会发现长长的一大串。并且称呼也是有讲究的，因时因地而会有所不同。

　　那么在现实生活中你是怎么称呼你的爱人的？我就问和我同酒席的朋友们，让他们来回答这个问题。有朋友说他平时就喊爱人的名字，他的话音刚落，就有人问他是喊大名还是乳名，是喊全称还是喊简称。那朋友就不好意思起来，连说视情况而定！有朋友说，谈恋爱那阵，他喊女朋友为宝贝、亲爱的，凡是能甜言蜜语和花言巧语的他都能喊出来，而结婚后那些词他再也喊不出来了，觉得特肉麻，而是经常喊媳妇。有女同志说，她在外人面前称呼爱人时，一般都称老公或者他。于是有人就跟她开起玩笑来，说只要是"他"就是你"老公"呀！还有一个女同志说，她在家里的时候，他们之间什么也不喊，有什么话要说时就直奔主题……总之，大家的回答是五花八门、各有特点。

　　这时，婚礼接近尾声，新娘和新郎共饮交杯酒。主持人甜甜的声音在礼堂里飘荡："喝了交杯酒，从此就是小两口，愿你们红尘相伴，白头偕老！"是啊，祝福他们从此成为夫妻，成了相亲相爱的爱人，但愿他们能记住婚礼这天他们对对方的称呼，能够在那些平淡或肉麻的称呼中共沐爱河、相伴一生！

红太狼的平底锅

儿子特别喜欢看动画片《喜羊羊与灰太狼》，在他的影响下，我也每天跟着看。慢慢地，我也喜欢上了这部国产动画片，觉得还是不错的。看得多了，我就发现了一个有意思的现象，那就是只要剧情中有灰太狼和红太狼在一起，那么，灰太狼肯定就得挨红太狼的打，而红太狼的武器就是平底锅。不论灰太狼捉没捉到羊，还是正在想发明什么捉羊的武器，或者是行动稍微迟缓了一点，等等，红太狼的平底锅就会"嗖嗖"地出手，轻则打得灰太狼头上起包、鼻青脸肿，重则浑身都贴满了创可贴。每当那时，儿子都会哈哈大笑，可我却一点也笑不出来。我实在为灰太狼感到委屈。动画片中的灰太狼其实是一匹聪明、吃苦、能干的狼。可是就是这么一个好丈夫，却整天要饱受红太狼平底锅的招呼，你说，它憋屈不憋屈。所以，灰太狼恨死了那些平底锅，有一次，就想把它们都扔掉，所以就找到了那些平底锅，满满的一屋子，小号的、中号的、大号的、特大号的，应有尽有。让灰太狼当即晕倒，叹了一声：怎么这么多啊！

红太狼那挥舞着的平底锅在现实生活中也能觅着它的影子。我的一个当小职员的朋友，也经常饱受着妻子平底锅的煎熬。他的老婆经常埋怨他不会混，混了那么多年还是一个小职员，不像某某那样早已提拔当了领导，所以经常对我的朋友冷眼相对，动辄也摆出红太狼那句话：我跟你离婚，我嫁白太狼去！这让我的朋友很伤自尊，很痛苦也很消沉。其实，朋友也是一个很优秀的男人，工作努力，对爱忠诚，为家奔波。当个小职员又有什么不好的呢？

　　前天在网上看到一个故事，更值得人深省。某人因受不了妻子没完没了的唠叨和冷嘲热讽而连刺妻子十七刀，酿成了人间的悲剧。

　　夫妻之间应该相敬如宾、相濡以沫、相携相偎、相伴红尘。彼此之间应该多一些体谅，多一些关爱，多一些支持，多一些沟通。

　　我想，男人也是人，男人的内心也是柔软的。凭谁说，最是寂寞女儿心，男人内心也寂寞。男人也需要温柔的体贴，需要心灵的慰藉，需要温暖的港湾，需要真情的爱护。

　　其实，平底锅还有一用处，那就是做饭。但愿那些拥有平底锅的妻子们，用平底锅做一顿可口的饭菜，等待风尘仆仆归来的丈夫享用。如何？

我在你身后

表侄晓端是个聪巧的孩子，初中毕业以全县第六名的成绩考入县重点高中，并被分到精英班。那就意味着他的一只脚已经踏入了重点大学的门槛。想着晓端将来肯定有出息，着实让表兄表嫂激动不已，为了孩子能够更好地完成学业，他们外出打工挣钱供养他。

晓端上高一时，成绩还是名列前茅，可到高二以后成绩却是一路下滑，到高三时已经成了差等生。这令表兄表嫂很是不解和着急，他们经过多方了解才知道晓端已经沉迷于网络游戏不能自拔，经常逃课去上网，有时甚至通宵达旦地泡在网吧。

这让表兄表嫂很是伤心，多次打电话对他教育劝说，可晓端却是难戒网瘾。老师也迫于无奈甚至以责令退学来恐吓他，可晓端却满不在乎地说：退学可以更好地上网。老师一下子就没辙了。

高考转眼就会到来，为了孩子能够回心转意静心学习，表嫂回到家乡，在县城租了一间房子，专门伺候晓端的衣食住行。但那也是无济于事，吃罢饭，该上学了，晓端却折身一拐进了网吧。表嫂知道这个情况后哭着求晓端，可那孩子却让表嫂别管他，反正他也不想学了，就让他混个高中毕业，然后出去打工。气得表嫂两天都没吃饭。

表兄得知情况后，连夜请假回到家乡。那天，晓端放学，发现他父亲回来了，心不由猛地一紧，心想肯定会有一场狂风暴雨等着他。可奇怪的是父亲只铁青着脸埋头吃饭，根本不理他，一连几天都是那样。看来父亲不是为自己回来的，晓端那么想着，照样我行我素偷偷逃课上网。

表兄回来的第七天夜晚，终于开口对晓端说话了。他说他请假的时间到了，该走了。并告诉晓端，七天里自己一直在跟踪他，说晓端共进了两次网吧，还说出了网吧的名称和进出的时间。表兄最后告诉晓端说，自己的路自己选择，但要清楚，不论他干什么，别忘了背后有父母的眼睛，父母会永远在身后关注他的。

听了表兄的话，晓端哭了，他什么也没说，拿起书本上夜自习去了。

在高考还剩三个多月的时候，晓端的人生发生了改变。他知道父母并没有放弃他，一直在背后关注支持着他，凭着他的聪慧，他很快补上了所有的课程，最终以优异的成绩考入了大学。

给父亲当邮差

父亲的一个学生是建筑老板，几年前就对父亲说，等父亲退休后，让父亲到他的工地去帮他管账。我们都当他只是说说，没想到，等父亲提前内退后，碰巧他又新承包了一个沙场，他真的把父亲请去了。

沙场离县城有近十公里的路程，很宽的河道，河水却不深，岸边到处都是金黄的沙砾。那天我去看望父亲，只见几台抽沙机正在河里抽沙，运沙的翻斗车正忙着装车……而父亲正一丝不苟地在忙着登记、收款。

父亲他们住居的地方是新盖的活动板房，宽宽的几大间屋子，里面的摆设却异常的寒碜。一张桌子、几张凳子、几张床，还有做饭的煤气灶等，连电视机都没有。活动板房建在河岸上，那里离最近的村庄也有一公里远。白天还好，有机器轰鸣，人影闪动。可到了夜晚，我可以想象那里的孤寂，想到这，我的鼻子不由有些发酸。我问父亲需要我给他带点什么，父亲犹豫了一下对我说，让我给他带点旧报纸和杂志，好打发时间。

周末，我从办公室里找了些报纸和几本杂志，带着儿子一块去看父亲。当我把报纸递给父亲时，父亲流露出一丝惊喜的神色，连说有了这些报纸，日子就好过了。那天儿子在那里玩得很开心，临别时还是依依不舍，赖着不想走。我告诉儿子，我会每个周末都会带他去看爷爷的。儿子这才高兴地离去。

从那以后，我每个周末都和儿子带些报纸杂志去那个沙场，认认真真地给父亲当起了邮差。而父亲就在闲暇之际和那些寂寞的夜晚通过阅读那些过期的报纸寻找一丝心灵的慰藉。父亲是一个很认真的人，即使是旧报纸他也读得津津有味，并且还专门找了一个小本子，做起了读书笔记。我知道这是他多年教师生涯所养成的良好习惯。可是我更明白，只有那样时光才能流逝得更快一些啊！每次看着他给儿子讲解他所做的笔记时，我的心便会有一种隐隐的伤痛。有几次劝说父亲不要干了，可父亲说，在家闲着也是闲着，找点事干也是一种乐趣，再说有了那些报纸杂志，日子过得充实着呢。

随着年龄的增长，我和父亲之间交谈的话语渐渐少了，但在心中，那份浓浓的亲情却在默默中如日俱增。我知道，我给父亲送去的不仅仅是那些报纸杂志，而更是那血浓于水的脉脉亲情。那些报纸杂志会让我们亲情的邮路畅通无阻、延续永久……

车是用来坐的

同学阿曲自幼丧父，是母亲含辛茹苦把他兄弟二人拉扯大，并供他们上大学。阿曲大学毕业后，通过几年在南方的打拼，拥有了自己的一家小公司，效益还不错。为了跑业务，阿曲还买了一辆轿车。今年春节，阿曲就开着车回老家过年。

阿曲的家在一个偏远的乡镇，当阿曲开着车回到家乡，乡亲们都夸他能干，因为阿曲是他们那个村庄第一个买车的人。阿曲的母亲更是喜由心生，一遍遍摸着那车，嘴里喃喃说道："他爹，儿子出息了，都买车了。"

阿曲想让母亲上车坐坐，母亲摇摇头说："等元宵节吧，你开着车，我们一起去给你父亲烧些纸，让父亲也看看你的车。"阿曲默默地点点头。

我们这里元宵节夜晚人们都要到坟地给逝去的亲人烧些纸钱，寄托哀思。

元宵节那天，上午天气还好好的，可到了下午，天空突然飘起了雨。

雨虽然不是很大，但是不一会儿还是使山村的路变得湿滑泥泞。阿曲轻轻地骂了一句："这鬼天气！"他的母亲则默不作声地望着天空发呆。

早早地吃完夜饭，雨那时已经停了，阿曲发动车子，再喊母亲时，却发现母亲不见了。弟弟告诉他说，母亲怕弄脏车子，自己走路去了。阿曲一听，叫弟弟赶紧上车，然后一路追赶。

一路跌跌撞撞，待阿曲兄弟赶到坟地时，母亲已经在父亲的坟前点亮蜡烛，正在那里烧纸。阿曲打量着母亲，可能由于走得急，母亲的靴子上满是泥巴，就连裤子上都甩了很多泥巴。阿曲鼻子一酸，什么也没说，从母亲手里接过土纸，默默地烧起来。

烧完纸后，母亲提着筐子，执意还要走回去。阿曲已经打开车门，然后不由分说地把母亲抱进车里。上车后，阿曲轻轻地对母亲说了一句："妈，车是用来坐的！"

母亲看了他一眼，然后闭着眼睛靠在座位上，阿曲发现，母亲的眼角有泪水慢慢流出。

那一刻，阿曲心如刀绞。后来阿曲告诉我们说，他当时真恨不得把车砸了，陪母亲走回去。

花钱买热闹

早晨从菜市场经过，听到一个中年妇女正跟一位卖菜的老大爷谈话。那妇女说："您儿子给您寄那么多钱，您不缺吃不愁穿的，您还缺什么呀？却跑这里来卖菜，真是自己找罪受！"老大爷呵呵一笑："吃穿是不缺，可就是缺了那份热闹劲，一个人在家实在没意思，这里人多呀，我花钱买热闹呢！"一句话说得旁边的人都笑了。

我看了一眼老人，七十多岁的样子，中等身材，身板硬朗，满脸都洋溢着一份会心的笑。旁边有个菜农问他："孩子们都干什么的呀？"老人回答道，"都出去了，就我一个孤老头子在家。"顿一下，他接着说："老伴也不要我了，一个人先走了，我闷得慌，所以到这里来凑热闹，没抢你的生意吧？"那人连说："没有，没有。"大家又笑了。老人也笑了，突然喊了一嗓子："卖菜啰，新鲜的蔬菜，一块钱一斤！"

真是一个风趣乐观的老人！这么个爱热闹的老人，如果没人跟他交流，让他一个人独守空房，顾影自怜，那该是多么难受又遗憾的事。其实寂寞总是一个人的，而热闹永远是众人共同创造的。

蓦然就想起邻居李老师来。李老师前年退休了，离开站了几十年的讲台，离开了那份吵闹却快乐的学校，他也是一时难以适应。家里人上班的上班，上学的上学，老伴也到杭州看孙子去了，就他一人在家。平常做做饭、养养花，要么就是读书看报看电视。时间长了，他就感到冷清，浑身都不自在，人也萎靡不振，总觉得少了点什么。年初，经过别人介绍，李老师终于找到了一个理想的去处：老年棋牌室。那里人多，下下棋，打打牌，聊聊天。李老师说，即使什么都不干，那里热闹的氛围就让他心情很舒畅了。

原来，在老年人的心中，热闹是那么的重要。突然明白了那首歌《常回家看看》了，老人们图的不光是团圆，他们图的是团圆所带来的那短暂的热闹与欢乐。

卖菜的老人说他花钱买热闹。如果，热闹真可以花钱买的话，那么，在外的人，就不要寄太多的钱了，用一部分钱买些热闹寄回家，多好。

也许一块钱能买到的热闹也能让人兴奋满足好长时间。

一百步的距离

从恒昌巷进来，向右拐第一个胡同走到头就是我家。从胡同的第一家到我家的距离，我约莫估算了一下，也就一百步的样子。这几天，那位老人又在这一百步的路上开始了漫不经心的散步。

老人的小儿子就住在胡同的第一家。老人是一位退休教师，已经八十多岁了，平时大部分时间住在乡下的大儿子家，而到冬天天气转冷了，他就会准时到县城来当我的邻居。他是一个慈祥的老人，衣着干净朴素，头上永远戴着一顶毡帽，嘴里总是叼着一根牙签。我很不解他为什么总喜欢叼一根牙签在嘴里，有一次就忍不住问他，他笑笑说，那样可以运动脸部肌肉。原来是这样，看来这是他独到的养生之道了！

老人的小儿子也是一位教师，儿媳在一家超市上班，孙子今年到外地上大学了。所以，大部分时间只有老人一人在家。每天他的大部分时间都花费在从他家到我家的这一百步的路上了。从他家到我家是一百步，从我家到他家也是一百步。每天他都是默默地慢慢地行走在这一百步的距离上。八十多岁了，他还耳聪目明，虽然步子走得很慢，但那绝不是蹒跚，也不显老态。偶尔，如果他看到我家或其他几家的门开着，他也会自己踱进门，坐一会，聊一聊，喝点茶，抽支烟，然后就一声不响地出门，接着散步。

每天中午时分，胡同里总会洒满暖暖的阳光。这样，他就会搬张椅子，坐在墙根的阳光下晒太阳。有时也看看报纸和杂志；要么就自己眯着眼睛，想自己的心事，那根牙签在嘴里时不时动一动，所以不用担心他会睡着。和他家临近的一家也有一位老人，六十多岁，但那位老人一般不喜欢出门。只有在阳光很好的时候才出来，这样，他们俩就可以在阳光下有一句没一句地说说话。说说陈年旧事，谈谈春种秋收，这也应是人生的一种享受吧。

因为儿子和儿媳工作都很忙，有时回来就很晚了。这样的话老人在散步的时候还不忘抽炉子、淘米做饭，等他们回来后，就可以吃上热腾腾的饭菜了。他的儿子和儿媳都很孝顺，一般情况下，是不会让他干任何事情的，总是让他闲着。

有时，我下班回家，看到他一个人在家，就会进去和他说说话。他很高兴，总是很热情地给我倒水，让我坐下，然后问这问那，工作如何，效益怎样？这让我很是感动。

今天早晨我上班时，他又开始了他一天中一如既往的散步。我走到胡同口的时候忍不住回头看看他，只见他正不紧不慢地向前挪着脚步。不知道那一百步的距离，他现在走的是哪一步。但我想，不论怎样，他的每一步都会走得踏实，走得安稳，走得幸福。

客来是福

　　小时候，就喜欢家里来客人。客人来了，带给我们最大的实惠和福气就是可以改善生活了，即使吃不上鱼肉，但鸡蛋、豆腐一定会有的。再穷的家庭也都有好客的基因，总会尽地主之谊，变着花样也要炒出两道菜来，让客人吃好喝足，高兴而来，尽兴而去。

　　我们这里民风淳朴，最是好客。那时，客人来了，还流行"打尖"，就是在午饭或夜饭前，提前弄点食物给客人吃，一般是打荷包蛋，或者是下肉丝挂面。而客人也知道那不是正饭，总要"留碗底"，不吃完，留下一点给主家的小孩吃。我记得有一次表叔来，奶奶给他打了四个荷包蛋，于是我就斜倚着门框看着表叔吃，边咽着口水边等表叔留下一两个鸡蛋给自己。那天可能表叔真饿了，居然一口气把四个鸡蛋都吃了。看着表叔把鸡蛋吃得一个不剩，我"哇"的一声就哭了起来："奶奶，表叔把鸡蛋吃光了！"令表叔好不尴尬。现在想起，滑稽又可笑。

　　我们这里有一个说法，说是如果夜晚做梦梦见菜园里的蔬菜的话，那么，第二天家里准会来客人。于是，每天夜里都躺在床上，祈祷那些鲜嫩水灵的蔬菜能够进入我的梦乡。现在忘了，那梦究竟灵不灵。还听说，"喜鹊叫，客来到"，于是每天清晨眺望着门前的臭椿树，巴望着能有一两只喜鹊停在树梢，"喳喳"叫着。

但有一点我知道，不论是否梦到蔬菜还是听到喜鹊歌唱，而客人总会断断续续地过门，走了一茬，又来一茬。年年客来，岁岁客至，每一次客来，总能带来不一样的故事，不一样的心情，不一样的感受。来的都是客，留的都是情。

特别是春节，我们这里拜年的传统习俗相当浓重，平时里大家都忙着各自的事情，只有春节期间才清闲。那时，大家都互相走动走动，拜个年，问声好，叙亲情，道珍重，话桑麻，谈乡梓。自我记事时起，整个正月家里都源源不断地有客人造访。"莫笑农家腊酒浑，丰年留客足鸡豚"，父母早就准备好待客的酒菜，春节里虽是忙碌，却难掩喜悦之情。因为我们这里人们常说："客行旺家"。门庭若市，证明你家里兴旺发达朝气蓬勃；如果门可罗雀，则预示着家道没落没人待见。谁人不想图个吉利呢？客人来了，那是给主家长脸。

客人是人世间一个美好的词汇。它总是让人想起亲情，想起友谊，想起温暖，想起春天。

主人和客人之间总会有一根无形的线牵绊着、缠绕着、融合着，相识是缘，相见是情，相伴是爱。

客来是福，所以，有朋自远方来，才不亦乐乎，才满心喜悦，才吉祥如意，才温馨美满。

同窗在路上

接了一个电话，我便匆匆地去拜见几个二十五年未曾谋面的同学。一路上我都在回想着他们的样子，总觉得有那么点模糊，总也想不太清楚。二十五年了，不知道岁月会在他们的面庞留下什么样的印痕。这是一个初冬的下午，细雨霏霏，微冷。但是因为心里有所想，感觉到浑身上下却还是有一种说不出的暖。

到了那家名叫摩登经典的咖啡厅，站在门外宽宽的走廊上，掏出手机，刚想打电话询问他们在哪个包间。不觉中一抬头，便透过咖啡厅巨大的落地玻璃看到几张灿烂的笑脸，还有人朝着我招手。那一刻，我真的感觉到整个世界都晴朗无比。

没有表现出太大的惊喜，没有虚假的寒暄，也没有矫情的激动。一切都那么自然，仿佛我们就应该在此时此地相见，虽然这一次会面有着二十五年的距离。轻轻地说出彼此的名字，浅浅地会心微笑，虽然那张张笑脸只是似曾相识，但是相见就已经足够了，能够坐在一起，我们之间已经跨越了二十五个春秋的光阴。相聚永远只有美好，那时，我们心灵已然相通。

几杯咖啡，几杯绿茶，整个下午的时光。在咖啡厅那个满溢温馨的包间内，在咖啡和茶香的氤氲中，在大厅内那舒缓而深情的歌曲里，我们闲适地聊着。回忆是唯一的主题。那所朴素的乡村中学，那些可爱的同学和敬爱的老师们，还有白发苍苍的老校长，都不经意地从我们的口中被一一道出，好像他们就在我们身边，仿佛就在昨天我们还在一起亲密无间地相处。

一些名字总在记忆中鲜活，一些人物总在睡梦里出现，一些故事总在心田上种植。任时光荏苒，那时、那地、那人、那事、那景、那物却会永远隐入你身体里那个最柔软的角落。一不小心被情感触及，那所有的一切都将会盛开出满树的繁花，朵朵都怒放着思念。

小小的包间内，我们的笑脸是真诚的，心情是舒畅的。品着香茗和咖啡，我们被巨大的幸福所包围。落地窗外是熙攘的人流，那是他们的世界。我们的世界在玻璃窗内，我们永远是同窗。虽然我们知道，二十五年前那段同窗的时光再也不可复制，岁月不会流回过往，然而不论时光走了多远，那份纯真的少年情怀却永远不会改变、不会褪色。我们知道，有一种情愫可以回溯久远，那就是友谊。

同窗之谊一直在路上，哪怕山高水长，地老天荒。

乡邻人情酒一杯

春节过了，元宵节也过了，到了正月底，家乡的各家各户又开始筹划着酬客的事宜了，邀请湾邻乡亲在一起聚聚，倾心谈农事，把酒话乡情。这是家乡沿袭已久的传统了，大家平时虽然也都抬头不见低头见，但是各家都有各家的事，真正能聚在一次吃顿饭，除非赶上哪家有什么事情。大家彼此都记着对方的好，都念着对方的情，那份好也许很小，那份情也许不大，但是一定得还的。正月底是一年中最清闲的日子，于是，就利用这段闲暇，把大家招来，吃顿饭、喝点酒，在酒香氤氲里，让那份积压许久的情感得以酣畅淋漓地表达。

无酒不成席，酒是一条无形的纽带，总把大家紧紧地连在一起。所有的话到了酒桌其实都不用说了，因为一切尽在酒中。酒可以很好地表达情感，烘托气氛。家乡有种说法，叫作"怪酒莫怪菜"，也就是说，菜不一定好，但是，酒却得准备充足。好不容易请大家坐坐，要是客人把酒瓶都喝干了，可就显得主人脸上无光了。当然这样的事情几乎不可能发生。因为酒早就摆在那儿，散发着浓浓的香味，诱惑着每个人的神经。

　　我的一位堂兄弟去年做生意小赚了一笔，今年正月请族人在一起会餐，满满一桌，二十几人，老少咸集，五世同堂。那样的场合，那样的氛围，除了酒，再没有什么可以表达心中的情感了。于是，酒就成了唯一的主题。平时不喝酒的人，在那种氛围的感染下，也不由得端起酒杯。于是，推杯换盏，觥筹交错，透过迷离的灯光，穿越浓烈的酒香，那份血浓于水的亲情在轻轻地飘荡着，每个人都热血沸腾，醉意朦胧。

　　在酒桌上，得有人活跃气氛，扮演那样角色的往往是主人家请来陪客的"酒司令"。"酒司令"不光斟酒，还得"卖酒"，就是得把酒瓶里的酒倒完。人其实都是熟人，大家都知道彼此的斤两，也知道双方的性格，所以劝酒得有的放矢，那可是一件技术活。有的人劝了半天，酒瓶里的酒还是没倒出去多少，有的人却三下五去二地就把酒"卖"完了。我的一位叔佬就很会劝酒。他每每都先干为敬，然后再给别人斟酒，不行的话，再帮别人喝一点，直至别人不好意思了把酒喝完，他就会满满地给倒上一杯。不管怎样，酒喝得越多，主人家就会越高兴，他就会觉得大家都很给面子。对主人家而言，虽然淡酒薄菜，可那也是他最浓烈、最深厚的情意。

　　这几年，家乡大部分人都外出务工，大家相聚的日子也就在春节那段日子里，所以现在大家更热衷于正月的宴请、酬客，并且把日子都提前了。相聚不易，酒解情意。在酒的浸润下，大家或酩酊，或微醺，但是都是酒不醉人人自醉，一杯热酒，就是一杯相思，就是一杯乡情，就是一杯相守。

第三辑：为亲人放慢脚步

数数父亲的白发

堂兄属于早婚类型，十九岁结婚，二十岁就喜添闺女。时间过得快呀，转眼二十多年过去了，闺女大学都毕业了，只是现在还没找好工作，整天呆在家里当个"啃老族"，这事很是让堂兄发愁。按说闺女条件不错，毕业的学校在省内也还可以，专业也行，临毕业时本来有用人单位已经准备跟她签订合同。可那闺女倔，不想到外地工作，非得回家乡工作不可。堂兄知道闺女有孝心，为的是好照顾二老，再说他就这么一个孩子，也舍不得她在外漂泊。

可是想找一份工作又是多么不容易啊。现在各个单位都是逢进必考，闺女也参加了两次考试，笔试成绩都非常不错，可一到面试就通不过。闺女就看破红尘的样子，说那里有猫腻，再也不去参加什么招录考试了。可凭堂兄一个小科长再怎么努力，工作的事还是镜花水月那般缥缈。于是堂兄就跟闺女商量，想让她到熟人的小企业先干着，也好挣点零花钱，并说他都跟人联系好了，随时都可以去的。可闺女嘻嘻一笑，说她才不去那种地方，让堂兄很无奈。堂兄就开玩笑地对闺女说：你把我的头发都急白了。闺女顽皮地看着他的头发说：我一根也没有发现啊，等您真急出了白头发，我就去。堂兄只有苦苦一笑。

其实，堂兄的头发还真白了不少，只是闺女不知道。就在闺女上大学那年，闺女上学拿了一大笔学费，堂嫂因所在的企业倒闭下岗，堂兄又因提拔的事情彻底无望，那一阵真操碎了心，头发就在不知不觉中白了一些。堂兄是个讲面子的人，将那些头发染成黑色，别人很难看出来。堂兄每天都照镜子，一发现有白头发出现的苗头，就去理发店染一染，所以堂兄在人们面前总是满头油光发亮的样子。闺女在家呆的时间不长，还不知道这个秘密。

闺女每天还是一副嘻嘻哈哈没心没肺的样子，要么在家里上网玩游戏聊天，要么就跟几个同学在外游玩，一点也看不出她着急，好像找工作根本不关她的事。堂兄堂嫂也拿她没有辙，这么大的姑娘，打不得说不得的。

时间一长，堂兄就有些急了，这一急那白头发无形中好像又长了。那一天，堂兄在照镜子时发现了冒出的白头发。他本来想去染一下，可突然想起闺女说的话，索性到理发店去把头洗了洗，让那些白头发都彻底地出来放放风显摆显摆。

那天夜晚，闺女又在外面玩了很晚才回来，待她一进家门，就发现了堂兄的白头发。堂兄坐在白炽灯底下，那半头的白头发在灯光下是那么的明显和张扬。闺女一下子就愣在了那里，半天才泪眼婆娑地走到堂兄跟前，用手轻轻地拨弄她父亲的头发，似乎真在数那有多少根。好一会儿，闺女哽咽着说：爸，你跟熟人打电话，我明天就去上班。

堂兄后来说，当时他强忍泪水，一动不动地坐在那里，眼睛也不看闺女。等闺女说出那一句话后，他再也忍不住，一把搂过闺女，哭得跟个孩子似的。

为亲人放慢脚步

近日找朋友办点事，在他办公室等他时，闲着没事，就拿过他办公桌上的日历翻看。翻着翻着，我发现他的日历有不少页都有折过的痕迹，并且后面还有三页仍是折着的。我翻开那三页日历，看看也都是很普通的日子，并不是什么重大节日之类，就有些不解了。刚好，朋友进来了，我就问他是怎么回事。他笑笑，说那些日子都是亲人的生日，怕忘记了，就先折起来，到时好给自己提个醒。原来是这样，我不禁为他的细心而感动。

这是一个讲究效率的时代，人们生活的节奏总是太快，应酬的事情总是太多，慢慢地你也许回家的次数少了，陪父母吃饭的次数少了，给妻子买花的次数少了，带孩子逛公园的次数少了……

你也似乎有很多的理由，可是亲情是不讲借口的呀！

有些感情不能代替，有些事情不能缺席，有些日子不应忘记。我想，不论工作再忙，事务在多，你也应该在心中为亲情留些空间。

有时，哪怕是很小的一个细节，也能让亲情在心中长久地弥漫。就像朋友日历那道道折痕中蓄满的都是浓浓的亲情啊。

爱情保温杯

他每天应酬多，几乎天天有酒局，而他却又偏偏不胜杯酌，十次喝酒九次晕，那另外的一次肯定是酩酊大醉。所以每天夜晚都是满身酒气地回家，然后稍微洗漱一下便倒头大睡，很快就呼噜震天。睡就睡吧，可偏偏半夜酒性发作，准会醒来要水喝。这已经成了习惯。水是有的，她每天都会记住烧一暖瓶水的。有时，她会起来给他倒一杯水，等微凉了才端给他，他望了她一眼，什么也不说，端起茶杯，一饮而尽，然后又倒床做他的春秋大梦了。她就有点恨恨的心情，恨不得狠狠地掐他一把。而有时，她睡得正香，被他吵醒要水喝，她就有些生气，让他自己去倒。他也不说什么，就自己起来，踉踉跄跄地到客厅倒水。有一次，可能他的确喝得太多，起来后，还没到客厅，她就听到"扑通"一声，等她跑出来一看，只见他摔倒在走廊里，正吃力地往起爬……

从那以后，她再也不让他起来倒水了，而宁愿自己受点罪给他倒。那天她在超市购物时，无意中看到货架上的保温杯，见到保温杯的那一刻她笑了，怎么就没有想到保温杯呢？有了保温杯，倒一杯水放在床头

101

柜上，他想啥时喝不就行吗？于是，她很高兴地买了一只保温杯。

那夜他果然又有饭局，很晚才回家。她把保温杯倒满茶水，放在床头柜明显的位置上，然后就安心地睡觉了。那一夜，他只喝了很少的酒，只是微醺。当他洗漱完准备睡时，看到了那只保温杯。那一刻，他的鼻子有点酸酸的感觉。望着甜甜入睡的她，不觉有一丝愧意在心底涌动。她还那么漂亮，睡姿还是那么的优美，可是他却好长时间都没有留心在意她了，而是渐渐地冷落疏远她了。他轻轻地把玩着那只保温杯，体会着她的那份真意和柔情。他仿佛想到了她买这只保温杯的含义了。爱情是不是也需要保温呢？

他替她掖了掖被子，撩了撩头发，然后在她的脸颊上亲了一下。她醒了，其实她早就醒了，只是在装睡。他把保温杯在她的眼前晃了晃，说了声谢谢，然后说决定戒酒。

她侧过身去，眼角有一滴泪滑落，慢慢流到嘴角，她尝到那泪不是咸的，是甜的。

勺子的另一种功能

　　一向康健的父亲突然得了脑血栓，导致偏瘫，生活不能自理，一日三餐得让人喂食。

　　他第一次握着勺，小心翼翼地把稀粥喂向父亲的嘴时，心里不由有些异样的感觉。四十年来，他还是第一次喂父亲吃饭。从前，只有父亲喂他，他从未想过会有一天，他也拿起勺子，喂父亲吃饭。手拿着勺，他不由心思澎湃。

　　小时候，他最贪玩调皮了，从来不好好吃饭，一日三餐都得父亲喂。他依稀记得，父亲每次总是舀起半勺饭，放在嘴边轻轻地吹几回，甚至用舌头舔试一下，确信饭不烫了，才喂他吃。即使这样，他还是不好好吃，总是找借口搪塞，不是说饭烫，就是说饭凉，要么说菜太咸。而父亲总是笑容可掬，不厌其烦地按照他的意思，慢慢地喂他。

　　他刚开始识字的时候，表现出极大的热情。一到饭口，他就说要认字，父亲就只好边喂他吃饭，边教他认字。父亲把字都写到小黑板上，然后就用勺子的柄当教鞭，指着黑板上的字教他。父亲舀一小口饭喂他，然后倒过勺子，用勺子柄指着黑板，让他念字。他那时很有兴趣，也觉得很有意思，看父亲变花样似的，一会儿用勺子喂他吃饭，一会儿又用勺子教他识字。他感到很新奇，认为那勺子一定具有强大的功能和魔力，就抢过父亲手中的勺子，吃一口饭，然后指着一个字大声念出来，他的举止惹得父亲哈哈大笑。

他很是喜欢这样的识字方式，他很聪明，在吃饭的当口他学会了许多字，更重要的是无形中他学会了吃饭，再也不需要父亲喂他了。

后来他上学了，语文成绩特别好，他一直以为那是勺子的功劳。

再后来，他也结婚生子，也像父亲那样用勺子喂儿子吃饭教儿子识字。他才明白，勺子就是勺子，没有特别的魔力，如果说有的话，那就是勺子在他们之间传递的血浓于水的亲情和爱。

他又舀起半勺稀粥，像父亲从前那样放在嘴边轻轻地吹了吹，然后小心地喂进父亲的嘴里，看到父亲轻轻地咽下去，他顿时觉得浑身轻松了许多。

亲情没有保质期

母亲过生日，阿羽携妻带子回乡下给母亲祝寿。阿羽的妻子到蛋糕房买了一个生日蛋糕，另外还买了不少散装的肉松蛋糕、蛋卷等糕点，因为母亲的牙不好，这些好咀嚼易消化。

母亲很高兴，觉得那些蛋糕很可口，很合她的胃口。她边吃边赞不绝口。而小孙子毛毛也很懂事，拿起一块肉松蛋糕对奶奶说："奶奶，这个最好吃，我平常最喜欢吃了。"奶奶接过去，轻轻地咬了一口，连说好吃。毛毛就咧着嘴哈哈直笑。

毛毛在老家玩得很愉快，对农村的一切都感到好奇，临别还依依不舍。奶奶摸着他的头说："没事就经常跟爸爸一起回来，我做好吃的给你吃。"

毛毛仰着头说："奶奶做的饭一点也不好吃，我还是爱吃肉松蛋糕。"

奶奶淡淡一笑，没有说话。毛毛的妈妈连说毛毛不懂事，拉着他走了。

三周之后，阿羽又带毛毛回老家。奶奶见毛毛回来了，非常高兴，连忙拉着毛毛来到家里院中的水井旁，从井里拉起一个篮子，篮子里居然是上次没有吃完的肉松蛋糕。奶奶对毛毛说："奶奶知道你最爱吃肉松蛋糕，一直给你留着的。"

毛毛拿起一块肉松蛋糕，正准备吃的时候。阿羽连忙制止了他，说那肉松蛋糕保质期是半个月，早过了保质期，不能吃了，得赶紧扔掉。母亲疑惑地说："还有保质期啊，我怕坏了，特地吊在井里，兴许还能吃吧！"

阿羽摇了摇头说："吃的东西，不能含糊，过了保质期，最好还是不要吃。"

母亲就默不作声了，看着阿羽把那些糕点扔掉。她觉得儿子说的肯定在理。

阿羽在扔那些糕点的时候，鼻子有些发酸，没想到母亲居然自己舍不得吃，还一直留着这些糕点，他知道那是母亲对小孙子无声的爱，那种爱是没有日期限制的，保质期是永远。

时间不走爱还走

　　他和她认识的时候，小城正流行绣十字绣。随意漫步小城的街头，到处可见一些女子坐在门前绣十字绣，她们或年老，或年轻，但是她们都神情专注、妙手生花。她们一针一线地在布上穿梭，那各色丝线慢慢就变成花鸟虫鱼、山水风物的图案，真的是巧夺天工，让人目不暇接。

　　他没有想到她也会绣十字绣。看她纤纤玉手飞针走线地忙碌着，他一时呆了。她边和他说些不着边际的话，边娴熟地绣着十字绣，那个场景让他怦然心动。

　　随着他们交往日益加深，彼此都有了好感，彼此的生命中都刻有对方的影子。有一天她对他说，她将给他绣一幅十字绣。

　　他满怀期待而又愉快地等待着。没过几天，她真的将一幅绣好了的十字绣送到了他的面前。那是一幅钟表的图案，表芯中间是两颗紧紧相连的心，还有一个大大的爱字。旁边则是一到十二颜色不一的数字。她对他说，让时间见证他们的爱。他点点头，又挠了挠头说，要是这表能走就好了。她笑而不言，然后将十字绣拿走了。

他再见到那十字绣时，那表居然活了，真能走了。原来她把那图案拿去装裱后，装上时针、分针、秒针，再装上电池，那表就真成了名副其实的表了。他拿着那表，一时爱不释手。他把那表放在床头，闲时凝望，仿佛就体会出她的爱意来。

后来他们的爱情开花结果。那个十字绣的表被他们当作爱情的信物，让他们倍加珍惜。

那表一开始还挺准时，和着日月的节律按部就班地行走着。可它毕竟不是专业的制作，走着走着它就不那么准了，经常慢，甚至还闹罢工。他们就经常为它换电池。

可是有一天，那表彻底不走了，不论怎么摆弄，它就是一动不动了。她有些遗憾地望着他。他揽她入怀，笑着说：时间不走爱还走，并指了指那表，她也笑了，可不是，那个爱字还那么醒目，那两颗心还是那么紧紧相连。

爱的表达

周末，他和妻带一双儿女到县体育中心玩。孩子们玩得很开心。但是，四岁的女儿玩耍了一会儿，就撒娇说没力气了，非得要他抱着不可。没办法，他只好抱着她。他用手轻轻地刮了一下女儿的小鼻子逗她说："爸爸爱你吧，抱着你，不抱哥哥。"

谁知，那小丫头偏着头，好像在思考什么，过了一会儿，突然对他说道："爸爸也爱哥哥，可爸爸抱不动哥哥。"

女儿的话让他有些惊讶。他不由回头看了一眼正在健身器材旁运动的儿子。十三岁的儿子，俨然是个大小伙子了，一米七三的个头，比他还要高，他真的是抱不动儿子了！

他在默默地品味着女儿的话，小丫头说得其实蛮有道理的。虽然儿子长大了长高了，不再整天围着他们身边耍闹，可是在他们的心目中，儿子却永远还是一个孩子，永远需要他们的呵护与爱怜。也许，他们不可能总是拥儿子于怀，像儿时那样宠爱有加，但是，他们心中的那份爱一直还萦绕在儿子的身旁。

他突然想起了那首儿歌：爱我你就抱抱我，爱我你就亲亲我。

他明白原来爱还有多种表达方式。为人父母对待孩子，各有各的爱的表达，父母的爱就在那举手投足之间，如无声细流暖遍心田。孩子们都应该能够感知。痴心父母，古今相同。

他喊来满头大汗的儿子，默默地替他擦拭汗水，默默递给他一瓶饮料。儿子就那么看着他，什么也没说。但是那一刻，他却体会到一种难言的幸福。

爱你一次不够

　　她和他在同一个办公室，并且坐对面。他们都是新来的大学生，在这个机关里是微不足道的新人。她每天沉迷于电脑，工作和娱乐都在电脑里。而他很少上网，写材料时如需查什么资料就在网上很快地浏览一番，然后在稿纸上写，写后就将材料交给她打印。她有时就有些不快，他明明也有电脑，却从不在电脑上写材料，而宁愿在纸上写，然后交给她，无形中增加她的工作量。但是她又不好说什么，因为他写的文稿很好，尤其是那字很漂亮，看起来很舒服。慢慢她明白了，他之所以坚持在稿纸上写材料，原来他是在练字。

　　他没事时，就在她用过的材料纸的背面练字。他不喜言语，总是默默地干自己的事，就不免让她感到孤单，觉得跟他在一个办公室真是倒了八百辈子的霉。有时，她试图跟他聊聊，可他总是含糊地应答着，让她很快就没有再谈下去的欲望了。上网时间长了，她就坐在他的对面看他练字。他也不看她，照样气定神闲地写着。他那专注的神态就仿佛他的对面根本没有她这样的一位美女。时间久了，她也习惯了。她也有点佩服他的定力，并且看他的字久了，居然有些上瘾，说实话，那字很飘逸很洒脱。他写字只是用自己的那支永久牌钢笔，从来不用单位发的一次性水性笔。她想不到那么一支普通的钢笔在他的手中那么看似随意地涂鸦，居然能写得出那么优美的书法。有一次，她就赞美他的字，他笑了笑，然后从抽屉了拿出个本本给她看，她接过一看，原来他是省书法家协会会员。这么年轻就是省书协的会员，看来他练字是有些年头了。

那一天她突发奇想，要跟他学写字。听了她的想法，他有些不知所措地笑了笑。

她真的开始练了，找来一支一次性的水性笔，就拿他写的字当字帖，然后一笔一画地练起来。当她拿起水性笔的时候，蓦然发现自己好长时间都没有写字了。写完一张纸后，她递给他看，他很快地看了一眼，然后顺手把那张纸塞进抽屉，也不说什么。"怎么样呀？"她问。"继续努力。"他答。"继续努力"看来是不怎么样，她接着写。再给他看，他还是看过后顺手塞进抽屉，照样说继续努力。

一次性的水性笔很不耐用，很快她就将笔用完了。她顺手将笔扔进垃圾篓里，他看了她一眼，然后从垃圾篓中拾起那支笔，擦干净，也顺手塞进抽屉。然后又从抽屉里取出一支很小巧的钢笔递给她，说送给她的，并且还告诉她今后不要用一次性水性笔写字了。那一刻，她心里莫名地滋生一种暖暖的感觉。但是她也不说什么，就用他给的那支笔继续练字。练字？有时她也感到很是可笑，为什么会无端地练字呢？

有一天他给了她一张他写的字，她开始也没主意，就照着写。写了一会儿，她突然品出了字中的味，那不单纯是一张字，应该是一首诗，一首爱情诗。她脸上就有些发烧的感觉。抬头问他从哪里抄的，他说是自己写的。她就有些晕晕的。她只知道他会写字，从没想到他还会写诗。要知道她可是中文系毕业的，那火辣辣的文字的含义她是懂的。她就问他为什么，他笑了笑说，因为你陪我练字。陪你练字？这是理由吗？他说是，然后从抽屉里拿出她写的所有的字，不知何时都被他装订成册了，她接过那厚厚的一本习字帖，真的被感动了，或者说是被俘虏了。于是一场爱情故事就这样发生了。

　　她问他是不是从他送自己的那一支钢笔时就打上了她的主意。他笑了，告诉她说他不喜欢一次性的东西，总觉得一次性的不会长久，所以怕她用完一次性笔后就不再练字了，于是就送她一支钢笔。她又问他，那为何又将那支水性笔收藏起来呢。他笑得有些诡秘，然后用手指在她的脸颊上弹了弹说，我怕自己没有信心，收藏那支笔的目的就是为了告诫自己：爱你一次不够！

笑着爱

朋友和他老婆的爱情很简单，擦出火花仅仅是因为笑。那天朋友骑着摩托车赶时间去上班，正是上班的高峰期，路上到处是行人。朋友跑得急，冷不防从斜道里冲出一位同样匆匆赶路的骑着自行车的人。朋友赶紧一个急刹车，才避免相撞。当时刹车急，车子由于惯性，在原地打了个旋转，翻倒在地，幸亏朋友人高腿长，自己才没摔倒，但是也够狼狈的，车篮的公文包被甩出老远。骑自行车的人连说对不起，然后就走了。朋友在扶摩托车的时候，听到有人在"咮咮"地笑，抬头一看，发现旁边有位姑娘正捂着嘴在笑着，一双大眼正盯着他，手里还拿着他的公文包。朋友接过包，也笑了笑，对姑娘说了声谢谢。姑娘骑车走时，还不忘回眸一笑，回眸一笑百媚生呀！那笑一下子就攫住了朋友的心。

以后朋友经常在街上碰到她，每次见面他们都是相逢一笑。每一次相遇姑娘的微笑，都会使朋友的心中波涛汹涌。终于，朋友忍不住了，在又一次的相遇中，勇敢地约了姑娘，姑娘又笑了，笑得很甜。

我在朋友的婚礼上，见到了那位爱笑的新娘。那天，她笑得非常灿烂，笑靥如花，如花的浅浅的笑靥里漾满了幸福。

可以想象，他们婚后的日子很甜蜜，就像朋友说的那样，整天被笑簇拥着，笑着生活，笑着爱。

笑着生活，笑着爱。听着就觉得幸福和感动。

笑是一个很奇妙的东西，爱情也是一个很奇妙的东西。两个奇妙的东西糅合在一起，就能散发出无穷的魅力。笑是爱情的催化剂、润滑剂、保鲜剂。充满笑的爱情将是无比动人和美丽的。

笑着生活，笑着爱。多好。

给父亲打下手

父亲退休后，就主动请缨下厨房，操办全家的吃喝问题。当父亲第一次系上围裙，走进厨房开始做饭时，全家人都认为他只是刚退休，图个好奇，打发时间，坚持不了多久。可是没想到父亲却是认真的，每天买菜、做饭、炒菜，一干就是几年，真正成了"一家之煮"。

通过几年的学习、锻炼，应该说父亲的厨艺大有长进，但是父亲做菜缺少花样，总是那几样家常菜，时间长了，大家都有些味觉疲劳了，可是我们都不好意思说。

我平时工作比较忙，也经常在外面应酬。我也算得上是个有心人，每次在外面吃饭时，总是有意无意地向别人询问，记下一些菜的做法，想回家后试着做给家人，也好改变一下家人的口味。

每次当我提出来要给大家做菜时，父亲都对我说："你会做什么啊，真想帮忙，就给我打下手，择菜、洗菜去！"没办法，我只好择菜、洗菜去了。时间长了，我心里就觉得有些委屈，心想，我都四十多岁了，怎么不会做菜啊，总让自己打下手，真是大材小用。

那天父亲走亲戚去了，我终于逮住机会，好好地露了一手，做了几个菜，家人都说不错。我就有些飘飘然了，对母亲说："爸爸总把我当小孩子，说我不会做菜，做得不比他差吧！"没想到母亲用筷子敲了一下我的脑袋说："你爸那是心疼你，说你工作挺累的，不想让你回家后再劳累。你爸还说炒菜油烟大，对你的近视眼不好。"我一下子愣住了，看了一下眼镜，发现眼镜是有些模糊，蓦然感觉眼睛也潮潮的。母亲对我说，今后多记一些菜谱，回家后告诉父亲，让父亲做。

　　从那天起，我就不时地给父亲带回一些菜谱，然后告诉父亲怎么做，父亲很高兴，照着菜谱用心去做，我依然还是给父亲打下手，择菜、洗菜、配料……

我只是晕血

一个年轻的妇女背着孩子急匆匆地跑进医院急诊室，一进门年轻妇女就带着哭腔喊道："请医生快救救我的孩子！"医生接过那孩子，把他平放在病床上。只见那孩子口吐白沫，全身抽搐，牙齿咬得咯咯直响。凭多年的临床经验，医生判断孩子得的是急性脑炎。医生赶忙吩咐年轻妇女快把孩子的嘴撬开，否则孩子在不知不觉中会咬断自己的舌头。

在几个护士的帮助下，年轻妇女好不容易撬开孩子的嘴，可是才撬开，孩子又把牙齿紧紧地咬在了一起。医生就说再撬开后用东西塞着。可是他们环顾了一下急诊室，一时没有发现什么可以用来塞的。年轻妇女什么也没说，还是使劲地撬着孩子的嘴。撬开后，只见她毫不犹豫地把自己的食指一下子塞进了孩子的嘴中。她的举动让在场的人都大感意外，空气在那一刻仿佛凝固了。医生赶紧去取药。护士们紧紧地按着孩子。

孩子还在抽搐着，牙齿继续紧紧咬着。很快，年轻妇女的手指开始流血，殷红的血顺着孩子的嘴流得到处都是。十指连心，年轻的妇女脸色慢慢地变得苍白，身体也开始剧烈颤抖起来，一个护士用力地扶着她。年轻妇女感激地望了护士一眼，然后，目不转睛地盯着孩子。

很快，医生取来药，给孩子打了一针。在药物作用下，孩子慢慢地安静下来，停止了抽搐，牙齿也慢慢松开了。护士们赶紧帮年轻妇女把手指从孩子的嘴中小心地拿出来。手指已经是血肉模糊。护士忙着给她包扎。

年轻妇女还在颤抖，一个年轻的护士问她："很疼吧！"

年轻妇女摇了摇头说："我没有感觉到，我只是晕血。"顿了顿，她居然淡淡地笑了："感谢儿子，我想我以后不再晕血了！"

一句话说得那个年轻的护士眼圈红红的，在场的人也无不动容。

二十元的光阴

　　他们恋爱时，那家茶楼才刚刚开业。他们就经常去那里喝茶。在二楼大厅随便找一个位置坐下，相互依偎，说些绵绵的情话。茶水是十元钱一杯，他们就花二十元点两杯茶水，在那舒缓的音乐中，慢慢啜饮，有时一坐就是两三个小时。在时间的流逝里，光阴的流转中，爱情得到了升华。

　　如今十年过去了，那家茶楼还在照常营业，他们婚姻已经走过平实的十年。他们空闲的时候还到那里喝茶，茶水还是十元一杯，他们照样还是花二十元点两杯茶水，然后就坐在那里细品。虽然不再年轻，他们不再像从前那么过于亲昵，但是话语中更多的是一份亲情、一丝关爱。他们一坐还是两三个小时，在那温馨而浪漫的气氛中，用心体会着那份无言的幸福和感动。

　　爱情需要回忆，爱情更需要品味。爱情就犹如那杯中的茶，在光阴的水中会盛开得更加鲜艳、芬芳、历久弥新！

推车里的爱

小区里有一条宽宽的甬道，地面平整而且干净，两边是四季常青的花带。没事时，小区里的居民都喜欢到甬道里散步，小孩子们也喜欢到那上面玩耍。

我的邻居阿明年初喜得千金，阿明对小女孩喜爱有加，经常用推车推着女儿到甬道里遛弯。

小女孩长着一张粉嘟嘟的小脸，很是招人爱怜。我们都很喜欢她，得闲都会停下脚步，逗她玩。每每那时，阿明就一脸的幸福，摇着女儿的小手让她跟我们打招呼，或是跟我们再见。

阿明提起女儿总是有说不完的话，说女儿很乖巧聪明，还没过周岁生日，就能听懂大人的话，知道自己的手、鼻子和耳朵，还会做鬼脸。有时他就要求女儿做鬼脸给我们看，小女孩真的噘着小嘴吸着鼻子，模样很可爱，惹得我们哈哈直笑。

推车后面的袋子里装满了小孩的用品，有纸巾、装满水的奶瓶、尿布、衣服等，阿明说这是以备必时之需。所以我们就时常看到阿明在甬道上给小孩喂水喝，或者换尿布。他真是一个有心人啊。

今天中午，我出去办点事，在甬道上又碰到阿明和他的女儿。不过，这次阿明不是推着女儿走，而是他在前面拉着推车走，还不时回头看看女儿，样子很是滑稽别扭。

我问他干吗拉着走。

阿明朝我笑了笑，然后用手指了指天上的太阳，说阳光很强烈，怕刺着女儿的眼睛。

我抬头看了看，可不是，阳光正白花花地照着。我若有所思地点点头，同时为阿明的细心而动容。

一推一拉，原来，爱就藏在那一个简单的动作里。

一把野菊花

他做生意把家里的积蓄都赔光了，可是偏偏祸不单行，他又遭遇了车祸，造成双腿骨折，好在现在经过治疗，已经可以拄着双拐走路。

家里的一切事务都落到妻子的身上。并且仅靠她那点微薄的工资支撑着一个家，家里正出现前所未有的经济危机，凭妻子的那点钱既要负责家庭的正常开支，还要支付他的医疗费，根本是不够的。有时妻子就开玩笑地说，要是一分钱能当两分钱花，那该多好啊。为了补贴家用，妻子在工作之余，找了一份家教，每天给一个学生补习英语。

望着妻子每天忙碌的身影和日渐消瘦的脸庞，他看在眼里，疼在心里。他暗下决心，要加紧锻炼，好恢复身体，以求东山再起，为妻子分担。

那天，他比平常早起了一个小时。妻子问他怎么起那么早，他说锻炼去，说完就拄着拐杖出门了。

因为他知道那天是妻子的生日，他想给妻子一份生日礼物。他在心里早就想好了，他知道这个季节正是那些野菊花灿烂的时候，他想给妻子采一把野菊花。妻子是个很爱花的人，可是整天奔波，她再也没有心情去侍弄花草了。

他住的地方离城郊不远，那些田埂地埂上都开满了野菊花。他拄着拐杖一步步向城郊走去，累了，歇一会儿。就这么走走停停，他见到那些野菊花时，早已是满头大汗。

那些野菊花真漂亮呀！他闻到了那醉人的馨香。他一朵一朵地采着，露水不一会儿打湿了他的衣服，他什么也不顾，只是一朵朵采着……

在回城的路上，太阳已经升起，路上的行人多了起来。人们发现一个拄着双拐的人手里拿着那么一大把野菊花，都觉得他很另类，都向他投去惊奇的目光。他迎到了那些目光，心里只是笑笑，继续走路。

到家了，妻子正准备出门，见到他手里的野菊花，一下子愣住了，问他采那么多野菊花干什么，他说：送你的，祝你生日快乐！

妻子接过花，眼泪出来了。

他轻轻地帮妻子擦掉眼泪，说：我相信这些野菊花一定会把我们的日子点亮，一切都会好起来的，明年我会送你一盆名贵的菊花。

不，我还要野菊花！妻子坚定地说。

仅此一件的宝贝

那一年，我去学习驾驶。

一起学习的人很多，五六个人算一组。我们的小组里，有一位女学员，大家都说她找到了一个好老公。她的那位先生，每天雷打不动地开车送妻子到驾校，然后默默地看妻子练车。中途换人时，给妻子递上毛巾和水，天天如此。那份关切，叫人羡慕。

那位先生是个一米八几很帅气很有气质的男人。而那位女学员，长相其实很一般。私下里，有人替那位先生鸣不平。

那天，学员们在一块儿聚餐，那位先生也参加了。

席间，大家纷纷称赞他是模范丈夫，说他对妻子的那份关爱值得天下所有男人学习。

都以为那位先生会谦虚或者腼腆一番，没想到他坦然地笑着说道："谁不爱自己的老婆呢？天下女人很多，可老婆只有一个；就像世上有许多宝贝，而你只拥有这一件。你能不好好珍惜爱护吗？"

一句话，说得那位女学员眼眶润润的。

想起《红楼梦》中的话，任凭弱水三千，我只取一瓢饮。可见真爱贯穿古今。

陪母亲喝酒

　　文友阿磊为人豪爽，甚至有些放荡不羁，喜饮酒且颇具酒量，县城一圈文友，没人能与他较量。在酒的滋润下，阿磊的诗也写得有声有色、有滋有味、有情有义，常有佳作。

　　前天文友聚会，阿磊又带来了他的新诗，大家赞赏有加。酒酣之际，有人就夸他颇得太白真传，斗酒诗百篇。他连忙摇头说：喝酒与写诗无关。

　　我们几乎是同时问他：那喝酒跟什么有关？阿磊端起酒杯轻轻地晃了晃，将酒一饮而尽，然后扫视了大家一遍，笑了笑说：跟母亲有关。他此言一出，大家都不约而同地停住喧闹，一齐盯住了他。

　　阿磊细细地向我们介绍起来。他说幼时家境贫寒，家里只有逢年过节或来客人时才会买酒。他小时候就知道母亲爱喝酒，她母亲常说她闻到酒香就想喝。但那时家里的条件不允许她经常喝酒，再说一个农村妇女喜欢喝酒，传出去总会让人说三道四的。所以母亲只有在过年时才能痛痛快快地饮一次酒。平时来客时即使剩下酒，母亲也舍不得喝，留着

126

预备再来客时招待客人。阿磊说他从小就有一个梦想，那就是等他长大后一定让母亲天天有喷香的酒喝。

阿磊说他上班的第一个月工资全部买了酒，送给母亲。并且从那时起，他就坚持每周回老家一次，回家的目的只有一个，那就是陪母亲喝酒。即使现在他当了局长，不论公务再繁忙，他还是雷打不动地每周回老家一次。如果出差，他必定在临走前和回来后回家跟母亲相叙，陪母亲喝酒。阿磊自豪地告诉大家，她母亲的酒量很大，现在七十多岁了，一次还能喝半斤。他说自己开始时酒量并不行，因为经常跟母亲喝，慢慢地酒量就练大了。

最后，阿磊叹了口气说，母亲喜欢田园的生活，不愿到城里居住，要不然的话，他就可以天天陪母亲喝酒了。

大家都静静地听着，在心里为阿磊感动着。最后不知是谁提议，让大家为母亲干杯，于是大家的酒杯就轻轻地碰到了一起。

心有几瓣爱有几瓣

同学阿永夫妇是大家公认的恩爱夫妻，两口子结婚十多年了，仿佛还一直处于新婚状态，那份恩爱让人羡慕得都有些吃醋。真不知道他们有什么秘诀能够把婚姻经营得如此完美无瑕。

阿永是搞房地产开发的老板，在小县城也算是屈指可数的商界精英了。因为生意的缘故，他经常出现于各种各样的应酬场合，但他有一个宗旨，即使喝得烂醉如泥，也得让人准时把他送回家。平时，只要他有空闲，总见他陪老婆逛商场，甚至成双成对到菜市场买菜。这一点真的很难得。要知道，男人最不喜欢做的事就是陪老婆大人逛街了。

还有，阿永对老婆的忠贞不渝同样令人称道。不是说男人有钱就变坏吗，可是这一说法对阿永好像不灵。这么多年了，阿永钱是挣了不少，可还从来没有听说过他任何拈花惹草的桃色新闻，相反大家听说的只是他们夫妻恩爱的良好口碑。

那天，几个同学聚会，酒酣之际，就有同学开玩笑地问阿永："真的没有小三？"

阿永端起酒杯，一饮而尽，然后义正词严地说："当然没有！老婆对我那么好，我能做对不起她的事吗？"

过了一会儿，阿永告诉我们，之所以他们夫妻关系那么好，主要是因为老婆对他太宠爱了。他说应酬经常要喝酒，并且自己也的确喜欢喝酒，但是他几乎是逢酒必醉，可是妻子知道他这点爱好，从来没有因为喝酒而说他半句。每次喝完酒回家，妻子总会给他准备好两样东西：一杯浓茶，一个橘子。而茶和橘子据说都是可以解酒的。而且每次都是妻子把橘子剥了，一瓣一瓣地喂给他吃。他说每当那时，他内心的那份感动无可言表。他知道那一瓣瓣的橘子，分明是妻子的一瓣瓣真心啊。所以他发誓，此生要对妻子好，因为爱是两个人的事！

我们默默地听着，仿佛嗅到了那橘子的馨香。

指手画脚的情爱

　　她活泼热情、风风火火；他内敛沉稳、不急不躁。从他们认识的那时候起，她就扮演着"领导"的角色，一直对他指手画脚，不论什么事情，总是她拍板，他举手赞同。那时，她就对他撒娇着说要他一辈子都听她的。

　　婚后的日子，她好比运筹帷幄的元帅，而他就像冲锋陷阵的将军。她决策谋划的事情，他总是不折不扣地完成，还从来不以"将在外，军令有所不受"为借口推辞。在外人眼里，他是一个惧内的人，可他总是笑而不言。因为他心里清楚，那个家在她的操持下，一切都井井有条、和谐安康。她所吩咐他做的，其实都是他分内的事情，只是由于他的懒散而没有主动去做。她的指手画脚，只不过是一种亲切提醒。所以，他平常总说：听老婆的，有饭吃。有了那样的心态，多年来，他们相处融洽，从来没有因为什么事情而争吵过，她说什么，他都照做，一切都简单而随意。妇唱夫随，也是一种生活。

　　时间在平静的生活中悄然前行。转眼，他们都步入知天命的年龄。

有了儿媳，有了孙子，家庭幸福，温馨和美。但是，他们的性格丝毫没变。她还像年轻时那样吩咐他干这干那。有时，当着儿媳的面，也不顾忌，总惹得儿媳偷偷地笑，他也只好偷偷地笑。有一次，他实在忍不住了，对她说：你多少给点面子，不要当着儿媳的面对我指手画脚，要是我当着儿媳的面，对你呼来唤去，你心里啥滋味。她笑了：少拿儿媳当挡箭牌，想对我指手画脚，下辈子吧！

可是，还没有等到下辈子，他就开始对她指手画脚了。

那一段时间，他感觉到嗓子不适，开始也没有太在意，后来竟然越来越严重，呼吸困难、食物难以下咽。他这才告诉她，到医院去检查，结果是喉癌晚期。没办法只好做了全喉切除手术，然后从喉部另开一个小洞，帮助呼吸。这就意味着，他的鼻子从此成了一件摆设，还意味着，他从此丧失了说话的能力。今后想要表达什么，他只能通过打手势来完成。

手术后，他第一次通过打手势比画着让她帮自己提着吊瓶上卫生间，她听懂了，照做了。他回到病床后，坐在那里忽然有些诡秘地笑了。她问他笑什么，他让她拿来纸笔，他写道：我终于可以对你指手画脚了。她鼻子一酸，差点哭了，对他说：今后，你尽管对我指手画脚，我都听你的。

出院后回家静养的日子，她变得更温顺体贴，每天陪着他散步、晒太阳、侍弄花草、买菜等。他们之间配合得很默契，他的表达都是通过手势进行，而她都能够准确地知晓他的每一个手势，甚至每一个眼神的含意。别人都很好奇，问她怎么会领会他的意思。她淡淡地笑了：几十年夫妻了，凭感觉也能知道。那一段时间，她就像一个乖巧听话的小女孩，不管他要什么，或者让她干什么，她都欣然接受，满足他所有的要求。

在她无微不至的照料下，他比医生预期的死亡时间推迟了将近一年。

但是癌症无情，那一天还是来了。那一天，他很平静，临走前，用一只手拉着她的手，另一只手朝她比画：指了指地，指了指她，再指指自己，最后用手指当空比画了几下，然后就盯着她。她强忍着泪水，握紧他的手，使劲地点头。他笑了，永远地闭上了眼睛，神态幸福而安详。她再也忍不住，放声痛哭起来。

儿子问她，父亲的遗言是什么。她擦干泪水，平静地说：他让我下辈子还要对他指手画脚。

母亲的鞋垫

母亲是个闲不住的人。还在农村种田时，母亲边侍弄自家那些田地，边抽空搞些副业，养鸡养鸭养鹅养猪，养得鸡鸭成群，肥猪满圈。后来，父亲到外地任教，母亲就在父亲的学校摆个小摊，卖些学生用品和零食什么的。

十年前，我家从农村搬到县城。刚搬来那一阵，母亲是闲了一小段时间——其实也是表面上的闲，她的内心一点也没有闲下来，总是在想能做点什么。可由于初来乍到，人生地不熟，她一时还没有找到合适的门路。那段时间，她总在县城转悠。有一天回家，她兴奋地告诉我们她找到了一个好的活计。我们问她是什么，她说是卖鞋垫。她说她在商场附近看到有几个老太太在那里卖鞋垫，生意还不错。并且她骄傲地说，那些老太太的手艺不怎么样，比她差远了。这我相信。母亲做的鞋垫的确不错。我在上大学时，同寝室的学友见到了我的鞋垫，都啧啧称赞，纷纷向我打听是从哪里买的。当我告诉他们是母亲做的时候，他们都异常羡慕。毕业时，我送给他们每人一双母亲亲手做的鞋垫作为毕业纪念品，他们都如获至宝，感激不尽。

　　母亲真的开始做鞋垫卖了。她把那些旧衣服拆了，漂洗干净，打些糨子，篦成壳子，晾干。比着鞋样的尺码，裁剪好，然后用新鲜的花布做里子和面子，再用白布染边，最后拿到缝纫机上轧。这是一个很复杂的过程。每一道工序都很费时费力，马虎不得。就譬如说染边，那是一件很细致的活计，要用白布把花布一点点包裹住，得一针一线地做。还有在缝纫机上轧，那是一件体力活，得手脚并用。脚要不停地踩着踏板，手要不停地调转着鞋垫的方向，以确保轧得细密而匀称。而母亲总尽可能地把鞋垫轧得密些，以防止脱线，她说这是对顾客负责。

　　母亲做的鞋垫有两种，一种就是上述的简易的鞋垫，另一种就是花鞋垫。做花鞋垫是一种艺术活。做工就复杂讲究得多了。与简易鞋垫不同的是，它不是用花布做里子和面子，而用白布，然后在白布上画上花草虫鱼或山水风物等图案，再用各色丝线把图案绣出来。母亲常画的图案有牡丹、葡萄、兰草、鸳鸯、黄莺和燕子等，有时她也让我在那些图案的旁边写上与图相关的字，比如"花开富贵""百年好合""莺歌燕舞"等。母亲把那些图案和字绣出来后，真的是惟妙惟肖，栩栩如生，连我那糟糕的字经她的手绣出后，竟成了飘逸的书法了！说实话，母亲的手很巧，做出的那一只只鞋垫简直就是一件件精美的艺术品，让人叹为观止。有时，我总想，那些鞋垫放进鞋里，让那些臭脚糟蹋，真的太可惜了。母亲做的花鞋垫卖得很快，往往供不应求，甚至有人给定钱预订。有一次一宾馆的经理路过母亲卖鞋垫的地方，被母亲绣的那些花鞋垫所吸引，一次就定了五十双，说是馈赠来宾馆的贵客。那一阵子可把母亲累坏了，没日没夜地做，足足忙了二十多天，才把那些鞋垫做好。

　　平时，我们总让她多休息，想做时就做几双，不想做时就不做。无奈的是她一直想做，一刻也没停下来，谁也说服不了她。

　　我知道，垫着母亲做的鞋垫，将是我一生的幸福和温暖。

有一种美丽正幸福花开

我想说，其实时间是看得见的，不然的话，女儿，你怎么转眼间就满一周岁了？你就是我们的时间，你成长的每一分每一秒就是我们全部的时间。

今天是你一周岁零二十天的日子，这个日子对我们也包括你来说，都是一个重要的日子。因为，这一天你学会了走路。当你举着小手，蹒跚地挪动着脚步，慢慢前行时，你知道，我们是多么高兴吗？那一刻，我们心里乐开了花，眼里激动得都有泪花闪烁，我们都为你感到自豪和幸福。我们笑了，笑声让你停下脚步，仰着小脸疑惑地望着我们，嘴里"哦、哦"地向我们询问着什么。我们示意你继续走，你就挪着小脚，接着你的行程。虽然你走得还不是很稳，甚至有些跌跌撞撞，很是让人担心你随时都有可能会摔倒，但是我敢说，你的姿势是最优美的，将会永远定格在我们的心底。

一年多来，女儿，你在我们的关注下成长。从你的第一声啼哭开始，注定我们的生命中从此就刻满你的影子。当你从襁褓中睁开你的眼睛，第一次打量这个世界的时候，我知道整个世界已经为你打开了一扇窗。这是一扇明亮洁净的窗，将会把我们的生命擦亮。一窗一世界，你就是我们的天和地。

我们的天地从此因为你而美丽动人。你的一举一动时刻牵动我们的神经，你的举动拙劣也好，可爱也罢，向我们传递的永远都会是一种美丽的信息。女儿，你的第一次微笑，你的第一个鬼脸，你的第一声"爸爸"，你的第一回撒娇……这些都会作为珍贵的资料被我们精心收藏细细品味。你是我们真正的"开心果"，因为你，所有的岁月都笑语欢歌，所有的日子都云淡风轻。

女儿，今天你学会了走路，这只是你漫漫人生路的第一步，我们想对你说，你大胆地往前走吧，因为你的背后有我们永远关注的目光。我们的目光会铺成一条真实的路，就在你的脚下绵延，你尽管一路前行。未来的日子，也有风雨也有晴，但我们会永远和你相随相伴。也许我们给不了你财富，但可以给你快乐；给不了你金钱，但可以给你温暖；给不了你知识，但可以给你机会；给不了你台阶，但可以给你支持。我们能给你的，都会给你。

今天是个迷人的日子，在冬日暖阳照耀下，我切身地感受到有一种美丽正幸福花开。我的女儿，你就像花儿一样，在我们的心中灿烂着。

家有语文教师

我家六口人，拥有三张中文本科文凭，分别是父亲的、我的、妻子的。父亲和妻子都是语文教师，父亲教初中，妻子教高中。

汉语是我们的母语，学习和掌握好汉语对我们来说意义重大。而我家却有两位语文教师，这是一件多么幸运和幸福的事情。平时，在家没事时，全家人总爱玩些文字游戏，搞搞成语接龙，猜猜字谜，对对对联什么的，其趣悠悠，其乐融融。

家有语文老师，受益最大的还是上小学三年级的女儿，有人帮她辅导作业啊。所以，女儿的语文成绩一向是不错的，在学校的语文竞赛中还获得过名次呢！有一次，女儿在做作业时，突然问："坚"怎么组词。没想她的话音刚落，父亲、我，还有妻子几乎同时说出了三个词，父亲说：坚持；我说：坚决；妻子说：坚强。女儿听后说：我的妈呀，我该听谁的呀！不过，最后，她还是选择了"坚持"，爷爷可是她的权威啊，因为平时她的作业爷爷辅导最多。

对于业余写作的我来说，妻子则是我的权威。每当一篇文章的毛稿写成后，我总是毕恭毕敬对妻子说：张老师，请提宝贵意见。妻子就很高兴地坐在电脑旁，然后，就像批改学生作文一样，仔细而严肃地看起来，每一句，每一字，每一个标点都不放过。看完后就开始下评语了，不过不是写在纸上，而是直接对我耳提面命。指出哪个词用得不当，哪个字错了，该从哪里点精和升华……我总是耐心地听着，然后按照她的指示认真琢磨和修改。她总自称我的第一读者，其实，在我的心中，她的确是我不折不扣的老师。可惜，教高中太忙，没时间写，如果她写的话，肯定比我写得好。我尚且能混一个省作协的本本，那么我的老师一定能弄个"中国"开头的本本了。在我的第一本散文集出版时，妻子倾注了大量的心血，从策划、改稿、校对到资金筹措等，她都没少操心，最终使那本小书顺利付梓。我知道，鲜花有我的一半，也有她的一半。

家有语文教师，家有书香盈袖。我们拥有的最大财富就是满满一大书柜古今中外的书籍，那些书籍蕴含着古典的气息，又散发着现代的芬芳，总是那么让人神往，于是读书便成了全家业余生活的必修课。默诵唐诗宋词，闲读明清文章，细品当代文风。书房小天地，书籍大世界。徜徉在文字的海洋，我们总是乐而忘返。就连女儿也在耳濡目染中喜欢上读书了，每夜总要看上几页书后才肯睡觉。腹有诗书气自华，读书人生自高雅。

家有语文教师，真好。

给儿子当陪读

儿子上初一了，但还是保持着儿童的活泼与好动的天性，每天一做完作业，就把书包一甩，开始玩他的玩具，要么就是看动画片。从来不主动想着复习和预习功课，更不用说看什么课外书了。

为了鼓励儿子多看看课外读物，好开阔视野、增长知识、积累素材，以提高写作文的能力，我就要求他课余时间多看看书。可是他没那个耐性，看书总是不专心，眼睛虽然看着书，心思却完全不在书上，一有风吹草动，立即就会放下书本，玩他的去了。

那天，我突然心血来潮，决定陪儿子一起看书，就算当他的陪读吧，于是就利用儿子空闲时间陪他一起看看书、读读报。儿子也觉得这样不错，说一个人看书没劲，有人陪着就有动力了。

书，家里还是有的。我最引以为骄傲的就是家里那个满装各类书籍的书柜了。平时也很喜欢书籍，每次出差最高兴的事就是逛书店、买书。书虽然买了不少，但是真正读的却没有几本。漂亮的书柜、满架的书籍充其量只是装点门面的饰物。

说是给儿子当陪读，最开始想的却不过是装装样子给儿子看，好让儿子能在自己的带动下多看看书。

　　待真静下心来，慢慢地走进那些文字之后，却突然觉得，书籍，真是能够净化心灵的东西。那些或优美或哲理的文字，总能给我们以心灵的触动。慢慢地还真就沉浸到读书的快乐当中。

　　儿子还小，我让他读些中外名著以及好的儿童文学。很快，儿子也觉得读书是一种享受。我就进一步启发他，让他摘抄书中那些优美的句子，并学着写一些简单的读书笔记和心得体会，并要求他试着将那些优美的句子引用到作文中去。儿子按照我的要求去做，作文成绩明显提高。新年的第一次作文，儿子回来很高兴地告诉我，说老师给了九十五分，并把他的作文当范文在全班朗读呢。看着儿子那个高兴劲，我心里也格外满足和幸福。

　　而作为从事业余写作的我来说，通过不断地阅读，同样使我学习了一些好的写作方法，提高了写作水平，作品发表的数量和质量都大大提高。给儿子当陪读，的确也给我带来了意想不到的收获。

　　现在每个夜晚我都会陪着儿子读书。在那间小小的书房里，在那柔和的灯光下，我们就静静地沉迷于那些文字的美好之中，四周充满着淡淡的书香，心中也就感受到一种暖意在悄悄流淌。

你洗衣我晾衣

我们上高中时，英语课本有篇很感人的文章，文中女孩对男孩说要为他承担洗衣服的义务，那应该是对爱的表白和一生的承诺了。我清楚地记得当时我同桌的女孩轻轻地碰了我一下，笑盈盈地对我说："我可以给你承担洗衣服的义务吗？"我知道她是寻我开心，只是笑而不言。

现在，我早已找到了为我承担洗衣服义务的人。不觉中已经结婚十多年了，那么多日子走过，在我的心目中，洗衣服是老婆分内的事情，跟我无关。我早就习惯了老婆洗衣服我看电视的生活。老婆是不是就应该下得了厨房洗得了衣裳呢？

并且，我觉得洗衣服也不是一件很费力的事，现在都交给洗衣机了，不用搓衣板，不用棒槌捶，不到河里浣，把女同志都解放了。每当我这么说时，老婆总是朝我嗔怒道："你以为就那么简单吗？机器永远代替不了人工，衣领要搓，袖口要搓，裤腰也要搓，懂吗？要不你来洗洗看！"于是我就不说话了，我觉得还是看电视舒服。

去年秋天，老婆出了趟远门，到外面一段日子。我只好自己给自己承担洗衣服的义务了。老婆临别再三嘱咐，要把衣服的关键部位搓了之后再放洗衣机里洗，我诺诺答应。

那天，觉得该把那堆积几天的衣服洗洗了，待到真洗的时候，才发现还真不那么轻松。可能长时间没洗衣服的原因吧，一时不适应，好不容易把衣服搓完，已是腰酸背痛了。当我把搓好的衣服放到洗衣机准备洗时，却一下子傻了眼，我这个笨男人摆弄半天，却不知道如何操作那台海尔全自动洗衣机。那一刻，我是又羞又恼，可是越急越乱，洗衣机就是不工作。没办法我只好打老婆的手机，我听到老婆在那边要多开心就有多开心地笑……我真无地自容了，好在她看不到我窘迫的样子，不然还不知道会笑成啥样。哎，我的人丢大了！

从此，我再也不敢在老婆面前说洗衣服轻松之类的话了，不然她来一句"你连洗衣机就都不会用"这样的话，我还真没辙。每次老婆洗完衣服，我总是很知趣地跑去对她说："老婆大人辛苦了，技术活干完了，像晾衣服这样的粗活就交给我吧！"老婆就笑了，很灿烂的样子。

洗衣服是老婆为我们承担的义务，那我们应该为老婆承担什么义务呢？你洗衣，我晾衣，也许就是一种相濡以沫的和谐吧。

踩着你的脚印前行

时间永远在路上，我们在路上所留下的优美或凌乱的脚印，或许就是时间最有力的见证。那一串串大大小小、深深浅浅的脚印，是我们在岁月深处刻下的印迹，在时光的枝头开出的花朵。脚印由小到大，由远而近，我们在人世的路上跋涉前行，脚印真实地记录着我们微不足道却又坚实有力的人生。

儿子小的时候，总喜欢把他的小脚放进我的大鞋中，然后迈开双腿，一步一步挪着走路。鞋太大，他总是无法驾驭，所以，走不到几步，他就会被鞋绊倒，看着他滑稽的模样，总惹得我们哈哈大笑。也许就是小孩的天性使然，虽然摔倒多次，他却照样乐此不疲地穿着我的鞋子走路，或许在他的心中，那双臭鞋对他有着无穷的吸引力吧，还或者，他以为穿着那双大鞋，他就可以变成大人。

儿子不停地走路，就在我们毫不知觉间，转眼长大了。儿子上初中后，就出落成一个小小男子汉。仿佛一夜之间他就长到一米七几，那双小脚，也几经发育，变成了一双大脚。我总以为，人的成长首先表现在脚上，因为那些脚会用它们的疼痛告诉鞋子，你们已经不适合我了，该换换了。儿子会经常换鞋，那些半新不旧的鞋因为不合脚，而被迫提前退休。妻子舍不得扔掉那些鞋，都洗净了搁在鞋柜里。而儿子再穿我的鞋就会那么顺理成章，怡然自得。现在，儿子上高中了，我的鞋也不适合儿子了，因为他的脚已经比我的脚大多了。

前几天出去散步，我一时找不到合适的鞋子。妻子就拿出儿子的那些半旧的鞋，让我试试。我穿上后，感觉是那么合脚。儿子的鞋全部是运动鞋，很适合散步、运动。于是，儿子那些不穿的鞋子，现在就变成了我的专属物品。

穿着儿子的鞋，我一时感慨万千，不由想起儿子小时候穿着我的鞋子的情景，那仿佛就是昨天的事情。而现在我居然能够穿着儿子的鞋了，时间过得真快。似水流年，都在那一双双鞋上流转。

儿子的鞋穿着舒适、温暖，我仿佛可以感受到儿子曾经留下的温度，是那样的亲切、幸福、动人。

穿着儿子的鞋，我感觉就是踩着儿子的脚印前行，就一如他曾经踩着我的脚印一样，我们彼此的鞋里盛满着体温、亲情与爱。我想，这些会伴着我们一路前行，直到永远。

在木鱼写封情书

到神农架旅游采风，我们住在木鱼镇。一到木鱼，我就莫名地喜欢上了那里。那是一个小巧的镇子，四周青山环抱，一条小溪从镇中心潺潺流过，没有高大的建筑，也没有太多的车辆，一切都那么安静，的确是一个宜居的好地方。

一开始，我们都认为，既然叫木鱼镇，那肯定跟佛教有关了。但是导游却告诉我们，木鱼镇名的来历跟爱情有关，并给我们讲了那个美丽的传说。

传说很久以前，有一个员外，员外有一个长得非常漂亮的女儿，员外一心想让女儿嫁个有地位的人家，就和知县的公子攀了亲。但那个公子哥是当地出名的恶霸，欺压百姓、无恶不作。小姐虽然百般不情愿，却也是无可奈何。因为筹备嫁妆，员外请了个木匠来家里。那个木匠年纪轻轻，眉清目秀、手艺精湛。小姐对小木匠一见钟情。他们自然遭到员外的强烈反对。员外赶走了木匠，并把小姐锁进了柴房。小木匠沉浸在对小姐痴痴的思念之中，不知不觉，他竟然用凿子雕了一条木鱼。转眼到了小姐成亲的日子，大家都忙成一团，小姐趁乱跑出来，决定与小木匠一起私奔。他们一路跑啊跑，后面家丁穷追不舍。突然，一条河流阻断了他们去路，眼看就要被追上了，小姐急得流泪，她的眼泪滴到木鱼身上，木鱼忽然变成一条大活鱼跳进水中。两人连忙骑上鱼背，沿河流而上，到了一个没有人烟的世外桃源，在那里繁衍生息。那个地方，就是今天的木鱼镇。

这真是一个优美的故事。导游最后笑着说，木鱼镇是爱人幽会的好地方。在幽静的小街上，我们发现几对青年男女手挽着手悠闲地走过，在闪闪的灯光里，他们亲昵的背影是那么富有情调，让我们好生羡慕，而我们的爱人此刻却在千里之外。蓦然就有一种深深的牵挂从心底油然而生。在这个充满诗情画意浪漫温馨的地方，思念应该是最好的情绪表达了。

有人开始给爱人打电话，调侃着说下次一定带她来这里温习爱情。大家都笑了，开始讨论着在木鱼镇该给爱人一个怎样的惊喜。

最后大家达成一致意见，决定浪漫一回，在木鱼镇用红桦树皮给各自的爱人写封情书，并说明写情书是这次采风活动必交的作业。

在木鱼镇四周神农架的山林里生长着一种红桦树，这是一种奇特的树，它的树皮薄如纸，或火红，或粉红，细腻柔润，颜色可人，自古以来就是人们传递爱情的信物，因此红桦树又被称为"爱情树"。

我们从山上找来了许多鲜红的树皮，然后各自开始抒发自己心中那份最真的情感。

爱情是一个容易被人遗忘的词，情书更是一个久远的记忆了。在木鱼这个滋生爱情的地方，让我们好好地回味一下我们的爱情。哪怕只有三言两语，我想，那也是最经典的爱情宣言，也是最真挚的爱情表白。

在神农架深处，我们坚信：木鱼千古，红桦常青，爱情永恒！

第四辑：谁在窗前看风景

绿茶洗心

清明和谷雨，是两个令人怦然心动的节气。

爽爽的老家正沐在春风里，处处春光明媚，山清水秀，百花争宠，柳浪闻莺。更为得意的是，那一畦畦、一坡坡的茶树被春雨唤醒，活泛出一丝丝鲜嫩的绿意，清风拂过，你就能够闻到那缕缕沁人心脾的馨香。这时，你便可以清醒地意识到，新茶又该上市了。

带着泥土和阳光，携着歌声和汗水，经过一系列复杂的工艺，一杯杯带着春天味道的绿茶就会轻盈地伫立在你的案头。明前茶或雨前茶，都是绿茶的极品，从枝头到茶杯，它们在生命最明艳的季节换一种方式展现自己的美丽。

水应该是万物最好的朋友，与谁结合都会有优美的姿态。茶与水走到一起，是天作之合，茶一旦泡进水里，水便是茶，茶便是水，再也不分你我。

单芽也好，一芽一叶或一芽二叶也好，浸入水里的绿茶，不论是刚冲泡时动情的舞蹈，还是渐渐平静后在水中自由自在的舒展和飘逸，那些茶总会让人感觉到赏心悦目，诱惑着你的每一根神经。那股浓郁的香味早已萦绕周身，久久难以散去。不由就让你端起茶杯，轻轻地啜饮一口，顿觉口齿生津，滋心润肺，那种感觉欲醉欲仙。

茶是需要认真品的。若无闲事，临窗对风，煮茗慢饮，岂不乐哉。

绿茶慢慢地沁入肺腑，沁入人心。一时，你就会感觉到出奇的乖巧、宁静、柔和。你感受得到茶在你身体里流淌的路径和声音，是那么的安详、美好、芬芳、迷人。

喜欢绿茶，喜欢它优美的姿态，自然的风情，俊朗的色彩，清淡的味道。

绿茶洗心呀。一杯清澈透明的绿茶，可以洗尽铅华，拂去风尘，淘走烦恼，能把你的心灵注满绿色，让你只留下一份干净、一份纯粹、一份自我，一份本真。

禅茶一味，那杯绿茶中肯定有禅的味道，喝下它，用心体会，将会受用一生。

——风荷举

这个季节，注定是属于荷的。那些荷，在最美的季节演绎不同寻常的风情与美丽。

下过几场雨，池塘的水见涨，跟水一起见长的还有那满塘的荷叶。那些荷叶很是霸道，它们尽情地生长着，慢慢就把整个池塘全部占据，把它们那份俏皮的绿意展露无遗。娉婷婀娜，亭亭玉立，你挤着我，我挨着你，像是一群没经过训练的女子在列队，高低不齐，错落无序，随意率性，但是绝对自然、真切。我想有时美并不都是整齐划一的，那些成片杂陈的荷，传递的依然是一种天生丽质的美。

水是清的，荷叶是绿的，还有那万绿丛中的点点红，那是清水养出的荷花。不论是含苞，还是怒放，荷花给人的感觉总是淡淡然，不浓艳也不招摇。"清水出芙蓉，天然去雕饰"，可不是，那些荷花，盛开在夏日淡淡的风中，不施粉黛，素面朝天，却是那么的楚楚动人，我见犹怜。可能是因了水生水长的缘故吧，荷花安静得就像一泓清水，看上去总给人些许如水的清凉。炎炎夏日，静静的荷花，等你宛在水中央。不觉就很是羡慕那些蜻蜓，它们是幸福的，可以惬意地亲近那些荷花。

荷叶是清爽的味道，荷花是甜甜的馨香。谁说过小荷淡香？淡淡的也能入诗入画，也能入心入肺，摄人七魂六魄。所以那些水生的荷哟，总能走进众生的梦里。

那些荷，那些池塘里的荷，总能带给人无穷的情趣和遐思，雨打荷叶的缥缈，风过荷塘的曼妙，蛙戏莲叶的律动，还有那采莲少女的歌声与倩影，总能让你心旌摇动。

那些荷不语，挺立在季节的深处，本身就是一幅丹青的画，生机盎然，风情无限，无须渲染，便可以生动整个夏天。

那些荷很美，描写荷的诗句更美，最美的我独独喜欢这句：——风荷举。一个"举"字，妙笔天成。池塘举起了那些荷，那些荷举起青翠与鲜艳，举起情趣举起想象举起美丽，举起夏日里那份永恒的风景。

——风荷举。那些荷从淤泥里，从清水里举起向上的生长与信念。

芍药是芍药　牡丹是牡丹

　　县城有一个植物园，这多少让人有些惊喜，小城里主要生长高楼，虽也逐年加强绿化，但是那些作为景观的花草树木总是让人视觉疲劳。植物园就不同了，奇花异草，树木繁多，总能带给人美妙的享受。据说今年植物园中新辟有牡丹园，花开时节，对外开放。于是，大家纷纷前去观赏。

　　利用假日，我也携妻带女前往植物园想一睹牡丹的真国色。没进牡丹园，远远地就看见那一片花海，姹紫嫣红，争奇斗艳，撩人心扉。

　　进入牡丹园，我感到了无边春色瞬间就把我淹没。一片美丽的花正在它们的春天里尽情绽放，美丽着自己的美丽，幸福着自己的幸福。这时，我听到有几位游客在抱怨，说园中的不是牡丹，是芍药。他们似乎觉得上当受骗了。妻子到洛阳看过牡丹，她也说这不是牡丹，是芍药。其实我也是认识芍药的。

　　我问妻子："这芍药开得不美吗？"

　　妻子笑了："很美！"

我看了她一眼，说道："那你又何必在意它是牡丹还是芍药呢？"

妻子点点头："对，芍药花开同样美丽！"

我们怀着愉悦的心情在芍药园中观花赏花。那些美丽的芍药沐浴春风，开得正欢。它们怒放着，在春光里彻底呈现生命的奇迹。那些芍药，红的热烈，粉的烂漫，白的无瑕，园中有淡淡的花香，让人沉醉，让人着迷，让人流连。大家在芍药丛中不时拍照，想永远留下那一片迷人的花色，园中留下人们清爽的笑声。那份欢乐，真实动人。

我们玩了很长时间，才乘兴归去。

县里文艺群中有不少文友也去看芍药了，回来后，在群里发了不少漂亮的图片。大家对那满园鲜花赞赏有加，颇感兴奋，满是向往。有的文友还一直认为那些芍药就是牡丹，以致远在洛阳的邓先生，赶紧更正说那些照片是芍药，不是牡丹。可大家那时都很平淡，大家都觉得，牡丹也好，芍药也罢，都已经无所谓了，牡丹有牡丹的好，芍药有芍药的妙。看过那满园芍药，谁人不说，那些美丽的芍药，照样带给我们无言的享受、精神的愉悦和心灵的震撼呢？

百花丛中，众香国里，每一种花都是美丽的，芍药是芍药，牡丹是牡丹，没有主次，没有贵贱，它们都是上苍赐予草木人间的动人的一抹灿烂。

每一棵草都是美丽的

门前有一堆沙子，沙子被垒砌的砖块围着，砖块的缝隙间长出一种叫不出名的野草。

前天无事，驻足观察，发现那些野草纤细嫩绿、柔弱娇媚，很是美丽。我不由赞叹了一句："这草真美！"

父亲在院内听到我的声音，笑了笑说："其实每一棵草都是美丽的。"

品味着父亲的话，目光沿着居住的小巷远眺，居然发现在多处墙根边还有不少那样的草。只是每天脚步匆匆，竟然漠视了它们的存在。它们静静生长，经历枯荣，美丽着自己的美丽。

目光就那么定格在那生长着野草的小巷。那是一条寻常巷陌，幽远静僻，巷子内居住十多户人家，大家和平相处，安静地生活。或许每个人都是上天撒落在人间的一粒草籽，在人世的阳光雨露下，他们又是怎样演绎着自己的美丽呢？

小巷进口那家住的是苏瘸子一家，苏瘸子的爱人也是一个残疾人，她的腿有点跛。苏瘸子在商场有家电器修理门市部，他总是每天早晨骑

154

着小木兰摩托车出发，傍晚又骑着摩托车回家。而每天中午他的爱人都要到商场给他送饭，于是我们经常看到这样的场景：一个漂亮的跛腿少妇提着饭盒艰难地行走在小巷通往商场的路上。对常人来说，这是一段很轻松的路程，可对她来说每一次都是一次马拉松。但她却以坚韧的毅力日日如此，风雨无阻，进行着一个人的爱的接力。她深一脚浅一脚从不停歇的身影是小城一道动人的风景。那是不是她的美丽呢？

苏瘸子的隔壁住的是阿强，他是一个性格孤僻、行为乖张的人。他不爱说话，平时和大家交往少。那天，我从他的门前经过，发现他自己正在垒水池，双手很娴熟地上砖、抹水泥，边干活嘴里还边哼着流行歌曲，嗓音还真不赖。第二天，我再经过他家门前时，发现水池已经垒好，并且还贴上了瓷砖，那瓷砖贴得严丝合缝、美观大方。而阿强正哼着小调在欣赏着他的杰作，看见我还朝我微微一笑。那是不是他的美丽呢？

我的邻居吴老师是个孝子。他无微不至悉心照顾他的老父亲，得到了大家的极力称赞和推崇。他在每天的工作之余，全身心地伺候着老人，为老人做饭、洗衣、洗澡、梳头、剪指甲，读报给老人听……他整天乐此不疲地忙碌着，为老人尽着孝心，那是不是他的美丽呢？

花开是一种幸福，草长是一种美丽。

大千世界，芸芸众生，即使我们的生命卑微如草，也应该在红尘中摇曳出属于自己的美丽。

苦瓜的滋味

　　大学刚毕业的时候，我们都踌躇满志地等待着分配工作，心中有期待也有焦虑。那些日子，我们都有些坐卧不安。

　　上一届的一位师兄就邀请我们几个老乡到他那里聚餐，那时他在一个偏远的乡政府上班。席间，上了一道菜，我们原先都没有见过，是和青椒一起素炒的，色泽淡雅，闻之清香，看上去让人很有食欲。师兄指了指，请我们尝尝，看味道如何。我就夹了一小块，刚嚼了一口，立即有一种难言的苦涩充盈口腔，那个苦呀，简直达到了我的舌根所能承受的极限！要不是人多，碍于面子，我差一点就将它吐了出来。我强忍着，囫囵地将它吞到肚里。再看其他几位也都是和我一般的窘相。大家都有些不好意思了。

　　师兄笑了，他说，这道菜叫苦瓜，入口时有些苦，但是认真品味后，终会苦尽甘来。他还说，苦瓜可是好东西，它可以清心明目，消暑解毒。师兄夹起一片苦瓜，慢慢地咀嚼着，很享受的样子。他最后告诉我们，吃点苦是有好处的哟！我们就有些明白师兄的良苦用心了，他是在借苦瓜来给我们上人生的一课呀。

从那以后，我就喜欢上了苦瓜这道菜，也在心里铭记住了师兄的那句话。

苦瓜属葫芦科，它以味得名，长相又不佳，有瘤状物突出，又称癞瓜。可以说苦瓜是长得癞，吃着苦。但是人们还是喜欢苦瓜，喜欢它那苦寒的味道，它可以归心健胃，让人精神旺盛。

没事时，喜欢炒一盘青椒苦瓜，慢慢品尝，时间长了就只觉可口，而没有苦味。苦瓜的味道早已积淀在心中，化着一种力量，弥漫周身。也许苦应是一味良药，它能让人百折不挠，催人奋进。

十多年来，不管自己在工作、生活上有什么挫折、困惑，我总是想着师兄的话，那样在无形中就给自己一份动力，给自己一份勇气和一份淡定。第一次考公务员的时候，我当时信心满满，但是最终却在面试的时候被淘汰，心中未免有些沮丧，但是一想起师兄的话，我便重拾信心，终于心想事成……

今年再见到师兄时，他已经是一个乡镇的主要领导了，我向他谈起那顿饭和他说的那句话。师兄又笑了，他说，苦瓜的滋味总是值得回味的。

蓦然就想起了陈奕迅的歌《苦瓜》中的词："真想不到当初我们也讨厌吃苦瓜，当睇清世间所有定理又何用再怕，珍惜淡定的心境，苦过后更加清，万般过去亦无味但有领会留下……"

路边开满喇叭花

没想到一次不经意的邂逅，竟让女儿喜欢上了喇叭花，从此就对那些漂亮的花儿念念不忘、牵肠挂肚起来。

女儿四岁那年初秋，一个双休日的上午，我们全家出去玩，说是玩，其实就是骑着车在公路上转悠，看看路边的风景，呼吸新鲜的空气。我很是喜欢这种方式，一般的情况，我们离开县城主干道，进入环城路，再沿着乡村公路慢慢前行。不论环城路还是乡村公路，虽然与县城很近，但我们却总是可以感受到一个不一样的世界。树木成荫，花草茂盛，庄稼长势喜人。特别是那些庄稼，让我觉得很亲切，蓦然就回忆起在农村那些热火朝天的日子来。每次走到那里，我总是因为激动突然就变得絮絮叨叨起来，不自觉地就好为人师，教我的儿女去认那些庄稼，油菜、小麦、水稻、花生、棉花、高粱、红薯、南瓜、茄子、豇豆……我总得让他们记住那些养育我们的东西。

路边不光生长庄稼，还长满野花。春天的蔷薇和月季，秋天的菊花，总是轻易地就能点燃我们的欣喜和激情。但是最让女儿激动的却是那些素净的喇叭花。那是女儿第一次看到喇叭花，但是靠着与生俱来的形象思维，四岁的她高兴地说："妈妈，看那些小喇叭。"我们都笑了，告诉她说那就是喇叭花，女儿就越发高兴了："真好看，我喜欢喇叭花。"

于是，我们停下车，看那些喇叭花。路边一溜挺拔的香樟树，香樟树下是矮矮的灌木，那些喇叭花就绕在灌木上，依托在灌木上蜿蜒开去，有很长一段距离。那是一种淡紫色的喇叭花，它们安静地盛开着，素面朝天，默默地打量着我们。

儿子很淘气，把鼻子伸到一朵喇叭花去嗅了嗅，哪知道，那朵喇叭花里竟然藏着一只小蜜蜂，儿子的鼻息惊动了它，倏地从花里飞了出来，那只冷不防飞出的蜜蜂让儿子不知所措，惊退到一旁。女儿扑闪着大眼睛正好敏锐地捕捉到这一细节，立即开心地笑了起来。从此这个细节就成了一帧经典的底片，和那些喇叭花一起就种植于女儿的脑海中，她经常不厌其烦地给我们复述着那个秋日的上午，在环城路上，哥哥去嗅那朵喇叭花，喇叭花里飞出来一只蜜蜂。

这次偶遇与经历，女儿就喜欢上了那些喇叭花，天天嚷嚷着要去看喇叭花。于是，那段环城路就记录了我们经常驻足的身影，记录了女儿在喇叭花丛天真无邪的笑容。那些形如喇叭却不喧嚣，绵延起伏却不张扬，成为女儿最为钟爱的花朵。爱画画的她，画得最多的就是穿着花衣服的小女孩和喇叭花，还怕别人不知道，经常讲，那个小女孩就是她。有时她画的喇叭花上总会飞着一只小蜜蜂。

喇叭花是结籽的。妻子看女儿如此喜欢喇叭花，就想等喇叭花结籽后，我们去拾一些种子回来，然后种在家里的花盆中，那样女儿不出门就可以看到喇叭花了。想是那么想，可我们却没付诸行动，只是在喇叭花开的时节，带着女儿到那条开满喇叭花的公路去做了几回赏花人。

前段日子，我到一个叫龚寨的地方去钓鱼。鱼还没钓，我却惊诧于公路两旁那些迎风盛开的喇叭花，那里是条村村通公路，路不宽，两边细细的白杨树苗，树下一些低矮的灌木、丝茅草、艾蒿，还有米豆花和淡淡的野菊花。但是灌木上攀爬着各色的喇叭花是那样吸人眼球，有暗红色的、粉色的、淡紫色的、蓝色的，一片喇叭花的海洋，我便立即陶醉了。突然就想，如果女儿看到这么一片喇叭花，那该是多么欣喜的表情。

果然，第二天我专程带着她到那里去看喇叭花，已经六岁上一年级的女儿在那一片喇叭花的世界里尽情奔跑、嬉戏、做各种调皮的动作，让我们拍照，还拿起手机，和她喜爱的喇叭花进行自拍。

看着女儿忘情的模样，我坚定地对妻子说，今年无论如何一定要找到喇叭花种子。妻子使劲地点了点头。

柏树的秘密

　　小时候，每逢清明节，爷爷总要到村里那一片柏树林中，砍一些柏树的枝桠，然后把它们栽在后山那几座低矮的坟头前。爷爷总是一声不吭地劳作着，挖坑、培土、浇水、把那些枝桠一一扶正。栽完了，还对着那些枝桠凝望出神，有时嘴里还默默地念叨着什么。我那时还小，不知道爷爷为何栽那些柏树桠，心里总是充满好奇，手不自觉地就去摸那些柏树的枝桠，却往往被那些刺刺得手疼，怯怯地退到一边，嘴里禁不住问爷爷那些枝桠能活吗，爷爷坚定地说能。我又问为什么要在坟前栽柏树桠，爷爷却默不作声。我也跟着默不作声，只是静静地望着那些柏树桠，心中在悄悄地想，它们身上有着什么样的秘密呢？

　　那些柏树桠真的活了！经过几场细细春雨地滋润，它们慢慢地活泛出一丝丝生机来。春风几度后，它们摇曳的姿态已经说明它们俨然长成了一株株真正的柏树了。

　　而每年清明，爷爷还是雷打不动地在坟前栽柏树桠，栽了一排又一排，都快成了一小片柏树林。望着那参差的柏树，又望着爷爷那张神情凝重的脸，我幼小的心就一遍一遍地猜想并固执地认为，那些柏树一定是有秘密的。

而随着同那些柏树一起拔节生长，我从懵懵懂懂中渐渐明白了一些人生的道理，知道了有个节日叫清明。知道了"清明时节雨纷纷，路上行人欲断魂"这句诗的意义。我还知道那坟里躺着的都是爷爷曾经熟悉的亲人们，而今他们都不再开口说话。爷爷栽种柏树就是想同他们说说话，寄托心中最深的思念。柏树四季常青，默然肃立，唯有它们才能庇护那些逝者永恒的灵魂。

爷爷栽种柏树时总是那么认真，就像每年的除夕夜烧纸进香那般虔诚。我永远记得爷爷烧纸时的情形，任香烟袅袅、纸灰飞扬，爷爷却始终都默默地慢慢地进行着。土纸燃烧的火光，把堂屋中堂两边的对联映照得分外清晰：纸上字是祖宗魂，炉中香乃后人心。我终于明白了，爷爷栽柏树，那也是后人的一片心呀！

当爷爷奶奶先后与故乡后山融为一体时，我更深切地体会到了爷爷的那片苦心。每年清明，轮到父亲和我也要在爷爷奶奶的坟前栽柏树，把无尽的思念植进那一株株柏树里。每当那时，我就会不由自主地想起爷爷当初栽柏树的情形，那些场面只能留存在记忆中了，身影依旧，音容宛在。

年年清明，那些柏树沐浴在春风里，一如既往地缄默不语，缄默也许是最好的表达。它们的秘密已经永远地铭记在我的心中。

谁持艾蒿当剑舞

我十四岁那年，在异地的一个乡村中学上初二。我在学校寄宿，一般每周回家一趟。要是逢着阴雨天，那周就不回。

那年的端午节是周日，而从周六早晨开始，雨就淅淅沥沥地下起来，到下午放学时还飘着细雨。我的心头笼罩着淡淡的忧伤，我明白，我将体验"独在异乡为异客"的况味了。

望着同学们放学回家的背影，我的鼻子有些发酸，莫名地就心烦意乱，手足无措，独自望着那晦暗的天幕，显得那么无助。

令我没有想到的是，班长居然也没回家。我就问他怎么不回，他笑了笑，说了一句让我感动几十年的话。他说留下来陪我。只那么轻轻的一句，就犹如春风拂过，立即就扫去我心头的阴霾。我一时感动得稀里哗啦，泪水差点夺眶而出。班长已经十八岁，如果说我还是青涩的少年，而他已是青年了。

我们吃罢晚饭，雨停了。班长要我陪他出去走走。我们沿着那条宽阔的沙石路前行。因为下了一天的雨，沙石路很松软，走在上面很舒适。

路边地埂上艾蒿经过雨水地洗濯，鲜嫩水灵，风情无限。班长就让我去掰几株艾蒿，说明天插在教室的门楣上。我拿着长长的艾蒿，不由童心大发，把它们当剑舞了起来，把一天的不快都甩到了脑后。班长望着我，突然就讳莫如深地笑了，说我到底还是个孩子，

　　这时，我们到了赵湾，突然就碰到我班的一个女同学。十四岁的我还有些腼腆，见到女生有些害羞。而班长却很镇定，很自然地和女同学攀谈起来。女同学跟班长年纪差相仿，他们一起有说有笑，我一句话也插不进。只好默默地跟在他们身后，不由就放慢了脚步，任他们越走越远。

　　第二天，我还在睡梦中，班长把我叫醒，让我吃粽子。我问他哪来的粽子，他说那位女同学知道我们没有回家，特意给我们送来的。我又一次被感动，觉得那是我吃得最甜的一次粽子……

　　多年以后，当我得知班长和那位女同学结婚了，我还有些沾沾自喜，心想班长应感谢我，要不是他留下来陪我，就不会有那次美丽的邂逅。

　　没想到等我再见班长，他听了我的想法后，笑得前仰后合，说我一直没长大。我这才慢慢明白了，原来十四岁那年的端午节，我竟是班长手中的艾蒿，被他轻轻地舞动……可无论如何，那个端午节将是人生最美好的回忆。

山脚的树木长得高

那一年，他从师专毕业，被分配到一个偏远的山村小学任教。他心里很不是滋味，因为和他一块儿毕业的同学有的分到乡镇，有的分到城里，只有他一人被分到了乡下。

那段时间他的情绪很是低落，不愿见任何人，教书也有些心不在焉，没事时总是把自己关在学校那间窄窄的卧室里睡觉。

学校的老校长却对他很是器重，在工作和生活上都给予他很多的帮助，并经常让他到家里吃饭。老校长是一位睿智的老人，很容易就看破了他的心事。他也很尊重老校长，就在一次饭后，向老校长倾吐了自己的苦衷，说他想不通，为啥只有自己被分配到最底层。老校长额首而笑，拍拍他的肩膀，并没有说一句安慰的话。

一个周末，他没有回家。早晨醒来，他懒懒地躺在床上，眼睛盯着空空的房顶发呆。这时老校长来喊他吃饭，并说吃罢饭和他一块儿爬山。

学校周围山峦起伏，树木葱翠，山上野花烂漫，鸟儿歌唱。他感叹着这里竟然有这么美丽的风景。

爬到半山腰时，老校长停住了脚步，扶着一棵树，喘息了一下，然后问他山上的树木和山脚下的树木有什么不同。他仔细地看了看，没发现什么不同，都是同样的树种。老校长笑了，让他比较一下山上的树木和山脚下的树木，哪里长得高些。这回他看清楚了，发现山脚下的树木却比山上的树木高得多，棵棵长得高达数丈。他就问老校长，为什么下面的树木反而比山上的树木长得高。老校长说，因为山脚的树木为了得到更多的阳光，就得一个劲地向上生长，正因为它们有着一颗向上的心，所以它们才比山上的树木长得高大。说完就那么看着他。那一刻，他已然明白了老校长的良苦用心。

　　从那以后，他不再埋怨，认真教书，开心生活，并在私下里刻苦攻读。两年后，他考上了一所名牌大学，现在他已经是一名著作等身的大学教授了。

　　从小学教师到大学教授，别人羡慕他的成功。可他心里清楚，因为他铭记了老校长的话，他始终保持着一颗向上的心。

茅针是草的心

他的老家在深山，那里盛产丝茅草，那些丝茅草生命力很旺盛，凡春风过处，都能见到它们摇曳的身影和绰约的风姿。丝茅草也能开花，在花开之前，它们就藏在苞里，那就是茅针了。

他永远记得，在儿时的一个春和景明、莺飞草长的日子里，母亲带他到山里玩。母亲在那草丛中抽出长长尖尖的茅针，轻轻剥开，露出那乳白色晶莹剔透的东西，然后喂到他的嘴里。他嚼了起来，软软的，甜甜的，很好吃。他就问母亲："妈妈，这是什么呀？"

母亲说："是茅针。"

他又问："那茅针又是什么呀？"

母亲就"呵呵"地笑了："傻孩子，茅针是草的心呢！"

他"哦"了一声，似懂非懂地点点头。但是，从那以后，他就记住了茅针，记住了茅针那香甜可口的味道。

他也像丝茅草一样疯长，儿时的记忆里最难忘的就是和小伙伴们比赛抽茅针的往事。他们抽了一把又一把，吃得肚儿圆，还意犹未尽。而每次，他都不忘带一把茅针回去给母亲吃，因为他知道母亲也喜欢茅针。

上学后，他突然觉得母亲说的"茅针是草的心"的"心"应该是草字头的"芯"；但是他又学了"谁言寸草心，报得三春晖"这样的诗句，于是他就坚信：草是有心的！

后来，像是做了一个梦，就那么告别了大山，告别了那些丝茅草，定居在小城。小城的土地上，只长高楼，不长丝茅草，更长不出茅针来。那些丝茅草只在每夜的梦里葳蕤着。

前日，他带八岁的儿子回老家办事，在故乡的山冈突然就邂逅了久违的茅针，他的心情异常激动，就童心未泯地带儿子抽起茅针来。一直生活在城里的儿子根本不知道茅针为何物，就好奇地问他："爸爸，这是什么呀？"

他告诉儿子是茅针。

没想到儿子又问他："那茅针又是什么呀？"

那一刻，他的心一动，蓦然就想起了儿时的那个春天，他和母亲抽茅针的情景来。于是他情不自禁地就学起母亲的口吻来："傻孩子，茅针是草的心呢！"

临回城时，他特意抽了一把茅针，让儿子带回给奶奶吃，说奶奶最喜欢了。

儿子边把剥开的茅针塞到奶奶嘴里边说："奶奶，你知道吗，爸爸说茅针是草的心呢！"

他听到母亲又"呵呵"地笑了："我当然知道啊，还是我告诉你爸爸的呢！"

陌上花开与君共

　　杨柳细风过，春暖花会开。真正的春天还是在乡间原野。春风能到的地方，就会有花开的讯息。大地是花儿宽阔的温床，为花儿收藏心中最动人的秘密。春天来了，一切都会悄悄地释放，那些花儿开了，斑斓着阳光的七彩，绽放着活泼俏皮的春意。"千秋英气潮头弩，三月风情陌上花。"阳春三月，陌上花开是人世间最美丽的风景。

　　最是人间三月天。陌上花开，把大地铺排成一张张五颜六色的请束，那些花儿摇曳着，向人们发出诚挚的邀约，邀人们走进烂漫的春天，走进迷人的三月，走进那一片繁花似锦的世界。踏青、觅春、赏花，便是三月不变的主题。胜日寻芳，满眼都是万紫千红的春天，让人沉醉迷恋、流连忘返。

　　"陌上花开，可缓缓归矣。"吴越王钱镠的一纸素笺，寥寥数言，那款深情早已打动一千年前的那个春天。戴妃的两行清泪，甜蜜芬芳，香气浸入那些陌上花开，岁岁年年。陌上花开，总会有动人的故事流传。

　　花开有意，只为君来。陌上花开日，出门看花时。春阳暖暖、惠风和畅，就那么抛却一切去寻春，融入那一片花海，盈两袖花香，游目骋怀，心旷神怡，其乐融融。那时，就当自己也是一朵花，开在自己的春天里，岁月静好，幸福绵长。

韶光正好，相约三月，看陌上花开，品人间真情。那乡间的野草花径，留下了太多太多的足印，记录着朋友的追逐，恋人的相携，母子的天伦……那些都是人世间最值得典藏的回忆。

前些年，每当春暖花开的日子，我都会跟一位文友一起去看油菜花，看麦苗青青，看那些杂花遍布的原野是怎样点燃着诗情……可是近两年，我们相约少了，而春天却从不失约，年年如期而至，遥想油菜花的那片金黄，心中总不免有些淡淡的失落与感伤。"聚散苦匆匆，此恨无穷。今年花胜去年红。可惜明年花更好，知与谁同？"欧阳修携友重游故地，想着相聚的美好，再见的不易，不由感慨万千。是啊，年年岁岁花相似，岁岁年年与你一起赏花的人呢？谁说春风不解风情？去岁的那些野花年年依旧笑对春风，只是，那些"人面"却不知何处去了！

陌上花开，是时光对美丽的一遍又一遍的复制，是岁月对过往的一次又一次的重温，是花朵对大地一年又一年的承诺。生命不朽，花开永恒。

在永恒的春天里，我们真的应该唤醒内心那些久远的记忆，去重新品味人世间的那些友情、爱情、亲情，去一起享受陌上花开的那份美好。

打赤脚也是一种乡愁

小时候，家住农村，脚上穿的永远是母亲纳的千层底布鞋。但是布鞋怕湿，所以一到天阴下雨，我们都会脱下布鞋，赤脚走向大地，与故乡那些泥泞、那些青草、那些岩石进行亲密接触。其实，即使不下雨，我们也会赤着脚行进在故乡的原野阡陌之间，做我们想做的任何事情。赤脚只是一种行为方式，一种生活状态，一种兴趣习惯。

赤脚走向大地，我们捡粪、砍柴、放牛、耘田、薅秧、拾穗、嬉闹、奔跑，在田埂地头、山冈平畴、房前屋后把我们的童年过得有声有色、有滋有味。特别是下雨天，脚丫子之间塞满泥巴，那种感觉痒痒的，很舒适很轻快。

不光孩童，我们的父辈们在干农活时也总喜欢打赤脚，他们光着大脚在水田栽秧，双腿不停地后退着，撩起哗哗的水声，很清脆很敞亮。随着一行行秧苗被插到田里，原野顿时充满了绿意和生机。他们劳作的剪影定格在夕阳下，满是诗情画意。

我的小学就在离村不到五百米的地方，有时听到预备铃响了，我们才纷纷背着书包，赤着脚朝学校跑。山冈上的石子、杂草会硌得双脚生疼，但那时是顾不得疼的。待喘息未定地跑到教室，上课铃声才刚刚响起。不管男孩女孩都赤着脚，正襟危坐着，等着老师上课。教语文的郑老师在下雨天，也总是赤着脚来给我们上课。他裤腿半挽，脚背上还依稀沾满泥巴，但是这丝毫影响不了他给大家上课。他赤着脚在讲台上不停走动着，绘声绘色地给我们朗诵课文。随着他抑扬顿挫的语调，我们慢慢进入到学习之中，就再也看不到我们的脚和郑老师的脚了。

赤脚行进在大地上，大地总会给我们留下深深的印记。那时农村没有什么玻璃，但却有的是碗碴和碎石，不知道什么时候就会踩到它们，它们准会在我们的脚底刻下岁月的标记，优美或者凌乱。我们的脚与它们总会结下不解情缘，不论时光走得再远，那种情意，芬芳如酒，刻骨铭心。十岁那年夏天，我看到有一大群白鹅正在我家稻田里糟蹋稻子，我心急如焚，一心想赶它们走，结果慌不择路，一脚踏上了一块锋利的石头上，划破有五厘米长的口子，鲜血流了一地，我当时吓傻了。奶奶对伤口进行处置，才止住血。现在脚上那道长长的疤痕，应该是时光开在我身上的花朵，永不凋零。

最惬意的是坐在门塘前的石头上，双脚放入水中，随性地摆动着，搅得水波荡漾，看着满塘荷花，蛙栖荷叶，鱼翔浅水，心便沉醉了，不思归去……

上初中后，打赤脚的日子就变少了，穿上了黄球鞋、白球鞋、雨靴，就算是告别了黄土地。

到现在双脚越来越金贵，被尼龙袜、丝光袜、名牌皮鞋包裹着，再也没接近大地。但是那双臭脚明白，不论被包得再紧，它骨子里还是属于故乡那片山水，打赤脚的日子是那片山水孕育的永远的乡愁，萦绕终身，难以释怀。

谁在窗前看风景

近读卞之琳的《断章》：

你站在桥上看风景
看风景的人在楼上看你
明月装饰了你的窗子
你装饰了别人的梦

读罢掩卷而思，不由深深地被作者精巧的构思所折服。他看似随意地截取生活中的几个意象连缀成章，寥寥数语却让人浮想联翩。小诗在清秀隽永中蕴含着深刻的哲思，那就是世间万物都相互依托互为风景。"明月装饰了你的窗子，你装饰了别人的梦"，为我们带来的又是多么优美多么恬静多么和谐的境界啊。

这个世界静寂中暗藏热闹，单调中彰显繁荣，平凡中孕育伟大。花鸟虫鱼自有它们的情趣，山川河岳自有它们的壮美。一棵树有一棵树的韵味，一个人有一个人的性情。万事万物既相对独立，又互为因果，相克相生。因此这个世界才变得精彩和美丽。

世界大舞台，风景多变幻，风景在远方，风景也在咫尺，就在你抬眸所及的窗外。"梅子留酸软齿牙，芭蕉分绿与窗纱；日长睡起无情思，闲看儿童捉柳花。"这是杨万里在不经意间就发现的风景，是那么的闲适而自然，却又意味深远。"两个黄鹂鸣翠柳，一行白鹭上青天；窗含西岭千秋雪，门泊东吴万里船。""诗圣"杜甫给我们带来的又是一幅多么绚丽多彩、有声有色、幽美平和的画卷，令人心旷神怡，联想丰富。窗外空间宽广，风景无限。罗丹曾说：生活中不是缺少美，而是缺少发现美的眼睛。是啊，更多的时候，我们都对身边的风景熟视无睹甚至漠然不知。时间的脚步总是太急，生活的节奏总是太快，人生的顾虑总是太多。滚滚红尘中，又有谁还在窗前看风景？

也许，我们差的只是临窗凭栏的那个小小的举动，只是没有剔除心中的那一丝琐碎的杂念，只是缺少那一双平静而柔和的慧眼，只是缺少了那份耐心地等待与守候。殊不知，窗外又是一度春草绿，又是一季稻粱熟，又是一年雪花飘。时令轮回，风景依然。"还似旧时游上苑，车如流水马如龙。花月正春风。"这是南唐后主李煜在梦中又故国重游，想象中看到的美好景色。难道我们也得像他一样，在失去了之后，才想起那"花月正春风"的无边美景吗？

我想我们还是现在就放下手头上的活计，来到窗前，看看街上车如流水马如龙的场面，看看环肥燕瘦的美丽，看看春花秋月的闲情，看看风雷雨电的真实吧。

与一只鹭鸶对视

我静静地坐在河边垂钓。

河学名叫潢河，是淮河的支流。因为它擦县城南边而过，人们便习惯称其为南大河。

我的位置是在南大河新桥下面的南岸，这一带水域宽阔，鱼儿肥美，是垂钓的理想钓位。现在，像我一样利用双休日在这里垂钓的钓友达几十人之众。

河中心有一小片窄窄的湿地，突兀在那里。湿地上生长着零碎的水草。这时，一只鹭鸶飘然而下，在那里觅食。那只鹭鸶就这么跌入到我的视线之中。那是一只白鹭，洁白的羽毛，长长的脖颈，修长而匀称的双腿。不论是从美学的角度还是以人类的眼光来看，它都应该是美丽绝伦的，堪称尤物。

天是蓝的，太阳是暖的，风是柔的，水是媚的，薄雾渐退，烟波已远。一只白鹭，站在水的中央，它是那么的高贵，卓尔不群，它的一举一动，都能撩人遐思。它在觅食，偶尔一声轻唳，然后抬起头，用目光扫视河的四周，看看岸边的树林及树林里翩飞的鸟儿，看看河边垂钓的人们，和河里几对追逐嬉戏的野鸭。有一片白云从天空飘过，白鹭可能以为是它的同伴，不由多看了几眼。

我们在河边垂钓，穿饵、抛钩、起竿，各忙各的，自得其乐。燃一支香烟，紧盯着浮标，默默地等待。抑或看看岸边的风景，桥上奔驰的车辆，空中徘徊的天光云影。更多的时候，我们就注视着眼前的鹭鸶。鹭鸶从我们的眼中——走过，我们也从鹭鸶的眼中——走过。看与被看，都是一种享受。

垂钓应该是一种休闲的方式。现在的南大河正为我们提供着一个休闲的好场所。新桥如彩虹卧波，贯通南北；堤岸加固，柳拂长廊；拦坝截流，渔船穿梭；鸟翔林间，人娱河畔。好一个人间仙境，世外桃源！

与一只鹭鸶对视，在这冬日暖暖的阳光下，在这碧波微漾的河水边，相看两不厌。一片晴空，一湾秀水，安宁闲适，和谐静美。

车窗内看书的女子

　　前天出了趟远门，到车站去搭乘久违的公共汽车。坐到车上，离发车的时间尚早，还有半个小时之久，便顿感百无聊赖起来。于是，就给不安分的眼睛一个放肆的理由，四处看看。车站是一个缩小的世界，各色人等汇集。人们往来穿梭，嘈杂、骚动、沉闷，让人心绪难宁。等车抑或等时间，我想这应是人生中最无奈的事情了。生平最讨厌的事情就是等车、等人。应该说，我是一个很守时的人。因为，我觉得时间不会等人，我们只有走在时间的前头，才对得起与时间的相约。

　　目光就那么四处地游移着，我看到人间应该有的一幕幕，亲人相送的场面，卖瓜子、矿泉水小贩的吆喝，车主拉客人的情景等都被我的视网膜一一捕获。最后，我的目光定格在临近的一辆长途车上，是因为车窗边的一位女子，一位正埋头看书的女子。

　　就那么发现了她，我的心一动。真的，那一刻，我的心真的那么莫名地一阵律动，这是当时真实的感受。我们之间就隔着两层玻璃和四米左右的距离。但我不能看清她的脸，我的位置是在她的侧后方，我看到的只是她的背影。从背影上看，她应该是一位年轻的女子，因为她那头长长的披肩发泛起的是青春的光泽。

她始终保持着那种埋头看书的姿势，可能书的内容很精彩，精彩得让她流连书中，舍不得让目光离开，只是偶尔地翻一下书页，然后就是静静地阅读。所以，我一直没有看清她的脸庞。只有在心中胡乱地揣想罢了。

她就那么看着书，任车站内熙来攘往，任时光在车窗内外悄悄流逝，一切仿佛都与她无关。在那个喧嚣的车站，一个女子能偏安一隅，静心看一会儿书，这真的是不简单的事情。至于她看的是什么书，那都是不重要的了。重要的是她在看书。在这个尘嚣的世界，还有人能够自寻安静，沉浸书中，不能不让人感动。书，这个文字的载体，现在仿佛离我们的生活渐行渐远了，又有多少人愿意抽出时间，认真地读一会儿书呢？一个女子，能在那鼎沸嘈囔的环境下，置身物外，潜心阅读，她应该是一位不俗的人。我是这么想的。

该出发了，发车的铃声响起，接着司机发动了客车。车子的启动，惊动了她，她终于抬起了头，我看到了她的脸，端庄、秀气、青春。她合上书，抬手撩了撩长发，这时，我看到了那书，是一本大家都比较熟悉的文摘杂志的合订本。

随着车子的缓缓发动，我们各自踏上旅程。也许我再不会见到她。但是，在我的记忆中，永远会有一道风景闪现，那个车站，那个在车窗旁安静看书的女子。

春风一壶

一位爱好书法的朋友给我写了一幅字，写的是杨慎的《临江仙·滚滚长江东逝水》。那字遒劲有力，潇洒飘逸。我如获至宝，把它挂在书房里。那天，上初一的儿子站在条幅前，一本正经地"欣赏"起来。当然那字体是行书，他不可能全认识。看了一会儿，儿子突然说道："就'春风一壶'几个字写得好认。""春风一壶"？我听了感到纳闷，仔细一看，不由乐了。原来是"惯看秋月春风，一壶浊酒喜相逢"这两句中的"春风一壶"四个字连在一起了。经儿子念来，觉得别有韵味了。

春风一壶，妙！春风一壶能醉人呀。

现在正是春风怡人的大好时节，浩荡的春风尽情地传播着春的喜讯。春风拂过，一切都是那么的清新、灵动、鲜嫩、活泼。空气中到处都弥漫氤氲着一种浓郁的气息。

春风一壶醉了原野。那些漫无边际的小草在大地上肆意铺排，把那份调皮的绿意渲染得淋漓尽致；那些野花纷纷开了，在它们自己的春天中尽情地释放着那份烂漫与美丽。

树木的枝条青葱柔软，在春风中摇曳出尽美的舞姿；桃红了李白了，杏花在春雨中演绎着那份风情与妩媚。

你听，山泉叮咚，流水淙淙。水呀，应是春风的知己，和着春风总能奏出和谐的天籁之音。还有那些鸟儿，它们声声鸣叫，就唤来了山欢水笑、明媚春光、醉人春意。

春风一壶灌得老牛兴奋异常，不用扬鞭自奋蹄，那身后的犁铧深深地扎进春天的土地，翻出一片片希望的土壤。

山上有歌声随风飘来，哦，那是茶妹在春光下采茶。她们素手轻拈，在采摘着春天的心情。她们歌声曼妙，像茶一样清爽、滋润。

春风一壶，醉了万物，醉了人心。走在春天的田野，随便抓一把春风，就能嗅到一种醇香的味道，让你陶然若仙，不思归去。

总有闲暇可读书

邻居老向摆了个夜市小吃摊，白天从市场购买原材料，而夜晚就在街上搭起大棚，为食客烹制精美的菜肴。开夜市很辛苦，每夜都要忙到很晚才回家，在夏天，有时候甚至要通宵达旦地忙活。我去他的大棚吃过饭，他手艺的确还不错。

每天都见他忙忙碌碌，仿佛闲下来的时候很少。每次见到我，他都是微笑地朝我打声招呼就忙去了。可是那一天，他在楼道里碰到我，却停住了脚步，递给我一根烟，和我攀谈了一会儿。最后他腼腆地挠了挠头皮，说知道我在办公室工作，请我把办公室的旧报纸带一点给他。我只当他要些报纸垫桌子什么的，就满口答应。

当我把一捆报纸带给老向的时候，老向格外激动，对我说道："谢谢你，这些报纸够我看很长一段时间了。"

他的话让我心里一震："原来你要看报纸呀？"

老向笑着点了点头："没事的时候翻翻，长长见识。"

我问他："你每天都那么忙，哪有时间看报纸呀？"

老向又笑了："总会有闲下来的时候。"

总会有闲下来的时候！老向的话再次让我震动。我拍了拍他的肩膀，对他说："今后，你看的报纸包在我身上了！"老向连说谢谢。

望着老向离去的背影，那一刻，我的心中涌起莫名的感动。

从那以后，我不定期地给老向带些报纸以及家里的一些杂志、书籍。

前几天一直下雨，想着老向不会出摊做生意，我就带了几张报纸给他。我进入他家后，没想到老向正专心致志地坐在阳台上看报。那个姿势一下子就攫住我的心。

老向说，总会有闲下来的时候。是的，只要我们愿意，总会有闲暇的时光，让我们读书看报，愉悦人生。

好好道别

韩剧《松药店的儿子们》中真风和慧琳青梅竹马，虽然他们彼此有意，但是谁也没有说出那个爱字。高中毕业时，真风去参军，他们没有道别，后来慧琳移居美国，他们也没有道别。可是世易时移，他们阴差阳错地又成了邻居，但此时慧琳已是两个孩子的母亲，他们那个没有说出的爱字只能永藏心底。造化弄人的是不久慧琳得了不治之症，那天真风跟慧琳散步，终于彼此吐露了心里最想说的话。那时慧琳唯一的愿望只是要跟真风好好道别。两人相拥的场景很令人动容，可惜，那样的道别已经成为永诀，多少遗憾永留心间。

"人有悲欢离合，月有阴晴圆缺，此事古难全"，离别自古关情事。"离别"应该是一个多情的字眼，离的是人，别的是影，但是离不了的是心，别不了的是情。

不论是在影视镜头中，还是在现实生活里，我们见惯了离别的场面，那些活生生的情感表达，总能够打动人心。"长亭外，古道边，芳草碧连天"，那样的场景堪称经典，总会把情绪渲染到极致。离别跟天气无关，只跟心情相连。古人留下了大量有关离别的诗句，哪一句不是情感的最深表露呢？不论是小别、久别，还是永别，离别总是牵动人心那根最脆弱的神经。

桃花潭水，丈量着汪伦的深情；渭城朝雨，淋湿了王维的祝福；杨柳岸边，凌乱着柳永的惆怅。与君离别意，是一种萦绕身边的暗香，迟迟难以散开；是一种纠结脑际的忧伤，久久挥之不去；是一种弥漫心间的情愫，永远不可割舍。

前段日子，我们一些久别的高中同学相聚，大家都在努力回忆曾经在一起的美好时光，回忆起高中毕业时的情景。大家却恍然如梦，都觉得我们离别时太匆匆，居然没有留下只言片语，那时，我们没有好好道别。所以当小聚转眼又要别离时，大家竟然都有了依依难舍之情，互道珍重，期待重逢。

既然，离别不可避免，我们就应该让离别变得洒脱从容。离别不应总是失意的表达，离别更应是充满诗意的演绎。

离别时刻，我们好好道别。说出心中的爱，记住往日的情，带走绵绵祝福，留下殷殷期盼。离别只是人生的一次停顿，是时光的一段留白，是岁月的一份静美。

就像我们相信花谢总会花开一样，我们坚信，离别之后就是相聚的美好。

回家吃饭

央视财经频道有一档美食节目，是王小丫主持的《回家吃饭》。每期王小丫都邀请一二嘉宾为全国观众奉上几道可口的菜肴，让人在色香味美的流连中享受美食人生，感受家的温馨。说实话我很是喜欢这档节目，光王小丫在节目一开始时的那声吆喝："回家吃饭"，立即就让人感到亲切，感到莫名的激动。某期节目中，王小丫和嘉宾为大家呈现的是"油焖大虾"和"乱蒜爆猪肝"两道菜。我认真看了，觉得很是家常，第二天我就现学现卖照着她们的做法，为家人精心烹制了这两道菜。你别说，味道的确不错，家人们都吃得津津有味。更为难得的是一家人围桌而餐，不觉得让人感到有一种幸福在洋溢。

家是一个温暖的词，它需要几间温暖的房子，更需要温暖的一日三餐。回家吃饭，饭桌上的家让人感到温馨和安宁。

我们每天忙碌奔波，一家人只有在就餐的时候才能团聚。围坐在饭桌旁，你就能亲身地体会到有一种融融的暖意在轻轻地弥漫着，它让你感到那么轻快和愉悦，那么自在和祥和，那么真切和感动。给父母盛碗饭，给孩子夹点菜，唠唠家常事，说说体己话。那些饭菜丰盛也好，粗淡也罢，那时都不重要了，重要的是一家人能够聚在一起，能够一起品尝着人间的温情。

饭桌是一个亲情的磁场，它有着无穷的魅力。它勾起人的不仅仅是食欲，更重要的它让人有一种对家的迷恋、眷顾、依赖和珍惜！每当年关，不论你身在何处，你总要去赶那顿年夜饭，其实年夜饭只是一个幌子，幌子后面是饭桌上的那个实实在在、和和美美的家。

看电视剧《郑和下西洋》，剧中的明成祖朱棣可谓是功勋卓著、叱咤风云的一世豪杰，下西洋、疏运河、修大典、迁新都，都是大手笔。但是，当皇后死后，由于两个儿子朱高炽和朱高煦之间相互争斗，一家人很难坐在一起吃顿饭。以至于每当用膳的时候，朱棣就成了名副其实的孤家寡人，所以他望着满桌丰盛的菜肴，只能发出凄凉的感叹：朕富有天下，却偏偏没有一个家。在朱棣的心目中，一家人能在一起吃顿饭，那才是真正的家。

饭桌上的家溢满着真爱，流淌着幸福。饭桌上的家比饭桌上的饭菜可口、芬芳。我们感恩的是，平凡的日子里总会有袅袅炊烟，总会有万家灯火，总会有饭桌上那让人牵挂和热爱的家。

所以，不论再忙，你都得记住回家吃饭，去在属于自己的港湾里享受天伦之乐。

金银花香过墙去

四年前的春天，我家的一位亲戚从深山里给我们带来了一株金银花的幼苗，当时那幼苗长不盈尺，瘦弱、纤细，让人很是担心它是否能够成活。但我还是认真地把它栽在楼顶上自己开辟的空地里。

没想到金银花的生命力极其顽强，经过几年的生长、繁殖，如今已蓬勃出一片浓浓的绿意，金银花的枝蔓四处延伸、攀爬，快把整个楼顶覆盖满了。并且在去年就开出了芬芳四溢的花儿。

上个月，邻居老谭到楼顶种菜，偶然发现了我家那一蓬长势正旺的金银花，他大为惊叹，并说要是那花能够攀到他家楼顶就好了。我仔细观察了一下，连说好办。因为我们两家的楼距也就一米远的样子，我找来了几根竹竿，搭在我们的楼顶间，然后把金银花的一些藤蔓顺着竹竿牵了过去。那些藤蔓很善解人意，几场春雨过后，顺势就沿着竹竿蹿到老谭的楼顶，老谭非常高兴。

现在正是金银花绽放的时节，那一丛丛一簇簇的花儿开得灿烂迷人，馥郁浓烈的花香在空气中氤氲着，让人陶醉。老谭也是一个喜欢花的人，在家里种了好多花，为了表示对我们的感谢，他专门送给我们一盆月季，说有花要共赏。

他无意的一句话提醒了妻子。昨天一大早，她来到楼顶，掐了好大一捧金银花。我问她干吗要把花掐下来。妻子边用水轻轻地冲洗，边说要送给邻居。洗完后，她把那些花分成四份，然后一家家地送给我居住的那条小巷的四户邻居。邻居们得到花后都非常惊喜和感谢。妻子的脸上也像开了花一样。

于是，整个小巷里都弥漫着淡淡的花香。感谢金银花，是它把花香洒在我们邻里的心间。我想那份情感是金银所不可比拟的。

墙根的狗尾巴草

楼下有一片不大的水泥地，是孩子们玩耍的乐园，楼上有几个三四岁年龄相仿的孩子，经常在那里玩滑板车，弄出很大的喧闹，洒下满地的笑声。

下午，三岁的女儿跟她的小伙伴又开始了无拘无束地嬉闹。我就坐在墙根处的石阶上看着她们。中午刚下过一场小雨，一扫几天前的溽热，空气清新、凉爽，很是适合运动。

女儿把滑板车滑到我的跟前，小脸红扑扑的，不停喘息着。我替她擦了擦脸上的汗。忽然她指了指我的身后，对我说："爸爸，花花，我要花花。"我回头一看，不由乐了，原来在我身后的墙根边竟然生长着一溜的狗尾巴草，经过雨水洗涤，显得那么青翠水灵。女儿还小，一直分不清花花草草，在她的眼里，所有的植物都是花。春天里，给她折一枝柳条，她会高兴地说："这花花真好看！"

我抽扯出一根狗尾巴草递给女儿，并告诉她说："这是草，狗尾巴草，不是花花。"

女儿嘟着小嘴："就是花花，就是花花！"说着就一手举着狗尾巴草，一手骑着滑板车，高兴地向小伙伴跑去，嘴里还不停地喊着："我有花花啰，我有花花啰！"

我打量着这些狗尾巴草，它们从墙根的缝隙间冒出，高低错落，排列在那里，不很繁茂甚至有些瘦弱，但是每一棵草却都显得那么有精神。它们安静地生长着，没有张扬的姿态，有的只是一种自我的从容。在这生长钢筋水泥的城市，它们竟从墙根边挤出了一片生存的空间，不由让人顿生感慨。

不知道什么风把它们的种子吹到了这里，也许它们无法选择更好的环境，但是它们却学会了适应，即使在墙根边，它们也让生命来一次精彩地绽放。

女儿坚持说狗尾巴草是花，那它们就是花吧。不是有人说过每一棵草都有开花的心吗？

其实每一棵草都应该是花，每一个生命都是花开的过程。

提高现代文阅读和写作成绩的金钥匙

黄森林作品
阅读试题详析详解

跃下生命的河

看《动物世界》，总能带给人生命的感动和人生的启迪。

母鸭为了孵化的安全，把卵产在了河边五米高的树洞里，经过精心孵化，十一只幼鸭在同一天破壳而出。但是面对十一只嗷嗷待哺的幼鸭，母鸭不可能把食物一趟趟运到五米高的树洞里。要想活命，幼鸭们能做的就是从五米高的树洞跳下来。

在幼鸭出生的第二天，母鸭就在树洞下的河里边轻轻地游弋边轻轻地叫着，那是它在呼唤幼鸭们。十一只幼鸭先后从树洞里探出脑袋，循着母鸭的声音，它们看到了下面细波荡漾的河，也可能注意到自己所处的位置，不由缩了缩身子。母鸭一声接一声地叫着，那是在鼓励幼鸭们跳下来。终于有一只幼鸭勇敢地跳了下来，接着两只，三只……十一只幼鸭全部跳落到河里。母鸭欢叫着带领它们去寻觅食物，开始了真正的生命之旅。

从五米高的树洞跃下，对于刚出生的幼鸭来说无疑是巨大的考验。但是它们都做到了，虽然它们的姿势不那么优美，落水动作略显笨拙。但它们只有跳跃，生命之门才算真正开启。五米之下，流淌着的是生命的河，它们注定要在那里完成生命的航程。

说实话，看着电视镜头中那一只只小不点义无反顾地纵身一跃，我的心中那一刻满是感动，为幼鸭，为它们谱写的那一曲生命的赞歌。幼鸭轻轻一跃的那道弧线，连接的就是生命的长度。

如果说生命就是一条河，我们只有像幼鸭那样纵身一跃，倾情投入，才能在河水中激起浪花，才能在河流中勇立潮头。

（作者：黄森林　有删改）

1. 从五米高的树洞跳下，十一只幼鸭经历了怎样的心路历程？

_____

2. 第五自然段"我的心中那一刻满是感动"，作者为什么感动？

_____

3. 这篇文章给了你什么样的启迪？

_____

参考答案：

1. 幼鸭出生的第二天，母鸭就呼唤幼鸭从五米高的树洞跳下来，幼鸭先是胆怯，小心地探出脑袋，缩了缩身子，最后在母鸭不停地鼓励下，终于有一只勇敢地跳了下去，接着其他的幼鸭全部跳下去。

2. ① 幼鸭出生的时间短，才刚刚一天的时间，体质很弱。② 树洞离水面有五米高，从五米高的地方跳下，对刚出生的幼鸭来说，难度很大，是巨大的考验。③ 虽然难度很大，但是十一只幼鸭都经受住了考验，都义无反顾地纵身跃下，它们的勇敢令人感动。（有此类意思即可）

3. 如果生命是就是一条河，我们只有像野鸭那样纵身一跃，倾情投入，才能在河水中激起浪花，才能在河流中勇立潮头。

海獭，不打无准备之仗

在美国加利福尼亚海域生活着一种可爱的动物——海獭。海獭常年生活在海洋里，大部分时间，它们总是潜入海底觅食。

海獭喜欢吃海底生长的贝类、海胆以及螃蟹等，海獭的食量很大，它们每天要消耗自身体重三分之一重量的食物才能保持热量需求，所以海獭总是忙忙碌碌地潜到海底去寻找食物。

海獭潜入海底捕获贻贝、海胆等，但同时它们会从海底顺便捞上一块拳头大小的石头。开始时，我有些不解，在海底觅食已经够辛苦了，为什么还要弄一块石头上来呢？

等海獭从海底浮上来后，我才明白了石头的妙用，也不得不佩服海獭的聪明了。原来，海胆、贻贝等都有着不好处理的壳，海獭靠牙齿是无法咬开它们的。于是海獭就想到了一个绝妙的办法，就是它们把从海底捞上来的石头当砧板，把海胆、贻贝等往石头上砸，直至砸破为止，然后就可以尽情地享受里面的肉了。

看着海獭笨拙的身体仰躺在海水里，把石头放在腹部，然后用前肢拿着海胆，使劲地往石头上砸去，一下，一下，它的身子在海水里也随之一起一伏，海水一圈一圈地荡漾开来……那个情景真的能震撼人心！

海獭之所以能够享受美食，是因为它们在捕获食物的同时就想到了该怎样去享用那些食物，它们把一切事情想到了前头，不打无准备之仗。

反观我们在生活中，总有人说他努力过、奋斗过、拼搏过，可是有时离成功总是还差那么一点点。我想，我们得好好向海獭学习，也许我们差的就是海獭的那块石头。

（作者：黄森林　有删改）

1. 海獭潜入海底捕获贻贝、海胆等，为什么还会从海底捞上一块石头？

_____

2. 怎样理解文章最后一句"我想，我们得好好向海獭学习，也许我们差的就是海獭的那块石头"？

_____

参考答案：

1. 贻贝、海胆等都有不好处理的壳，海獭用牙齿无法咬开它们，就从海底捞上石头作砧板，以此砸开贻贝、海胆，然后吃里面的肉。

2. 海獭在从海底捕获贻贝、海胆的同时，总会捞上一块石头，而后利用石头吃到美食。而人们在行事时，往往缺的是像海獭那样提前准备，所以要学习海獭不打无准备之仗，行事才会成功。凡事预则立，不预则废。（有此类意思即可）

植树节的遐想

"茅檐长扫净无苔，花木成畦手自栽。一水护田将绿绕，两山排闼送青来。"茅檐，花木，绿水，青山。多美的一幅乡村图画啊！读着诗句，仿佛一下子就回到了儿时的乡村，那时老屋的四周都是树木，家中还有一个大大的花台，门前流淌着大堰小堰碧绿的清波，不远处就是绿树成荫的山峦了，真有如诗中的那般境界。在这样的环境中生活，连梦都是甜的。我记得每年春节贴春联时，父亲总要写这么一个小条幅贴在大门外的院墙上：门对青山。门对青山！那是一种多么豁达的感觉，那是一种多么骄傲的心情，那又是一种多么美妙的享受啊！

印象中的景象总是最美的。后来定居小城，与乡村渐远，但是却一遍一遍地梦回故乡，梦回那青山绿水的世界，想象着那些宁静而闲适的日子。可是梦总与现实之间存在着一些差距。仿佛就在一夜之间，曾经的树木消失了，那些可爱的鸟雀匿藏了踪迹，那些花儿也香消玉殒了，那满目苍翠的青山也如我们县的名称一样，变成了光山。就连那为我遮风挡雨的老屋也成了一片废墟，让我的灵魂找不到栖息之地了。想再见那树林荫翳的场景竟变成了奢望。树木，这些曾经再朴素不过，被我们熟视无睹的乡村植物，有一天也会变得如此让人牵念起来。于是，就经常想起故乡那些槐花的香，那些（　　）的甜，那些榆钱的美，那些（　　）的好，那些（　　）的笑。可如今，找遍房前屋后，又怎觅它们的芳踪呢？原来，树木不光是自然的风景，还是人类心灵的家园啊!

　　前几年，借助国家退耕还林的政策，家乡的人们又掀起了植树造林的高潮，把那些成片的荒山废地都一股脑儿地栽上了各种各样的树木。那几年春天，又唤起了人们对树木的美好回忆，对未来的美好憧憬。那些娇嫩的树苗在春风吹拂下，是那么的楚楚动人，惹人爱怜。我高兴地想，假以时日，家乡又该是一片林荫花海、百鸟竞飞的优美环境了。

　　植树造林作为一项重大工程，还是应该由我辈进行下去和坚持到底的。在元宵节那天，我在爷爷奶奶的坟前种下了四棵小柏树，算是寄托对爷爷奶奶的一点思念，也算是为寂寞的大地增添一抹绿色，为植树造林活动贡献自己的绵薄之力。

　　　　　　　　　　　　　（作者：黄森林　有删改）

　　1. 第二自然段，画线部分的括号里省略的是一些树木的名称，联系实际，选择下面的树木，补充完整。

　　A. 桑葚　　B. 桃花　　　C. 皂角

　　2. 为什么说树木不光是自然的风景，还是人类心灵的家园?

_____

　　3. 联系实际，说说怎样才能把"植树造林"传承好?

_____

参考答案：

　　1. A、C、B

　　2. 树木承载着作者对故乡的怀念，青山绿水的世界里，才有安静闲适的日子。看得见山，望得见水，才能记得住乡愁。(有此类意思即可)

3. ① 坚持多种树 ② 不滥用木制筷子 ③ 保护环境（答出此类关键词语即可）

从"螳臂当车"到"虾臂当车"

儿时在农村，每当夏天，在房前屋后的臭椿、苦楝、刺槐上都可以发现螳螂的踪迹。螳螂全身绿色或土黄色，身体细长，头呈三角形，前腿像镰刀。螳螂体形轻巧，活动灵便。如果幸运的话，还可以看到螳螂捕蝉或其他昆虫的情形。

上学后，知道有一句"螳臂当车"的成语。语出《庄子·人间世》：汝不知夫螳螂乎，怒其臂以当车辙，不知其不胜任也。此成语寓意为不自量力，妄图抗拒强大的力量或做办不到的事情。当时学该成语时，我也感到很可笑，小小螳螂，竟敢阻挡滚滚向前疾驰的马车，真是自不量力，愚蠢至极。可惜的是，我没能看到"螳臂当车"的场景，但我却有幸目睹了"虾臂当车"的"壮举"，并由此对"螳臂当车"这一成语有了新的认识。

平时上下班，都要从商场鱼行经过，大概从前年起，鱼行有人专门从事龙虾收购，每天都能收购许多龙虾，然后分装成筐，运往外地。一些"不安分"的龙虾，纷纷从筐里爬出来，似要逃生。但它们的命运都很悲惨。因为商场人来车往，这些龙虾不是被踩扁，就是被轧碎，以至尸横遍野。

那一天，我骑着自行车去上班，经过鱼行时，正好一只龙虾从筐里爬出来，刚掉到地上，才爬了几步，我的车轮就迎面朝它轧了过去。情急之中，只见那只龙虾猛地坐直身子，触角竖起，伸出像钳子一样长长的前腿，作势要挡住我的车轮，"怒其臂以当车辙"。

我赶紧将车头一摆，自行车从它身边绕了过去。好险啦！可我知道，虽然它逃过此劫，但它还是命在旦夕，难逃厄运。

但是龙虾的这种奋不顾身勇于自救的举动，这种面对强势敢于抗争的精神，却让我深深地感动与敬佩。由此想到"螳臂当车"来，也许庄子看到的那只螳螂正在路上悠闲地散步，或许正想着开心的往事，或许正回味着刚才的美餐，冷不防一辆马车飞驰而至，眼看就要碾着它，螳螂出于本能地向前伸出了镰刀般的前腿……

原来，不论螳螂也好，龙虾也罢，它们并不是闲着无聊，没事找事，甚至为作秀，想成名，才干那"明知不可为而为之"的"自不量力"之事。它们挡车之举纯粹是为了保护自己才不得已而为之啊！人遇危难尚求自保，何况动物哉！

因此，"螳臂当车"不可笑，而实可敬也。

（作者：黄森林　有删改）

1. 本文讲述了一个什么故事？请结合全文简要概括。

_____

2. 本文以时间为轴，有何作用？

_____

3. 本文运用了多种修辞手法，请列举三例。

_____

4. 为什么说"螳臂当车"不可笑，而实可敬也？

_____

参考答案:

1. 作者以"螳臂当车"这一成语为开端,引出下文,讲述他在生活中遇到的"虾臂当车"的事情,由此引导人们对"螳臂当车"这一成语进行新的认识。

2. 以亲身经历叙述,让人感到亲切自然,使文章如行云流水,让人觉得作者对成语重新的解读不是空洞的说教,而是有理有据。(有此类意思即可)

3. 比喻。拟人。对比。

4. 因为"螳臂当车"也好,"虾臂当车"也好,它们都是为了保护自己而做出的"不自量力"的举动。人遇危难尚求自保,何况动物。

家长该给孩子什么

二〇一六年高考全国语文卷的作文题是一组四格漫画:一个孩子第一次考试,得了一百分,获得了被吻的奖励,脸上留下一个红唇印;第二次考试,得了九十八分,挨了一巴掌,脸上留下一个巴掌印。另一个孩子第一次考试,得了五十五分,挨了一巴掌;第二次考试,得了六十一分,获得了被吻的奖励。

都说艺术源于生活,此话一点不假。我的妻子就如同高考作文漫画中的家长,虽不至于那么极端,但对儿子的成绩也是见得了喜听不得忧。我不用问,每次考试儿子的成绩都写在她脸上了。儿子要是考得好,她的脸上准会灿烂如花;儿子要是没考好，她的脸就会阴得像块湿抹布，要滴出水来。

而且，妻子关注儿子的成绩达到痴迷的程度。每次考试后，班主任会把孩子的成绩通过校讯通发给家长，成绩很详细，条分缕析让人一目了然。即使这样，妻子还是嫌校讯通发得慢，儿子每次考完试，她都要通过熟人第一时间最先得知成绩。

望子成龙，望女成凤，天下父母无不希望自己的孩子将来有一个好的前程。所以，孩子的每一次进步都让他们喜出望外，而孩子的每一次退步又让他们忧虑丛生。对有些家长而言，好像每一次微不足道的小考都会决定孩子的一生，搞得自己紧张得要命，从而对孩子的态度也时冷时热，殊不知这在无形中会影响到孩子的学习、习惯、成长，甚至做人。

人生从来没有坦途，有高山的峻拔，就有低谷的委顿；有鲜花夹道，就有荆棘绊脚；有春风得意马蹄疾，就有出门即有碍。人生的轨迹从来不是一条直线走到底，而是沿着曲线去画属于自己的心路历程。曲线看似晦涩，却蕴藏着人生的哲理。一次前进抑或一次后退，都是完美曲线的一个波折、一个褶皱、一个停顿、一个留白。之后又会是怎样的峰回路转、山重水复，是预料不到的。

高考前，微信群里纷纷转发这样一个信息：考考看这两份名单你能认识多少个？第一份名单：傅以渐、王式丹、毕沅、林召堂、王云锦、刘子壮、陈沆、刘福姚、刘春霖；第二份名单：曹雪芹、胡雪岩、李渔、顾炎武、金圣叹、黄宗羲、吴敬梓、蒲松龄。很显然，人们熟悉的是第二份名单，连我现在打字，第二份名单也打得快些。第一份名单都是清朝的科举状元，而第二份名单全是落第秀才。当然，这么对比也有偏狭之处，许多鼎鼎大名之人就是状元出身。只是状元自有状元的能耐和别样人生，而即便考得不理想，人生的路还在，那些落第秀才不照样让自己的人生风生水起、青史留名吗？

所以，大可不必斤斤计较于一百分还是九十八分，五十五分还是六十一分，那些决定不了孩子的未来。作为家长，给孩子一份健全的人格、良好的心态、正确的价值观，才会真正使他们受用一生。

（作者：黄森林　有删改）

1. 文中第六自然段画线部分引用微信群的那道题意在说明什么？

_____

2. 就作者而言，家长应该树立什么的观念才能让孩子更好地成长？

_____

3. 文中多次引用身边的事例，请简述这样引用的好处。

_____

4. 作为学生，你认为家长应该怎样看待学生当前的得失并给予他们什么？

_____

参考答案：
1. 人生没有一帆风顺，当前的得失并不能代表未来。人的一生不应该定格在当下，眼光应该放长远一些。（有此类意思即可）
2. 家长应有健全的人格、良好的心态、正确的价值观。

3. 以亲身经历为依据，更接近生活，更具说服力。（言之成理即可）
4. 自由发挥，言之成理即可。

数数父亲的白发

堂兄属于早婚类型，十九岁结婚，二十岁就喜添闺女。时间过得快呀，转眼二十多年过去了，闺女大学都毕业了，只是现在还没找好工作，整天呆在家里当个"啃老族"，这事很是让堂兄发愁。按说闺女条件不错，毕业的学校在省内也还可以，专业也行，临毕业时本来有用人单位已经准备跟她签订合同。可那闺女倔，不想到外地工作，非得回家乡工作不可。堂兄知道闺女有孝心，为的是好照顾二老，再说他就这么一个孩子，也舍不得她在外漂泊。

可是想找一份工作又是多么不容易啊。现在各个单位都是逢进必考，闺女也参加了两次考试，笔试成绩都非常不错，可一到面试就通不过。闺女就看破红尘的样子，说那里有猫腻，再也不去参加什么招录考试了。可凭堂兄一个小科长再怎么努力，工作的事还是镜花水月那般缥缈。于是堂兄就跟闺女商量，想让她到熟人的小企业先干着，也好挣点零花钱，并说他都跟人联系好了，随时都可以去的。可闺女嘻嘻一笑，说她才不去那种地方，让堂兄很无奈。堂兄就开玩笑地对闺女说：你把我的头发都急白了。闺女顽皮地看着他的头发说：我一根也没有发现啊，等您真急出了白头发，我就去。堂兄只有苦苦一笑。

其实，堂兄的头发还真白了不少，只是闺女不知道。就在闺女上大学那年，闺女上学拿了一大笔学费，堂嫂因所在的企业倒闭下岗，堂兄又因提拔的事情彻底无望，那一阵真操碎了心，头发就在不知不觉中白了一些。堂兄是个讲面子的人，将那些头发染成黑色，别人很难看出来。堂兄每天都照镜子，一发现有白头发出现的苗头，就去理发店染一染，所以堂兄在人们面前总是满头油光发亮的样子。闺女在家呆的时间不长，还不知道这个秘密。

闺女每天还是一副嘻嘻哈哈没心没肺的样子，要么在家里上网玩游戏聊天，要么就跟几个同学在外游玩，一点也看不出她着急，好像找工作根本不关她的事。堂兄堂嫂也拿她没有辙，这么大的姑娘，打不得说不得的。

时间一长，堂兄就有些急了，这一急那白头发无形中好像又长了。那一天，堂兄在照镜子时发现了冒出的白头发。他本来想去染一下，可突然想起闺女说的话，索性到理发店去把头洗了洗，让那些白头发都彻底地出来放放风显摆显摆。

那天夜晚，闺女又在外面玩了很晚才回来，待她一进家门，就发现了堂兄的白头发。堂兄坐在白炽灯底下，那半头的白头发在灯光下是那么的明显和张扬。闺女一下子就愣在了那里，半天才泪眼婆娑地走到堂兄跟前，用手轻轻地拨弄她父亲的头发，似乎真在数那有多少根。好一会儿，闺女哽咽着说：爸，你跟熟人打电话，我明天就去上班。

堂兄后来说，当时他强忍泪水，一动不动地坐在那里，眼睛也不看闺女。等闺女说出那一句话后，他再也忍不住，一把搂过闺女，哭得跟个孩子似的。

（作者：黄森林　有删改）

13

1．本文作者以情感贯穿始终，抓住"白发"这一典型意象，结合全文，试简述"数数父亲的白发"的意义。

_____

2．请简析文章最后一个自然段堂兄从"强忍泪水"到"哭得跟个孩子似的"。

_____

参考答案：

1．作者以"白发"这一意象，突出了父女两代人之间的爱。数数父亲的白发，才能读懂父辈对子女的爱；数数父亲的白发，我们才知道如何去爱我们的父母。

2．①强忍泪水，是因为堂兄有意让女儿知道自己满头白发。②哭得跟个孩子似的，是因为女儿明白了父亲的苦衷，主动去工作。③堂兄更多的是欣喜，女儿懂事了、长大了，哭也是欣慰。（有此类意思即可）

为亲人放慢脚步

近日找朋友办点事，在他办公室等他时，闲着没事，就拿过他办公桌上的日历翻看。翻着翻着，我发现他的日历有不少页都有折过的痕迹，并且后面还有三页仍是折着的。我翻开那三页日历，看看也都是很普通的日子，并不是什么重大节日之类，就有些不解了。刚好，朋友进来了，我就问他是怎么回事。他笑笑，说那些日子都是亲人的生日，怕忘记了，就先折起来，到时好给自己提个醒。原来是这样，我不禁为他的细心而感动。

这是一个讲究效率的时代，人们生活的节奏总是太快，应酬的事情总是太多，慢慢地你也许回家的次数少了，陪父母吃饭的次数少了，给妻子买花的次数少了，带孩子逛公园的次数少了……

你也似乎有很多的理由，可是亲情是不讲借口的呀！

有些感情不能代替，有些事情不能缺席，有些日子不应忘记。我想，不论工作再忙，事务在多，你也应该在心中为亲情留些空间。

有时，哪怕是很小的一个细节，也能让亲情在心中长久地弥漫。就像朋友日历那道道折痕中蓄满的都是浓浓的亲情啊。

（作者：黄森林　有删改）

1. 第一自然段末尾"我不禁为他的细心而感动"一句中，作者感动的原因是什么？

_____

2. 模仿第二自然段中画线部分的句式，补写两个句子。

_____

3. 读完本文，你认为"为亲人放慢脚步"指的是什么？

_____

参考答案：

1. 在这个讲究效率，生活节奏快的时代，朋友通过折日历这个举动，提醒自己不要忘记了亲人的生日，令作者感动。

2. 给父亲捶背的次数少了，给女儿讲故事的次数少了……

3. ① 放慢生活节奏，为家人留更多时间。② 通过细节，让亲情在心中长久弥漫。③ 回归初心，勿忘本心。（有此类意思即可）

我只是晕血

一个年轻的妇女背着孩子急匆匆地跑进医院急诊室，一进门年轻妇女就带着哭腔喊道："请医生快救救我的孩子！"医生接过那孩子，把他平放在病床上。只见那孩子口吐白沫，全身抽搐，牙齿咬得咯咯直响。凭多年的临床经验，医生判断孩子得的是急性脑炎。医生赶忙吩咐年轻妇女快把孩子的嘴撬开，否则孩子在不知不觉中会咬断自己的舌头。

在几个护士的帮助下，年轻妇女好不容易撬开孩子的嘴，可是才撬开，孩子又把牙齿紧紧地咬在了一起。医生就说再撬开后用东西塞着。可是他们环顾了一下急诊室，一时没有发现什么可以用来塞的。年轻妇女什么也没说，还是使劲地撬着孩子的嘴。撬开后，只见她毫不犹豫地把自己的食指一下子塞进了孩子的嘴中。她的举动让在场的人都大感意外，空气在那一刻仿佛凝固了。医生赶紧去取药。护士们紧紧地按着孩子。

孩子还在抽搐着，牙齿继续紧紧咬着。很快，年轻妇女的手指开始流血，殷红的血顺着孩子的嘴流得到处都是。十指连心，年轻的妇女脸色慢慢地变得苍白，身体也开始剧烈颤抖起来，一个护士用力地扶着她。年轻妇女感激地望了护士一眼，然后，目不转睛地盯着孩子。

很快，医生取来药，给孩子打了一针。在药物作用下，孩子慢慢地安静下来，停止了抽搐，牙齿也慢慢松开了。护士们赶紧帮年轻妇女把手指从孩子的嘴中小心地拿出来。手指已经是血肉模糊。护士忙着给她包扎。

年轻妇女还在颤抖，一个年轻的护士问她："很疼吧！"

年轻妇女摇了摇头说："我没有感觉到，我只是晕血。"顿了顿，她居然淡淡地笑了："感谢儿子，我想我以后不再晕血了！"

一句话说得那个年轻的护士眼圈红红的，在场的人也无不动容。

（作者：黄森林　有删改）

1. 简析第一自然段画线部分的含义。

_____

2. 为什么"空气在那一刻仿佛凝固了"？

_____

3. 为什么年轻妇女没有感到疼痛？

_____

4. 结合文本，结合实际，谈谈你对母爱的理解。

_____

参考答案：

1. 作者运用动作和语言描写（"急匆匆""一进门""带着哭腔喊道"），体现了年轻妇女的焦急、担心、害怕的心情。

2. 年轻妇女把手塞进孩子嘴中的这一举动，让众人很吃惊很意外，大家都被年轻妇女伟大的母爱所打动，所以大家停止了语言、动作，好像时间也在那一刻静止了一样。

3．爱让她不顾一切，对儿子的紧张、担忧，全身心地关注孩子，让她忘记自己，也忘记了疼痛。

4．词通句顺即可。

吊兰的姿态

妻子爱侍弄花草，而对吊兰情有独钟，以至于家里都快成了吊兰的世界了。客厅里、书房里、阳台上到处都有吊兰绰约的风姿。吊兰的生命力极强，剪一截吊兰的枝丫，随便插在花盆或其他器具里，浇过几遍水后，它们就灿灿然地成活了，生长出一片鲜活的生机来。

在妻子的影响下，我也慢慢地喜欢上了这种植物。可能是吊兰长时间生长在屋内的缘故，它们总是显得那么脆生生的，给人一种弱柳扶风、我见犹怜的感觉。不由得让人就对它们百般怜惜、呵护，生怕一不小心就会对它们造成伤害。

没事时，我总喜欢静静地观赏吊兰。喜爱看它们柔柔的枝、嫩嫩的叶、浅浅的色、淡淡的痕，静如处子，总能让人心绪平静，倍感安逸平和，给人以心灵的慰藉。

而我更喜欢的却是吊兰向下生长的姿态。当别的花草都拼命向上，葳蕤出争宠的娇媚时，吊兰却俯下身子，向下延伸自己的美丽。它们尽可能地把自己放低，向人们传递着一份友好亲和的信息。它们悬垂着娇弱的身躯，是那么温顺，而又楚楚动人，不由得你不爱怜。

向下其实也是一种生长。当吊兰的藤蔓越来越长时，妻子就自然地会把花盆放到高处；再长，再放到更高的地方，有的甚至需要仰视才能欣赏。原来，俯下身子亲近人们的，人们反而会把它们放到可以仰视的地方。

向下的吊兰给我们最深的感动与启迪。

（作者：黄森林　有删改）

1. 从修辞的角度品析第四自然段画线部分的妙处。

_____

2. 结合上下文，谈谈你对"向下其实也是一种生长"这个句子的理解。

_____

3. 作者为什么以"吊兰的姿态"为题？联系全文，谈谈你的理解。

_____

4. 从文中来看，你认为吊兰是一种什么样的植物？

_____

参考答案：

1. 通过拟人的手法，描写吊兰俯下身子，是向人们传递着一份友好亲切的信息，和别的花草拼命向上形成对比，更好地突出吊兰高洁的品质。

2. ①它放低自己，却被放得更高。②亲近人们，才能被人们仰视。

3. 通过对吊兰向下生长的姿态，我们可以从中学习到亲近别人的同时，也同样可以受到别人的尊重的道理。

4. ①它生命力强。②脆弱美丽、楚楚动人，惹人爱怜。③向下生长，与人亲近，美丽得以升华。

每一棵草都是美丽的

门前有一堆沙子，沙子被垒砌的砖块围着，砖块的缝隙间长出一种叫不出名的野草。

前天无事，驻足观察，发现那些野草纤细嫩绿、柔弱娇媚，很是美丽。我不由赞叹了一句："这草真美！"

父亲在院内听到我的声音，笑了笑说："其实每一棵草都是美丽的。"

品味着父亲的话，目光沿着居住的小巷远眺，居然发现在多处墙根边还有不少那样的草。只是每天脚步匆匆，竟然漠视了它们的存在。它们静静生长，经历枯荣，美丽着自己的美丽。

目光就那么定格在那生长着野草的小巷。那是一条寻常巷陌，幽远静僻，巷子内居住十多户人家，大家和平相处，安静地生活。或许每个人都是上天撒落在人间的一粒草籽，在人世的阳光雨露下，他们又是怎样演绎着自己的美丽呢？

小巷进口那家住的是苏瘸子一家，苏瘸子的爱人也是一个残疾人，她的腿有点跛。苏瘸子在商场有家电器修理门市部，他总是每天早晨骑着小木兰摩托车出发，傍晚又骑着摩托车回家。而每天中午他的爱人都要到商场给他送饭，于是我们经常看到这样的场景：一个漂亮的跛腿少妇提着饭盒艰难地行走在小巷通往商场的路上。对常人来说，这是一段很轻松的路程，可对她来说每一次都是一次马拉松。但她却以坚韧的毅力日日如此，风雨无阻，进行着一个人的爱的接力。她深一脚浅一脚从不停歇的身影是小城一道动人的风景。那是不是她的美丽呢？

苏瘸子的隔壁住的是阿强，他是一个性格孤僻、行为乖张的人。他不爱说话，平时和大家交往少。那天，我从他的门前经过，发现他自己正在垒水池，双手很娴熟地上砖、抹水泥，边干活嘴里还边哼着流行歌曲，嗓音还真不赖。第二天，我再经过他家门前时，发现水池已经垒好，并且还贴上了瓷砖，那瓷砖贴得严丝合缝、美观大方。而阿强正哼着小调在欣赏着他的杰作，看见我还朝我微微一笑。那是不是他的美丽呢？

我的邻居吴老师是个孝子。他无微不至悉心照顾他的老父亲，得到了大家的极力称赞和推崇。他在每天的工作之余，全身心地伺候着老人，为老人做饭、洗衣、洗澡、梳头、剪指甲，读报给老人听……他整天乐此不疲地忙碌着，为老人尽着孝心，那是不是他的美丽呢？

花开是一种幸福，草长是一种美丽。

大千世界，芸芸众生，即使我们的生命卑微如草，也应该在红尘中摇曳出属于自己的美丽。

（作者：黄森林　有删改）

1. 文中第五自然段画线部分"或许每个人都是上天撒落在人间的一粒草籽，在人世的阳光雨露下，他们又是怎样演绎着自己的美丽呢"在文中有什么作用?

_____

2．通读全文，试分析作者从砖缝中不知名的野草身上悟出了什么样的人生哲理。

_____

3．作者以写草开头，结果写的却是人，请简述这样写的好处。

_____

4．文中引用了三个事例来说明了人性的真善美，请简单列举一个发生在自己身边类似的事例。

_____

参考答案:

1．总结上文引出下文，起承上启下的过渡作用。(能答出这些关键词语即可)

2．大千世界，芸芸众生，即使我们的生命卑微如草，也应该在红尘中摇曳出属于自己的美丽。(能答出这些关键词语即可)

3．以草喻人，更加生动形象地表达出了人性的真善美。(能答出这些关键词语即可)

4．例如帮刚下班的父母倒杯水；一如既往地关心留守儿童等。

珍惜你说出的每一个字

语言是人与人之间最主要的交流工具，同时语言也是一门艺术。所以有人出口成章、妙语连珠、口吐莲花，听着是一种享受；而有人却不善表达、吐字不清、结结巴巴，听着别扭。这是一种能力问题，无可厚非。

但是世上却有一种人，很有语言天赋，能驾驭语言，却往往干起卖弄之能事，把语言作为其炫耀的资本，口若悬河、随心所欲、大言不惭，无形中就玷污了语言，把语言带进了沟里，满是污秽的味道。

美国喜剧电影《临终千言》中，杰克就是这样一个家伙。他是一位图书出版商，是一个习惯于用花言巧语伪装自己的人，说话如连珠炮不带任何转机，让人根本插不上话。同时他又总是不分青红皂白，随意中止已经谈好的发行合约，让人无可奈何。一次，杰克把出版目标对准了新世纪的印度宗教领袖辛加博士，对其夸夸其谈、天花乱坠地瞎吹一气，说愿意为辛加博士出版一本书。辛加博士早就看穿了杰克的诡计，就给了他五页纸，结果很明显，杰克又一次违约，没有给辛加博士出书。

不知道辛加博士使用了什么样的手段，令杰克家的后花园里不可思议地凭空长出了一棵神奇的菩提树，树上正好挂着一千片绿莹莹的树叶。一开始还不以为意的杰克很快就惊恐地发现，自此以后，他每说出一个字，就会从菩提树上掉落一片树叶，并且一旦树上的叶子全部掉光，就意味着他的生命也走到了尽头。

当生命中只有最后一千个字能说的时候，杰克一时无所适从，他再也不能口无遮拦乱讲一通了，因为他每说出一个字，他的生命就少了一截。没办法，他只好停止说话，甚至把自己的嘴封住，只靠肢体语言来表达意思。但是肢体语言根本代替不了真正的语言，表达不出自己真实的想法。这无形中引起了妻子的误会，造成了婚姻危机，也搞砸了出版合同，以至于被解雇而失业。

这时，杰克才突然明白语言的意义，开始反思自己。他知道只有仔细斟酌，谨言慎行，才能对得起语言。影片最后他想坦然面对死亡，对妻子还有母亲说出了最真的心里话。当然结局却是圆满的，那神奇的菩提树再次长满绿叶，郁郁葱葱。

我们每天都和人用语言交流，每天都说出了许多话，现在你回顾一下，你说的那些话难道都是应该说的吗？那些话又有多少是废话、谎话、假话、大话、空话，甚至是违心的话。假如你的生命中也只有一千个字可说，你还会说出那些话吗？

都说言为心声，我们都应该听从心的召唤，珍惜说出的每一个字，说出最真的、最美的、最纯的、最打动人心的那些话。

（作者：黄森林　有删改）

1. 第二自然段在结构上有什么作用？

_____

2. 概括地讲讲杰克为什么会失业。

_____

3. 杰克明白了语言的意义，那么，你觉得语言的意义是什么？

_____

4. 为什么语言是交流工具，也是一门艺术？

_____

参考答案：

1. 承上启下，过渡的作用。

2. 杰克在与辛加博士交往的过程中，欺骗了对方，对方用手段使杰克不能自由地讲话，导致杰克搞砸了出版合同，最终被解雇。

3. 只有仔细斟酌，谨言慎行，才能对得起语言，与人交往要讲真心话。

4. 语言可以帮助人们沟通，是交流的工具，但是利用好这个工具，使双方的沟通积极、有效，是一门艺术。

苦瓜的滋味

大学刚毕业的时候，我们都踌躇满志地等待着分配工作，心中有期待也有焦虑。那些日子，我们都有些坐卧不安。

上一届的一位师兄就邀请我们几个老乡到他那里聚餐，那时他在一个偏远的乡政府上班。席间，上了一道菜，我们原先都没有见过，是和青椒一起素炒的，色泽淡雅，闻之清香，看上去让人很有食欲。师兄指了指，请我们尝尝，看味道如何。我就夹了一小块，刚嚼了一口，立即有一种难言的苦涩充盈口腔，那个苦呀，简直达到了我的舌根所能承受的极限！要不是人多，碍于面子，我差一点就将它吐了出来。我强忍着，囫囵地将它吞到肚里。再看其他几位也都是和我一般的窘相。大家都有些不好意思了。

师兄笑了，他说，这道菜叫苦瓜，入口时有些苦，但是认真品味后，终会苦尽甘来。他还说，苦瓜可是好东西，它可以清心明目，消暑解毒。师兄夹起一片苦瓜，慢慢地咀嚼着，很享受的样子。他最后告诉我们，吃点苦是有好处的哟！我们就有些明白师兄的良苦用心了，他是在借苦瓜来给我们上人生的一课呀。

从那以后，我就喜欢上了苦瓜这道菜，也在心里铭记住了师兄的那句话。

苦瓜属葫芦科，它以味得名，长相又不佳，有瘤状物突出，又称癞瓜。可以说苦瓜是长得癞，吃着苦。但是人们还是喜欢苦瓜，喜欢它那苦寒的味道，它可以归心健胃，让人精神旺盛。

没事时，喜欢炒一盘青椒苦瓜，慢慢品尝，时间长了就只觉可口，而没有苦味。苦瓜的味道早已积淀在心中，化着一种力量，弥漫周身。也许苦应是一味良药，它能让人百折不挠，催人奋进。

十多年来，不管自己在工作、生活上有什么挫折、困惑，我总是想着师兄的话，那样在无形中就给自己一份动力，给自己一份勇气和一份淡定。第一次考公务员的时候，我当时信心满满，但是最终却在面试的时候被淘汰，心中未免有些沮丧，但是一想起师兄的话，我便重拾信心，终于心想事成……

今年再见到师兄时，他已经是一个乡镇的主要领导了，我向他谈起那顿饭和他说的那句话。师兄又笑了，他说，苦瓜的滋味总是值得回味的。

蓦然就想起了陈奕迅的歌《苦瓜》中的词："真想不到当初

我们也讨厌吃苦瓜，当睇清世间所有定理又何用再怕，珍惜淡定的心境，苦过后更加清，万般过去亦无味但有领会留下……"

（作者：黄森林　有删改）

1. 第一自然段的"踌躇满志""坐卧不安"体现了作者怎样的心理状态？

_____

2. 第二自然段"立即""简直"用得好不好，为什么？

_____

3. 作者在"人生的一课"里学到了什么？

_____

4. 苦瓜让作者受益良多，你在生活中是否有过类似的经历？

_____

参考答案：

1. 这些词汇体现了作者对未来的憧憬、期待，也体现了作者刚毕业的青涩和紧张。

2. 用得好，体现出了苦瓜的味道并不容易被人接受，结构上为后文做了铺垫。

3. 作者通过吃苦瓜认识到吃得苦中苦，方为人上人的道理。

4. 生活中的例子有很多，比如良药苦口利于病。

给父亲当邮差

　　父亲的一个学生是建筑老板，几年前就对父亲说，等父亲退休后，让父亲到他的工地去帮他管账。我们都当他只是说说，没想到，等父亲提前内退后，碰巧他又新承包了一个沙场，他真的把父亲请去了。

　　沙场离县城有近十公里的路程，很宽的河道，河水却不深，岸边到处都是金黄的沙砾。那天我去看望父亲，只见几台抽沙机正在河里抽沙，运沙的翻斗车正忙着装车……而父亲正一丝不苟地在忙着登记、收款。

　　父亲他们住居的地方是新盖的活动板房，宽宽的几大间屋子，里面的摆设却异常的寒碜。一张桌子、几张凳子、几张床，还有做饭的煤气灶等，连电视机都没有。活动板房建在河岸上，那里离最近的村庄也有一公里远。白天还好，有机器轰鸣，人影闪动。可到了夜晚，我可以想象那里的孤寂，想到这，我的鼻子不由有些发酸。我问父亲需要我给他带点什么，父亲犹豫了一下对我说，让我给他带点旧报纸和杂志，好打发时间。

　　周末，我从办公室里找了些报纸和几本杂志，带着儿子一块去看父亲。当我把报纸递给父亲时，父亲流露出一丝惊喜的神色，连说有了这些报纸，日子就好过了。那天儿子在那里玩得很开心，临别时还是依依不舍，赖着不想走。我告诉儿子，我会每个周末都会带他去看爷爷的。儿子这才高兴地离去。

　　从那以后，我每个周末都和儿子带些报纸杂志去那个沙场，认认真真地给父亲当起了邮差。而父亲就在闲暇之际和那些寂寞的夜晚通过阅读那些过期的报纸寻找一丝心灵的慰藉。父亲是一个很认真的人，即使是旧报纸他也读得津津有味，并且还专门找了一个小本子，做起了读书笔记。我知道这是他多年教师生涯所养成的良好习惯。可是我更明白，只有那样时光才能流逝得更快一些啊！每次看着他给儿子讲解他所做的笔记时，我的心便会有一种隐隐的伤痛。有几次劝说父亲不要干了，可父亲说，在家闲着也是闲着，找点事干也是一种乐趣，再说有了那些报纸杂志，日子过得充实着呢。

随着年龄的增长，我和父亲之间交谈的话语渐渐少了，但在心中，那份浓浓的亲情却在默默中如日俱增。我知道，我给父亲送去的不仅仅是那些报纸杂志，而更是那血浓于水的脉脉亲情。那些报纸杂志会让我们亲情的邮路畅通无阻、延续永久……

（作者：黄森林　有删改）

1. 第三自然段，作者介绍父亲的摆设异常的寒碜，这些交代是不是多余的？

_____

2. 父亲平时很忙碌，为什么还要读报？

_____

3. 哪些细节描写可以反映出父亲读报认真？

_____

4. 读了这个故事，你有什么启发？

_____

参考答案：

1. 不多余，这种对比更能够体现出老人家对阅读的喜爱。

2. 父亲年龄虽然大了，生活条件也不是非常好，平时工作也忙，但是坚持学习，用健康的方式充实自己，难能可贵。

3. 看到作者给他带报纸流露出一丝惊喜的神色，看完报纸还做笔记等。

4. 应当活到老学到老，珍惜时间等。

勺子的另一种功能

一向康健的父亲突然得了脑血栓，导致偏瘫，生活不能自理，一日三餐得让人喂食。

他第一次握着勺，小心翼翼地把稀粥喂向父亲的嘴时，心里不由有些异样的感觉。四十年来，他还是第一次喂父亲吃饭。从前，只有父亲喂他，他从未想过会有一天，他也拿起勺子，喂父亲吃饭。手拿着勺，他不由心思澎湃。

小时候，他最贪玩调皮了，从来不好好吃饭，一日三餐都得父亲喂。他依稀记得，父亲每次总是舀起半勺饭，放在嘴边轻轻地吹几回，甚至用舌头舔试一下，确信饭不烫了，才喂他吃。即使这样，他还是不好好吃，总是找借口搪塞，不是说饭烫，就是说饭凉，要么说菜太咸。而父亲总是笑容可掬，不厌其烦地按照他的意思，慢慢地喂他。

他刚开始识字的时候，表现出极大的热情。一到饭口，他就说要认字，父亲就只好边喂他吃饭，边教他认字。父亲把字都写到小黑板上，然后就用勺子的柄当教鞭，指着黑板上的字教他。父亲舀一小口饭喂他，然后倒过勺子，用勺子柄指着黑板，让他念字。他那时很有兴趣，也觉得很有意思，看父亲变花样似的，一会儿用勺子喂他吃饭，一会儿又用勺子教他识字。他感到很新奇，认为那勺子一定具有强大的功能和魔力，就抢过父亲手中的勺子，吃一口饭，然后指着一个字大声念出来，他的举止惹得父亲哈哈大笑。

他很是喜欢这样的识字方式，他很聪明，在吃饭的当口他学会了许多字，更重要的是无形中他学会了吃饭，再也不需要父亲喂他了。

后来他上学了，语文成绩特别好，他一直以为那是勺子的功劳。

再后来，他也结婚生子，也像父亲那样用勺子喂儿子吃饭教儿子识字。他才明白，勺子就是勺子，没有特别的魔力，如果说有的话，那就是勺子在他们之间传递的血浓于水的亲情和爱。

他又舀起半勺稀粥，像父亲从前那样放在嘴边轻轻地吹了吹，然后小心地喂进父亲的嘴里，看到父亲轻轻地咽下去，他顿时觉得浑身轻松了许多。

（作者：黄森林　有删改）

1. 请评价一下第一自然段的写作特点。

_____

2. 第二自然段里，"心里不由有些异样的感觉"，"异样的感觉"是什么？

_____

3．第四自然段在对父亲的回忆里，用了什么描写方法，表达出了什么？

_____

4．最后一个自然段里，"他顿时觉得浑身轻松了许多"，为什么？

_____

参考答案：

1．语言简洁，开门见山，清楚地介绍了事情的背景。

2．四十年来，他还是第一次喂父亲吃饭。从前，只有父亲喂他，他从未想过会有一天，他也拿起勺子，喂父亲吃饭。

3．用动作描写，写出了父亲对儿子的细致、耐心的照顾。

4．儿子通过回忆父亲对自己耐心的养育，想到自己也应该以同样的爱来回报父亲。

一声乳名你会懂

春节期间回老家拜年，又见到那些阔别已久的亲朋故友，喜悦之情自是无以言表。那些儿时的伙伴久别重逢，相互拥抱，情谊切切。更为感动的是那些上了年纪的长辈们热情地喊着我的乳名并拉着我的手嘘寒问暖。有的还满脸歉意地向我解释说，只知道我的乳名，不知道我的学名，万望我不要介意。我怎么会介意呢？从他们的口中我听到自己久违的乳名，顿时觉得是那么亲切那么温暖。

每个人自呱呱坠地后，拜父母所赐，我们都有了自己无声的表白，那就是我们的乳名。乳名带着最原始最本真的胎记永远铭刻在我们的记忆和梦中。乳名就像一首经典老歌总能勾起人最美好的回想；乳名就像一坛陈酿总能让人微醺。

小时候，母亲的一声轻轻地呼唤，总能把每个平凡的日子喊得有滋有味；儿时同伴的相互嬉戏，总会在不觉中把各自的乳名扩散在那袅袅炊烟中渐渐飘远；远方的游子最怕听到自己的乳名被人叫起，那一声乳名哟，一定能够让他泪流满面……

任时光荏苒，岁月流逝。乳名已经植入到我们的生命中，在我们的血液中汩汩流淌，与我们相伴红尘，不离不弃，直到永远。

乳名伴着我们走入社会走进人生。也许，在人世的路上，你将会拥有各种各样的称谓，学名、笔名、艺名、绰号、职位、职称等不一而足，但我想，真正能够打动你的应该还是你的乳名。

乳名的背后有你的亲情，有你的故乡，有你的根呀！乳名就像一根长长的脐带把你永远地连接到生你养你的那片热土之中。

真的，一声乳名你会懂。

最深刻的一文不名者

赵荔红 著

百花洲文艺出版社
BAIHUAZHOU LITERATURE AND ART PRESS

图书在版编目（CIP）数据

　　最深刻的一文不名者 / 赵荔红著. -- 南昌 : 百花
洲文艺出版社，2017.7
　　ISBN 978-7-5500-2278-2

　　Ⅰ. ①最… Ⅱ. ①赵… Ⅲ. ①散文集－中国－当代②
随笔－作品集－中国－当代 Ⅳ. ①I267

　　中国版本图书馆 CIP 数据核字 (2017) 第 118427 号

最深刻的一文不名者

赵荔红 著

出 版 人	姚雪雪
责任编辑	郝玮刚　朱　强
封面设计	方　方
制　　作	宋俊香
出版发行	百花洲文艺出版社
社　　址	南昌市红谷滩新区世贸路 898 号博能中心 A 座 20 楼
邮　　编	330038
经　　销	全国新华书店
印　　刷	江西千叶彩印有限责任公司
开　　本	787mm×1092mm　　1/16
印　　张	16.5
版　　次	2018 年 1 月第 1 版第 1 次印刷
字　　数	210 千字
书　　号	ISBN 978-7-5500-2278-2
定　　价	36.00 元

赣版权登字 05-2017-198

邮购联系　0791-86895108
网址 http://www.bhzwy.com
图书若有印装错误，影响阅读，可向承印厂联系调换。

目　录

穿行于时间幽暗的书籍

　　好几天，都在迟疑。在我的读书生涯中，到底哪些书对我的生命发生过意义？我慢火炖着绿豆百合汤，一下一下揉搓夏裙，给晒蔫了叶的绣球浇水，蝉在树上高声大气发布宣言，窗外溰漫着火花花阳光……时间的阴影浓缩在几个书名，还是拿不定主意……天慢慢暗下来，隐隐雷声传来如同隐喻，铅灰光线折叠进客厅、书房，勾勒出书橱们的沉重身影。必须打开台灯才能看见士兵般排列的书们的脊背，闪烁着神秘名字，只要你翻开其中一本，就会展现一个神奇世界。我当然知道那些书的准确位置，很长时间他们就隐藏在寂静的幽暗的角落，缓慢呼吸，长久等待一双温润的手，……我探手进幽暗书橱，嗅闻书籍散发的潮湿沉闷略略陈腐的纸张油墨香气，似乎探入到时间深处，呵，我再次触碰到、抽取出那些熟悉而热爱的书。她们累叠在一起，横卧在台灯下，晕黄灯光勾勒出四边，素朴，黯淡，一点不起眼；我抽出其中一本，发黄的扉页上印有一枚橡皮图章，极其稚嫩糟糕的刀法，禁不住笑了起来；另一本末页，写有某年某月读毕……版权页上盖有某个单位印章，应是二手书店购得，页白的批语、惊叹号，多么幼稚啊！还有那些歪歪扭扭的铅笔钢笔划线、括弧……触抚这些痕迹，好似穿行于幽暗的时间隧道，遥远一线光芒引导我，我再次看见了、触摸到了那个垂首阅读的瘦弱单薄有迷惘而充满幻想的眼睛的，女孩……蝉依旧在樱花树上高声大气发布宣言般集体鸣叫……我记起里尔克的话："往后我们读这些书时永远是一个惊讶者，它们永远不能失去它们的魅力，连它们首先给予读者的童话的境界也不会失掉。"

《茶花女》

至今好奇，何以我印象最深的第一本外国文学是小仲马的《茶花女》，之前还读过别的。与这本书相关的是，名叫"蓝"的同学，还有"光线"。蓝家在部队大院，光线漏过庭院上方的葡萄架，满地光斑摇动。蓝的姐姐坐在一只摇椅上读《飘》，"她总是在读那本书，都能倒着背。"蓝的眼睛是葡萄。我拿到的是《茶花女》。是从她家书橱抽出的？小32开本？出版社或译者？我全忘了。只记得坐在一只竹椅上读，抬头看见葡萄叶的嫩光，眯缝起眼睛。读不完，借回家。我的卧室原是走道，用木板围隔起来，6平方米大，只放得下一张床，北面有木窗，窗前有柳垂下，姑娘刘海般，光线从北窗进，投在窗前木桌，桌子可折叠，读书时支起，平日就放下。我就着光读这本书，就听不见隔壁房间的打牌、聊天吐瓜子壳或电视里的乒乓响动。当时我12岁，读小学五年级。

很长一段时间，有关《茶花女》，那些"复杂"的社会现实问题，人物姓名，情节，我全部记不得。或者说不理解才记不得。卡尔维诺说，我们年轻时的阅读，往往价值不大，其中一个原因是我们缺乏人生经验，但它也赋予未来的经验一种形式或形状。12岁对《茶花女》的记忆，仅剩下几个细节：白茶花，那个女子每次出现都会带一束茶花，一个月有二十几天是白茶花，其他几天是红茶，谁也不知道为什么会有这种变化，她死后阿尔芒让人在她墓前布满白茶花，枯萎一朵就换上新鲜的；另一个场景是，床，一张奢华的床上躺着一个濒临死亡的女子，她咳嗽，写信，大睁着空洞而突然热烈的双眼，黑的头发紧贴着苍白脸颊。没有一个人来看她。只有执吏官在她房间随意走动，清点那些等待拍卖的家具。这个场景在我幼小心灵只印下两个字：悲惨。作为一个女人的悲惨命运，我为这个场景震动，深深难过。也许混杂着自己作为女人的潜意识的恐惧。与之联系的，是爱情。爱情，这个词汇，我根本不理解，也无法体会其中的激烈缠绵无奈圣洁等等，仅仅吃惊地发现，爱情导致女人的悲惨生活，阿尔芒就是那个"带"来"悲惨"的男人，女子是必须警惕男人的。最令我恐怖的是阿尔芒的父亲，他如乌云如阴影般存在。直到现在，见到那种很稳重、踏着坚定的步伐，真理道德在握，"值得尊敬"的人，我都持一种警惕，大概就因为他们是阿尔芒的父亲的无数化身。

再次读到的《茶花女》，是外国文学出版社1991年版。小32开，没有勒口，封面是很薄一张纸，一幅玛格丽特侧面线描图：卷曲波浪头发下垂，发际戴一朵茶花，翘起的鼻子，敞开的半胸戴了项链。没有扉页，直接进入正文第一章。第一章就写茶花女的死。先生不知何时在页边空白处批语："人不畏死，不可惧以罪；人不乐生，不可劝以善。"（荀悦《申鉴》）书中有这样一句话："没有受过'善'的教育的女子，上帝总是向她们指出两条道路：一条通向痛苦，一条通向爱情。"对玛格丽特言，通向爱情就是通向痛苦。而这个所谓的"罪人"，没有受过"善"之教育的女子，恰恰最善。"她是一个失足成为妓女的童贞女，又仿佛是一个很容易成为最多情、最纯洁的贞洁女子的妓女。"我当然读到了小仲马对当时社会的严厉批判，对道德的虚伪与世界的无情的抨击。而我更感到生命本身的质地。罪或善不足以涵盖生命，生命在高于善恶之处。

后来看得最多的是茶花女的歌剧，还有拍成电影的。无论什么版本，都是两个主题互相纠缠：纵情的、竭尽享乐的，闹热的场景与歌唱，嘈杂舞台，众声喧嚣，匆匆往来，好一个繁华人间；另一个则是缠绵悱恻的爱情吟唱，思念、欢洽又转而幽怨、凄迷，对自然、爱情、生命的歌颂，终于忧郁、孤寂的死亡。爱情短暂激烈而必与死亡联系。这两个主题也主导着我们现今的所有生活。印象最深的是，听茶花女与阿尔芒父亲的对话，茶花女出场，小提琴的轻盈、缠绵、纤细，然后是女高音的清亮、抒情，而阿尔芒父亲一出现，必是大提琴的沉重，然后是男低音的一句一顿，乌云般笼罩无法挣脱，钢板般厚重无法穿透。小提琴与大提琴、女高音与男低音的对话，决定了命运。

再读《茶花女》，会觉得在写女性心理上，远不如《包法利夫人》《安娜·卡列宁娜》复杂、细致。或者它仅仅从一个男性视角，从"我"的眼睛去听、去看、去议论一个"有罪"的女人，倒叙手法也无啥稀奇。但这本书，是我对女子之伤害命运认识的开始。最近一次读这本小书，看见这句话，"你将获得宽恕，因为你的爱多"。耶稣到一个法利赛人家里坐席，一个"有罪"的女人用膏油涂抹他的脚并用头发擦干，他就说："她许多的罪赦免了，因为她的爱多。"茶花女也必获得宽恕，因她本性的善与爱。同时她也宽恕了阿尔芒因爱对她的折磨，以"道理"逼她放弃爱情的阿尔芒父亲，以及那些掠夺她的身体、生了病就抛弃了她的所有的冰冷世人。

《叶甫盖尼·奥涅金》

有关初恋，落实在具体物事上，只剩下两片叶子，一个日记本，然后，就是这本普希金的《叶甫盖尼·奥涅金》。假使不抚摩这本书，唤回对那个脸色苍白、耽于幻想的17岁女孩的回忆，逝去的时光似乎真的了无痕迹了。我读的《叶甫盖尼·奥涅金》是冯春翻译，上海译文出版社1982年版。从中学图书馆借来，平装32开本，封面灰褐色基调，中间嵌一幅版画：在一片密密的白桦林间空地，奥涅金与达吉雅娜相遇。画面上，奥涅金手持拐杖背负身后，燕尾服，挺拔身姿，自负而冷漠，达吉雅娜对着他，双手下垂贴近衣裙，谦逊地微躬着身、缩着肩膀，"秀美的头无力地低垂着"。这幅画描绘的背景是：

少女达吉雅娜，幽闭于乡村，整日与自然、书本为伴，耽于幻想，不通人情世事，当彼得堡的叶甫盖尼·奥涅金风度翩翩来到，她所有的幻想因他展开，以为天生注定的人降临了。一个"轻浮的女人会冷静地权衡得失"，若即若离地激发男人的虚荣心嫉妒心，而少女达吉雅娜则是无条件献身爱情，她冒失地写了一封信给奥涅金，直截、坦率、天真、热烈地吐露对他的思慕之情："你奇异的目光如此乱我分寸，/ 你的声音早就在我心中萦回……"但她久久得不到回音，几乎崩溃，苍白得像一个幽灵，"泪水充溢在忧愁的双眸里"。这时奥涅金来了，听到马蹄声，她慌张得如一只小鹿奔进花园树林中，倒在一条长椅上……

> 她终于长长地叹了一口气
> 从长椅上慢慢地立起；
> 她走了几步，刚刚要拐进
> 树阴蔽日的幽径，却不期
> 遇上了叶甫盖尼，他目光炯炯
> 站立着，像一个可怕的幽灵，
> 她却像被烈火包围一般
> 手足无措地在他面前立定
> ……

可惜达吉雅娜的幻想遇到了一个冷漠、自我的男子。当时奥涅金正沉浸在对一切的质疑，社会，未来，自我，爱情。一个乡村贵族少女的单纯迷梦与热烈情语虽触动了一下他久久锁闭厌烦的心弦，让他短暂沉湎于一种纯洁甜蜜幻梦中，但在树林里，他还是冷酷地拒绝了达吉雅娜，甚至自以为是地以长兄的姿态"教导"达吉雅娜："你应该学会克制自己"，"不谙世故往往招来祸事。"

　　我那时正是 17 岁，幽闭在南方小城，单薄瘦弱，眼睛纯黑洁净，脸色苍白，爱哭爱笑，多愁善感，对未来耽于幻想，如同不谙世事的达吉雅娜。遇见他，便将所有幻想向他展开，以为今生注定要和他在一起。他比我高一个年级，很快就到北京读大学。在别离时光中，思念与幻想折磨着那个大眼睛少女。每次北京来信，我就避开同学，独自跑到操场南向台阶长须垂地的大榕树下，细细读，一直读到新的信到来。那些信，描述了他的大学总总样样令人神往的新鲜事，再就是指导我高考，写满鼓励的话。在久久盼不到来信的时间，黎明的操场，风吹走了启明星，我一边跑步，一边流着泪，一边为自己加油。这时候我在读《叶甫盖尼·奥涅金》，达吉雅娜的爱情、幻想与悲伤，如同自己。学校花园东北向一丛竹子下有一副石桌凳，黄昏放学或假日，我常坐在那里读书。读《叶甫盖尼·奥涅金》那天是周日午后，四下无人，我就趴在书上放声大哭起来。渐渐的，他写来的信，并不多说甜蜜的话，仅仅是一个兄长的鼓励，正如奥涅金这样对达吉雅娜说：

　　我爱您用兄长般的爱心，
　　也许还胜过手足之情
　　请你平静地听我的忠告
　　少女们往往喜欢想象，
　　不时变换着转瞬即逝的幻想，
　　犹如一棵小树到了春天，
　　总要换上一片嫩绿的新装。

......

当时的我，并不希望小树每年都换上嫩绿新装。我幻想着惟一的恒永的爱情，幻想着可能的不幸的死亡。在给他的最后信件中，不再直接表达自己，仅仅抄录了达吉雅娜写给奥涅金的信的几段，其中几句是：

你不是在和我悄悄谈心？
并且在这样的时刻，
难道不是你，亲爱的幻影，
在明净的黄昏当中闪现，
轻轻地在我床头俯身站定？
难道不是你满怀欢欣与爱情，
对我轻声细语使我充满希望？

多年以后，重读《叶甫盖尼·奥涅金》，才对这本书有较全面的了解。我以为普希金这本诗体小说非常观念化，比如达吉雅娜如何从不谙世故的乡村少女一下子成长为彼得堡贵妇，并熟稔掌握上流社会的游戏规则；同时我还注意到普希金在这部长诗中对俄罗斯当时的文学状况、思潮的大量评述。少女时代关注的爱情，以及移情到达吉雅娜身上的那个自我，悄悄隐退到时间深处。在后来阅读了赫尔岑《谁之罪》中的别尔托夫、莱蒙托夫《当代英雄》中的毕巧林，以及屠格涅夫《罗亭》中的罗亭、《贵族之家》中的拉夫列茨基等，才对奥涅金这类"多余的人"有了更多的认识。在少女眼中，奥涅金无疑是令人憎恨的，因他残忍地拒绝了纯真爱情，冷酷地杀害了挚友连斯基，最后又"无耻"地拜倒在已成为公爵夫人的达吉雅娜裙下。重读，才对奥涅金这样具有思考能力、对未来迷惘、想改变现状又缺乏毅力与力量，最后屈从于惯性生活的一类人，充满同情。世事告诉我们，我们都是一个一个奥涅金，既成为不了时代的弄潮儿、"成功人士"，又不甘心也没有能力退隐，更不会革命，于是我们只能在这里那里徘徊，无所适从，仅仅希冀在爱情中找到一点激情。

写这篇文字期间，曾和土豆讨论过"多余的人"。他说，这个概念深可质疑。那些耽于思考却无行动，也就是缺乏意志力或没有力量去行动的人，被称为"多余的人"，自然是相对于敢于思考与行动的人而言。无论行动不行动，都是将"自我"力量放大，都背弃了上帝。——在主那里，人是没有能力的，创造或改变世界都是"主"的力量；不存在"多余的人"，只存在上帝的子民。

《在轮下》

大学毕业，我被分配到一个偏僻的中专当老师。学校依山而建，白墙红瓦，绿树环绕，甚是明丽。但此地原是外城枪毙犯人处所，听学生说，到山上玩耍，常会看到森森白骨裸露着，挖下去，能挖出好几层白骨来；又有野猫出入，春天夜半，尖锐的持续叫唤让人毛骨悚然。假期或傍晚，校园空空荡荡，学生们晚饭后预备着自修，有家庭的教师都回城了，留在学校的单身汉们缩在宿舍里打牌看电视。这个辰光，我或是到传达室取他的信，或是拿本书看。看信读书，我总喜欢到学校操场去。那个操场呈椭圆形，居中是水泥浇铸的篮球场，环绕着四道白粉划出的柏油跑道，四周有逐级升高的看台。不知是基建质量差还是土地太肥，杂草总能穿透柏油跑道，或从篮球场的水泥缝隙中钻出来，有一两处地方，草都长到膝盖高了；过一个假期，杂草可能将球场和跑道都遮没了，只能发动学生去拔。操场上几乎没人，风呼呼叫如浪拍打海岸，杂草随风俯仰，山上深绿橘子树刚刚开出白花，风中有橘子花的香气，远处公路上一两辆车如晚暮中走失的甲虫，阳光一点一点消退……我就着夕光看信或读书，直到夜色墨水般渐渐浸吸着周围一切……

读的书中，就有赫尔曼·黑塞的《在轮下》。与主人公汉斯相比，我已成年，摆脱了学校教育的压力——过分刻苦，承受考试磨折，在任何时间都出类拔萃，不辜负家人希望——但压力的印痕依旧在，我几乎可以透过无人的操场、透过自修教室灯光下那些瘦弱孩子看见伤害的印痕：他们躬着身、趴在书桌上，搏命似的为了所谓的前程吭哧吭哧爬行，如汉斯般，"带着一张睡眠不足，一双外圈发黑、疲惫不堪的眼睛，默默地像受人驱赶似的到处走动"。汉斯取得邦试第二名，成为神学院学生，来不及喘口气，就必须在假期补读拉丁文、语法及数学，得保证在神学院也名列前茅。目的地永远不会抵达，永远必须赶路；一个目标实现了，还有下一个目标。

但汉斯不是一个以数学公式计算出来的人，赫尔曼·黑塞致力于表现他身上的双重性：一个是耽于幻想、热爱自然与家园、具有基督的爱与信仰的诗人，另一个是努力成为更高更强具有远大前途的优等生。两个同学，是汉斯双重自我的极端表现：一个是诗人海尔纳，他不满神学院的苛刻教育，热情而忧郁，在树林中思考"死亡"与"消逝"，渴望更自由的生活，最终被神学院开除；另一个是文格尔，他所有的刻苦与努力仅仅是为了获得成功。两个分裂的自我在汉斯内心撕扯冲突，海尔纳渐渐占了上风，他的友谊、个人魅力，都让汉斯迷恋；长期的压力令汉斯以生理疾病去抵御那种目标明确的生活。

汉斯终于崩溃，得了神经衰落症。但从神学院退学，切断了成为牧师的可能，汉斯的命途又是怎样？他先前不可能成为一个诗人，之后也不可能过那种耽于幻想、充满友谊和爱情的生活，更为严酷的是，他必须与那些天赋远不如他、曾经羡慕他的同学，一样沦为最低微粗鲁的体力劳动者，过着酗酒、无所事事、令人厌倦和羞愧无望的生活。摆脱一种压力是陷落到另一种压力。汉斯的全部幻想陷入到危险的丛林，黑暗沉闷，找不到出路，最终在一次夜间醉酒后，谁也不知道他如何掉到河里，或是他自己走向那个清凉所在以摆脱身上闷热的黑暗？一个优等生就这样稀里糊涂结束了自己的羸弱生命，还没长出一对刚硬翅膀，就掉到生活的轮下，被碾碎了。

"千万别松劲啊！要不然会掉到车轮下面去的。"这句长辈对汉斯的教训，也一直敲打着我。我刚刚大学毕业，在循规蹈矩完成每一场考试，终于有了一份安稳工作后，未来又是怎样的？我是否有能力如那个海尔纳蔑视一切制度、打破一切规范，独来独往、桀骜不驯？他来自一个富裕家庭，不需要承受生活重负，或可按照"理想"生活。但我如汉斯一样，担负的是所有长辈的希望，得靠自己的"努力"去改变命运，所以，也必定如汉斯一样，在自由幻想的迷梦与现实目标之间徘徊。陷落在那个逼仄学校，没有可以对话的朋友，唯一让人欢欣的就是那个操场，山上成片的暗绿橘子树，五月份开满细碎白花，到秋天，橙红果子挂满枝桠……但我怎能在这个偏僻学校厮混着过完每一个庸庸碌碌的日子？我急于离开那里。是到大城市去？从一个目标跑向另一个目标，即使心生厌倦，还是要一个劲地跑，停不下自己的脚步。怎样的生活才是更自由、更高尚的？我如汉斯一般陷入迷狂之中。那个未长成的孩子以他的死告别了挣扎，而我才刚 21 岁，挣扎的日子还很长。

《彼得•卡门青特》《在轮下》两书都带有赫尔曼•黑塞的自传色彩，写年轻人探求内心、寻找自我的历程，尤其《在轮下》中汉斯的一些经历几乎就是黑塞自己的。这些经历又具有普遍性地反射在众多青年身上。我由此迷上了黑塞，后来还读过他的《荒原狼》《黑塞中短篇小说选》《堤挈诺之歌》等。去年重读这本《在轮下》，我注意到年轻时不曾留意到的一些讨论，诸如黑塞说有两种神学，一种是艺术、信仰，是为了给人爱、慰藉和快乐；而另一种，是科学或力求成为科学，"在这儿不存在梦幻般的神秘主义和充满预感的冥思苦想"，黑塞无疑是批评那种科学的神学态度。但这本书最打动我的依旧是年轻的挣扎与迷惘，读到末尾，汉斯的死，"看上去这个男孩像是一朵盛开的花，突然遭到摧残，把他从一条愉快的道路上拽了下来"，我如21岁时一般泪眼矇眬了。

《被侮辱与损害的》

接触陀思妥耶夫斯基是大学一年级。1988年春天，我常袖一本书，到复旦大学理科图书馆前面的草坪去读。当时校园尚存围墙，那里花树又密，相当安静。桃花刚开、半蕾半花，垂丝海棠盛放着，粉白带灰的日本早樱却渐次谢去、且花且叶；香气流布，一阵风，粉红粉白花瓣无声落满泛青的草地。我寻觅花树特别密集之处，钻进去，躲在里头，从外面看不见人，坐着，躺着，读一天。那真是安静愉快的时光，孤单而快乐。读得入迷，忘记去上课，或者压根就不想上课，有了看书的理由，更是冠冕堂皇不去。读的书中，就有这本《被侮辱与损害的》，李霁野翻译，上海译文出版社1984年版，已经印到5万册，绿色花纹封面。读这本书时，不但忘记上课，也忘记吃饭，有人拨开花树都没让我抬头。

因为我是那么迅速地被陀思妥耶夫斯基抓住，一下子就进入到他所布设的场景中。他始终以饱满的热情，一个又一个高潮，语言的精彩与速度感，呈现现场的能力，将我裹挟，并迅速带入到那个现场。我是和书中的"我"一起参与到小说事件中，一起与人物对话，一起感受痛苦、激情、被侮辱与被损害。由这本书开始，我后来阅读了陀思妥耶夫斯基的大部分作品，又同时阅读了俄罗斯其他的伟大作家，如屠格涅夫、托尔斯泰。我深深感受到，没有一个人如陀思妥耶夫斯基那样贴近他小说中的人物，他看上去并不高明，相当平实朴素，甚至有点笨拙，但又是如此超越与博大。相比之下，屠格涅夫更为"西方"，更为"精英"，更理性克制，而托尔斯泰有时更高高在上，更乐于讨论历史或哲学问题。

但打动我的并不是这些，也完全不是小说技巧，事实上，当时我并不在意也不很明白小说技巧的精妙之处。打动我的只是渗透书中的悲悯之情。他笔下的人物，那些最平庸最日常的，过着千篇一律日子，带些陈规陋习，有各种各样毛病的人物，或大或小，陀思妥耶夫斯基从不隐晦他们的缺陷，但他以善意而博大的心，以生动感性的态度，去发掘这些庸常之人身上的善，对他们的遭遇给予深切同情。而他对人性又能如此准确清晰地了解把握。他会知道"有些感情细腻的人，性情特别耿直，不喜欢表露自己的感情，就是对亲爱的人也不肯表现太亲热……被抑制的时间越长，发作得就越激烈越冲动"，他敏锐的眼光能透过那种听上去流利的言辞、时髦华丽的外表，直抵一颗层层包裹的冷酷的心，而那些真诚善良的人，表达起来反倒是结结巴巴。他是如此细腻地呈现一个俄罗斯小地主听上去平庸的论调后面传递的是最火热最真挚的情感，而满含怜悯与热情地描写一个私奔女子的爱情、聪慧、宽恕与无奈；一个欺负弱小的高高在上者的卑鄙面目，一个被侮辱被损害的人的伟大自尊与荣誉，在他的笔下既是对立的，又相互依托。小说的主题是"宽恕"，父亲对女儿的宽恕，女儿对背叛的爱人的宽恕，至于被抛弃的涅丽，尽管她至死也不愿意宽恕父亲（公爵），那是被侮辱被损害者年轻的尊严，但从"我"的视角，甚至那个伤害侮辱了两代人的公爵，也对他内心的不安宁、人格的分裂，寄予深切同情。

从这本书，我第一次明白，对我周围所有一切，一切人物及其生活，拥有一颗善意博大的心、寄予悲悯与同情之必要。我们总是对他人的生活，他人的损害与屈辱，粗枝大叶地忽略一过，而过分关注自己的处境；我们总是那么自以为是，轻易蔑视那些不如自己聪慧能干的人，嘲笑他们的言辞、举止与行动。因为这本书，我甚至重新去理解我的父母，一对最普通的生活在底层的老人，就如理解娜塔莎的父母一样；以前我认为他们的观点言论是那样陈腐、平庸，仔细辨别后，我惊讶地发现，他们说的和做的并不一样，他们可能以社会上一般道德教条去说，却会按照本能的善良去做。他们坚韧地忍受生活中、环境中给予的压力，以为天然就该如此，对自己的坚韧从不觉得有多么伟大。真正的伟大和善良是，他们在不知不觉自己的伟大时就这样去做了，一切自然而然，没有任何理论指导，也缺乏反思，就这样具有本能的悲悯的心。如我的父母一样，那些最平凡最普通的人，陀思妥耶夫斯基教导我去倾听，用同情的心灵和慈悲的眼睛去体察。

这本书之后，特别在读研究生时，我陆续系统地读了陀思妥耶夫斯基的其他作品，诸如《少年》《白痴》《罪与罚》《卡拉玛佐夫兄弟》等。就小说技巧言，最成熟的是《白痴》《罪与罚》《卡拉玛佐夫兄弟》，在这些著作中，陀思妥耶夫斯基充分探讨人性的复杂性多面性。相对而言，《被侮辱与损害的》中的人物过于典型，甚至可以说过分单面，两条线索的展开与汇合，技巧也失之简单。但是，对我来说，技巧并不重要。我在这本书中，读到的不是割裂、冷漠、生活的坚冰、对命运的抱怨，而是温暖、爱和同情，是宽广的心。他给予我生命的智慧。我后来相信爱与美能够解决生活中的一切困扰，能够带给我力量，我后来迷恋具有宗教精神气质的书籍和作家，始于这本书。

《给青年诗人的信》

经典具有一般性意义，经典又同时富有个性，必须寻找到属于"你的"经典。迷上一部书，迷上作者，试图穷尽这个对你有独特意义的作家的每一部书，不同译本，各种版本，还有他的一生，情爱，死亡，试图贴近他生活的全部。里尔克，对我就是具有独特意义的作家。可惜我不能抵达他出生、游历以及埋葬的地方，啊，那些具有标识性象征性的地名人名和书名啊，因为那个伟大的人而闪闪发光如星辰。一旦我了解到哪个人也如我一般热爱里尔克，马上就滋生出无限的亲近感。我多么羡慕我的朋友诗人王寅，他有机会去寻找那个埋葬了里尔克的小地方：慕佐，在不远的教堂钟声敲响时，能够站在他的墓前，那个伟大的灵魂被玫瑰环绕的地方，默读墓碑上的名字，他的一生随之展开，诗句也在周身翩翩飞翔……哎，哪怕有一次贴近他的机会也好……

但我只能贴近他的书。

一切就是从《给青年诗人的信》开始的。当我初涉写作，我就如同那个青年，弗兰斯·克萨危尔·卡卜斯一样，聆听大师的教诲，我被这个青年人的一句话吸引着往下阅读："一个伟人、旷百世而一遇的人说话的地方、小人物必须沉默。"至今，这本薄薄小书，依旧是我反复阅读的。那些亲切的词句，被冯至的典雅汉语呈现，有好几封信我满满地划了红线，再加以自己歪歪扭扭的批注，不同时期的，红笔铅笔，以至觉得这本小书非常的"杂乱"，可那的确是值得珍藏的。我有 1994 年北京三联版的，有 2005 年上海译文版的，我要再去买一种新版本，仅仅为了纪念……那么，我们听他说……

"请你走向内心。探索那叫你写的理由，考察它的根是不是盘在你心的深处，你要坦白承认，万一你写不出来，是不是必得因此而死去。"里尔克让写作者不要好大喜功，不要追逐那些普遍性体裁，不要跟风，不要受外界的批评、他人的褒奖、时髦的话题影响，也不要追求那些流行的风格、语词。他让年轻人、如我一般没有经验的写作者，首先去倾听自己的"内心"，内心有不得不写的理由、欲望、情感、冲动，就写，同时关注自己熟悉的那些最日常最微不足道的事物，描写自己的"悲哀与愿望，流逝的思想与对于某一种美的信念"。其中关键是要"真诚"。他的意思，与孔子说《诗经》"辞达而已"是一致的，只有真诚地倾注对自己内心的思考，又用最坦率最直截的话语准确说出来，这就是好的文章。并不需要多少文饰，一切多余之物，都是如大树的枝枝杈杈，可以在春冬之际修剪掉，"根"本好，文章的大树就能长好。他说："从这向自己世界的深处产生出'诗'来，你一定不会再想问别人，这是不是好诗。"

另外是关注渺小。里尔克说："没有一种体验是过于渺小的，就是很小的事件的开展都像是一个大的运命，并且这运命本身像是一块奇异的广大的织物，每条线都被一只温柔的手引来，排在另一条线的旁边，千百条互相持衡。"在这句话的页白，我曾写了这么几句话："有时我莫名地想流泪，尤其雨夜，读着这样文字，又听肖邦。"而在我这句话的右边，土豆某天也写了一句："是的，在晴朗的天气读这样的文字，也会想流泪，因为这不是出于感伤，而是出于心动。"里尔克说，假如你抱怨生活过于贫瘠，那是因为你的心不够敏感，不够真诚，那是你对渺小之物不够充满爱，对创造者而言，没有贫瘠不关痛痒的地方。只有像蜜蜂酿蜜一般，从最渺小开始，从万物中采撷最甜美的资料，才能创造出我们的神。

关注内心，与关注渺小，最根本的都是要有"爱"。他说，"只有爱能够理解它们，把住它们，认识它们的价值"，任何外在的批评，言辞，行动，说明，都不能影响你的感觉。只有爱，要信任爱，才能抵达最本真的自我，也才能体会到万物渺小的伟大，"你要信任在这爱中自有力量存在，自有一种幸福"。而爱却是"艰难"的，如同死亡一般是艰难的，并不是人人都能一直在做的。爱首先教会人沉入内心，"艺术品都是源于无穷的寂寞"，然后是谦虚地充满热爱地去探究最微小之物的神秘，才能抵达广大。这就是里尔克说的"寂静而广大"。

里尔克的这些话，打开了一个世界。那么直截。无须别的言辞。教导我从最根本入手，尽管艰难。我后来还读过很多他的诗、书信，《里尔克诗选》《马尔特手记》《三诗人书简》等。某年一个假期，我独自漫游到江苏昆山千灯古镇，十月早晨，一个临河茶馆，透明光线从木窗户进来，我在读里尔克的《杜伊诺哀歌》，内心充满感动与幸福，尽管仅仅通过译本，也许不够准确，但我觉得自己能够体会到他的爱与谦逊，"寂静与广大"之美。我是如此热爱而贴近这个诗人的心啊。当时给远方的人发了一条短信："里尔克太伟大了，假如他活着，我不用见面就爱上他！多么想和你一起阅读这些诗句，一起分享这些恐怖的美。"他回答说："能这样阅读的人是幸福的。"是的，正如里尔克说的："我们只在那些书中享受日深，感激日笃，观察更为明确而单纯，对于生的信仰更为深沉，在生活里更为幸福博大。"

2011 年 8 月 22 日定稿

是圣灵 是撒旦

一

真的。他们是圣灵，鸽子般纷纷坠落。
是撒旦，在天空张开乌云的翅膀，眼神如闪电。
我并不试探，只无法抵挡。
只抵挡不了：圣灵之诱，撒旦之惑。

二

布烈松说：影像，如音乐的抑扬。
风动叶子的节奏 是水行进
如人的呼吸 心跳与足音
如同我正在书写的汉语辞章
——这些花瓣无辜撒落满地
我拣拾起来，呵着香气，重组。

三

春天早上。雾霭的灰漫过来，漫过来……我因为生病，觉得愁闷，他就放勃拉姆斯来听，三重奏第一号，说是作者年轻时写的，改了一辈子。

"每次弹，听听不好，就改几下，譬如我们读年轻时的文章，总要改几个字的。"他逆光坐，笑盈盈的，光在眼睫落成毛毛的黄。

塔可夫斯基说，拍电影，就是在寻找时间的节奏，找到了，就剪辑好了。

勃拉姆斯找着了声音的节奏。小提琴大提琴钢琴大家一起找，伤悲的，喜悦的，迟缓的，跳跃的，犹豫的，果决的，喑哑的，明亮的，生涩的，柔滑的，微弱的，强劲的……那些不被语词说出的节奏。

我也在找节奏。那些字挨挨挤挤在那里，我的手指轻轻拨动，这个那个，聚合散开，停滞的，流动的，漫溢的，奔腾的……，我不偏爱哪种，合适就好。

四

布烈松说：影像不是现成的。它在目光下逐渐形成。影像和声音处于等待与备用状态。

汉字也处于等待与敞开的备用状态，我走过去，她们在我的目光下聚合，如同光影闪动，水草起伏，溪流的迂回跌宕。

看纪录片《海洋》，被节奏打动：音乐的节奏，海水涌动的节奏，鱼穿梭翻转腾空跃出洋面炸开极大水花的节奏。

我听到了语词声音，顺从了语词意象，我跟随着语词的节奏行进。

五

文德斯拍的《皮娜》，色调、音乐、剪辑都好。

隔绝、断裂、碎片化、机械、强力下的穿越、抗拒，一丝轻盈，瞬间欢乐，苦痛之美，绝望之挣扎，被牵扯的自由，困境中的欲望。

重复。一个动作被一而再地重复，更快地重复，更机械地重复；一个人的动作，被几个人，十几个人，一起重复。之后，蕴涵的意味就显现出来了。卓别林也是如此。

皮娜的一切，无不充满韵律，眼睛，举烟的手指，瘦长脸面，枯瘦衰老的肢体，肢体语言，肢体的诗性意象。

六

这五月舒爽的风。紫藤花开尽了，香樟树周身散发浓郁香气、蓬着脑袋站在路边。白橘花伏在叶片中眨着眼睛，如同暗绿天幕的星星。竹帘半卷，光线暗弱，花树的香气忽隐忽现。他陷在蓝沙发中，半眯着眼支着下巴。

肖邦的《夜曲》，好似一组诗，轻重、浓淡、明暗，无不恰到好处。气息、色彩、节奏，如此统一和谐，情绪变化又如此丰富。和弦奏出背景，神秘的，浪漫的，沉思的，右手弹出一个个独立音符，像人在森林中散步，一步一步，中间又有多少遐思呢？

"再没有比鲁宾斯坦弹得更合适、恰当了。"他说。

诗三百，曰辞达，曰无邪。辞达就是合适、恰当。文字如何抵达气息色彩节奏的恰到好处？如何既纯正无邪，又能蕴涵丰富、奥妙的思绪呢？

七

美是均衡。海顿的室内乐，钢琴、小提琴、大提琴之间的均衡谐和。

均衡的旋律如同绘画精确结构、代数完美等式、教堂穹顶弧线，如同星体无声运行、潮汐忽涨忽落，如同叶子有时发芽有时坠落，如同翔鸟迁徙、群鱼涌动。

科学与艺术，统一在至美上的。一切均衡，则一切完美，一切符合神意。

巴赫、莫扎特音乐如有神助。牛顿、哥白尼信神如神在。

凡人不能抵达至美。只有神，令世界和谐、均衡、完美。

八

万花都谢了吧？这浓荫深重的午后。白纱帘因风飞扬，骤雨般的蝉声涌进窗户，和着他的睡息，起伏，如雪浪拍岸。

在窗前读里尔克，读《马尔特手记》中写："为了写出一行诗，一个人必须观察很多城市，很多人和物，他必须了解各种走兽，了解鸟的飞翔，了解小花朵在清晨开放时所呈现的姿态。他必须能在沉思默想中回想起异域他乡的条条道路，回想起各式各样不期而遇的相逢，和各式各样长相厮守之后的分离，还有那些迄今依然难以言说的孩提时光；……只有当它们转化成了我们体内的血液，转化成了眼神和姿态，难以名状、而又跟我们自身融合为一，难分彼此——只有到了这个时候，只有在这种极其珍贵的时刻，一首诗的第一个句子才会从其中生发出来，成为真正的诗句。"

那些鄙视细节、在观念间倒腾的诗人们，听听吧。

九

"一个城市、一处乡村，远看不外是城市和乡村；但随着你步步走近，就有房屋、瓦片、树叶、草、蚂蚁、蚂蚁的脚，以至无尽。"帕斯这样说。

世界是细节汇聚的。写作是要剥开概念坚硬的壳，将那丰盛诱人的果肉呈露出来；是要将万象一一剖分，捣碎，翻晒，漂白，重组，再现；关键是要找到此与彼之间秘密接头的暗号。

我抽到了那丝隐秘的、闪光的、精确的线了吗？

十

读到一本好书，譬如遇见一个美善的人。就像风吹落了叶子，一般都是缘分。

群星璀璨的夏夜，仰望天空。呼吸。刚巧遇见了属于你的那一颗。

譬如一本好书，刚巧就在你的手边，从前，你居然不认识它。

十一

街面静下来，桂花的甜香便更浓些。早起一场大雨，刚刚开的，就散落地上的点点。教人好不心疼啊。文科楼前倒还有几株，密密的金黄，我们在树下走，慢慢走，走到最后一株，又折回来，来回走着……他骑车带我去校园，桂的香魂游荡着，从我们身边，一闪而过……

"我记录下你的话呢。"坐在他的自行车后座，我是只呆头鹅。

"话是记录不下来的。"他答。"一句话正在讲的时候是有生命、有意义的，一旦被记录下来，生命就消逝了。因为记录者会漏掉说这句话时的背景、情绪、态度，等等。很难从孤立的一句话，判断当时说这句话是郑重其事呢，或不过是一句反讽，一个玩笑，抑或仅仅是瞬间的感觉。"

"记录者肯定是有自己的主观选择和判断吧？"

"那么，它被记录后，即有了新的意义、独立生命，与言说者关联不大了。"

十二

离海洋最远的地方。异域的干燥气息。高原上群星闪烁。白杨树落光了叶，光光的白枝杆笔直向天。斯文·赫定、马可·波罗、玄奘的身影在沙枣树丛闪闪灭灭。

木窗户漏进灰白晨光。陌生不引动好奇。

昨日的白杨叶片已干脆，垂着细脖颈在木桌上抄写几世纪前那个长胡子马赫穆德的诗句：

爱情感动了我

思念涌向了我

我的心专注于他

我的脸枯黄了

十三

十一月的巴黎，树木色彩如此富丽，如多变的天空，忽而浓云密布，忽而阳光鲜亮，又忽然一阵大雨都来不及躲。如同街面上的彩虹皮肤、五色石眼睛、造通天塔的语言，以及众多岔道、弯曲小巷。

我经常被岔道上的风景吸引，停伫，流连，一不小心走进岔道，有时我折回来，有时就顺着原先不曾料想的，一直走了下去。不确定的，是美的。

一个人的旅程，不是直线的，也并不一定要抵达某个目的地。写作也是如此。

布烈松说："你意料之外的，无一不是你暗中期待的。"

获得意外，尤为幸福。

十四

鲁昂大教堂前，支起白色小木屋子，各样圣诞货品，颜色鲜艳。童声合唱仿如天籁，步出教堂，我们歪在大酒桶边，喝一杯热葡萄酒，寒风清冽中，暖热，浓甜，好似在上海的冬日晚暮，饮几杯浓酽温热花雕。

从大教堂直穿城市，走到福楼拜纪念馆。买了本法文版《一颗淳朴的心》，写一个女仆圣徒般的一生，晚年与一只名叫露露的鹦鹉为伴，鹦鹉死后，将其制为标本。这部晚年作品，是福楼拜的自我写照吧？纪念馆内有一个壁橱，橱门开得很小，从门缝向内费劲张望，一只鹦鹉标本，模糊地隐在橱柜深处。据说是福楼拜为写这部小说，特意向鲁昂博物馆借的。

鹦鹉能学人说话，是灵鸟；作家写作，是模仿上帝言说，试图接近真理。神秘的语言能力，不可轻易获得。

十五

冬日的阿姆斯特丹，下着小雨，无法见到印象派画家迷恋的荷兰之光，怅怅。冬日的阿姆斯特丹是褐色的，褐色房子倒影河中，运河是一大块深褐色冻糕，闲置的空游艇，散放的自行车，黑鸭子浮游着。在凡·高博物馆挤了一天，方觉不虚此行。二百多件凡·高画作，一千多份手稿，各时期与凡·高相关的画家作品，真是一场盛宴！何以一个人在半疯中，能呈现如此明净、纯粹、火热的色调，自由之精神，狂喜的热情？同时展出的蒙克画作，则是沉闷、压抑、阴晦的。晚上到博物馆对面的阿姆斯特丹音乐厅听了场舒曼艺术歌曲，出来时，雨已住了，风夹着水汽，冰冰冷扑面而来，毛毛的沾满全身。远处的博物馆，薄薄浮在水汽中，枝杈枯干伸向夜空，离凡·高那杏花绽放的春天，还很远呢。

十六

柯罗说，一要诚恳，二要自信。

《杜埃市政厅》，他每天画四个小时，画了十八次。哪位艺术家像他那样单纯而智慧呢？他一生清白，心地善良，像只蚂蚁，从早到晚忙个不停。他像年轻人那样向往正当的荣誉，不搞阴谋诡计，唯恐没有画出杰作，就离开人世。

他逝于1875年2月22日。临终前三天还在作画。

"哦，这么红的蜜酒啊！"柯罗快乐地说，"我真想一饮而尽，可是又怕使医生发愁！"隔了一会儿，他又说道："这橙红色蜜酒色调多美呀！它一定是格拉斯彼利德园艺场的饮料，我敢打赌，准是格拉斯彼利德园艺场的看门人酿造的。"过了三个小时，他就与世长辞了。

十七

散碎光线。羔羊的眼睛。掉落深潭的珍珠。寒枝上浮动的羽毛。冷风中挺立的小草。跌跌撞撞的路人。薄薄的暖，小小的美，躲在紧闭的窗框门扉内……

这是旧年的最后一天。简朴大堂，木头椅子，大家裹着大衣紧紧挨在一起。颤抖的琴弦，跳荡的键盘，手指翻飞舞蹈。旧年即将过去，新年就要来到，我们一起听了：勃拉姆斯，德彪西，最重要是，舒伯特的《降E大调第二钢琴三重奏》。感谢，黑暗时日，三个年轻的名字带来的温暖与感动。就算预言中的世界末日来到，还有音乐……爱……云彩……花朵……书……

新年第三天，再次听舒伯特这支三重奏，那是鲁宾斯坦的钢琴，谢林的小提琴，福尼埃的大提琴。三位大师默契、深挚的合作，让一整个下午的房间流动着忧伤的喜悦。

他说："大凡能写好三重奏的，无不是最伟大的作曲家。尤其舒伯特，深入到你的内心。"一整个下午，他都在那段旋律中摇晃、沉思。他的背因过多重负微微躬着，时间在头上撒些白雪，额头有了皱纹；他的眼神，常常带一丝忧郁，却一如年轻时清澈透明，他的手，交叠在一起，除了书写，也是可以弹奏琴弦的。

十八

除夕夜，零点鞭炮才过，浓重火药味渗入纱门，我深深嗅闻着。漆蓝夜空，不时炸开一两朵礼花，依旧有鞭炮声，此起彼伏，炒豆子般。客厅里插着银柳、玫瑰，两盆水仙恰好开了九朵，满室生香。

我们一起听古尔德弹奏贝多芬。他说："古尔德太有风格了。他让所有的人，贝多芬、莫扎特全染上他的独特风格，有点玩耍、游戏味，弹巴赫就好许多，也有游戏味。"古尔德、卡拉扬这样的风格大师，听众容易辨析，市场效应好。

但最高的不是风格大师，而是那些隐身人，比如俄罗斯一些演奏家，绝对献身给作曲家，尽可能贴近原作，我们听到的是贝多芬、莫扎特、巴赫，而非演奏者自己。

刻意学习某种风格，总不能超越风格的开创者；努力去贴近大师和经典，即使不能抵达最好，也能得着好的东西。

十九

立春时节。一候东风解冻；二候蜇虫始振；三候鱼陟负冰。

天阴沉沉的，到傍晚，竟飘下几点雪花，落地即化去了。这样天气，只合饮杯梅子酒，上床，裹在被子里读书。我读的是安徒生。《雪女王》有这么一节话：

"这面镜子摔得粉碎，可是却比以前带来了更多的不幸，因为有些碎片还没有沙粒那么大，可以在全世界到处飘飞，只要他们飞进人的眼睛里去，它们就粘牢在眼珠子上，于是这些眼珠看到的每件东西都改变了模样，或者只着眼于事物坏的一面，因为每一粒碎片都具有那整面镜子的魔力。有些人的心里掉进了碎片，那就更糟糕啦，因为那颗心就变成了一坨冰。有些碎片大得可以用来做窗玻璃，可是透过这样的窗玻璃去看人，连自己的朋友都认不得了。有些碎片做成了眼镜，可是戴了那样的眼镜就无法正直地看待事物。"

假使人的眼睛或心，被那种魔镜的碎片给蒙蔽了，只要取出那一小片碎片，他就一定会变回来，他的心就会喜悦而安宁了。

二十

我们骑车环海而行。苍山与洱海是墨绿调，越近午，水色越蓝；二月田畴呈赭黄色，房舍皆白，一切是年轻、透亮、刚刚苏醒模样。浸入水中的褐色干硬胡杨，湖蓝海边一抹金黄油菜，墨黑山羊斜挂在黄土坡上……

他不像我那么好新奇，每到一个新地方，总是心怀疑虑，他是如超现实主义电影大师布努艾尔一般，只愿意去熟悉的地方，走相同的路线，在同一个地方停下来休息，看相同的风景，吃一样的菜。

老布努艾尔说："若有人胆敢提议去陌生地方，一定会遭到拒绝，因为我不知道要去那里干什么！"

第二次来，双廊就不再是陌生地方了。

二十一

只有美能令我心碎。爱也是美。

所有我爱的，都是美的。

二十二

二次到梅园，访梅不遇。一次梅期已过，此番红梅白梅又未开。且喜游人稀少，随性走动。天高气清，收潦水清。万树消减，而百色不灭，更兼枝头孕育细碎蕾芽。草坡林间，阳光明媚如碎金，枯枝横斜，姿影随意投掷天空、水塘、石子路上。风动叶落，闲鸟起降林间，不停啾鸣。误入芦花丛中，听脚下石子脆响。荷塘寂寞，上有薄冰，阳光反射如镜面。独自穿行，觉物已不是，心也早非。转念万事万物，原是晦极而明，枯尽逢春，冬日终究过去，春之生意已勃然在枝头了。其实腊梅初放，拢着蜜色小身子，怯怯抖擞于寒风中。

二十三

啊，时间！就是这样如布朗尼蛋糕被烘烤出来，又被消耗掉了。我每咬一口布朗尼，就咬掉了一角时间。

时间凝结，无所不在：门框，窗台，树间，花丛，方的，长的，铜的，铁的，木质的，不锈钢的，固体的，流质的……

我的一生，就是由一只淌着汁水的苹果，变成一枚干硬的核桃。

2016 年 12 月 20 日定稿

艾米莉的迷狂世界

　　再次读完《呼啸山庄》，是 21 世纪一个光影斑驳的午后。四下的轻靡歌唱、暖腻香气，让我掩上书页时，恍如隔世……那是怎样一种狂暴北风，将荒原上的几株枞树吹得过分倾斜，瘦削的荆棘全都朝一个方向伸展，濒临崩溃的凯瑟琳绞着双手，向窗外呼喊："千万让我感受感受这风吧——它是从旷野那边直吹过来的——千万让我吸一口吧！"这种渴望，这样一种绵长的激情力量，黑暗的漩涡热流，是生命的狂暴北风，穿越数百年，从英格兰高地直至东海之滨，将我击打得有点踉跄……一张小女孩的脸望向我，一只冰冷的小手，在暴雨暗黑之夜，紧紧拽住我，甩都甩不脱，三百年啦，她和希刺克历夫游荡了三百年啦，从西方到东方，从荒原到岛屿，这里那里，到处徘徊着他们白色的透明的幻影……

　　三十年前，当我还是个十五岁女孩，与刚刚接受埃德加求婚的凯瑟琳一般大，第一次读到这本书，我绞着手指，惊悚地张大双眼，也许是 1980 年版杨苡的中译文，有那些黑暗版画：第一幅是几头恶犬张开大口扑向第一次到呼啸山庄的洛克乌德；第二幅是洛克乌德梦魇中，"把她的手腕拉到那个破了的玻璃面上，来回擦着，直到鲜血滴下来……"，他简直吓疯了，头扭向一边覆压着被子；还有一幅是失去心智的凯瑟琳趴在羽绒枕头上，拉出的羽毛乱飞，背景是巨大的希刺克历夫的脸，阴郁的，卷曲头发的，"半开化的野性还潜伏在那凹下的眉毛和那充满了黑黑的火焰的眼睛里"……惊悚，不很理解，却有一种力量，让我迷上这本书，和女伴激烈争论，她是更喜欢夏洛蒂的《简•爱》。三十年后，我重读这本书，对艾米莉的偏爱一如当年，并喜悦地在伍尔夫那找到了对这种偏爱的强大支持：

《呼啸山庄》是一部比《简•爱》更难理解的作品，因为艾米莉是一位比夏洛蒂更伟大的诗人。当夏洛蒂写作之时，她以雄辩、华丽而热情的语言来倾诉："我爱"，"我恨"，"我痛苦"。她的经验虽然更为强烈，却和我们本身的经验处于同一个水平上。……她（艾米莉）朝外面望去，看到一个四分五裂、混乱不堪的世界，于是她觉得她的内心有一股力量，要在一部作品中把那分裂的世界重新合为一体。……她要通过她的人物来倾诉的不仅仅是"我爱"或"我恨"，而是"我们，整个人类"和"你们，永恒的力量……"这句话并没有说完。

这才是艾米莉•勃朗特的激情力量如此具有穿透性，也才是她制造的迷狂世界让我们深深沉溺。她言犹未尽，她的灵魂骑在女巫扫帚上，黑夜仰望星空，你或许会见到……

艾米莉早逝，生前不如夏洛蒂有名气，甚至不愿意公众知晓她就是《呼啸山庄》的作者。其事略，大多来自夏洛蒂的叙述，这自然有极大的局限和片面性。夏洛蒂虽意识到妹妹的才华，却无法真正理解她。只有通过作品，才能挨近艾米莉的世界。她留下的二百多首诗歌，更能直接表达其精神气质、内心世界，艾米莉•勃朗特，首先被认为是一位杰出、古怪、神秘的诗人。我们这里，仅仅透过《呼啸山庄》，试图理解她的某些倾向。

渗透《呼啸山庄》中的强劲刚毅气质，对人性探讨的深度，对人类前景思考的广度，使其一面世，就被认为作者是一位"凶猛的男性"，据说艾米莉对此报以轻蔑的微笑。

勃兰威尔留下一帧艾米莉的油画肖像，半身，侧面，目光坚定，嘴角沉寂，额头严毅坦白，褐色短发微卷，肩膀宽阔，筋骨强壮，身材应该高大。一般认为，艾米莉是个具有男性气质的女子，"她那顽强的意志可以不畏惧任何反对意见和困难，她绝不让步，必要时可以献出生命……"老师埃热这么说；夏洛蒂说妹妹缺乏多愁善感，应是指与维多利亚时期女子的多愁善感不同吧？艾米莉的小说诗歌绝不欠缺情感的热烈丰富细腻；令人惊讶地，毛姆竟说她是个女同性恋者……

无论传言，还是就其文字揣测，艾米莉被认为具有以下品性：

一是顽强刚毅。有一次艾米莉被一只疯狗咬伤，她悄悄用烧红的火钳消毒伤口，不告诉任何人。（小说中，13岁那晚，凯瑟琳与希刺克历夫第一次到画眉田庄，脚被一只恶犬咬伤，林惇家的人将她抬进画眉山庄，从此，她就与希刺克历夫隔开，他独自被留在窗外的原始荒野中。"恶犬"，象征着现代理性文明之恶？被恶犬咬伤，是个标志性、象征性事件。）艾米莉善射击，阅读时喜欢抱着猛犬基伯的脖子，她死后，基伯走在送葬队伍最前面，夜夜守候空房外，次年即死在艾米莉墓边。（小说开场，阴郁背景下却上演一出幽默戏剧，伦敦绅士洛克乌德到呼啸山庄，被几只猛犬围攻，扑倒在地，希刺克历夫与哈里顿粗野地哈哈大笑，好似艾米莉对伦敦那些精细、软弱的资产阶级绅士的善意嘲笑，她身上流动着爱尔兰人的粗狂血液。）继哥哥勃兰威尔之后，艾米莉也感染上肺结核，临死那天，她照常起床、穿衣，痛到忍无可忍才要求叫医生。

二是忧郁、沉默、神秘，热爱在旷野中漫步遐想。艾米莉可以不需要朋友，却不能没有旷野的遐思，她几次离家，都因思念家乡、旷野，几乎生病，不得不返回。

三是写作的隐秘性、纯粹性。小说出版之前，艾米莉已有大量诗作（被认定的有201首），主体是叙写"贡达尔传奇"，她偷偷地写，被夏洛蒂发现后大为光火，后虽出版了部分诗歌，却不再写她的贡达尔传奇了。《呼啸山庄》到底写作于何时，至今是个谜，夏洛蒂也无法告诉公众具体创作时间；匿名出版后，艾米莉不愿将真实身份暴露给公众，拒绝到伦敦见出版商。艾米莉纯是为写作而写作。写作是她与上帝、自然的对话，是面对内心的喃喃低语，她在旷野漫步、遐思，倾听自然，叩问人与世界的秘密，文字是女巫的扫帚，她的灵魂飞翔在上。福楼拜最喜欢的鸟是鹦鹉，认为鹦鹉是灵鸟，能学人说话，一个作家，就是试图模仿上帝说话，试图通过写作，传达神性。所以写作必须是隐秘的，独特的，不可模仿的，一旦暴露给公众，文字就会失去神性。这种极其纯粹的写作，在另两位身上也见到：卡夫卡，生前只发表几个短篇，临死，要好友将所有未发表文字销毁，文字无关声名、公众阅读，仅仅是他个人对世界的探索。另一个诗人艾米莉·狄金森，在美国一个偏僻小镇，默默写诗，生前只被朋友偷偷发表了七首，逝后出版的诗集却连印了七版……

对于《呼啸山庄》的叙事技巧，毛姆颇有微辞；我则认为，艾米莉恰恰是摆脱了维多利亚时期流行的线性叙事（如《简·爱》），采用多线条叙事、多声部合唱，叙事的视角和声音被频繁转化、交替，很具新意。回视20世纪现代派小说，以及后来的戏剧、电影，我们惊讶地发现，《呼啸山庄》融合了蒙太奇、意识流、象征、闪回，戏剧性对白、独白，舞台场景转移，影像的诗性连接……这些相当现代的叙述手法，被艾米莉天才地运用在小说中（不能判断她是否有意识运用），她通过叙事视角和声音的频繁转化，营造特定的心理空间、迷狂氛围。可以说，《呼啸山庄》在写作上相当"现代"。有研究者称《呼啸山庄》是一部"戏剧性诗作"，承继的是古希腊悲剧的诗性精神；小说是其系列诗作"贡达尔传奇"的另一种形式的延续，传奇中的女王罗西娜、英雄裘利斯，换上了粗布衣裳，化身凯瑟琳与希刺克历夫，降生在约克郡荒原上的乡村家族，继续上演他们的爱恨情仇。

在小说众多人物身上，我们都能找到"艾米莉"：她既是自己，又是书中角色；既是旁观者，又是作者，同时还是读者。那么，这一个个"准自我"，艾米莉又是如何隐藏在小说人物身上？

艾米莉的灵魂世界，集中呈现在凯瑟琳与希刺克历夫身上。艾米莉以饱满的热情、勃勃生气的笔触，塑造这两个人物，或生或死，充满力量。"我就是希刺克历夫"，"他是我思想的中心"，"他比我更像我自己。不论我们的灵魂是什么做成的，他的和我的是一模一样的；而林惇的灵魂就如月光和闪电，或者霜与火，完全不同。"凯瑟琳这样宣告。凯瑟琳与希刺克历夫最后一次见面，紧紧抱在一起，"这两个人形成了一幅奇异而可怕的图画"。凯瑟琳死后，从此20年，其幽灵在旷野徘徊，直到希刺克历夫完成复仇、死亡，他们俩，肉体同穴而眠，灵魂得以重叠。凯瑟琳与希刺克历夫，是合二为一，一体两面，或男或女；是二元的对立统一：信仰与质疑，生存与死亡，复仇与宽恕，原始的爱欲激情与理性文明，流浪的异乡人与家园的回归者……

凯瑟琳是艾米莉的"女身"，与艾米莉一样，七八岁丧母。"但愿我重新是个女孩子，野蛮、顽强、自由，任何伤害只会使我大笑。"这几乎是艾米莉的愿望。通过女仆丁耐莉的回忆，艾米莉以极大的热情、偏爱，逼真地呈现凯瑟琳的激情、爱欲、率真，她的狂野与迷惘，她的弱，她对旷野的爱；也借丁耐莉的嘴，从维多利亚时期道德视角，批评凯瑟琳的骄傲、固执、急躁、任性、自私与虚荣，她满溢的激情、沸腾的血，终将自己烧毁、癫狂，揉碎了自己，也将希刺克历夫揉碎。小说上半部在凯瑟琳与希刺克历夫死别时达到高潮。此后，凯瑟琳（艾米莉）的灵魂即由希刺克历夫呈现，这也是下半部最有力量的地方。希刺克历夫在灵魂上是艾米莉的"男身"；通过丁耐莉的视角，对希刺克历夫的复仇、恶行的批评也更为激烈。希刺克历夫13岁时，丁耐莉温柔委婉地规劝："要学着把这些执拗的纹路磨平，坦率地抬起你的眼皮来，把恶魔变成可信赖的、天真的天使，什么也不猜疑，对不一定是仇敌的人永远要当做朋友。不要现出恶狗的样子，好像被踢是该得的，可又因为吃了苦头，就又恨全世界，以及踢它的人。"此时丁耐莉的规劝是艾米莉的规劝，也是艾米莉的自言自语；当丁耐莉的视角变成维多利亚道德公众时，希刺克历夫就是"一半是人一半是恶魔"了。

希刺克历夫当然不可能就是"凶猛的男性"艾米莉。研究者发现，《呼啸山庄》故事，糅合了几个原型：艾米莉曾短暂任教于劳·希尔学校，学校附近有个个庄园，主人收养的外甥杰克·劳普，娶了主人女儿，掠夺了继承人财产，并以不义之财重建山庄，小说中希刺克历夫是掠夺了恩萧、林惇两个家族的财产，完成了复仇。小说开场的凯瑟琳鬼魂现身、胳膊刮擦玻璃等情节与霍夫曼的小说《需要》相似。艾米莉经常阅读的《布莱克伍德》杂志上，登载过一个爱尔兰故事，《巴娜的新郎》，讲一对男女劳勒与艾伦自幼相爱，受阻，艾伦死后，劳勒回来挖掘坟墓，抱尸而吻，死后同墓；小说中凯瑟琳死后，希刺克历夫暗夜挖坟的场景，其野性、冷酷与激情，与之类似。但希刺克历夫的身世，更有艾米莉·勃朗特的家族背景：艾米莉的曾祖父休·勃朗特是个孤儿，被其姑父收养，受其虐待；那姑父原是个弃儿，在利物浦船上被发现，休·勃朗特的祖父收养了他，他却将继承人赶走，并娶了主人的女儿。小说中，哈里顿·恩萧的命运好似"休·勃朗特"的，而希刺克历夫好似那个"姑父"，他正是从利物浦被捡回的孤儿，其往后经历，几乎重叠了勃朗特的家族故事。

事实上，艾米莉塑造的成年希刺克历夫形象，应是以她的父亲勃朗特先生为原型（有人认为是酗酒的哥哥勃兰威尔，不对）。比如，小说写希刺克历夫出走三年后回来，变成一个"高高的、强壮的、身材很好的人"，有十分端正的类似军人的风度，面容及谈论问题上富有才智，喜欢独自在旷野沉思散步；又比如到后来，他独自吃饭，不与孩子们见面，"至于他的理性，从童年起他就喜欢思索一些不可思议的事，抱有古怪的幻象"，在生活上他简朴到近乎"吝啬"。这些，都与艾米莉的父亲类似。小说开场，洛克乌德受恶犬袭击倒地，希刺克历夫爆发出难得的哈哈大笑，也具有勃朗特式趣味。帕特里克•勃朗特，这个可敬的先生，出身低微，有爱尔兰人的粗蛮，但受过良好教育，漂亮、挺拔，理性而富有才智，终身在荒原做牧师，自然会鄙视像洛克乌德这样来自伦敦的过分文雅的先生。小说中，希刺克历夫教导侄子哈里顿鄙视知识、文明，放任他像个野人般成长，而勃朗特先生受卢梭等影响，主张教育子女，应"凭借一种训练制度，可以把人变得像理想的野人那样坚韧不拔和朴实无华"。同时，他主张苦行、克己、坚韧，夏洛蒂曾抱怨父亲太过严厉，于是有了《简•爱》中对"圣约翰"形象的塑造与批评；而艾米莉的气质似乎更接近父亲，她的刚毅坚韧，多半来自父亲的培养。艾米莉七八岁时候，母亲就死了，据说她母亲很富文才，父母感情也很好，之后，艾米莉的两个姐姐也死去，剩下勃朗特三姐妹及哥哥勃兰威尔，由姨妈照应；失去妻子，唯一的儿子又酗酒、肺炎、一蹶不振，勃朗特先生变得忧郁敏感、暴躁严厉，常常一个人在旷野中行走，一天甚至能走四十英里，以排遣忧愁与孤独，小说中的希刺克历夫，失去凯瑟琳后漫长的二十年，也是这样一个郁郁不乐的怪人，一个隐士。

艾米莉塑造的丁耐莉这个角色则相当复杂。

首先她作为第三人称的故事叙述者出现。《呼啸山庄》以双重叙述者，从不同视角讲述故事：一个是"我"、洛克乌德，通过他来到呼啸山庄的所见、所感、梦魇，引出故事及人物；时间推进到"现在"，读者跟从一个外来者、闯入者视角，好像在观看舞台演出，呼啸山庄三代人发生的一切，如同艾米莉的"贡达尔传奇"一般具有了"传奇性"；洛克乌德来自文明的伦敦，与封闭的渥沃斯旷野对比，产生空间的疏离效果，艾米莉借他表达这样的思想："他们确实认真，更自顾自地过着日子，不太顾忌那些表面变化和琐碎的外界事物。我能想象在这儿，几乎可能存在着一种终生的爱情，而我过去却死不相信会有什么爱情能维持一年。"另一个叙述者就是丁耐莉。两个旁观者的对话，将时间退回到二十多年前，洛克乌德的困惑，即读者的困惑，通过丁耐莉的叙述——化解。丁耐莉，典型英式太太，洁净，和善，温暖，幽默，坐在火炉边，编织着毛线，唠唠叨叨，是个讲故事能手，《简·爱》中的管家菲尔克斯太太，勃朗特家的姨妈伊丽莎白、女仆塔比，都是这样的角色。

有评论认为，丁耐莉的性格很矛盾。其实是艾米莉赋予其多重角色。她是叙述者、旁观者，又是个倾听者、对话者，通过与"我"的对白，推动故事情节发展。她还承担古希腊戏剧歌队的角色，作者通过她对事件发表感想与议论。有时候，叙述者丁耐莉，又被当做艾米莉自己，借另一个叙述者，洛克乌德，反过来评论作者。比如，丁耐莉说："我受过严格的训练，这个给了我智慧，而且我读过的书比你想象的还多些。在这个图书室，你可找不到有哪本书我没看过，而且本本书，我都有所得益。除了那排希腊文和拉丁文的，还有那排法文的，但那些书我也能分辨得出。对于一个穷人的女儿，你也只能期望那么多。"这里所说的，不正是艾米莉自己？艾米莉一辈子没有到过多少地方，《呼啸山庄》故事发生的场景，是以勃朗特牧师家附近的普登庄园、艾米莉任教过的劳·希尔学校附近的海桑德兰庄园和史布登庄园为原型，刻画了呼啸山庄和画眉田庄。尤其是普登庄园的希顿家与勃朗特家相交甚密，那个家族有个藏书丰富的私人图书馆，常常借书给三姐妹，文学、哲学、历史，她们无所不读，对时事政治也相当关心。小说中，借丁耐莉说自己读过画眉田庄的大部分藏书，显然，艾米莉对自己的阅读颇有信心，这就不奇怪，何以三姐妹身处偏僻荒原，作品一鸣惊人，好似天赋才能，其实是她们一直以来都保持大量的阅读，长期进行写作训练，并葆有对世界的关怀。艾米莉甚至借洛克乌德之口，赞美自己的写作："我要用她自己的话继续讲下去，只是压缩一点。总的来说，她是一个讲故事的能手，我不以为我能把她的风格改得更好一些。"

更多时候，丁耐莉是故事的参与者。一个仆人、管家。对主人忠诚被认为是仆人的美德，所以，她先当辛德雷的密探，监视凯瑟琳与男孩们往来；凯瑟琳出嫁后，她又充当新主人埃德加的奸细。丁耐莉说自己不爱凯瑟琳，这是真的，因为凯瑟琳的思维与行为，偏离了她脑中充塞的维多利亚时期的道德教条。当老主人恩萧第一次带小希刺克历夫回家，出身不明、杂色皮肤，就让她轻视，将孩子放在楼梯不让睡觉，与辛德雷一起虐待他；当希刺克历夫长大从外归来，有钱，举止像一个绅士，可是无论如何改变，在丁耐莉心里他依旧"一半是人一半是恶魔"。出身决定一切，丁耐莉代表大多数民众的立场。在她眼中，只有埃德加那种富有、文雅、有教养纯正盎格鲁 - 撒克逊血统的绅士，才是好人，才值得尊敬；而"吉普赛人"希刺克历夫，无论怎么努力，都不能改变血缘与出身，都必定是异类，甚至比作为仆人的她还要低贱。但是，与画眉田庄主人埃德加停留在公共道德范畴的仁慈与责任，与埃德加的理性、客观道德的冰冷相比，丁耐莉身上，还存有普通妇人本能的同情心与怜悯心，所以，当希刺克历夫童年受虐时，她会本能地怜悯、保护；对凯瑟琳与希刺克历夫激烈的、超越生死的爱情，她也会本能地震动、同情，以至于她常常禁不住违背作为仆人的忠诚信条，为希刺克历夫传递书信，并为这一对恋人的深切痛苦难过。看上去丁耐莉形象不统一、性情矛盾，而正是这种矛盾性、不确定性，才合乎人性。如果说，希刺克历夫具有一种原始的狂野激情，埃德加代表理性文明，那么，丁耐莉介于两者之间，她是受冰冷的道德教条洗礼的民众，却未丧失人性原本的热情。

作者观念，是怎样通过她所创造的人物曲折表达？作家生活又有多少渗透在小说之中？希刺克历夫之妻、埃德加之妹伊莎贝拉，一个轻率、虚荣的乡村地主小姐，与希刺克历夫私奔，被虐待，逃走，死于异乡，度过苍白的一生。但她的一段自述，却能让我们窥见艾米莉的日常生活："昨天晚上，我坐在我的角落里读些旧书，一直读到十二点。……屋里屋外什么声音都没有，只有呜咽着的风时不时地摇撼着窗户，煤块的轻轻爆裂声，以及间或剪着长长的烛心时的烛花剪刀声，哈里顿和约瑟夫大概都上床睡着了，周围是那么凄凉，太凄凉了！我一面看书，一面叹息着，因为看起来好像世界上所有的欢乐都消失了，永远不会再恢复了。"这是作者借伊莎贝拉的一次"喃喃低语"，此时的伊莎贝拉摆脱了怨妇角色，超脱为一个旁观者。据记载，艾米莉非常爱读书，白日里一边做家务一边读书，夜里就抱着爱犬基伯的脖子坐在火炉前读书。伊莎贝拉描述的，正是荒原中勃朗特牧师家周围场景。牧师家建在教堂边上，孤独地立在山顶，房前有一片花圃，后面及两侧都是墓地，墓碑一块块耸立，几乎把房子包围，冬日夜晚阴沉，北风呼啸，枞树被吹得向一边倾斜，真是寒冷、凄凉极了。只有孤独的作者面对炉火，读书，想象，编织着故事中的人物命运，为之咏叹、悲伤……

小说中还有两个男人：一个是凯瑟琳哥哥辛德雷•恩萧，深爱一个不很体面的女人，妻子得肺炎死后，就自暴自弃，终日酗酒、赌博，将家产败光，仆人与佃户全都跑走，生活过得如人间地狱；另一个是希刺克历夫的儿子，小林惇，孱弱、自私、多病，关注的只是自己，"他很会扮演小暴君的角色"。这两位形象的综合原型，应是艾米莉的哥哥勃兰威尔。这位勃朗特牧师的独子，备受宠爱的男孩，原本才华洋溢，任家庭教师时爱上女主人，爱情无果而终，又诸事不顺，就放任自己，酗酒、吸毒，终因肺炎而死。艾米莉应该深爱他，也因为照顾他感染肺结核，哥哥死后六个月，也随他而去。小说中，她将堕落的哥哥一分为二：描写酗酒的辛德雷时，浮现的应是亲哥哥酗酒后的暴虐，借小说人物，艾米莉表达对哥哥恋爱的不满——医生肯尼兹说："你本应该聪明些，不该挑这么个不值什么的姑娘！"其妻死后，"他不哭泣，也不祷告，他诅咒又蔑视，憎恨上帝与人类，绝望地过起了浪荡生活。"有人认为《呼啸山庄》开头几章甚或全书基本框架是勃兰威尔写的，艾米莉只是续写并完成了它，理由是，"一种明确无误的男性气质"弥漫于小说中。我以为，《呼啸山庄》全本就是艾米莉的手笔。除了辛德雷这个人物是将哥哥对象化之外；小说下半部，对小林惇形象的塑造，对其生肺炎至死过程的描写，小凯瑟琳谈论小林惇的语气，完全是一个姐妹的视角，那是因为艾米莉照顾着生肺炎的勃兰威尔，对病人的痛苦满怀深切的同情，对其乖戾、自私、自我中心予以的忍耐体谅，病人死后，她在悲伤痛苦之余又觉解脱轻松的真实状态。

艾米莉的迷狂世界让维多利亚时代那些沉迷于矫情、虚饰的公共道德的人们，有了一次反思的机会。《呼啸山庄》结尾，凯瑟琳与希刺克历夫的白色幽灵依旧在旷野徘徊，作为一种原始的激情力量，是对人类自身之沉沦腐败的一分警醒。艾米莉安置小凯瑟琳与哈里顿的完美结合，是微暗的火，是启明的星，是暴风雨过后，旷野中摇曳的白花，恍如幻觉，虽如此虚弱，究竟存在，令人向往。

有关《呼啸山庄》的主题，伍尔夫说，艾米莉想要倾诉的不仅仅是如《简•爱》那么直截了当的"我爱""我恨"，艾米莉心中装的是"我们，整个人类"和"你们，永恒的力量"。身处 19 世纪那个多变的时代，她看到的是一个四分五裂、混乱不堪的世界，渴望内心有一股力量、试图寻找一种激情与勇气，来将那个分裂世界重新合为一体。和谐的破坏与重建，荒野与文明、理性与激情的统一，善与恶，爱与宽恕，……对《呼啸山庄》主题及文本内容的细致分析，限于本文篇幅，将在另一篇文章《恶也是善的梦想》中展开。

2015 年 9 月初稿，2016 年 4 月三稿

恶也是善的梦想

——读《呼啸山庄》

一

《呼啸山庄》中的两位主人公貌似不信教。凯瑟琳说："我只是要说天堂并不是像我的家。我就哭得很伤心，要回到尘世上来。而天使们大为愤怒，就把我扔到呼啸山庄的草原中间了。我就在那里醒过来，高兴得直哭。"她不愿死后葬在教堂屋檐下林惇家族中。希刺克历夫从 13 岁开始就不上教堂，临死前还说："不需要牧师来，也不需要对我念叨些什么。——我告诉你我快要到达我的天堂了；别人的天堂在我是毫无价值的，我也不稀罕。"连同埃德加，他们三个一起埋葬在远离教堂的旷野上，墓碑比邻，墓穴相连。

艾米莉·勃朗特这样安排结局，招致当时维护基督教道德的读者的强烈批评。人们并不同情一场超越生死的轰轰烈烈的爱情，而惊骇于，艾米莉，她竟如此不尊重家庭伦理，不敬教堂，竟以如此饱满的激情叙写不忠、背叛，以及希刺克历夫的复仇与掠夺，她竟如此不优雅，野蛮、粗暴、狂乱地敲打文字，这种敲打的力量与方式，让多愁善感的维多利亚公众，很不舒服、很难消化。乃至夏洛蒂为妹妹的希刺克历夫及弥漫书中的原始之恶向公众道歉，说艾米莉的"精神气质与她所处的时代不协调"。

然而，我们还是能感觉到，笼罩于《呼啸山庄》的浓重宗教氛围。宗教在艾米莉笔下、或说在两位主人公心中，唯其重大，才成为一种压迫。迷狂中的凯瑟琳渴望从画眉田庄回家，说："那段路不好走，需要勇气。而且我们走那段路一定要经过吉默吞教堂！""他在考虑——他要我去找他！那么，找条路呀！不穿过那教堂院子。""他们也许要把我埋到一丈二尺深的地里，把教堂压在我身上，可是我不会安息。"无论凯瑟琳还是希刺克历夫临死时，艾米莉刻意描写，吉默吞教堂钟声在旷野回响，溪水潺潺，提醒着教堂存在。教堂重重地压在他们的身上、心底，提醒着强烈的罪感。

　　凯瑟琳与希刺克历夫这对异性兄妹，从小在旷野中奔跑，旷野就是他们的伊甸园。凯瑟琳是希刺克历夫的"肉中肉，骨中骨"，她说："他并不是作为一种乐趣，却是作为我自己本身而存在。""在我的生活中，他是我思想的中心。如果别的一切都熄灭了，而他还留下来，我就能继续活下去；如果别的一切都留下来了，而他却给消灭了，这个世界对于我将是一个极陌生的地方。"自从凯瑟琳成为一个陌生人的妻子，就是从她的伊甸园被放逐出来，成了无家可归的流浪者；自从她与希刺克历夫分离，就不自由了，有了悲痛。小说一开场，凯瑟琳托梦给洛克乌德，说她在旷野流浪了二十年了，哀哭着，"让我进去！"她要进到有希刺克历夫的家里，只有回到爱人身边，才是回到家，回到属于她的天堂与乐园，"爱"就是她的天堂与乐园。没有爱的天堂，形同荒漠。

　　在基督教道德中，爱欲是人的原罪，是失乐园之根源，是一切恶的开端。少女凯瑟琳意识到灵魂深处对希刺克历夫的爱，这种爱欲激情既充满诱惑又是强烈的罪恶（蛇）；嫁给埃德加·林惇后，再要来守护自己的爱欲，加上了不忠的罪恶感。在爱欲与罪恶的激情下，她终将自己揉碎了！她以她的死，做了自由意志选择：顺从她的爱欲激情，"背叛"上帝，不愿回到无爱无欲的枯寂"天堂"，宁可在呼啸山庄的旷野游荡——那人世的伊甸园。她与希刺克历夫重复着亚当与夏娃的出逃。爱欲与罪恶的双重激情，激励着男女主人公勇往直前、蔑视血缘权威、超越生死。

但是，需明白，唯有宗教的激情，才诞生罪恶的激情。

有一次谈到宗教，夏洛蒂的朋友玛丽·泰勒说，这是"我和上帝之间的事"，艾米莉一反往常的沉默，应声说："是的。"父亲勃朗特先生是个虔诚的福音主义牧师，对各派观点比较包容，只是谴责加尔文教派宣扬"个人拣选，个人谴责"，认为信仰上帝应表达对上帝的爱（关键是"爱"），而不是宣扬罪恶、以地狱的恐怖来吓唬人；认为《圣经》是最高的权威、唯一的尺度，死亡是救赎和盼望的唯一源泉。当时的福音主义有很多派别，其中循道宗最富激情，其领袖卫斯理的布道很具影响力，艾米莉的母亲、姨妈都是虔诚的循道宗教徒。艾米莉也受循道宗影响最深，其宗教激情，集中呈现于她的诗作，小说也深受影响。

《呼啸山庄》开场，借助一个外乡人视角，呈现了两种宗教观：

洛克乌德被风雪阻在呼啸山庄，深夜在凯瑟琳小时候睡的橡木床，翻到的第一本书，就是牛皮面《圣经》，写着："凯瑟琳·恩萧，她的书。""她的书"，多么珍爱！多么宝贝！与之对照，凯瑟琳在日记里写：哥哥辛德雷，"随便他们做什么，我敢说他们绝对不会读《圣经》"；再与之对照，凯瑟琳赌咒说"我恨善书"，将仆人约瑟夫那些没用的经文使劲扔进狗窝，约瑟夫就大叫："凯蒂小姐把《救世盗》的书皮子撕下来啦，希刺克历夫使劲踩《走向毁灭的广阔道路》的第一部分。"接下来，洛克乌德（"我"）做梦：与约瑟夫走在回家路上，约瑟夫骂"我"不带根拐杖就进不了家门。"家"是天堂，"拐杖"就是那些"善书"。约瑟夫以为进天堂要藉助"善书"，杰别斯·伯兰德罕牧师在吉默吞教堂宣讲的那些神学论文也是"善书"。在梦里，牧师骂"我"是"罪人"，所有的"朝山拐杖"都向"我"打过来，约瑟夫的拐杖是最凶的。

显然，艾米莉（或凯瑟琳）认同循道宗主张《圣经》是唯一的尺度，而非教堂或教会。艾米莉以为宗教是"我和上帝之间的事"，珍爱的唯独《圣经》，厌憎那些"善书"，对约瑟夫之类的加尔文教徒很不以为然，借丁耐莉说："他过去是，现在八成还是，翻遍《圣经》都难找出来的，一个把恩赐都归于自己，把诅咒都丢给邻人的最讨厌的、自以为是的法利赛人。"约瑟夫，猥琐、自私、愠怒、骂骂咧咧、指手画脚，自居道德、高高在上，以地狱各种各样的恐怖痛苦折磨被他视作有罪的人，他具备一个奴仆、农民、加尔文教徒的伪善之恶。对于杰别斯•伯兰德罕牧师的宣讲，洛克乌德（"我"）批评道："什么样的一篇讲道，共分四百九十节，每一节完全等同于一篇普通的讲道，每一节讨论一种罪过！我不知道他从哪儿搜索出来这么些罪过。"

在约瑟夫或吉默吞牧师等加尔文教徒看来，凯瑟琳与希刺克历夫的爱，就是一种罪恶，所以凯瑟琳死后也不愿意葬在吉默吞教堂之下。但假如，《圣经》是最高的权威、唯一的尺度，假如从福音主义者讲求的真爱出发，那么，一种真正的、纯粹的、超越生死超越人间一切的真爱，就是可被原谅的，真爱中的男女必定获得救赎。听听凯瑟琳的动人告白吧，"我对林惇的爱像是树林中的叶子。我完全晓得，在冬天变化树木的时候，时光便会变化叶子。我对希刺克历夫的爱恰似下面恒久不变的岩石。"

在艾米莉这里，原始的爱欲激情，从人的本性出发，升华为一种超越的精神力量，就不仅仅是男女肉欲，而具有了宗教的纯粹性，这样恋爱的一生一世，超越生死的痴迷，在上帝眼中也是可悯的，几乎等同于迷狂的宗教激情。凯瑟琳死后，希刺克历夫被其魂灵纠缠，也心甘情愿被纠缠，死后终与爱人相依相随，死亡是他们获得救赎和盼望的唯一源泉。这很让人想起古希腊俄耳甫斯教传说，欧律狄刻被毒蛇咬死，俄耳甫斯下冥府寻找，没能将妻子带出黑暗王国，伤心失望，被崇拜者撕碎，头颅被扔进大海随波逐流，唇边依旧呢喃着爱妻的名字；超越生死的爱情，有了宗教的迷狂意味，通过被撕碎、死亡、重组，灵魂与精神获得再生。

循道宗也常以梦境、迷幻、幽灵彰显上帝之爱，信徒因此进入迷狂世界。《呼啸山庄》以一场梦魇开始，凯瑟琳那小小的白色幽灵在凄凉的旷野游荡，寻求与希刺克历夫的灵肉复合；小说结尾，他俩的白色幽灵，依旧在荒原徘徊，农夫、孩子都曾见到。惊异、狂热、难以言说的神秘体验，现实或幻觉，生或死，激情或迷狂，很难划清边界。艾米莉游离于边界，叙述她那类似循道宗神秘体验的爱情传奇，将史诗"贡达尔传奇"，搬到了英格兰荒原上。

恶之花的爱欲激情，与艾米莉的宗教激情融合在了一起。

乔治·巴塔耶说："恶也是善的梦想。"爱欲激情之恶，对于循规蹈矩、血液冰冷的"善"人而言，就是梦想。恶是激情，死亡使激情沸腾。凯瑟琳与希刺克历夫死别一幕，疯狂狰狞，惊心动魄，激烈的情感将主人公的吻与泪水逼迫出来，也将读者的眼泪、唱叹逼迫出来。那是怎样疯狂的激情啊："只见凯瑟琳向前一跃，他就把她擒住了，他们拥抱得紧紧地，我想我的女主人绝不会被活着放开了：事实上，据我看，她仿佛立刻就不省人事了。……他对我咬牙切齿，像个疯狗似的吐着白沫，带着贪婪的嫉妒神色把她抱紧……"这种激情并未随凯瑟琳的死、随时光流逝而消退，越发魂牵梦萦，直到希刺克历夫死前四天，达到疯狂喜悦状态，他似乎见到他的凯蒂了，暴雨夜后，他死了，双眼大睁，"像活人似的狂喜的凝视"，他的激情得到化解，灵肉终与凯瑟琳合二为一。

二

凯瑟琳与希刺克历夫两小无猜在旷野中奔跑。失去父亲的他们，好似在自然状态中，"他们一心希望像粗野的野人一样成长"。他们是卢梭的爱弥儿吗？爱弥儿的成长，须得摈弃一切恶的可能诱惑。一旦处于恶的环境，受恶之影响，爱弥儿也会迅速堕落。

那么，什么是恶？什么是有罪的？

凯瑟琳与希刺克历夫之爱欲，是本性的、原始的激情，从外在肉欲燃烧到灵魂深处。这种原始的爱欲激情，在理性道德视域，被认为是一种恶。不能放任爱弥儿的原始激情燃烧，就必须规训于理性文明吗？在理性力量导引下，一个人能否成长为"完美"的"善"人？

19世纪的英国，乐观、进步、理性的精神左右着社会各阶层。理性力量带来巨大的社会进步和丰硕的文明成果。艾米莉笔下的原始爱欲激情，是在人类奏响理性的堂而皇之大踏步向前凯歌之时，敲出的一个不和谐音，是一点质疑，一个挑衅，一声棒喝。所以，《呼啸山庄》甫一面世，即遭维多利亚社会各阶层的质疑与谴责：为什么要花费如此多笔墨去描写一对罪人？为什么如此激情地去写一个人的不道德行径？艾米莉对希刺克历夫这个不道德之人的同情与热爱显然大大超过了对那些理性的绅士，比如乡村地主、法官、富有道德与责任感的埃德加·林惇。

一个场景：凯瑟琳与希刺克历夫第一次到画眉山庄，站在墙根，扒着窗户，向林惇家里面瞧，"啊——可真美——一个漂亮辉煌的地方，铺着猩红色的地毯，桌椅也都有猩红色的套子，纯白的天花板镶有金边，一大堆玻璃坠子银链子从天花板中间吊下来，许多光线柔和的小蜡烛照得他们闪闪发光。"《简·爱》中的桑菲尔德庄园，也有同样的猩红色房间，被夏洛蒂以赞美、羡慕的笔触描写，因为她在根本上认同维多利亚时代的理性道德。简·爱从桑菲尔德庄园逃走，是因为自尊，而非对社会不平等本身有什么质疑；直到她获得财产继承权，而罗切斯特的庄园被烧成平地，自己成了一个需被人照顾的瞎子，简·爱这才回到罗切斯特身边，因为此时，他们的社会地位拉近了。

艾米莉则对社会不平等，对财富获得与分配的方式，对当时的道德规范，均怀揣质疑。——窗户内的猩红色世界让小凯瑟琳与希刺克历夫发出"可真美"的叹息，笔锋翻转，艾米莉就描写了林惇兄妹差点将一条小狗拉做两半——这种"可真美"，华丽的，文明的，彬彬有礼的，底下却是残忍与冷血。艾米莉借小希刺克历夫口说："我真瞧不起他们！"须知，现实中，艾米莉极爱动物，尤其爱狗，这个细节足以表达她的爱憎。

　　窗户，一个重要意象。窗户外面，是属于凯瑟琳与希刺克历夫的荒野，充满野蛮的、原始的、自然状态中的激情力量（被认为恶的），是独属他俩的爱欲世界，两小无猜的他们，对这份爱欲尚莫知莫觉，或说，爱欲激情尚未"觉醒"；窗户内，是文明的、理性的、美丽的、合乎道德的理性力量（被认为善的）。窗户隔开了二者。小凯瑟琳原本属于窗外。就在那个夜晚，一只狗咬住了她，——记住，一只"恶犬"！恶的狗是一个媒介（诱因），——凯瑟琳被狗咬伤了脚，林惇家的人将她抬进了画眉山庄，窗户外就只剩下希刺克历夫了，他一个人留在了原始荒野中。凯瑟琳一进入窗户内"可真美"世界，就开始学习被认为是"善"的理性文明：如何讲话，如何穿衣，如何做一个有教养的乡村地主小姐，如何与一个"野蛮人"区分开来，同时她还学会了虚荣（"嫁给希刺克历夫会降低身份"），虚伪（内心、灵魂里却深爱着希刺克历夫），她学会了理性的克制，道德与忠诚（嫁给埃德加之后）。

　　艾米莉很是质疑这种"善"的理性文明。原始的爱欲激情充满生机、富有力量，而理性化的道德责任与仁爱，是孱弱的。凯瑟琳癫狂发作前对埃德加嚷道："你的冷血是不能发热的，你的血管里尽流着冰水。可是我的血在烧滚了。看见你这副冷冰冰的，不近人情的模样，我的血液都沸腾了。"希刺克历夫对丁耐莉说："如果他以他那软弱的身心的整个力量爱她八年，也抵不上我一天的爱。凯瑟琳有一颗和我一样的深沉的心；她的整个情感被他所独占，就像把海水装在马槽里。呸！他对于她不见得比她的狗，或者她的马更亲密些。""你主人除了出于世俗的仁爱观念和一种责任感之外，没有什么可依仗的了，这是很可能的。可是你以为我就会把凯瑟琳交给他的责任和仁爱吗？"

在管家丁耐莉眼中，埃德加无疑是维多利亚时代绅士的典范：温文尔雅，对凯瑟琳有节制的爱，世俗人们的爱大抵如此；像希刺克历夫那样，过分激烈的爱，是黑暗的，具有摧毁力，他用毕生精力来复仇，很不符合社会伦常。但是，当丁耐莉作为一个叙述者、旁观者时，她会发出这样的感慨："咳，到头来我们总归是为了自己。温和慷慨的人不过比傲慢霸道的人自私稍微公平一点罢了，等到种种情况使得两个人都感觉到一方的利益并不是对方思想中主要关心的事物的时候，幸福就完结了。"丁耐莉以管家口吻，直接批评了凯瑟琳与希刺克历夫的自私的爱，对足以烧毁一切的爱欲激情感到恐惧；但她正面叙述埃德加时，也暗含批评：埃德加与他的妹妹伊莎贝拉同样自私，甚至更加冷血。

希刺克历夫与伊莎贝拉私奔前，要吊死她的狗（被她弃之不顾濒死复活的狗倒比主人多情哩），声称要吊死她家的所有人，并嘲笑道："任何残忍都引不起她的厌恶，我猜想只要她这宝贝的本人的安全不受损害，她对于那种残忍还有一种内心的欣赏哩。"（呼应小时候在窗外看见林惇兄妹几乎要将一条狗拉成两半的场景）凯瑟琳疯狂时，从枕头中咬出羽毛，浮现在她迷狂脑海的，是一件小事：她不许希刺克历夫再打水鸟了，希从此就不打了。两个细节相互比照：充满复仇欲望的、残忍的希刺克历夫，倒似乎比娇贵的、温柔的伊莎贝拉更仁慈呢。

至于仁慈的有责任富爱心的绅士埃德加，一旦发现妹妹（父母双亡后唯一的亲人），居然与自己向来瞧不起的野蛮人希刺克历夫私奔，辱没了门楣，降低了身份，就彻底与妹妹断绝关系，以至于伊莎贝拉渴求哥哥一封信不可得，连凯瑟琳死了都没让近在咫尺的妹妹回家奔丧。希刺克历夫说，"他是任由他的妹妹在世上漂泊，再也不过问她的死活"。辱没门楣之耻，胜过兄妹之情。其中还藏着隐忧：假如他没有男嗣，就意味着财产有落入希刺克历夫之手的危险。也只有财产，才能刺激埃德加冷漠的心，两处细节：辛德雷死，丁耐莉说哈里顿是恩萧家的唯一继承人，应将他接回画眉山庄，埃德加这才同意丁耐莉回呼啸山庄帮忙（去探听虚实），等丁耐莉回来告诉他，恩萧家的财产已全部抵押给了希刺克历夫，哈里顿一无所有了，他就马上失去兴趣，放弃了保护恩萧家血脉的责任，幼小的哈里顿也便完全扔给他们眼中的恶魔希斯克利夫；妹妹在外漂泊了 12 年，埃德加从没将她接回家过，可是她一死，他就飞奔去接外甥小希刺克历夫，因为事关林惇家的财产继承；一旦希刺克历夫来讨要儿子，埃德加意识到缺乏法律力量来保护财产，也就迅速遗忘了妹妹的嘱托，一天都没有耽搁地将小希刺克历夫主动送回到呼啸山庄，往后的岁月，一次都没再见过，也不允许女儿知道小外甥近在咫尺。

"他血管里流的是冰水"，埃德加爱的能力是孱弱的，他被教导去行合乎要求的责任与仁慈，虽浮于表面、无法深入灵魂中，但以社会道德规范言，也并没有什么过错。而凯瑟琳与希刺克历夫，自私任性，欲望赤裸，却拥有一场惊天动地的爱情。艾米莉刻意描写两个男人如何对待凯瑟琳之死：埃德加的哀恸是平静的、节制的、合乎理性的；而希刺克历夫是狂野的、黑暗的，他的激情是恐怖的、出乎理性的。希刺克历夫当晚试图掘墓，往后 20 年，一直被凯瑟琳魂灵缠绕，直到死，才与凯瑟琳复合。这是怎样的激情呢？那种伤心欲绝，连完全倾向主人埃德加的丁耐莉，都为之震动。与之对比，艾米莉这样描写凯瑟琳死后的埃德加："他的反感是如此痛切而敏锐，以致任何他可能看到或听到希刺克历夫的地方他决不涉足。悲痛，加上那种反感，把他化作一个道地的隐士……但他太善良了，不会长久地完全不快乐的。他也不祈求凯瑟琳的魂牵梦萦。时间会使人听天由命的，而且带来了一种比日常的欢乐还甜蜜的忧郁。"不能责怪埃德加，他是这样被文明塑造，自私的，节制的，对情感和欲望的承受与体现也都是孱弱的，但你不能说他不真诚。他只是主动逃避一切过分强大的冲击，不愿意承受过深的痛苦，他会遗忘，淡化，自我规避，甚至自己欺骗自己，"他以热烈、温柔的爱情，以及到更好的世界的热望，来回忆、纪念她。"当他的后代面临威胁，家产可能遭遇侵吞，他既没有能力来保护子侄，也没有能力保护财产。他是没落的地主，传统的绅士，是一个被资本主义理性文明塑造的可怜虫，面临更强大的弱肉强食时，唯一能做的，就是逃避。但他还是温柔的。而希刺克历夫之子，小林惇是埃德加更为卑弱的表现。

回到13岁的那个夜晚，当凯瑟琳被一只"恶狗"咬进窗户内，就结束了与希刺克历夫两小无猜在荒野自然状态中的奔跑。她进入一个"理性文明"世界，她以为是学习了理性之善呢，岂料学习的都是理性之恶。凯瑟琳，开始受着觉醒的爱欲激情与习得的理性文明的双重压迫：埃德加拥有地位、身份、金钱，文雅有知识，并且爱她，这满足了凯瑟琳的虚荣心；但她明明知道自己深爱的是希刺克历夫，他们同属旷野，嫁给埃德加，并不比去天堂更热心，凯瑟琳捶着自己胸口说："在这里，在这里！在凡是灵魂存在的地方——在我的灵魂里，而且在我的心里，我感到我是错了！"

一开始，凯瑟琳让爱欲激情屈服于理性文明。她还存有一丝幻想，试图弥合、拥有二者（"嫁给埃德加，能帮助希刺克历夫地位提升"），很快，她就意识到这种妥协注定失败，她背叛了二者，也就失去二者。希刺克历夫哭道："我没有弄碎你的心——是你弄碎了的；而在弄碎它的时候，你把我的心也弄碎了。"

凯瑟琳最终选择爱欲激情，以疯狂的死亡，结束这场战斗。在死亡中，她几乎是甜蜜的："她的容貌是柔和的，眼睑闭着，嘴唇带着微笑的表情，天上的天使也没有比她看来更为美丽。"诚如她临死前说的："无可比拟地超越我们，而且在我们所有的人之上！"让人想起不堪压力的奥菲利娅溺水而亡，在疯狂的幻觉中，死亡的永恒中，兰波说，她拥有了"天堂、爱情、自由"……

再谈荒野爱欲激情的另一个，希刺克历夫的变化，我们会知道：一个正在成长的爱弥儿，一旦进入"恶"的环境，没有一种更高的善的导引，马上就会变得凶暴起来。在与理性文明的搏斗中，希剌克历夫更骄傲，激情更强劲，搏斗的时间更长，他变得越是凶暴，失败得也越加惨烈。

小希剌克历夫一到恩萧家，就被当做异类。恩萧夫人、辛德雷天然鄙视他，林惇太太一见到他就吓得举起双手，因为"他黑得简直像从魔鬼那里过来的"。希剌克历夫长大后，有钱了，像个绅士了，埃德加尚未见面即断言他是，"最具魔鬼凶恶的人"；随他私奔的伊莎贝拉不久就在信中说："希剌克历夫是人吗？如果是人，他难道疯了吗？如果没疯，他难道是魔鬼吗？"至于仆人丁耐莉、约瑟夫从小就瞧不起他。恩萧先生收养他是因为善心、慈悲、宽容，不等于认同："你们一定得当做是上帝赐的礼物来接受，虽然他黑得简直像从魔鬼那儿来的。"甚至凯瑟琳都是这样认识希剌克历夫的："一个没有驯服的人，不懂文雅，没有教养，一片长着金雀花和岩石的荒野。"

希剌克历夫，一个黑得像魔鬼的弃儿，一个缺失身份的人；其实哪怕他是异族（中国或印度）的王孙公子，也比呼啸山庄里的仆人、佃户都要下等。肤色、血缘决定，他就是异类，非我族类即是"恶"，故是恶魔；野性、原始的东西也是恶，在凯瑟琳等文明人看来，缺乏教养，不懂文雅，形同野人，野人就等同于恶魔。管家丁耐莉总结说：希剌克历夫是一个"具有人形的恶鬼"，"一个怪物而非人类"，"只一半是人，而另一半是魔鬼"。

恩萧先生是从利物浦带回弃儿希剌克历夫的。利物浦是当时英格兰的重要港口，从殖民地来的船多停靠在那里，包括贩卖奴隶的船只。1840年，英格兰制定了废除贩卖黑奴的法律，引发社会普遍争论。勃朗特三姐妹每天阅读时事新闻，废除贩卖黑奴法案肯定引起艾米莉的关注，其立场应与勃朗特先生相同，即支持废除贩卖黑奴。所以，尽管艾米莉毫不留情地鞭挞希斯克利夫之恶，更多的是赋予主人公悲悯与热情。

可怜的希剌克历夫，倾尽一生，试图以其骄傲与仇恨对抗命运！

当他还是个孩子，对肤色、血缘决定的他的"异类"命运，尚未有清醒认识，他不是不想尝试着妥协。13岁那夜，一道窗户隔开了他和凯瑟琳，结束了他们无忧无虑、无爱无恨的自然状态。分离产生悲痛，唤醒了爱与恨。被禁止与凯瑟琳说话，被凯瑟琳笑话太脏，自尊的他独自在旷野徘徊，开始思考他的命运。那天是圣诞节，他鼓起勇气对丁耐莉说："把我弄的体面一些吧，我要学好啦！"虽有丁耐莉的赞美与鼓励，依旧叹气道："我愿我有浅色的头发，洁白的皮肤，穿着和举动也像他，而且也有机会变得和他将来一样的有钱！""我一定要希望有埃德加·林惇的大蓝眼睛和平坦的额头才行。"他的妥协尝试，很快被辛德雷的暴打、埃德加的嘲笑击碎，幼小的心灵，第一次理性意识到，妥协改变不了他的"异类"身份，他的"魔性"是上天所赋。唯一可与命运对抗的，就是骄傲面对，就是去夺取爱，就是复仇。那个13岁男孩，严肃地回答丁耐莉："我不在乎要等多久，只要最后能报复就行。"

艾米莉有一首诗，很能表现小希刺克历夫：

可爱的热情者，神圣的孩童，

太适合于这个世界的战场，

现在看似过着天堂般的日子，

然后注定了　内心像在地狱般那么悲惨

当他被理性文明视为"恶"，他就以理性文明之恶来复仇。出身、肤色无法改变，凯瑟琳选择嫁给她的"同类"，教会上帝又是人家的，对于他这个异类，剩下的就是学习理性文明。理性文明似乎能够帮助他获得想拥有的。

首先是改变身份。辛德雷的暴力，埃德加的优越，尤其是凯瑟琳的选择（"嫁给希刺克历夫会降低我的身份"），刺激着希刺克历夫寻求改变身份、提升社会地位。在19世纪的英国，随着贵族世袭制度的瓦解，这并非没有可能。理性文明创造了自己的掘墓人。只要有钱，就可以改变身份，并不需要家族姓氏与血脉承继。

离开呼啸山庄的三年中，他去了哪里？参军，读书，做水手？没人知道。

用什么手段发财？掠夺，继承，或偷窃？也没人知道。短短三年，他从一个身无分文的黑鬼，变成一个富裕的、受过教养的"高高的、强壮的、身材很好的人"，有端正的风度，面容富有才智，且没有留下早年堕落的痕迹（当他被辛德雷虐待、失去教育，"他学了一套萎靡不振的走路样子和一种不体面的神气"），半开化的野性被克制住了，他的举止简直庄重，不带一点粗野，虽然严峻有余、文雅不足。他可真的"变成"一个绅士了，埃德加听说他回来了，想在厨房接待他，见面后也只能称他为"先生"。三年改变如此巨大，这是时代的机遇。他只是简短对凯瑟琳说："我总算苦熬过来了，你必须原谅我，因为我只是为了你才奋斗的。"

小说后来的情节，让我们得以推测希刺克历夫那三年会用什么手段"掠夺"致富：他先放高利贷给辛德雷，任其赌光抵押掉呼啸山庄的每一寸土地，与律师串通一气，摇身变成呼啸山庄原继承人哈里顿的债权人；与埃德加之妹结婚，其妻死后，他即逼迫濒死的儿子写下遗嘱，夺取了妻子继承的画眉田庄财产；他又设计逼迫凯瑟琳之女与儿子结婚，夺取了画眉田庄埃德加的那份财产。这样经过 20 年，希刺克历夫从一个被收养的弃儿，变成了两处庄园的主人，并扩充了原有的财富。他不依靠血缘承继，而是通过计谋掠夺财产，又凭借金钱提升社会身份与地位，同时，他的一切行为都合乎法律规则与程序。考察 19 世纪英国资本主义发展史，希刺克历夫式的新兴地主，依靠强力、法律，"合法"兼并掠夺土地、积累财富，岂非比比皆是吗？

面对资本主义蓬勃发展，新旧地主转型更替，艾米莉提出了法律与道德问题：依照法律，原呼啸山庄继承人哈里顿为了偿还父债，必须从早到晚劳动，却没有工资，若是债权人希刺克历夫心狠，哈里顿甚至可能被赶出家门；小凯瑟琳成为寡妇，被剥夺了财产，她一看书，就挨骂："人家都能挣饭吃——你就只靠我！把你那废物丢开，找点事做！"不劳动者不得食！这就是希刺克历夫遵循的法则，哈里顿、小凯瑟琳出身良好，没有了财产，照样得依靠劳动挣饭吃（哈代笔下的苔丝，旧贵族后裔，沦为暴发的新兴地主的雇工并被强奸）。小说还不止一次提到希刺克历夫对地产的精细管理、对佃户的苛刻与吝啬。埃德加这类旧地主虽然自私冷血，对待佃户，尚守一套传统的仁慈原则；希刺克历夫这类暴发户，穷苦出身，一旦成为财主，不改节俭习惯，连表面的仁慈也不维持，对待佃户更比旧地主苛刻。小说反映了当时大英帝国的社会现实：与世袭地主相比，诸如埃德加的孱弱无能、辛德雷的暴虐放荡，希刺克历夫这类暴发户，手段更狠辣，意志更坚定，头脑更机警、更理性，行事更果断、更残暴，也更精于算计、节俭苛刻。帝国的发展壮大，正是依靠这类新地主、新殖民者、新贵，无止境地开疆拓土、累积社会财富资源来完成。

当希刺克历夫被理性文明判定为"恶"的时候，用以对抗命运、进行复仇的，恰就是19世纪资本主义文明的理性之恶。以一种恶对付既有的"恶"！他不再如小时候试图妥协，而是通过对理性文明之恶的学习，甚至学得比埃德加们还要好，来赢得这场战争。在这场旷日持久的战斗中，他是骄傲的，顽强的，坚定的，残忍的，他也似乎获得了成功……

然而他真的赢得胜利了吗？

三

小凯瑟琳说："你无论把我们搞得多惨，我们一想到你的残忍是从你更大的悲哀中产生出来的，我们还是等于报了仇了。你是悲惨的，不是吗？像魔鬼般孤独，也像魔鬼般邪恶。没有人喜欢你——当你死的时候，没有人为你哭泣！"

丁耐莉说："你的骄傲蒙蔽不了上帝！上帝来绞你的心和神经，一直到他迫使你发出屈服的呼喊为止。"

复仇并没给希刺克历夫带来快感！以恶制恶，并没有消除恶。他的确有钱了，身份改变了，地位提高了，外在的一切，他都拥有了，但他并不能改变血缘与肤色，他无法拥有金黄色头发、白皙皮肤。尽管社会已然改变，人们渐渐不再追根溯源。但在传统的人、诸如丁耐莉眼中，希刺克历夫还是一个"半人半魔"；他自己也意识到，他的"异类"命运与小时候一模一样。

另一方面，希刺克历夫毋宁是一个现代哲人，他清楚地看见了理性之恶："我没有怜悯！我没有怜悯！虫子越扭动，我越想挤出它们的内脏！这是一种精神上的出牙；它越是痛，我就越要使劲磨。"他在自言自语"我没有怜悯"时候，恰是意识到自己的恶行。长达 20 年，他有理性、有计划、有步骤地施行复仇，埃德加们、辛德雷们纷纷败在手下，在他成功接掌两处庄园，可以轻而易举将两个原继承人的幸福毁掉之时，他要对抗的不再是外在压迫了，要面对和对抗的，恰恰是他的内心：在他内心深处，残存着本能的善、爱与怜悯。这种爱与怜悯，在他与凯瑟琳奔跑在旷野的自然状态中既已存在，当他开始学习"理性文明"之后，这种本性的爱与善，反被挤在角落里了……

这种善、爱与怜悯是先天存在的。小说开场，外乡人洛克乌德对希刺克历夫的第一眼印象："我内心深处却产生了同情之感……我直觉地知道他的冷淡是由于对矫揉造作——对互相表示亲热感到厌恶。他把爱和恨都掩盖起来，至于被人爱或恨，他又认为是一种鲁莽的事。"从那天然的善、一念之悯出发，希刺克历夫的一些行为也并不那么恶：出走三年返回，听说凯瑟琳嫁给了埃德加，他本可杀死情敌，但他不愿意凯瑟琳难过，"我宁可寸磔而死，也不会碰他一根头发。"他的确让辛德雷倾家荡产，但即使没有希刺克历夫，酗酒浪荡的辛德雷也早晚守不住家产。凯瑟琳死亡之夜，身心俱丧的希刺克历夫回家，辛德雷持枪试图杀死他，被他夺过枪，第一次暴打了辛德雷，之后仍为他裹扎伤口。他没有虐待辛德雷之子哈里顿，只是让他像野人般成长，体会如他自己从小不被教养、被蔑视的感受。当他发现哈里顿与儿媳小凯瑟琳恋爱，他不再想去毁灭这美好的一对，而是逃避甚至纵容这对年轻人的恋爱。

被剥夺财产的两个家族的孩子如今又靠在了一起！小凯瑟琳教哈里顿读书，文明的力量与美好的天性结合在了一起。两个年轻人凑在一起的画面多么美好啊，谁会忍心破坏呢？小凯瑟琳挑衅说：她与哈里顿之间有爱，希刺克历夫没人爱，他是个孤单的恶魔。希刺克历夫报复的一切，20年来苦心经营的一切，似乎破产了，他是再一次被两个家族打败了么？希刺克历夫意识到自己的失败，但不是如小凯瑟琳所讲的，正是从善、爱与怜悯出发，他意识到，以恶并不能制恶：

对于我那些暴虐的所作所为，这不是一个滑稽的结局吗？我用撬杆和锄头来毁灭这两所房子，并且把我自己训练得能像赫拉库里斯一样的工作，等到一切准备好，并且是在我权力之中了，我却发现掀起任何一所房子的一片瓦的意志已经消失了！我旧日的敌人并不曾打败我；现在正是我向他们的代表人报仇的时候：我可以这样做；没有人能阻拦我。可是有什么用呢？我不想打人，我连抬手都嫌麻烦！好像我苦了一辈子只是要显一手宽宏大量似的。

希刺克历夫意识到自己失败的同时，也意识到自己的骄傲，意识到善心存在最软弱的地方，他呼吁道："啊，上帝！这是一个长长的搏斗；我希望它快点结束吧！"那潜藏在内心的善、一念之悯的萌动，反倒为希刺克历夫悲惨的一生赢得了一丝温暖色调：只有爱能够洗涤、克制恶！于是，我们又回到了小说开始，他和凯瑟琳在旷野中游荡。但不再是无忧无虑、莫知莫觉的奔跑，而是历经了爱恨情仇后回归于爱。这一次，他以他的死，与凯瑟琳，肉体同穴，灵魂叠合。他们终于回到了爱的乐园。旷野就是他们爱的乐园。

死亡，让搏斗结束，灵魂安息，激情归顺于流渠。藉两个家族忠诚仆人丁耐莉歌队般的旁白，艾米莉表达她对人的生命、对"我们，整个人类"前景的期待与幻想："我看到一种无论人间还是地狱都不能破坏的安息，我感觉到对那永无止境的、毫无阴影的来世生活的一种保证——他们已进入了永恒的来世——在那儿，生命无限地绵延，爱情无限地和谐，欢乐无限地充溢……"

戴维·塞西尔认为，《呼啸山庄》表达了两种精神原则："一方面是暴风雨的原则：严苛、无情、狂野和强悍；另一方面是平静的原则：温和、慈悲、被动和顺从。"这两种精神原则在小说所有人物身上都同时存在。和谐的毁灭与重建是小说的主题。颓废、虚伪的资本主义理性文明，因为旷野的激情之风刮过，荡漾起些许生机的涟漪；凯瑟琳与希刺克历夫的白色幽灵始终徘徊于旷野，作为一种原始的激情力量，是对人类自身之沉沦腐败的一分警醒。艾米莉让维多利亚时代那些沉迷于矫情、虚饰的公共道德的人们，有了一次反思的机会。

凯瑟琳既不葬在林惇家族的教堂附近，也不在呼啸山庄她自己的家族那里，而是在墓园一边的青草坡上。埃德加、希刺克历夫死后分葬于她左右，这似乎寓意：他们以其死亡，达成了荒野与文明，激情与理性的统一。这个统一，以下一代完美的、理想化的结合，呈现出来：小凯瑟琳有母亲的骄傲、教养、文雅，又去除了母亲的狂暴、自私；哈里顿继承了古老血统，去除了其父的浪荡，虽然早年缺少教育，但善良而高贵的禀性，一经知识润化，就变得水草丰茂。艾米莉让小说终归于爱、宽恕、人类的和谐。她安置小凯瑟琳与哈里顿的完美结合，如同暴风雨过后，旷野中摇曳的白花，恍如幻觉，虽如此虚弱，究竟存在，令人向往。这个结局，使得这部看上去黑暗的、狂暴的、阴郁的小说，有了一丝温暖色调，如同透过天窗投射在黑暗屋子的光亮。

注：引言多出自《呼啸山庄》1980年版杨苡中译，人民文学出版社。

2015年9月21日改定于西湖，桂花盛开时节
2016年3月22日再改于什刹海，柳绿出诗时

七根手指的夏加尔

2016 年 6 月，再次到法国尼斯，寻访夏加尔美术馆。尼斯，北依阿尔卑斯山、南面地中海，16 世纪方归法国，古罗马、意大利、法国影响杂错。站在城堡山，俯视地中海，盎格鲁大道环绕天使湾，如天使翅膀将蓝宝石收抱；海岸柔缓宽广，一脉青薄水雾镶着白浪花边；几艘白游轮闪着金光、玩具般钉在蓝绸海面，五只帆船如蜻蜓，张着透明翅膀，滑行；沙滩上，油画颜料般散点着度假休闲的人，　　一好一个宁静祥和的下午啊……一个月后，也是祥和的午夜，就在盎格鲁大道上，一辆卡车冲进看焰火的密集人群……

尼采说："在尼斯，晴朗的天空第一次照亮了我的生活，我写出了《查拉图斯特拉》的第三部分。"又说天才栖居之乡，皆有异常美好干燥空气。是否因此，热爱色彩光线的画家皆看中尼斯，毕加索、马蒂斯、克莱因……当然，还有夏加尔。夏加尔美术馆位于希米耶区（CIMIEZ），从美术馆一路下坡，步行 25 分钟即到海岸。1926 年，夏加尔第一次到尼斯，就喜欢上这个濒海小城；到 1973 年夏加尔美术馆开馆那天，恰逢他 86 岁生日，他已是一个耄耋老者了……

城堡山上有条尼采小径。尼采是从明丽的尼斯、经多礁的热那亚，抵达米兰的吧？在米兰附近的都灵，人们说，他抱着马儿哭泣，这个事件，象征着欧洲的衰微？……夏加尔最后定居并长逝于尼斯与戛纳间的汶斯圣保罗山。这个跨世纪近百岁老人，出生前一年，印象派举办最后一次画展；四岁时，凡高自尽；他初到尼斯那年，莫奈去世；马蒂斯六十年代、毕加索七十年代皆已离世。1985年，随着夏加尔逝去，绘画的英雄时代似也终结了。

从头阅读夏加尔的画，是读他的一生，也读贴近我们生存的这一百年。

1. 我与村庄

"认识你自己！"每个画家都乐于通过自画像，审视自己、表达自己。夏加尔也不例外。我最喜欢他的《着白领的自画像》（1914）。三分之二侧面向观者，亮色，三分之一在阴影中。头发卷曲，没有胡子，红唇紧闭，面颊红润羞怯，白领衬托得面庞洁净、气息内敛。令人印象深刻的是他的眼睛，多思、犹豫，似含着隐隐悲伤与压抑的痛苦。

他后来所有自画像，或画作中的本人象征，都接近这幅。到他八九十岁，画笔下的自己也都是一个卷发、没胡子、羞怯的年轻人形象。他不想长大。自13岁起，他就"害怕即将到来的成熟，害怕早晚会出现成年男子的特征，害怕长胡子"。这个鲱鱼工人的长子，在靠近监狱、疯人院的一所简陋房子降生，生来结巴，寡言少语；那个叫维捷布斯克的村镇，多是下层犹太人，他却天生敏感多情、耽于幻想。夏加尔害怕长胡子，毋宁是，害怕他的一生会如他画笔下那些长着棕色、红色、绿色大胡子的犹太人，如那个背着布袋沉郁行走的犹太农民，如他的父亲，精疲力竭、额头皱纹深刻、弯腰驼背坐在桌边，手指无聊地敲着桌面，油灯火苗一动不动（《父亲》1914）；或者如他的母亲，"悲伤的深渊，早生的白发，不断涌出泪水的眼睛，几乎觉察不到的灵魂，几乎完全磨掉的智慧"。拉碴胡子、蚀刻般的皱纹，不属于夏加尔。即便活到98岁，他依然葆有梦幻、童稚心灵，充满对世界年轻的好奇，始终拥有一颗未被磨损的自由灵魂。

他的确与众不同！《喜剧丑角》（1922—1944）描绘的是犹太剧院生活，所有人都投入地在翻筋斗、拉琴、舞蹈、旋转，只有画家被剧院经理抱在怀里，面向观者，他是剧中人、参与者，又与观者视线交流，与观者一同成为舞台生活（现实何尝不是舞台）的旁观者、审视者；他既置身其中，又超然之外。

"我若是留在维捷布斯克，定会变成野蛮人"。《安息日》（1910）中那些无所事事的犹太人，庸碌沉闷的日常生活，不能满足夏加尔的心灵。他第一次离开家乡，到莫斯科、到巴黎去找寻新方向，于是创作了那幅著名的《七根手指的自画像》（1911）。受立体主义影响，画家本人由三角形、正方形、圆形等块面组成，他一手执调色板，另一只用七根手指头触摸着面前的画——正在画的《赠给俄罗斯、傻瓜们及其他》（1911—1912）。身在巴黎的夏加尔，凝视着这幅画，沉浸在对俄罗斯"傻瓜们"的思念中：正在进食的母牛（牛被宰杀的惨痛记忆），小牛与孩子（我）一同吸牛乳；挤奶女子腾空而起，头离开躯体、高高飞出、惊诧地望向远方，是心灵被远方吸引？是灵魂急于摆脱躯体？牛与女子，皆踩在俄罗斯的洋葱头教堂穹顶和木屋顶上。七根手指的画家，犹豫着，思虑着，如何传达他的复杂思绪：急欲摆脱庸碌的生活与观念，又对家乡满怀深沉的思念。

《我与村庄》（1911）进一步表达夏加尔的这种复杂思绪。占据画面中心的是，绿脸的我，充满忧伤，与白脸的牛头（村庄、自然）面面相对，牛眼深情盯着我，似在呼唤我回归，牛面颊上画有正在挤牛奶的女子；我的眼睛与牛眼睛有一条虚线的交流，互相探寻、审视，反思与思念交织，微启的嘴，似在相互倾诉、对话；我与牛之间，是倒悬的木屋子、父母，生长开花的果树，月亮、太阳的红色光轮笼罩着一切……

这种疏离而深切的乡愁伴随夏加尔一生。异乡人对于夏加尔是双重的：

1910 年、1922 年他两次离开家乡，第二次几乎是被迫离开，他说："无论是沙皇的俄罗斯，还是苏维埃俄罗斯，都不需要我。"但他 1923 年定居巴黎，直到 1937 年才取得法国公民权；"二战"时又奔走美国避难，呆了 7 年。夏加尔第二次离开俄罗斯时，是 36 岁，1973 年他重新踏上祖国土地，已经 86 岁，阔别祖国整整 50 年。另一方面，他是犹太人，在俄罗斯，在波兰，他处处体会犹太人所受的歧视与迫害；"二战"爆发，迫害犹太人至于疯狂，他虽侥幸逃脱，已是创伤累累。犹太人，没有祖国的民族，寄居于他族、说他族的语言。无论身在美国、法国或俄罗斯，他始终是个漂泊者，《中间者》这幅画中，夏加尔表达了这种永远的异乡人状态。他也在画作中，反复使用一些意象表达他的永恒乡愁——飞翔的马，拉琴的牛，驾车的驴，倒悬的木屋子，洋葱头教堂穹顶，背布袋的农民——，他制造的梦幻世界，才是真正可回归的家园。

2．诗性•色彩•时间

"绘画和所有的诗一样，是在组构神圣的世界。"

在夏加尔的画中能找到 20 世纪所有的艺术流派。《妹妹玛尼亚》（1909）、《圣家族》（1909）有高更的影响；《安息日》（1910）让人联想到凡高；《牛贩子》（1912）、《诱惑》（1912）是立体主义的几何图形；《女人与驴》（1911）有野兽派的强烈色彩和变形；《怀孕的女人》（1913）、《维捷布斯克上空的裸女》（1933）是超现实主义……

借助梯子登上高楼，梯子不是目的。夏加尔学习了所有的流派与技术，又抛弃了所有。正如他自己说的，想好好临摹柯罗，末了发现离柯罗越来越远，成了夏加尔。他反对一切形式主义、技术主义、教条主义的东西，认为单纯为了体积、透视争吵，毫无意义！他热爱的是赤身裸体的基督，而非身着法衣的教皇。当他寂寂无名时，艺术批评界一言九鼎的阿波利奈尔亲临他的蜂巢画室，一边翻他的画，一边赞叹，"超自然主义"，后又命名为"超现实主义"，尽管夏加尔感谢阿波利奈尔的赏识，还是说了这样的话："超现实主义是什么东西，我仍然不能了解。"他说他不属于任何流派，只是在做属于自己的梦，"我的艺术是不容争辩的。它是溶化的铅，是倾泻在画布上的心灵之光。"

那么，如此庞杂的流派又是如何统一在夏加尔的画布上？他的"心灵之光"借什么来呈现？那就是"诗性的连接"！夏加尔说："难道绘画不应当是一种超越构成现实外表的特殊探究方式？难道它不是应当像诗歌一样去展现存在形式？"他的画笔，被诗性拖动着，给予那些线条、色彩、结构以灵魂，让那些忽红忽绿的脸、拉提琴的驴、跳舞的鱼，全都流动起来，并注入这些元素以诗性的自由灵魂，在梦幻的自由中，他与世界紧密相连、和谐相处。夏加尔，可称是绘画界的诗人。

就技艺看，色彩是重点。夏加尔擅长以色彩替代传统画法的景深、透视。他寻求一种原始的、纯粹的、具有辐射力的、充满活力与魔力的色彩。如同音乐变奏，夏加尔通过色彩的变化，传达不确定的情感、瞬间即逝的思绪、多变的心理状态、诗性的流动的时间，言语难以抵达之处，色彩令其意味深长。比如"情人"系列，用绿、蓝、灰、粉不同色调，传达他不同时期的情感状态。

夏加尔的红色，带有眩晕、狂乱、欲望的情绪：《大红裸女》（1908）中的欲望指向；《安息日》（1910）中百无聊赖状态；《饮者》（1911—1912）中酗酒者的眩晕迷乱；《燃烧的房子》（1913）中想要逃遁的、疯狂的思绪。当夏加尔想表达忧思、焦虑时，喜欢用暗绿色，他刻画的俄罗斯底层人物，常用绿色与褐色，如绿脸犹太人、小提琴手、犹太拉比、买面包的士兵，等等。宝蓝、湛蓝、钴蓝，都是夏加尔喜欢的色调，他作品的梦幻感，有赖于这些蓝调以及晚年偏爱的紫蓝、紫红等，如《雅各之梦》（1958—1960）、《牧歌》（1979），《雅歌》系列等。黑色白色，夏加尔献给他的爱人蓓拉，蓓拉或白裙子黑手套、或黑衣裙白领子，蓓拉死后，夏加尔的梦中爱人，几乎都是白裙白纱的永恒新娘（《白色磔刑》是例外）。夏加尔还偏爱紫色，自画像往往着紫衣。

晚年，夏加尔用色更大胆、富丽、自由，可谓色彩斑斓。比如《音乐之凯旋》（1967），满幅橙红，旋转飞升的天使、拉小提琴的马头人身，吹号角的塞壬鸟，闪射金光的太阳、太阳中的爱侣，燃烧花树中的情人，舞蹈飘飞的众人，种种人生"幻象"皆以金色勾勒出，在橙红背景中旋转、漂浮、流动，应和音乐的节奏与律动。《三月的原野》（1954—1955），这幅思乡之作，大面积蓝调，将一切笼罩在梦幻中，俄罗斯木屋子、洋葱头教堂，一抹白色勾勒的新娘，从高处俯视的绿脸男子，斑斓花束，橙红月亮……

夏加尔还喜欢以色彩的变奏来呈现时间的流动。《月光下的俄罗斯农村》（1911），横向切分为三个区域：中间三分之一，大面积草绿色，呈现月光下绵延的原野，月亮如红色大苹果，可被切分出无数小块，其中一个块面，以梦幻的蓝色溢出成扇面——一个男子正在驱赶一只奔走山羊——其他块面会发生什么呢？思绪、故事、人物暗藏其中，令人生发无数联想。时间之圆不停流转、变动，有时，一轮满月将清辉无遮无挡倾泻在俄罗斯那静立天地的小木屋上；有时，如一小块残饼，灰扑扑、黯淡无光；有时是一弯新月充满希望。画面下部三分之一，光谱色块，与木屋垒砌的圆木协调。生命与世界，光影转移，色彩变奏，如同圆木的年轮，月亮的阴晴圆缺，是瞬间流逝的，又是永恒轮转的。

时间，于夏加尔是极其敏感的。在凝固的空间（画布）上，呈现流动的时间。世间万象，人身马脸，鸟喙人面，人与兽相互幻化，夏加尔在画布上呈现颠倒、悬浮、旋转、舞蹈场景，如同音乐的流动一般，形象是流动的、自由的、飞翔的，时间也会闪回、倒转，或指向未来，或过去与当下同时存在。

《婚礼》（1910），七彩空间中，队伍行进着，乐队如丑角走在最前面，新郎回首挽着白纱新娘的手，亲人们跟随，高视阔步的，弯腰屈背挑担的……喜庆的婚礼，在画家眼中倒像是悲剧的瞬间。"当主持婚礼的丑角高唱'新娘啊新娘，会有什么等着你'的时候，我会泪如泉涌。我的脑袋会轻轻离开身子，飞到厨房边去哭，那厨房藏有鱼。"会有什么等着新娘啊？受伤的妇人！艰辛，憔悴，慢慢变老、死去……婚礼行进的过程，仿佛时间之流，预演着生命从荣到枯、由盛而衰、从喜乐到悲伤、从欢庆到衰亡的过程。这幅作品可与1909年画的《死亡》对照，逝者躺卧道路上，四边点着蜡烛，一对男女在路上歌舞，似在呼唤逝者亡魂，小提琴手站在屋顶为他歌唱，或歌唱生之喜悦、死之悲伤，或歌唱通往冥府的安宁、生命的轮回。《婚礼》的喜庆瞬间中蕴含着生命荣枯的悲伤，而《死者》的悲剧瞬间中又有死亡带来的永恒安宁。创作这两幅作品时，夏加尔23岁左右，对时间与生命的流逝即有了敏锐的洞见。

有两样事物夏加尔用以象征时间：一是挂钟，倾斜的、钟摆飞一般摆动着，有时它还长了翅膀。另一样是鱼，有时像舰艇般悬浮在蓝色空间，有时驮着一整座城市，有时鱼长了翅膀，在太空或深海，飞翔穿梭。《时间是条无涯的河》（1930—1939），蓝色背景应是巴黎塞纳河，摆动的挂钟悬浮河上，挂钟之上，一条长了翅膀的大鱼拉着小提琴，河岸边的恋人，即是夏加尔和他的蓓拉。挂钟与鱼，同时指向时间之流逝。纵观夏加尔画作，借助画布一方小小空间，反复呈现时间与生命的流动，他的画即他的自传，相当写实，他用画来写他的一生，他所爱的，他的乡愁与苦难、诞生与死亡……

《画家家庭幻影》（1947），父母、弟妹，挚爱的妻子蓓拉，全都逝去了，幻想中，依旧围绕在他身边，画家也依旧年轻、卷发、没有胡子，回头看着亲人，试图描绘下他们。《汶斯的幻想》（1955—1957），"二战"后，夏加尔回到法国，定居在汶斯圣保罗山，已另娶娃娃为妻。这幅画下半部呈现的是汶斯当下的生活，餐台上的鲜花、华烛，画家坐在桌边；上半部呈现过去的时间，抱圣婴的玛利亚既指向战争期间的受难与悲悯，也象征逝去的妻子蓓拉，飞翔的鱼背上驮着他的俄罗斯村庄，他的永恒乡愁，挂钟的钟摆是钉十字架的耶稣，右上方基督背负十字架往各各他去，都如同圣母指向战争时日。"幻象"笼罩在不安的白色中，战争结束了，时间逝去，画家试图在汶斯过安稳日子，创伤烙印在心上，他依旧如此悲伤……

《约瑟之树》（1960），故事出自《旧约》，讲的是在时间流变中，一个人的沧桑：约瑟17岁那年，被哥哥们卖到埃及，蒙冤下狱，同狱的法老酒监梦见三天之内，葡萄树上开满了花，葡萄全都熟了。约瑟解梦说，那酒监三天内会被释放。约瑟也因善于解梦，30岁成为埃及宰相，在大饥荒时，拯救了父亲雅各和11个兄弟。这幅画中，夏加尔让盛开着红花、结满紫葡萄的树，长在巴黎圣母院的两个钟塔之间，圣母院正中是一个巨大圆钟；夏加尔如同被兄弟们出卖的约瑟，离开他的俄罗斯、来到异乡的巴黎，也有37年了。画家在右边，支着画架，叹息时间的流变，他转头看着的双面白纱美人，那是已逝的蓓拉与正陪伴他的娃娃的合二为一。左上角的绿色月亮，也意含时间流逝的忧伤。

《我的生涯》（1964），此时画家已经77岁，蓝色的时间之鱼在游动，意味着流逝的一切：抱经卷的拉比，雅各的梯子，闪着犹太教六角形光芒的太阳，这是他在故乡维捷布斯克的生活印迹；倒立的丑角、舞蹈歌唱的人，指向犹太剧院生涯；埃菲尔铁塔象征他的巴黎时光；渡船上拥挤的人，是战争与逃难；与圣母依偎，是他与蓓拉的永恒之爱……他似要将每一段时间，将他的一生，浓缩、拼接在一起。这小小的画布空间，也是五十年来整个世界的缩影。

3. 依己所见描绘梦幻

"上帝啊，你隐蔽在云端或皮鞋匠的屋子后面，请行行好，让我的灵魂显现，一个口吃男孩的可怜灵魂。请向我指示我的道路。我不想成为同别人一样的人，我想按照自己的方式观察世界。"

年轻的夏加尔侧身于小贩、工人间，栖居于难看、逼仄、肮脏的街市，只能靠幻想来弥补贫瘠的日子。《世界意外的任何地方》（1915），他的脑袋与躯体分开，头部（灵魂）单独飞离，似要飞向远方。《城镇上空》（1914—1918），绿衣画家揽着黑裙蓓拉，漂浮在域镇上空；蓓拉一只手伸向下界，似对城镇不胜流连，而画家神情迷惘、游离，——到底要飘向何方啊？上升、漂浮，只要轻盈的感觉……模糊树木，结实木屋，睁大新奇眼睛的门窗，全都越过去，他们越过成排栅栏、废弃工厂、白色教堂，越过鸡群、山羊、正在拉屎的人，越过平缓丘陵、荒芜坟墓……他们超越了一切，灵魂自由飞翔在空中。"在我看来，艺术首先是一种灵魂状态。"夏加尔如是说。

这种梦幻感，灵魂游离、溢出状态，夏加尔常用一种迷离的蓝或晕染的红呈现。有时是两张依偎的脸漂浮在空中，有时浮现在花丛里，有时两个倒悬的人躺在塞纳河畔，有时他们上升到与埃菲尔铁塔一样的高度，有时一颗大红月亮滚向人的怀抱，有时候，挂钟弯曲他的身子、大鱼驮着整个城市游走……到晚年，这种梦幻感，愈发炉火纯青，那是经历了一战、俄国的饥荒与革命、斯大林肃反清洗、第二次世界大战、犹太人在欧洲普遍受迫害，出逃美国，妻子离世，战后家人已逐个逝去……历经劫难的夏加尔只在梦幻中寻求灵魂的自由与安宁。

然而，夏加尔的画作与所谓的现实主义俄罗斯艺术很不搭调，他叹息："人们不理解我，我在这儿是外人。"革命后的前苏联当局也不喜欢他，"为什么牛是绿的，而马在天上飞？"人们质疑夏加尔，那些飞来飞去的脑袋、忽红忽绿的人脸，那些拉小提琴的马、莫名其妙出现的公鸡，与马克思、列宁有什么关系？"我鄙视你的灵魂。我需要的是你的脚，而不是你的头。"尽管有几年时间，夏加尔满怀热情地去画画、办艺术学校、建博物馆，但他终于被排斥出前苏联。因为，夏加尔绘画的梦幻性，与现实的革命的前苏联，格格不入！因为他胆敢说："我想保住我的灵魂。""没必要为了革命而压制个性。"当他最终于1922年离开前苏联、到柏林办画展，并于1923年定居巴黎后，在他的祖国，他的画被全面封存、禁止传播，从此四十年不见天日。而因为是犹太人，1933年，戈倍尔下令在曼海姆公开焚毁夏加尔的画作……遭遇朋友出卖，弟弟大卫的死，与父母别离直至他们离世都不得相见……"幸好上帝只让我对自己的作品流泪"，夏加尔将他的痛苦全都倾泻在画作中。

"太神秘了！"人们看了看夏加尔的画，摇摇头！无论他们怎么命名，——超自然，超现实，象征主义，表现主义，——夏加尔却说，他的画全都扎根于现实之中："我的艺术绝非荒诞不经！恰恰相反，我是现实主义者，我热爱土地！"

《屋顶上的小提琴手》（1912—1913）、《绿色的小提琴手》（1923—1924），两幅小提琴手，一个白衣，一个紫衣，绿脸困苦忧伤，投入地演奏小提琴曲，站在俄罗斯的木屋顶，弯曲着腿，悲辛，滑稽，如同犹太剧院中的小丑，让人想起卓别林的喜剧人生。这个小提琴手形象，应有夏加尔的涅赫舅舅的影子，他舅舅"成天赶牛，捆住它们的脚，将它们放倒在地宰杀"，每到星期六，就穿上破旧的祈祷服读《圣经》，拉小提琴、演奏拉比之歌，拉得如痴如醉。夏加尔画笔下的那些卖报者、理发店男子、背布袋的农民、买面包的士兵，生活的沉重艰辛深深烙刻在他们沉默面庞上，如同舞台上的丑角，他们尽力活着，演着，忍受着，也如同站在屋顶上演奏拉比之歌的小提琴手，试图超越生命的悲辛。卓别林将《舞台生涯》那个喜剧丑角视作自画像，屋顶上的小提琴手又何尝不是夏加尔自己啊？在生活舞台中，夏加尔尝遍酸甜苦辣，只有音乐，让灵魂轻灵飞翔。——"上帝啊，你若有灵，请将我一下子变成蓝的，或者像目光一样透明。"

夏加尔说："（亲人们）的生活和行为对我的艺术产生了强烈的影响。"他的大量画作，扎根于故乡的现实："在我数完城里所有教堂之后，画《死亡》；在深入了解我的亲人们的同时，画《婚礼》。""我可以 24 小时不吃不喝，坐在磨房边观看桥上的行人：乞丐、残疾人、背着布袋的农民，或者观看士兵和他们手拿扫帚的妻子从浴室中走出来的情景……"他大量描绘那些拄着手杖、扛着袋子，在街上、在店铺乃至在屋顶上的故乡人，感受他们的悲苦，满怀深切同情，叹息着："在俄国，不仅犹太人没有生活权利，许许多多的俄罗斯人也没有，他们像臭虫一样，挤满各个角落，我的天啊，我的天！"只是故乡这些现实的人、物，往往是以绿脸马头、飞翔的鱼、倒悬人头、反逆屋宇等幻化形象呈现出来，进入到他的梦幻世界之中。

1935 年，夏加尔到波兰，亲眼目睹犹太人所受的迫害；"二战"爆发，在马赛为纳粹所捕，侥幸逃到美国，而与他一样名列巴黎画派的艺术家，80 多人遭杀害……这些，极大地震动着他的神经。这期间，他的画作更是直指现实，多为憎恨战争、控诉对犹太人的迫害：

《哭墙》（1932），无根无家、四处漂泊的犹太人，这个民族所受的迫害，只能对着墙壁洞穴哭喊，别无途径，这是怎样深切的悲伤啊，犹太人之等待弥赛亚拯救他们，千百年来如是。《堕落天使》（1923—1933—1947），这个主题萦绕在夏加尔脑海，长达二十多年。不祥的堕落天使，头向下坠落下来。长长的血红翅膀，隐现出抱圣婴的圣母、钉十字架的基督（新约），右下角，是犹太拉比抱着《摩西五经》（旧约），是故乡的驴头与小提琴，这些，能够对抗堕落天使在人间制造的灾难么？画面三分之二，满溢着令人不安的血红色。《白色磔刑》（1938），满幅白色表现恐怖。这幅作品，是对犹太民族在欧洲遭受迫害的控诉，也是预告"二战"的爆发。白色的光打在十字架上的基督，衰竭垂死，十字架上面漂浮着掩面哭泣的犹太先知们，燃烧的犹太教堂，被焚毁的东倒西歪的房子，拉比抱着《摩西五经》呐喊，母亲紧紧搂抱着孩子，背着布袋奔逃的老人……十字架竖立在大地上，枝形蜡烛在正中点燃，祭奠为了人之罪死去的基督，暴力与革命汹涌而来，满载逃亡和垂死者的船渡向何方？……

战后，夏加尔继续着反思"二战"的画作：诸如《逃离》中，受难基督，奔涌逃离的人群，燃烧的房子，抱着石板的摩西；《绿夜》（1952），绿色的牛，大睁着眼，以旁观者姿态，看着黑白相间，被洗劫与屠戮的人间……夏加尔称自己就是"现实主义"，他所有画作都不是荒诞的梦魇或呓语，而是扎根于他痛苦的经历与记忆，他的画，记录他的一生，以及他眼中所见的世界。

历经人世磨难，年老的夏加尔，于1953年的《河岸》中，再现梦幻主题，令人想起早年的《城镇上空》。绿色笼罩的天空大地，太阳（月亮）是黑色的，伤感而神秘，两张重叠的脸，两个重叠的身躯，漂浮在空中，俯视大地……大地上，是隐约的桥梁，发亮的树木，一只红色火鸟，如同欲望的提示，难以摆脱的过去；他们所俯视的，充满依恋的，是一湾如梦似幻的宝蓝水域。灵魂哦，随河水流淌，随火鸟起舞，也可能，就隐藏在他们发亮的面庞上。

1960—1966年，夏加尔再次返回爱的主题，一系列的《雅歌》，将他对妻子蓓拉的怀念，与对《圣经》的理解融合在一起，并以梦幻方式呈现出来。到夏加尔91岁，他画下《梦》（1978），依旧是以他喜欢的蓝色为主基调。下半部，画家躺在城市之中，手拿画笔，这个耄耄老人，在画中依旧是个卷发青年。画作主体是螺旋状的旋涡，旋涡中心，画家依偎在圣母般的洁白女子身上，他的永恒蓓拉，爱与美的结合，蓓拉永远披着新娘白纱，手握花束。旋涡外围，是旋转飞翔的牛，拿着提琴，象征画家自身。旋涡与飞翔的牛构成的圆形，如同月亮，高高升起在城市的上空。明朗的、美善的，永恒的月光。花束，音乐，爱与美，自由飞翔的灵魂，夏加尔梦幻世界的一切。

4. 爱如死般坚强

夏加尔说：爱就是全部，它是一切的开端。

所罗门说：爱如死般坚强。

灰蒙蒙的某天，一张漆布脱落的破旧沙发，无所事事的发呆瞬间，一个不速之客，动人的声音好似从另一个世界飘来。就是她了！"她就是我的妻子"。唯一的蓓拉，击中了夏加尔的心——

"她抬起眼睛来——啊，她的眼睛！——我也抬起眼睛。我们似乎早已相识，而她对我的一切都十分了解：我的童年、我现在的生活乃至我的未来。"

蓓拉，一个犹太富商之女，爱上了鲱鱼工人之子，一个面颊绯红、头发卷曲、口吃羞怯的男孩，一辈子都在做梦的男孩，一个大画家，在未来，而此刻——

"我不敢抬头看他的眼睛，他的眼睛浅灰中带绿，像天空，像水。我的感觉是——是不是自己在他的眼睛或者河水里游泳……"

眼睛！绿色的，蓝色的，浅灰的，红色的眼睛。眼睛长了翅膀，飞到空中，低低俯视人间。眼睛在鱼肚子上，在俄罗斯那圆木屋子的脊背上。

相视的那一瞬，灰色的铅溶化了，光进入窗户，鸽子如雨点降下。

爱，宗教，乡愁，梦幻，这是夏加尔作品的全部。

爱是第一。爱即灵魂。

戴黑手套的我的未婚妻 （1909）

她站在那里，束腰白裙，蕾丝花边领子，别一只蓝宝石珠花。她戴顶蓝色贝雷帽，幽暗的蓝，轻轻覆压褐金色秀发，长长披下，直至腰间。头发的颜色，即是背景之色。她站在她的头发里。

她站在那里，双手叉腰，戴着黑手套。双手叉腰，显得威严，无所畏惧。黑手套的手，护住贞洁身子，拒你千里之外，却有隐隐妖媚，诱惑你去抚摸，那洁白的躯体，藏着爱的秘密与芳香。

她就站在那里，侧面，望向远方，红色小嘴紧抿，嘴角微微下撇，显得不高兴，抑或是假装的小霸道？她望向远方，睁大眼睛，哦，"眼睛在白净的脸上闪耀：又大，又突出，又黑！这是我的眼睛，我的灵魂。"

她永远站在那里，一个爱着的女子，一个被爱的仙子，一个不屈不挠等待她的爱人的女子。她将一生迷惑于、追随于她的所爱。

于是她的爱人，对全世界宣告：

"从古老的时候起直至今日，她都穿一身白衣白裙或者黑衣黑裙，翱翔于我的画中，照亮我的艺术道路。"

生日 （1915—1923）

7月7日，夏加尔的生日。这是最后一个单身汉的生日，半个月后，他将娶蓓拉为妻。这个女子将伴随他的每一天，为他送来炸好的鱼、热乎乎的馅饼，将牛奶和果酱倒在碟子里，她轻轻打开窗，爬进窗户，将这些端过来……还有鲜花，她一辈子都手捧鲜花，如同在这个生日里。鲜花插在花瓶里，猫在身边舔爪子，火红公鸡站在远方，盯着翻开的书，鱼在空中游来游去……

蓓拉穿着永恒的黑裙子，与两年后画的《白领蓓拉》一模一样。短发蓓拉，圆睁着惊诧的大眼睛，踮起脚尖，试图够上爱人的唇；她被风、被爱，托举着上升，脚尖离开地面，漂浮，黑裙摆动着，如翅膀、如鱼尾……窗外，天空很低，浮着云，木栅栏与花园中的每一棵花草啊，都见证他们的亲吻。

"只要一打开窗，她就出现在这儿，带来了碧空、爱情和鲜花。"

亲吻令他身子轻灵，腾空而起，只有飞翔之中，才能接住她的亲吻。在飞翔腾跃中他们一直亲吻下去。只要有爱，这小小的居室，就等于全世界。红色地毯，天鹅绒床罩，窗下蓝色的画，圆脸椅子，都知道，都知道亲吻的重要。

他们就要结婚了，无论如何不再是孤单一个人了。7月25日。

维捷布斯克附近乡村房子的窗边景色（1915）

漂泊五年后，夏加尔回到故乡，与蓓拉结婚，爱人所在之处，就是家园。

这是宁静的时刻。坐在木屋窗前，脸挨在一起，脑袋重叠在一起，如同两枚紧紧靠在一起的红苹果。这是宁静的时刻，是变动世界的一段小憩，一个安宁的喘息的瞬间，如同那只杯子，浅绿茶壶，赭色水罐子，他们喘息着呆在窗台。

是怎样的轻风啊，扬起白色窗帘，带来天使般美丽讯息，世界暂时平和。窗外，绿意葱茏，草坪上野花盛开，那些白桦树，挺立着白色身躯，张大含泪而惊诧的眼睛，惊讶于爱情会是美好的。风扬起了白色窗帘，白桦树梢摇动，哗哗哗地响，窗内的爱侣，惊诧于这寂静午后的活泼泼世界。

风从哪里来啊，要往何处去？风会将他们的运命带向何方？此时此刻，有谁从窗下走过？是谁的魂灵越过木屋子，上升到白桦树之颠？是谁跟随风，飞扬到最高处？

再过两年，同样窗户下，红裙子小女孩坐在婴儿椅中，她的妈妈在窗外走来走去，白窗帘遮没了她的半边面孔，但我们从黑色短发认出她了，那是

《窗边远眺花园》中的蓓拉吧？九年之后，《窗边的女儿伊达》里，红裙子小女孩已长成穿绿裙子的少女了，她坐在窗台上，眺望原野，大朵大朵的云从窗前飞过……一切都飞过了，连同她身边瓶子里才刚摘下的鲜花，少女般鲜艳的花，也会凋谢吧？一切流逝着……那是巴黎的窗边，故乡很远，坐在窗台的少女，知道为她画画的爸爸心中那永远的哀愁么？

……维捷布斯克窗边的下午，和蓓拉坐在一起、风扬起白窗帘的下午，恍惚只是昨日。

花束上飞翔的恋人（1934—1947）

"生命的终点，只是一束花。"夏加尔喃喃自语。

窗外世界，如此纷乱可怕！西班牙内战，斯大林的清洗，希特勒的野心。迫害、革命、铁蹄、炮火！犹太人正在欧洲受迫害，四处流散，无家可归，因流耶稣的血而受咒诅。与这幅画同时，是《哭墙》《孤独》，呈现这一时期的现实。夏加尔和蓓拉，是被鞭打的犹太人，被迫离开故乡的俄罗斯人，永远是异邦人的巴黎人。悲伤的泪水，全都倾泻在画布上……当世界颠倒错乱，就和爱人躲藏到爱的花束里吧。

早在1930年，他就创作了《花中的情侣》，花瓶中插满鲜花，撑足画布，他和爱人，躺卧在一大束花中，只在低低的下角，一轮圆月映照在河中，教堂、桥梁，人世的一切，那么遥远……四年后的《花束上飞翔的恋人》，窗台花瓶中，鲜花盛开，幽蓝夜空下，月色中，一对恋人飞翔在花束之上，嗅闻花香，彼此依偎，相互给予力量。

1947年，夏加尔重新画这幅画时，爱人已死，他的肉身，似也随蓓拉，沉埋在异乡，漂浮在花束之上的，是他们透明的自由灵魂，长长远远，天上地上，永远依偎在花之上。他与蓓拉，正从窗外飞进来，来看那曾经盛开在家中窗前的花束，他们躺卧过的花丛，那个女子温润洁白如马蹄莲般的肌肤啊，鲜红如虞美人花般的嘴唇啊……梦幻的蓝色，不眠之夜，低低细碎的话语，无数亲吻啊……永逝了……永留在画布上了。

绿衣蓓拉 （1934—1935）

蓓拉穿上了绿衣，脱下白衣白裙黑衣黑裙。她不再无所畏惧站在那里。她坐在椅子上，一手执扇，另一只手以同样姿态、松弛地放在腿上。她的双手不再无所畏惧地叉着腰，那是双经历世事沧桑的手。

二十年代，蓓拉父母被抄家，所有财产被没收，身无分文，与夏加尔在俄国度过饥荒。1923年，蓓拉随夏加尔离开俄罗斯到巴黎，离开父母（再不得相见），离开故乡，离开祖国，他们成了难以回归祖国的漂泊的异乡人。在异国他乡，作为犹太人，面临的又是被迫害、被排挤、飘零不定的命运：1933年，德国纳粹开始追捕犹太艺术家；1935年，他们滞留波兰，深切感受到犹太人所受的迫害；1940年，法国沦陷，次年他们遭逮捕、差点被杀害，好容易逃往美国。她多么想回家啊。1944年，听到停战消息，她欢呼："我们可以回家了？这里再也难以忍受了。"家在哪里啊？不过是从一个国家飘到另一个国家。即便视为第二故乡的法国，她也没能回归，就永逝于美国了。

……坐着的蓓拉身穿绿衣，依旧优雅。眼睛迷惘地看着远方，那是承受着人世悲苦的眼睛。微微下撇的嘴角，显示她的坚强。无论如何，她还拥有爱。这是唯一令她满足给予她力量的。夏加尔爱她，依恋她，也需要她的保护。蓓拉有两个孩子，一个小姑娘，一个永远长不大的男孩子。她坚强地守护他的梦。

1945年，夏加尔画《梦幻中的爱之女神》：蓓拉穿红衣，但保留了《绿衣蓓拉》中的蕾丝白领，也是手执扇子，她不戴黑手套了，而是用白手套轻拭眼泪；画家没与蓓拉依偎在一起，而是单独在左边，手执画笔。夏加尔与蓓拉人世永隔了。在他们中间，无数幻想的气泡冒出，最大一个气泡中，是俄罗斯故乡的木屋子，月光照着教堂屋顶，闪闪发光……蓓拉擦着眼泪，她再也回不去了，但她的魂灵，如那飞翔的女神，一日三遍回到家乡。夏加尔与蓓拉肉身分开了，但如右边悬浮飘飞的恋人，他们的爱是永恒的。

蓓拉带走了夏加尔的爱，在梦中，画布上，反复闪现。

黑手套（1923—1948）

黑手套象征夏加尔爱恋的少女蓓拉。或明或暗，或强或弱，黑手套的咏叹调回旋往返。他的爱恋，停留在微小之物上：穿白婚纱的女子，披纱长长拖在地上、拉伸到天地间，蓓拉是永恒的新嫁娘。黑手套，书本，花束，都是他咏唱对蓓拉之爱的旋律。

1923年，夏加尔第一次创作这幅画时，他们刚刚离开祖国，定居巴黎。画中的双面蓓拉头像，左面朝着祖国——洋葱头教堂，蓝木屋（曾住过的？），他手拿鲜花，献给披着婚纱的蓓拉；黑手套、翻开的书，也朝向祖国，那是蓓拉的核心，永难忘怀的根本。右面蓓拉——或绿或红的脸颊，紧偎一只红色公鸡，那是法兰西公鸡，而非俄罗斯的牛。画家的躯体，与蓓拉的女身重叠，他的手试图拨转挂钟指针，让时光倒流到与蓓拉双栖双宿时。右下角的画笔、调色板与画架，是画家以回忆者存在。"我看着你，觉得你就是我的作品。"他的精神灵魂已与蓓拉合一，肉身却留在人世，旁观着一切。此画为夏加尔女儿伊达所藏，是对父母之爱的永恒纪念。

1948年夏加尔重画这幅《黑手套》，逝去的蓓拉复活了。黑手套翻开的书，定格在那一页。蓓拉就是夏加尔自己。

雅歌（1958—1966）

三十年代末，夏加尔作品中，蓓拉的真实形象逐渐淡出，后又与抱圣婴的白衣圣母叠合。蓓拉猝死，夏加尔为之搁笔半年，在《华烛》《夫妇》（1945前后）中，白衣新娘再次显现。后来，即便再婚，肉身的画家自己，似也随蓓拉而逝，代之的，是面目模糊，具有象征意义的"新郎新娘"，新娘白衣白披纱，新郎蓝衣或紫衣。尤其在创作《雅歌》系列中，在晕染迷幻的粉红紫红色调中，夏加尔与蓓拉，再生、幻化为《雅歌》中头戴皇冠的所罗门王及身着白衣的新娘。

《雅歌》一：他抱着蓓拉沉沉睡去，轻灵的魂魄飞离肉身，百花盛开，群鸟合唱。是所罗门王带着他的新娘飞升而上吧？新郎唱道："我的佳偶，我的美人，/起来，与我同去！/因为冬天已往，/雨水止住过去了。/地上百花开放/百鸟鸣叫的时候已经来到……"

《雅歌》二：躺在地上的新娘飞离了肉身，越过山冈、丘陵、教堂、木屋子飞离出去，她的魂灵躺卧在群花中，戴皇冠的新郎弹琴歌唱道："你的肚脐如圆杯，/不缺调和的酒。/你的腰如一堆麦子，/周围有百合花。/你的两乳好像一对小鹿，/就是母鹿双生的……/我所爱的，你何其美好。"

《雅歌》三：蓝衣新郎与白衣新娘，从地上到天上，肩并着肩，他们之间，是倒悬的俄罗斯故乡与正向的汶斯圣保罗山。村庄倒悬在梦中，山冈、丘陵，矮矮的木屋子，背布袋的犹太老人，远逝的亲友，朦胧而安详，祈祝着一切。新郎新娘极大拉升飘逸身躯，超越了城市，上达天堂，吹号角、举蜡烛的天使飞翔舞动，鸽子从天降下，戴皇冠的牛大步阔行，人间爱侣甜睡如死，诚如所罗门王唱的，"爱情如死般坚强"。

《雅歌》四：所罗门王与他的新娘乘着飞马飞走了，众人抬头欢呼，诚如歌里唱的："我要往没药山和乳香岗去，/直等到天起凉风，/日影飞去的时候回来。/我的佳偶，你全然美丽，/毫无瑕疵！"

《雅歌》五：右面是俄罗斯大地、房屋，左面是汶斯圣保罗山，中间的六角形象征犹太教，新娘升起如白雾，所罗门王抱着犹太经卷如同他们的祖先亚伯拉罕、雅各、摩西，与新娘对话。天上的欢唱，苹果树下的歌吟，都在赞美这一切，这人间的欢爱，也是献给上主的爱："爱情，众水不能熄灭，/ 大水也不能淹没，/ 若有人拿家中所有的财宝要换爱情，就全被藐视。"

5. 艺术和宗教皆分内之事

"我想，此时所有的圣徒都聚集在教堂里。

犹太人庄严、肃穆地铺开神圣的盖布，上面浸透了一整天忏悔祈祷的泪水。"

尽管少年夏加尔有些叛离宗教，但从小到大，来自家庭、犹太教区的宗教影响，浸透了他，从画笔就自然流淌出来。除了拉比肖像外，他的画作中随处可见宗教意象：抱经卷（《摩西五经》）的拉比、枝形烛架、俄罗斯洋葱头教堂、犹太人标志的六角星、上十字架的耶稣、圣母子……三十年代后，犹太人在欧洲普遍受迫害，二战爆发，在苦难中，呼唤先知、耶稣与圣母，徘徊在旧约与新约之间，夏加尔创作了大量宗教画；尤其是最后三十年，夏加尔更是《圣经》不离手，绘制了许多《圣经》题材画作，并为梅斯大教堂、兰斯大教堂等制作雕花窗。1973 年，法国尼斯"国立夏加尔圣经讯息美术馆"开馆，展出与《圣经》有关的作品，90 岁、93 岁时，又两次举办《圣经》美术展。夏加尔说，"艺术和宗教一样是我分内的事"。他所创作的宗教主题与形象有：

耶稣。夏加尔笔下，常将钉十字架的耶稣与抱经卷的拉比分置画面两侧，表现旧约与新约的区分及承继。三十年代后，苦难中，战争中，夏加尔创作了大量十字架上的耶稣：《白色磔刑》（1938），满幅白色呈现恐怖杀戮，十字架上的耶稣疲敝垂死中，上文已详释，《磔刑》（1940）、《殉教者》（1940）也是同样主题；《抵抗》（1938—1948），主体同样是被钉十字架的耶稣，但大面积红色，汹涌人潮、耶稣侧面的笑意，强调的是抵抗暴行的决心；《耶稣的复活》（1948），耶稣依旧以上十字架姿态呈现，十字架从上而下竖立、顶天立地于画面，但耶稣的五处创伤消失了，他似乎正从十字架上走下来，背景是抵抗的群众、抱经卷的拉比，画家颠倒飞翔着，一手执画笔，一手指向耶稣平复的创伤，夏加尔以这幅画赞美战争结束，以及战后恢复的生机。

圣母。圣母抱圣婴形象，在战争前后，频繁出现在夏加尔画作。《战争》（1943）中，圣母抱圣婴踩在一副驴拉的雪橇上，动作古怪不安，头发如火焰狂舞，她俯视人世，道路上尸体横呈，左下角背布袋的俄罗斯农民，驴拉着法兰西公鸡，全世界人都在逃难；蓓拉死后，她的形象与圣母叠合在一起，《飞在空中的雪橇》（1945），"我"与圣母抱圣子在雪橇上，越过屋顶，飞翔在空中，拉雪橇的是公鸡，表达渴望与蓓拉同回法国的心情；但蓓拉却长逝于美国了，《雪橇的圣母》（1947）中，拉雪橇的是红脸毛驴，只有"我"孤单单坐在雪橇上，圣母抱圣婴躺在地上，法兰西公鸡侧脸看着跌落的圣母，蓓拉渴望回法国去、却再也回不去了。在晚年的《雅歌》系列中，圣母与蓓拉合为一体，以白衣白纱的新娘形象呈现，如上文所述。

摩西。摩西的故事，是夏加尔乐于描画的。夏加尔在三十年代已感知到世界将失序、"律法"不存，创作了《打碎律法版的摩西》（1931），摩西带以色列人出埃及，在西奈山，耶和华将两块法版授予摩西，下山却发现以色列人已另立金牛为偶像，围绕着唱歌跳舞，摩西"便发烈怒，将两块版扔在山下摔碎了"，这幅画以对角线划分，左上部阴云笼罩，右下部，摩西愤怒地掷下石板，对人类有深切的失望。到1950—1952年，夏加尔又画《摩西接受律法版》，表达了战后世界恢复秩序、律法重新主宰人间的愿望。《圣经》中，摩西惩处了造偶像不信耶和华的人之后，重新凿制了两块法版。夏加尔以左上角"垂天的手"送出法版，摩西伸手去接，表示法版的"神授"性，摩西头顶发出两道光，照亮右边聚集的民众，鸽子（灵）从正中飞降下来。《横断红海》（1954—1955），夏加尔以此画表达战后世界获得拯救、人类脱离苦海的愿望。《圣经》说摩西带以色列人出埃及，遇红海，摩西伸出权杖，海水分开、壁立如墙，以色列人便进入干涸海底，埃及人追来，摩西又向海伸权杖，海水就复合，埃及人尽数葬身海底。夏加尔抓住了摩西伸权杖的瞬间，以蓝色画海洋及得到拯救的以色列人，以红色画堆积的汹涌的追赶的濒死的埃及人，伸出的权杖在两拨人之间画出白色的云气，白衣白翅的天使飞翔在以色列人一边。《摩西和燃烧的荆棘》（1960—1966），在梦幻蓝色基调下，左边的摩西躯体，由出埃及的以色列人及追赶的埃及人组成，一抹白云截断两者，再现《横断红海》的主题；居中是燃烧的荆棘及彩色光环，上帝的手；右边的白衣摩西，虔诚接受耶和华神谕。

雅各。《雅各之梦》（1958—1960），夏加尔将画面分割为：左边的紫色，是雅各睡在一石块上，梦见天梯竖立，耶和华和天使在天梯上上下下，石块所在地，被命名为"伯特利"，即神殿，上帝将赐福给雅各的后裔（犹太人），右边更大的蓝色调，有小小的耶稣十字架及飞翔的天使，喻示着新约福音与旧约的联系，雅各的梦幻是蓝色的，即将福音传播全世界。《雅各与天使格斗》（1961），《圣经》说雅各碰见一个人，与其摔跤，直至黎明，总是赢他，那人说："你的名不要再叫雅各，要叫以色列，因为你与神与人较力，都得了胜。"夏加尔将画面笼罩在紫蓝氛围中，天使与雅各摔跤是画面中心，雅各代表的犹太人，具有非凡意志力。夏加尔以此画表达他对赢得战争、战胜神所降灾的信心。

诺亚。《诺亚方舟》，以蓝绿色调，呈现上帝降洪水毁灭人类的情景，诺亚造方舟，诺亚一家及飞禽走兽成双成对皆安置于方舟之内，生命与毁灭同存。《诺亚与虹》（1979），绿色充满生机，白色上显现彩虹，上帝在彩虹之上，彩虹横跨两边，这是上帝与人类的和解，是上帝与人缔结新的契约，彩虹显现，万民欢呼，诺亚侧身躺着，微笑着。历经人世沧桑后，夏加尔，一个垂老之人，表达他与上帝和解的宁静祥和心情。

伊甸园。《伊甸园》（1961），绿色是基调，美好和谐的伊甸园，舞蹈的人，盛开的花树，颠倒漂浮的飞鸟走兽，吹号角的人，天使悄立树巅，蛇隐身树间，并不阴险，亚当夏娃甜蜜站立依偎，夏娃手上的红苹果是刚刚摘下，也并不喻示危险与不安，画中的一切都笼罩在梦幻般的和谐甜美中。只有画面上方隐约勾勒的颠倒俄罗斯木屋、正立的汶斯圣保罗山，似乎指向夏加尔心中的伊甸园，是他的家乡，抑或是他的当下生活？或仅仅是他的幻梦。与这幅最美丽最动人的伊甸园相比照的是，《出乐园》，居于画面中心的是蓝色的手执权杖的天使，同样以绿色呈现伊甸园，一对小小的恋人被天使驱逐，匆匆忙忙，神色无辜委屈，似要被赶出画框，与他们同行的是一只红色公鸡，此画指向被驱逐离开俄罗斯、来到法兰西的夏加尔夫妇。等到1981年画《新婚夫妇》时，夏加尔已经95岁，将与他的新娘相会，在一团梦幻之蓝中，公鸡站在木屋子上了，法兰西与俄罗斯融为一体，都是他的伊甸园。拉提琴的夏加尔，手捧花束的夏加尔，都是他喜欢的夏加尔，右边依偎并立着新郎新娘，历经沧桑，在人世中，也如《雅歌》中的所罗门王与新娘，超越凡俗一切，相依相偎直到永远。宗教与爱情与艺术，谐和在一起了，他们一起——

"升向天空，飞越白桦树林，雪堆和烟雾……"

2016 年 10 月 6 日改定于沪上

阿伯拉尔与爱洛伊丝

　　终于有机会来到巴黎拉雪兹神父公墓。这里安葬的伟人，只在纸上与他们相会。如今我就站在这块神秘土地，好像格列佛漂洋过海，无意间闯进了巫人岛，岛上有个长官，能够召唤亡魂，他得以见到高大俊秀的荷马，弯腰曲背、嗓音低沉的亚里士多德，笛卡尔和伽桑狄，他甚至看见凯撒与庞培，还有并肩走来的布鲁图斯……站在墓园导览图前，找寻我敬慕的人名——若有人将他们的魂灵召唤，让我一睹颜容，陪侍他们身旁，那该是怎样的荣光与福分？或许他们的英灵，就在墓园漫游，只是我肉眼凡胎，未能识别是他们的衣袂拂过，抑或是轻风摇曳着枝叶？

　　与地铁内的拥挤喧嚣相比，这块小巴黎北部墓园，显得如此阔大、清寂，却不阴森。也许是深秋，又赶上晴朗天气，天蓝云白，阳光所触，一切闪闪发亮；火红枫树，金黄银杏，半黄半赭半绿的梧桐，将整个墓园装点得异常明丽。来拜谒的人不多，与我们一样，安静地停停走走。无论是修葺整齐、雕塑庄严的家族墓群，还是鲜花堆放的名人墓，抑或铭文泯灭、青苔覆盖的无名之墓，告别尘世的争竞，如今全都静穆地排在一起，安于各自的方寸。

　　跨越数千里，从东方到西方，该用什么祭扫我的所爱？墓园中随手所得，皆能代表我的倾慕之心——在王尔德、德拉克罗瓦、比才、巴尔扎克、大卫·路易的墓前，我献上我的吻、躬身礼敬、一束刚刚采摘的野花、几片干净的火红枫叶，以及飘落如金币的银杏叶……当我站在肖邦摆满鲜花的墓前，两粒果子恰好掉在头顶，我就将这果子放在他柔软年轻的肖像边上。至于我敬爱的普鲁斯特，在他墓前久久徘徊，亲爱的读者，说起来实在令人害羞，请别笑话我的幼稚，——我用捡拾来的小石子，排成一颗心，中间放上了常用来写字的水笔……

我这样在拉雪兹公墓久久徘徊，不觉间已是傍晚，阳光退隐，墓园变得昏暗，纷纷坠落的树叶与鸟儿的鸣叫都有了凄凉况味。转回。就在离园门不远的地方，我看见一座特别的坟墓，被栏杆围绕，一座哥特式小亭护盖着一具石棺。挨近细看，大理石棺盖上刻着一男一女并肩卧像，棺身的一面也雕刻一男一女，另一面有铭文，我尝试着读出："本修道院的创建者皮埃尔·阿伯拉尔生活于12世纪。他以学识渊博、成就卓著称世……他曾与爱洛伊丝结合，……生前是爱将他们的精神结合在一起，身后是至情至性的书信把他们的爱留传后世。二人合葬于此……度过了基督徒的、精神的一生。"

这实在是令人惊喜的巧遇！我记得15世纪的佛朗索瓦·维庸在《古美人歌》中这样写：

那博学的女子爱洛伊丝在哪里

为了她　皮埃尔·阿伯拉尔惨遭阉割

又在圣丹尼出家做了修士

是爱情使他这般不幸……

我对这对情侣的了解，出自两部作品：一是《劫余录》（孙亮中译本商务版），一是《阿伯拉尔与爱洛伊丝书信集》。《劫余录》是阿伯拉尔对1132年以前生活的回忆；原是写给朋友的私信，并不为了出版，阿伯拉尔试图以自己经受的苦难去宽慰处于苦难中的朋友，语气沉痛、激烈、怨恨，剖心剖肺地梳理了他自己生命中两方面的遭遇。

一方面是回忆自身成长，梳理哲学神学观点，与人论辩经过及遭受迫害。

1079 年，阿伯拉尔出身于布列塔尼一个小贵族家庭，天赋极高，热衷学问，遂抛弃财产和长子继承权，全身心"拜倒在密涅瓦脚下"。他说："我开始周游诸省，像真正的逍遥派哲学家那样（即亚里士多德拱廊下的漫步派），每当听说某地对辩证法有浓厚的兴趣，就到那里参加论辩。"他精通修辞学、逻辑学、神学、哲学，尤其擅长逻辑（辩证法），并运用到神学上。他是神学教学的改革者，以"论辩"替代传统的"解读"方式，即提出问题、在问答中讨论和解决问题，就像柏拉图对话一般。阿伯拉尔口才极好，天资过人，是出色的讲师和学者、天才的论辩家，学生们对他五体投地，从世界各地涌到巴黎修道院去听他讲课。阿伯拉尔在三十五六岁就获得了巨大声誉，成为12 世纪思想革新的先锋，自然而然，他也成为保守派强烈攻击的对象。同时，由于他耽于论辩，恃才倨傲，毫不顾及师友情面，与唯实论者香浦的威廉、老师拉昂的安塞罗姆及其门徒皆有论辩，虽获胜利、赢得声誉，却也结下了不少冤仇。巅峰之上的阿伯拉尔，命运急转而下，1118 年身体遭受重创，1121 年又被指控宣传异端，著作遭焚毁。《劫余录》中，阿伯拉尔叙述了与师友同道的论辩，著作的第一次被毁，认为这些都是因嫉妒而对他施以的迫害。

《劫余录》另一方面内容，阿伯拉尔回顾了与爱洛伊丝的恋情及创伤。

爱洛伊丝，1100 年或 1101 年在巴黎出生，叔父菲贝尔监管她的生活，有人说她就是菲贝尔的私生女，17 岁时，菲贝尔聘请阿伯拉尔做她的老师，两人迅速坠入爱河。阿伯拉尔当时 39 岁，"相貌出众"，博学多识，才华洋溢，是全欧洲年轻学子的偶像；爱洛伊丝天赋极高，对博学有才的师长，很容易崇拜爱戴。阿伯拉尔叙述这段恋情的口吻显得客观、冷淡，让人疑心他仅仅是出于肉欲而诱惑姑娘。须知，写《劫余录》时他已是丹尼尔修道院修士，心灰意冷，对过往激情持严厉的反省与压制。而当恋爱之初，阿伯拉尔与爱洛伊丝的欢爱可谓是生命的狂喜，他如此沉湎爱恋之中，对外界的流言蜚语充耳不闻，"我们之间倾诉更多的是温柔言语而不是经书的诠释，交换更多的是亲吻而不是教导。""在爱欲驱使下我们试过了各种缠绵缱绻，如果能发现新的恋爱方法，我们也愿意尝试。"那时的阿伯拉尔，不再专注于阐释经义、教导学生，却写下众多情歌诗篇，被到处传唱。当爱洛伊丝的叔父发现这段恋情时，他们已经难舍难分，爱洛伊丝也已怀有身孕，阿伯拉尔就将她打扮成一个修女，送到布列塔尼妹妹处，在那里生下一个男孩，取名阿斯特拉波。

菲尔贝震怒异常！阿伯拉尔与他商谈，承诺补救的方式是与爱洛伊丝结婚，但必须是秘密的。《劫余录》中说，菲贝尔同意了，并见证了阿伯拉尔与爱洛伊丝的秘密结婚。但是后来，菲贝尔竟然施以暴力——买通仆人，乘阿伯拉尔半夜熟睡之际，将他阉割了！菲贝尔为何出尔反尔？《劫余录》的理解是：菲贝尔不能忍下羞辱，也不满于秘密结婚，违背诺言，对外公开宣布这段婚姻；爱洛伊丝与叔父争吵，对外否认婚姻存在；为了爱洛伊丝不挨打，阿伯拉尔将她打扮为修女，寄托在阿让特伊修道院；其叔父却认为阿伯拉尔将她送到修道院出家，是为了摆脱她，所谓的秘密结婚并不是诚意的。暴力行为就这样发生了。

关键在于，阿伯拉尔与爱洛伊丝既然相爱，为何只要"秘密结婚"？阿伯拉尔当时只是一名普通教士、经院讲师，并非僧侣，即便是僧侣，也只禁止高级教士结婚，对普通教士并不禁止。我想，当时阿伯拉尔声名显赫，野心勃勃，他不愿意公开婚姻，是出于自私的考虑。因为在中世纪，只有进入教会，才能实现野心抱负，而他是很可能成为高级教士乃至主教的。其实在中世纪，直至文艺复兴的教会，许多教士虽不结婚，生活也很腐化，16世纪亚历山大教皇，不是有一大把私生子么？阿伯拉尔在爱洛伊丝之前，专注学问，生活作风可谓雅洁，不公开结婚，只是为了保护声誉。阿伯拉尔为何又选择秘密结婚呢？我想一方面是对她叔父的保证（不遗弃），一方面也为了对爱洛伊丝的彻底占有，他后来在信中承认："我渴望将我无比深爱的你完全留给自己。"他不愿意因为叔父的干预，放弃爱洛伊丝，任由她嫁给别人。

但爱洛伊丝则是完全反对结婚，无论公开的或秘密的。这首先出自她的奉献精神，不愿为了爱欲影响情人的事业与声名。其次，他俩都受到圣保罗与圣哲罗姆的影响，认为婚姻只是肉欲的合法化，无助于自由的爱情结合。再者，她以为像阿伯拉尔这样的哲学家，应如僧侣般是个坚定的独身者，不应将时间和精力放在家庭生活中，爱洛伊丝举出西塞罗、塞内加以及娶了悍妇的苏格拉底为例，说："昔日的哲学大师们都鄙视尘俗，与其说他们谴责它，不如说是逃避它。他们摈弃了一切享乐，只有在哲学的怀抱中才寻找到安宁。"所以，她只愿做阿伯拉尔的"情人"，以为更符合她追求的"自由的爱""无私的爱"，她需要"爱情而不是婚姻的束缚，自由而不是锁链"，认为两个人的关系应建立在绝对的精神纯洁之上。以今天眼光看，这位 12 世纪的少女，真的非常独立。

爱洛伊丝既然反对结婚，在阿伯拉尔劝说下，虽与他秘密结合，一旦发现叔父违背诺言，便也断然否认这段婚姻存在。何况，正如她后来书信中对阿伯拉尔说的，她预感到，这种"秘密"的方式，更危险，更不妥当。

悲剧的发生已经道明，还是有令人疑惑处：爱洛伊丝的叔父既已参加并见证了他们的秘密婚姻，为何还是要认为阿伯拉尔抛弃侄女？须知婚姻是在上帝面前见证的，即便侄女对外否认、与他争吵、离家出走，婚姻究竟存在。阉割了阿伯拉尔，只会让爱洛伊丝更加痛苦、事件传扬也有辱门楣。菲贝尔究竟受谁的挑唆，竟采取这般暴力行动？我们不得不想到此时阿伯拉尔已结下不少冤仇，学术界的？教会的？世俗政权的？有人要制造更大的丑闻，将阿伯拉尔彻底打趴下去吧？古往今来，制造绯闻都是攻击对手的方式。有学者根据爱洛伊丝后来信中说，什么也满足不了她的叔父，怀疑菲贝尔对侄女有潜意识的性的占有欲，阿伯拉尔"夺走"至爱的侄女，令他满心愤恨，才会以阉割这样的刑罚来发泄！此外，事件发生后，只有仆人被挖眼睛、也被阉割，却没有对犯罪主谋、菲贝尔叔叔有什么惩罚的记载。

写作《劫余录》时，阿伯拉尔已经 53 岁，他叙述了事业与精神世界的巅峰与经受的迫害，恋情受挫及身体毁伤，他的反思是高贵的："我已经被自负和淫荡彻底俘虏，上帝开恩送来了解决之道，以弥补我的这两种罪孽，尽管这两种方法并不是我自己的选择：对于淫荡，夺去了我施淫的器官；对于在学习中滋长的自负——则让我遭受了自己引以为豪的著作被焚毁这样的羞辱。"贝蒂•拉迪斯在此文出版导言中说："这篇文章原来也许是一篇申辩，结果却成了真实的自我剖析。""从这个意义上说，《劫余录》是一种对自我认同的探索，可以和圣奥古斯丁、塞里尼、圣特雷莎和卢梭等人的自传相比拟。"我读卢梭《忏悔录》，看见了阿伯拉尔激愤自陈的影子，其《新爱洛伊丝》是以书信体写的爱情小说，当然源于阿伯拉尔与爱洛伊丝书信集的影响。

遭阉割之后，身心痛苦、羞耻、逃避众口喧嚣，连爱洛伊丝的面都没见，阿伯拉尔就躲进了圣丹尼修道院，出家为僧。"与其说是出于皈依天主的虔诚心，不如说是出于哀恸和痛苦中的羞耻感和不知所措"。这是 1118 年的事。如果从扮为修女进阿让特伊修道院开始算，爱洛伊丝比他还早出家。她与他只相处了 18 个月，19 岁即抛却世俗生活，从此孤清地生活在修道院中。两人一别十年。直到阿伯拉尔要将创办的"抚安堂"移交给爱洛伊丝以收留被驱逐流散的修女时，两人才重新见面。此时，爱洛伊丝已是女修道院院长，读过《劫余录》，对十年来他的状况有所了解，这才与阿伯拉尔通信。我所读的《阿伯拉尔与爱洛伊丝通信集》为广西师大版的岳丽娟中译本，大标题是《圣殿下的私语》，收入阿伯拉尔与爱洛伊丝的书信七封，前四封是私信，后三封是"指导信函"，附录为阿伯拉尔死后爱洛伊丝与彼得的通信。本文分析的是前四封私信，两人各二封。

爱洛伊丝的信激情澎湃，包含四方面内容：

首先，她倾诉自己的爱与幽怨。

自两人秘密结婚，到各自进修道院，十年时间，阿伯拉尔对爱洛伊丝的状况不闻不问。年轻的她，在修道院的幽闭中，对爱人，既牵挂，又怨恨。爱洛伊丝的两封长信，是一个恋爱的女人极世俗极真实的心语："当我们在一起时，你从未说过一句安慰的话，我们分开后，你也从未写过一封安慰的信。但你必须知道，你对我是有义务的，而且因为我们的婚约和我对你的不渝爱情，你更加义不容辞。……我所失去的一切，让我感受到的剧痛，与失去你让我感受到的痛苦丝毫无法比拟。……你是引起我痛苦的惟一根源，因而你也是惟一能赐我以安慰的人。"

其次，阿伯拉尔是她惟一所爱，惟一的主人，而不是上帝。

第一封信之首，她称呼阿伯拉尔是"致她的主人，或毋宁说她的父亲；她的丈夫，或毋宁说他的女儿"；而一个献身上帝的修女，基督才是她的父亲、主人。第二封信，她的抬头称呼是"她只属于信仰基督的他一个人"，而不是"她属于基督"。信中，爱洛伊丝称自己为"卑者"，因她视阿伯拉尔为"主"。

她坦言，"作为一个女孩，我并非是出于喜欢而接受修道院的艰苦生活的，而完全是出于你的要求。""为了服从你的意志，我放弃了所有的快乐，除了向你证明我现在甚至比以往任何时候更加属于你之外，我一无所有。"侍奉上帝，她是不甘不愿的，"为此我不应期盼上帝的报答，因为至今我还没有因爱他而做出什么。"她抱怨上帝隔绝了他们，"我则无法以忏悔之情来取悦上帝，因为我一直为他如此发泄愤怒而谴责他的残忍。由于不服从他的命令，我表现出的愤慨愈加冒犯了他。"

阿伯拉尔就是她的神，在他面前她低如尘埃，没有自尊也无所谓道德。

作为女人她完完全全毫无保留献出爱，愿为他做任何事，要她成为修女就为修女，要她死她也会毫不犹豫，除了他这个人，她一无所求，偏偏是这个"人"，上帝不给她！听听她多么动人的告白：

"有上帝为证，除了你本人之外我从未想要你的任何东西，我只想要你，而不是你的什么东西。我可以不要婚约，不要嫁妆，我努力寻求的并不是我的欢乐和愿望，而是你的，这一点你很清楚。妻子的名义似乎更神圣或更有约束力，但'情人'一词于我将永远感觉更甜蜜，或者如果你允许的话，叫做小妾或妓女。"

第三，强烈的爱欲与罪责纠缠着她。

爱洛伊丝认为自己有罪。原罪来自女人身体、夏娃之诱。她为爱欲导致阿伯拉尔身体重创而心痛不已，说罪是两人同犯，加给爱人的体罚也应加在己身，"这对我该是多大的痛苦啊——我竟生来成为这种罪恶的起因！难道女人命中注定要给伟大的男人带来彻底毁灭吗？"但强烈罪恶感的同时，她又无法摆脱对爱欲欢乐的回忆与向往，即使在孤清的修道院，每日泣血告解，也全然无用：

"即使在做弥撒时——在这个我们本该更加纯洁地祷告的时候，那种淫荡的快感却牢牢抓住了我不幸的灵魂，让我的思想恣意放荡而无法集中于祈祷。我本该为我犯下的罪过忏悔，而却只能为我失去的一切叹息。我们所做的每一件事、共同度过的每一个时光、去过的每一个地方，连同你的影子都深深铭刻在我的心里，每每重温则仿佛昨日重现。即使在睡眠中这种感觉也丝毫不会减弱。有时我身体的动作或者不经意间突然冒出的言语会突然暴露出我的想法……"

一个中世纪修女，在幽闭的修道院里写下这些，八百年来，冲击力并不稍稍减去，令一个现代女子读之而不能自持。反复诵读这些话，除了抄录这些痛苦、赤裸、坦荡的情人的呢喃与喘息外，别无其他。

其四，愿意同死。

得知阿伯拉尔预言自己濒临死亡，爱洛伊丝悲痛不已，不愿独活，愿随他而去。"我们只会急于追随你而去而不是去埋葬你，这样我们就可以共享坟墓而不是我们将你独留其中。"但阿伯拉尔不要她死，要她"活着，但请别忘记我"。她后来比阿伯拉尔多活了 20 年，仅仅是为了服从阿伯拉尔要她活着，为他祈祷，让他的灵魂安宁。当她终于死去，安葬在阿伯拉尔身边，她应是解脱了，完成了她的命数，是幸福的、安宁的——他们终于得以团聚了。

爱洛伊丝写给阿伯拉尔的私信，直到她逝世一个世纪之后才在巴黎传抄（信件的真实性有多种争议）。在当时，爱洛伊丝被认为是最具虔诚精神和博学多才的女修道院院长之一，假若有人读过她这些赤裸告白，关于性爱的回忆，对上帝的不敬言语，恐会大大降低她在信众中的影响与地位。但这些渎神的言语，是如此寂寞伤痛，又是如此真实、充满激情，连她所"不敬"的上帝听了，也会原谅她吧？这些苦痛呼吁，让人想起约伯对上帝的"控诉"，因为真诚，上帝才终会宽恕吧?! 基督降生，不是教人恨，是要人去爱。爱洛伊丝以其真诚的爱，终能回到上主的怀抱。

与爱洛伊丝激烈、语无伦次、弥漫着爱与情欲的书信比起来，阿伯拉尔的回信要理性克制得多。身体遭重创后十来年，他不断质问、反省自己；另一方面，"施淫的器官"已失，生理欲望不再控制思维，自然让他归于理性，或如他说，去掉了肉体的不洁感，他"更有资格走近圣坛"了。否则，欲火燃烧，无法遏制，"对圣规和上帝的虔敬甚至食用圣餐，都无法阻止我满足肉欲的渴望。"而爱洛伊丝尚未满三十岁，那些在修道院写下的情欲燃烧的书信，是出于她的健康身体、生理引发的健康欲求。阿伯拉尔的信，主要围绕两点展开：

一是，生命终结之际，渴望灵魂得以安宁归宿。

与爱洛伊丝的爱恋之罪，与人论争、遭遇迫害，全都让他身心俱疲。当生命之灯渐至熄灭，他仅仅渴望有一处寄放灵魂的处所。基督是在女子的环绕中安息，基督的复活也最先显现给女子看，阿伯拉尔也愿意死后安葬在爱洛伊丝身边，得她慈悲的祈祷与守护：

"我的处境非常危险，我每天都处在对生命的绝望中，因此，对我来说，考虑一下灵魂的安宁，在我还能为它作些准备时尽力而为是应该的，也是适当的。"

"他所经历的深重苦难，令其灵魂备受折磨的死亡让他感到恐惧，对生活的极度绝望和疲惫感，令他不愿接受他的教友们的祈祷——你肯定会理解这一切的。"

"我相信你代表我进行祈祷会更为虔诚，因为我们相互之间的爱情已经将我们紧紧联系在一起。"

阿伯拉尔称自己是"属于你的他"，要求爱洛伊丝"活着，但别忘记我"；他引《箴言》："才德的妇人是丈夫的冠冕"，"得有贤妻的，是得到好处，也是蒙了耶和华的恩惠"，"房屋钱财是祖宗所遗留的，惟有贤惠的妻子是耶和华所赐的"，"不信的丈夫因着妻子成了圣洁"。他内心是把爱洛伊丝当做妻子，对她怀有温情与依恋，要求死后埋葬在她身边，信中交代，等同遗言：

"但如果主愿意将我交给我的敌人，让他们征服我杀死我，或者我碰巧不在你身边时候像别人一样死去，那么不论我的身体入土或没入土，不论它位于何处，请你把它运回你们的墓地……"

如果说生前分开是因为情欲，死后回归，则是对爱洛伊丝更大的爱与信托。这些平静理性的言语，倾诉了阿伯拉尔对爱洛伊丝亲人般的依恋和爱。

其次，劝慰爱洛伊丝不要抱怨上帝，他们应做灵魂结合的伴侣。

对爱洛伊丝并不随时间而消退的爱情和热烈的情欲，阿伯拉尔以平静的言语劝慰她。他说，上帝对他身体的惩罚，只为了禁止他世俗的享乐，让灵魂更圣洁地接近主，这是上帝更大的考验和更大的仁爱，希望爱洛伊丝也能如他一般更亲近更爱上帝，不要抱怨，这样，两人的灵魂才能在上帝面前真正结合：

"来吧，我不可分离的伙伴，与我一道感恩吧。在我犯罪时你是我的同伴，上帝对我慈悲时同样也有你一份。……当时，我渴望将我无比深爱的你完全留给自己，但主在那时已在计划着利用我们的结合让我们一道皈依他。"

爱洛伊丝遵从了阿伯拉尔的话，不再写抱怨的信。后来的三封"指导信函"是平静理性的。我想她是如此爱他，不愿意自己的情欲让他灵魂不安，愿意完全服从他的意志，一辈子按照他所说的去行。这是真正的爱。所以，她也没有随他死去，而是守护他的坟墓，直到自己老去，葬在他身边。

写完《劫余录》、与爱洛伊丝通信后，阿伯拉尔又活了十年。但这十年，如他所说，"比起身体的损害，名誉的毁伤更使我痛苦难当。"《劫余录》谈及的，1121年苏瓦松主教会议上他被指为异端，《论上帝的三位一体和一体性》被焚毁，这只是个开端。阿伯拉尔并不甘心。三位一体著作被焚毁后，他重写、扩充，完成了《基督教神学》，继续将辩证法运用到神学问题中。1131年，他认识了伯尔纳。与伯尔纳的神学冲突及最后失败，是12世纪最重要的事件之一，也是阿伯拉尔的悲剧性结局。

伯尔纳是本笃会的明谷修道院院长，"一丝不苟地遵守教规"，主张简朴乃至苛刻、禁欲的生活方式，以为信仰是通过冥想抵达其神秘性；而阿伯拉尔才情洋溢，放任自由，主张论辩，自诩智慧。伯尔纳与阿伯拉尔之争，与其说是修道院的传统僧侣教育与开明教育的区别，毋宁说是个性的极端不同。阿伯拉尔出版《基督教神学》后，矛盾尖锐爆发，伯尔纳写信给教皇，称之为异端邪说。两人准备在1140年的桑斯会议一决高下。伯尔纳在教会及政权中的势力，显然远远超过阿伯拉尔，桑斯会议名义是公平的论辩，最终成了对阿伯拉尔的审判。教皇裁决：阿伯拉尔是持异端邪说者，其追随者全部驱逐出教，焚毁其所有著作，他本人也被拘禁在一家修道院并勒令永远沉默。后来虽经斡旋，教皇解除了禁令，但桑斯会议之后仅仅 18 个月，即 1142 年 4 月，阿伯拉尔与世长辞。

阿伯拉尔死时，声名已荡然无存，哀悼者寥寥，他在克吕尼度过的最后岁月究竟如何，势利的世人几乎一无所知或根本不想知道。由于伯尔纳的庞大势力，阿伯拉尔身后许多年，姓名也几乎埋没无闻，虽然教会学校继续沿用阿伯拉尔倡导的开明教学理念。阿伯拉尔对古希腊哲学尤其亚里士多德哲学的重视、阐释并运用到神学问题中，乃是开时代之风气，可惜他生活在 12 世纪，若晚生二三百年，至欧洲文艺复兴，其命运或许会很不同。朋友彼得为阿伯拉尔写墓志铭，赞美他是："高卢的苏格拉底，西方的柏拉图，我们的亚里士多德，学界的领袖……敏锐的思想家和辨证学家，他是摈弃一切献身于基督的真正哲学家，从而赢得了最伟大的胜利。"但阿伯拉尔自己认为，他虽抨击教会的虚伪、堕落，却不否认信仰，只试图通过逻辑辩证法让人更好地理解信仰，他说："如果做一位哲学家意味着和保罗相冲突，我便不愿做哲学家；如果成为亚里士多德意味着和基督隔绝，我便不愿做业里士多德。"

彼得将阿伯拉尔的遗骸送回到爱洛伊丝所在的抚安堂。将儿子托付到一个教堂任职后，爱洛伊丝专注于修道院事务。由于她领导有方，抚安堂成为法国最负盛名的修行场所，她一生共建立了 6 所修道院，是当时教会中地位最高的女修道院院长之一，她的虔诚精神和广博知识赢得众人的尊敬。爱洛伊丝的尘世之爱是真切的，对上帝的质疑也是真切的，她的心路历程、依从阿伯拉尔的劝告全身心侍奉上主，都是真挚的，在时间流逝中，她终究"消弭了所有的激情，寻找到了心灵的宁静"。

爱洛伊丝逝于 1163 年或 1164 年，比阿伯拉尔晚了 21 年，后人乐于认为她是 63 岁、即与阿伯拉尔同一岁去世的。她被安葬在抚安堂阿伯拉尔的身边。1497 年，因潮湿渗水，两人遗骸被迁移出去，分葬于离阿杜松更远的新礼拜堂两侧。之后在 1621、1701、1780 年又迁移过，直到 1800 年，被送到了巴黎亚历山大·雷诺阿的法国历史遗迹博物馆，最终合葬于拉雪兹神父公墓我所见到的这具石棺中。传说爱洛伊丝下葬时，阿伯拉尔从墓中伸手接过她。这当然是想象，是后人赋予他们生不能同处、死后同穴的愿望。

1166 年后，巴黎正式出版了阿伯拉尔的主要著作：《是与否》《基督教神学》《神学导论》《论上帝的三位一体和一体性》《认识你自己》《劫余录》，以及书信集。但长期来，这对情侣几乎被人遗忘了，事迹只简略记录在诸如《玫瑰的故事》之类的寓言故事中。在中世纪，如兰斯洛特与葛尼薇儿、特里斯坦与伊索尔德这类柏拉图式的骑士爱情故事更受人喜欢，而阿伯拉尔与爱洛伊丝的真实爱情显然更肉欲、更血腥，因而不够浪漫。第一个对这对情侣感兴趣的是彼得拉克，他在 14 世纪的书信手稿及《劫余录》页边空白处留有许多拉丁文笔记。阿伯拉尔与爱洛伊丝的爱情故事，后来才被以各种方式反复歌咏。

短暂而缠绵，罪责而爱恋，瞬间而永恒，世间又有几对恋人如他们，将爱情如此圣洁地持续到永远？

我第一次在飞机上读《阿伯拉尔与爱洛伊丝书信集》，竟不顾及边上乘客，泪流满面；当时想起修女贝索亚 1934 年写下的这句话："主啊，我没有爱。即使拥有预言能力和全部知识，就算我信仰，假如没有爱的话，我等于不存在。"在现世他们无法长久快乐地相爱，便渴望灵魂飞升，在天堂与主在一起。他们毕竟相爱相知，即便短暂，也是幸福的。此次重读《劫余录》与书信集，依旧动人肺腑，但也读到了超越情感的内容，诚如贝蒂·拉迪斯在导言中说的："他们的信件跨越了情感的极端——奉献，失望，悲愤，自信，雄心，不耐，自责和顺从——所有这些情感都被统驭到尖锐的批判的智性之下。"

当我在夕光昏沉之时，在拉雪兹不期然遇见这对恋人的合葬墓，心中涌动怎样复杂的情绪啊。当时情景，正如蒲柏在 1717 年的诗作《爱洛莎致阿伯拉尔》中描写的：

　　而在黄昏的树丛和朦胧洞穴中，
　　回音袅袅的甬道和错落交织的墓穴，
　　黑色的忧郁停留下来，周围落下
　　死一般的寂默和宁静：
　　她那忧郁的存在使万物凝咽，
　　黯淡了每一朵花，憔悴了每一棵青草，
　　使那退却的潮水和低吟更加深沉，
　　为树林垂上一层更幽暗的恐惧。

2017 年 1 月 22 日二稿

最深刻的一文不名者

而你却是最深刻的一文不名者，
把脸孔藏起来的乞丐
你是贫穷所有的伟大的玫瑰，
是从黄金变成阳光的
永恒的嬗变

里尔克这几句诗出自他的《定时祈祷文》之《关于贫穷与死亡》的第
51首。该主题的50、51、55几首，写的都是天主教方济各修会创始人、意
大利修士阿西西的圣方济各（即圣弗朗西斯，St.Francis of Assisi，1182—
1226。本文译名以叙述习惯混用）。据说弗朗西斯可能是他的绰号，本名约
翰，伙伴们喜欢叫他"弗朗西斯科"（Francesco）或"小法国"，大概与他
父亲在法国做生意、他自己又喜欢用法语唱游吟诗人的诗歌有关。其父是阿
西西镇布商行会的重要人物，富而俭，弗朗西斯却出手阔绰，一方面是奢侈，
一方面出于怜悯之心。据说有一次他忙于卖布，未顾及一个乞丐，交易完成
后，这个身着华服的青年，满大街去追赶那个衣裳褴褛的乞丐，给了乞丐很
多钱。这件事是否说明他后来的行为源自于他的天性、是有前兆的？总之，

年轻的弗朗西斯，衣着时髦，生性敏感，天赋极高，他像个游吟诗人似的漫步在小镇上，是年轻人的领袖，连他母亲都说："他像个王子，不像我们的儿子。"

阿西西与佩鲁贾爆发战争，所有市民都参战，弗朗西斯二十多岁，也披挂上阵，却被俘，在狱中生了重病（有说是疟疾）。这场疾病令他陷入心灵世界的剧烈困扰中。在狱中，他做了个梦，梦见盔甲和武器、所有人皆如十字军一样前进。于是一被释放，他马上拿起武器，满怀骑士精神，渴望赢得战士的荣誉，他跨上战马，大喊道："我会像王子一样归来！"

但他的骑士梦、建功立业的荣誉感迅速破灭了——疾病复发，不得不返回阿西西。这令他屈辱、沮丧、失望，陷入忧郁、迷惘之中。就在他处于生命幽暗的山谷，在最低之处，却开出了最美丽的花朵。在那些阴郁的日子里，圣弗朗西斯常去一个教堂祈祷，那就是圣达米安（St.Damian），一座残破、年久失修的教堂。某天，正当他对着基督受难像祷告时，忽然听见一个声音对他说："弗朗西斯，你没看到我的教堂残破不堪了吗？你去为我把它修葺好吧。"这奇异的声音，在圣保罗、圣奥古斯丁身上，也发生过。从此，圣弗朗西斯的生命发生了彻底的改变。

圣弗朗西斯马上筹资修葺教堂。他卖掉自己的马，又拿了父亲的几匹布，插上十字架，在市场上卖。节俭、严苛的父亲非常生气，视儿子为小偷，用锁链将他捆起来。圣弗朗西斯与父亲就到主教那请求仲裁。主教说，他的动机是好的，只是方法不对。乔托的《圣方济各出家》描画了他跪在主教前的情景。也许是主教的话触动了他，也许被圣灵充满，圣弗朗西斯站起身来，对所有在场的人说："到现在为止，我一直叫彼得罗·贝尔纳东为父亲，但是从现在开始，我是上帝的仆人。我不光要把钱，还要把所有属于我父亲的东西都还给他，就连他给我买的衣服也要还给他。"说完，他就一件件脱下身上的衣服，将钱扔在衣服上，请求主教祝福他，之后，只穿一件衬衣，几乎半裸着，走进树林。时直深冬，地上尚有积雪，树木枝杈挂着冰霜，他走进树林之时，突然用法语唱起歌来……从此，他开始过贫穷使徒的流浪生活，成为上帝的游吟诗人。

一无所有的圣弗朗西斯开始用双手一石一瓦修葺、重建圣达米安教堂。他四处寻找石头，向所有遇到的人乞讨石头。后来，他又以同样方式重建了波提温克拉教堂，还有一座献给圣彼得的教堂。在建造教堂过程中，他发现，荣耀并不是在战场上通过武力征服他人，恰恰是在世上建造一座积极的、永恒的、和平的纪念碑。当时的圣弗朗西斯，尚未享有后来的荣光，被人们视为疯子、行为怪异者，如同许多圣徒所遭遇的。但显然，他的言行举止具有非凡魅力；有两个人开始追随圣弗朗西斯，就像彼得追随基督一般：一个是富裕的市民昆塔瓦莱的伯纳德（Bernard of Quintavalle），他变卖了所有家产分给穷人；一个是教士彼得，年过半百，却放弃教堂的稳定职事，追随圣弗朗西斯去流浪。他们三人在麻风病院附近搭了个小棚子，照顾病人之余，就是亲密而兴奋地交谈，直到圣弗朗西斯生命终结，这两个人都是他最亲密的朋友，伯纳德更是"亚瑟王的第一个骑士，也是最后一个离开他的"。

圣弗朗西斯与伯纳德、彼得形成三人一体，继而，又有个贫穷工人埃吉迪奥（Egidio）加入，这意味着小团体可以无限扩大，一年之内，有 11 个人陆续追随他（包括他自己，形成神秘的 12 人，这是对基督十二门徒的模仿？）；之后又有许多人加入，队伍越来越壮大……圣弗朗西斯的追随者一般被译为"托钵修士"（Faiars Minor），也可直译为"小兄弟"（The Little Brothers），在此基础上建立的圣方济各修会，是第一修会，也即"小兄弟会"，意为自甘卑微、比所有人都微小；会员多穿棕灰衣，故又称"灰衣修士"。这些托钵修士，不受修道院限制，不需要财产，天地为家，四处游走，故与其他修道院（包括多明我会）相比，圣方济各修会扩展速度惊人，因为修会建立在民间，真正是从民众中来、到民众中去。1209 年，方济各托钵修会获得教皇英诺森三世的正式批准，这意味托钵修士运动的胜利。据说，当队伍行进在一个意大利城镇时，全镇男女老少皆要求放弃工作和财产，加入到托钵修士队伍中去；这时候，圣弗朗西斯动念建立第三修会，希望人们不离开家园、不改变日常生活状态，也能成为一个方济各修士。另外，贵族女子圣克莱尔也追随圣弗朗西斯，于是又成立了方济各女修会，这是第二修会。

圣弗朗西斯的一生，充满灵性、偶然性、戏剧化、神秘主义事件、梦幻感。除了梦兆、耳边声音的启示，据说他翻开《圣经》之前，先划十字，三次翻到的内容，决定了他的行动：第一次是基督说了那个骆驼穿过针眼的譬喻，这决定了他抛弃父亲的财产，也使伯纳德散尽财产分给穷人；第三次翻到的是，跟随基督的人必须要背他的十字架，这决定了圣弗朗西斯的一生，就是对基督的模仿；至于第二次，他翻到的段落，应该是：

耶稣差这十二个人去，吩咐他们说："……随走随传，说：'天国近了！'医治病人，叫死人复活，叫长大麻风的洁净，把鬼赶出去。你们白白地得来，也要白白地舍去。腰袋里不要带金银铜钱。行路不要带口袋，不要带两件褂子，也不要带鞋和拐杖，因为工人得饮食是应当的。你们无论进哪一城，哪一村，要打听那里谁是好人，就住在他家，直住到走的时候。（《马太福音》10章5—11节）

圣弗朗西斯所行的、所遵奉的皆来自基督的这番教诲。基督精神不独体现在教义上，更需以切身行动实践之，神迹传说、宗教仪式、圣徒行述，不可分割。这个身量轻巧的人，开始在大街小巷、城市乡村漫游，传播福音如种子进入千家万户；他穿棕灰粗布袍子、腰系一根绳子，不带两件褂子，不带银钱、储物口袋（后来的弟子还带一只锥子，系带子用，一个火石，打火用）；他有南方人的棕黑肤色，胡须又细又黑，赤足行走，拐杖也没有，他的样貌是那样谦卑平和，双眼却闪烁奇异的热情与喜悦，从教宗到强盗，从衣衫褴褛的乞丐到身着华服的苏丹，每个人，都被他那棕色眼睛中的热情感染，都能感受到自己被这个人特别的关爱与重视；他乞讨为生，以为那是"作工"所得，乞得多余，就全部送给穷人，正应了福音书说的"白白地得来，也要白白地舍去"。

他的行动，无疑是对世风的一种纠正，当时许多教会及神职人员，骄奢淫逸，忙于介入世俗权力争斗，基督的教导仅仅停留在宣讲上。圣弗朗西斯宣扬弃绝物质、过"贫穷"而"和平"的生活，要求追随者发三个愿：贫穷、贞洁和顺服。他说："一旦我们拥有什么，就需要武器和法律来保护它们和我们自己，这是为什么会有许多争吵、战祸及法律诉讼的原因。这些事，使我们失去了主的爱，也使得邻舍反目成仇。对我们这小群人而言，我们已完全融入'不拥有世上任何短暂物质'的生活中。""主呼召我们，过贫穷和一无所有的生活，为要施行拯救的计划。""我们给世界一个好榜样，世界供应我们之所需。"他的行动实践、全部精神生命，充满魅力，闪闪发光；圣方济各修士运动，如同旷野上的冷峻、清新、纯正之风，刮过了日渐腐败、阴郁、无趣的村庄街巷，在人的心中，重新张扬生命与信仰的激情。

但圣弗朗西斯的禁欲主义不是消极闭塞、痛苦艰难的，而是欢乐的、积极的，"方济各像一个人吞下食物一样吞下禁食，他像一个人疯狂掘金一样追求贫穷。"（切斯特顿）他引导众人，不因贫穷困苦愁烦，"复兴人心，引导他们进入属灵的喜乐"。他是以欢乐的歌唱教导人、传播福音的。年轻时他就自称"游吟诗人"，热爱法国南部浪漫情诗，当他归信主，随手就能写出动听的赞美诗，歌唱对上帝的爱，被称为上帝的游吟诗人。他既爱上帝造物的结果，也爱上帝造物之初，既赞美"有"，也赞美"无"。同时，他对上帝的爱，不是抽象的、观念的，而是极为具体的、有形的；不是一个干枯概念，而是充满独特的情感，他的爱相当人性。上帝所造的一个个具体的人、树木花草、星辰云朵、流水石头、飞禽走兽，每一样事物，他无不充满喜悦地渴望去亲近、去爱。与他相处，每一个人、每一种物都能感受圣弗朗西斯对于那个独特的人或物的独特的爱与喜悦。

圣弗朗西斯的一生，仅仅是对基督的模仿，他是基督的镜子，犹如月亮是太阳的镜子一般。行动，爱人，用故事与譬喻传播福音，皆深得基督精神。晚年，他越来越注重基督的奉献、受苦，尤其是被钉十字架这一行为。有个大财主赠给圣弗朗西斯一座山，就是亚平宁山脉的阿尔维诺山，以前他获得捐赠，必会全部献出，唯独这座山，他留为个人隐修，想祷告与禁食，就会进入深山。究竟这座山有什么神秘之处？没人能说。传说在一次持续四十天的斋期，六翼天使撒佛拉显现空中，巨大翅膀张开如十字架，天使的痛苦像悲伤的箭刺中了圣弗朗西斯；当异像消失，痛苦隐退，圣弗朗西斯低头看看，身上已印下了基督受难时的五伤。乔托画的《圣方济各接受圣痕》，描述了圣方济各跪在地上，仰望，天使（如基督的面目）飞翔在天，五道金光从基督的双手、双脚、左胁传递到圣方济各身上。圣弗朗西斯身上的圣痕是至今为止罗马教廷唯一官方承认的圣痕；也有历史学家称，圣痕之说纯粹是门徒的谎言。……无论如何，那只是表明圣弗朗西斯对基督的模仿，遵基督之教诲，行基督之所行。

与多明我会支持武力流血的十字军东征相反，圣弗朗西斯倡扬和平的方式。他亲身奔赴东方，以殉难的决心试图说服苏丹归信基督教。他与弟子们到过埃及、耶路撒冷，有弟子还到过中国。有许多修士殉道。圣弗朗西斯是凭怎样的大能，自由进入阿拉伯人总部，与苏丹见面、密谈的？有人甚至相信苏丹秘密归信了基督教，否则圣弗朗西斯不可能自由离开穆斯林世界。乔托的《圣方济各在苏丹廷上》，画的是圣方济各为了向苏丹证明基督的存在，撩起衣袍，准备赤足蹈火的瞬间。

乔托是意大利文艺复兴之父，一生除了描画基督与玛利亚，还有大量画作是描述圣方济各的生平故事。佛罗伦萨圣十字教堂是个圣地，我曾经多么有幸在那里徘徊啊，教堂门口但丁立像迷茫忧郁地望向远方，佛罗伦萨的天空如此多变，阳光闪闪发亮打在但丁的额头，转眼阴云密布大雨倾盆，一切全都晦暗无光；但丁就葬在这个教堂，他死时穿的就是托钵修士那种褴褛的棕灰袍子、腰系一根绳子。这个教堂之所以闻名遐迩，还因乔托的圣方济各故事壁画，只是年代久远，壁画斑驳，又光线阴翳、无法贴近细细观赏原作。听说阿西西圣方济各修道院内，还有乔托的壁画二十八幅，描绘了圣弗朗西斯的出家、与小鸟在一起、在苏丹廷上、访问、死亡等等故事。

罗伯特·罗西里尼 （Roberto Rossellini） 拍摄的电影，《圣弗朗西斯的花束》(The Flowers of St. Francis，1950)，就是改编自阿西西圣方济各修道院的乔托壁画故事。洋溢着热情而欢乐、虔诚而洁净、简朴而生动、恪守教义却不死板、充满爱与盎然的生机。圣弗朗西斯与他的十一个门徒，赤脚行走在旷野、森林、街市，过最简朴的生活，却如喜悦的花朵、自由的飞鸟，与太阳、月亮、树木一起，没有杂念，也无忧虑，白日出去"作工"布道，夜晚聚集在一起，动听地唱圣歌，虔诚祷告主，内心喜乐融洽、全无挂碍。罗西里尼娴熟运用电影语言，黑白画面相当精练简洁，以十一个片段，将圣弗朗西斯及其门徒的生活精义呈现出来，整部电影富有诗性的洁净的美感。从内容上可涵盖以下几方面：

1. 谦卑

第一个故事是讲圣弗朗西斯带着十一个门徒往罗马去传道。路遇滂沱大雨，他们造的小屋却被村人及牛霸占了，大家在雨中冻得簌簌发抖。圣弗朗西斯说，这是主的意思，让我们在这里第一次就能够帮助他人。他引领大家在又冻又饥中唱圣歌，可是看着门徒憔悴受冻渐至委顿的样子，又深感痛苦，掩面忏悔道："愿上帝原谅我利用了你们的顺从，将这些苦修施加在你们身上。"他的同伴问他："大家为什么要跟从你呢？你又不英俊，又不伟大、高贵。"他回答说："因为上帝没有找到比我更为谦逊的生物了。我的美德和善良也都是来自主的恩赐。"但他也意识到自己的谦逊是门徒跟从的理由，而这个意识本身就是一种傲慢。

谦卑，最低微，最卑小，才能最高最强有力。要低小如小孩子一般：

耶稣说："你们若不回转，变成小孩子的样式，断不得进天国。所以，凡自己谦卑像这小孩子的，他在天国里就是最大的。"（《马太福音》18:3—4）

谦卑是方济各修会最基本的精义。也是"小兄弟会"的来历。圣弗朗西斯一旦意识到自己的傲慢，便要门徒惩罚他。他从自己做起，时刻警醒。

2. 帮助他人

欢乐、温顺的力量，德行的战争，爱的喜乐，撒布给世界安宁和平。这是圣弗朗西斯及其门徒所追求的。当人需要帮助的时候，应该舍弃其他，全力去帮助。

第二个故事，讲"吉那普罗兄弟是如何赤裸地回到圣母堂"。门徒吉那普罗非常朴实，看见乞丐，就将仅有的一件衣服给了乞丐，自己只能受冻。因为圣弗朗西斯说要"帮助他人"。圣弗朗西斯却"命令"吉那普罗，以后不能将仅有的一件褂子施舍掉。圣弗朗西斯讲的苦修，不是要自己受苦，而是要欢乐。受冻挨饿，无以为生，何来欢乐？自己没有欢乐，又如何去布道、如何将热情与欢乐传递给他人？

朴拙的吉那普罗再一次赤裸着身子回来，因为他说："今天一个乞丐向我乞讨，我没别的东西给他，我是听从圣弗朗西斯的命令不能将褂子给人，于是我说，如果他从我身上扒走，我一定不反抗。"大家只能摇头看着他，充满喜乐和爱，因为他的内心是多么洁净啊。他明白"爱别人"的重要，却忘记了爱自己。

3. 舍弃与跟从

第三个故事是"像吉瓦多这样的'笨蛋'怎么会要跟着圣弗朗西斯并且一举一动都模仿圣弗朗西斯"。此节很风趣，又老又难看又笨拙的吉瓦多，一瘸一拐拖着一头奶牛过来要跟从圣弗朗西斯，家人跑来说："爷爷疯了。"圣弗朗西斯让家人牵回奶牛，留下老人。他祷告，老人就跟着祷告，他扫地，老人也扫地，他说什么，老人就重复一句。圣弗朗西斯问他：你舍得家人吗？他说舍得。圣弗朗西斯问他：布道很辛苦的。他说：我要像圣弗朗西斯一样，他多漂亮啊。他要像他一样抛弃财产、家人，赤脚，也不要拐杖、斗篷，只是跟从圣弗朗西斯侍奉主。上帝是唯一的主人，唯一的至爱。

电影通过这个故事阐发了圣弗朗西斯翻动《圣经》，第一次获得的启示。耶稣说："骆驼穿过针眼，比财主进神的国还容易呢。"那个财主想获得永生，守了所有的诫命：不杀人，不奸淫，不偷盗，不作假见证，孝敬父母，爱人如己。可是当耶稣要他变卖所有，分给穷人，来跟从他，他就"忧忧愁愁"地走掉了。这个吉瓦多将唯一的奶牛拿来奉献，他的虔诚不比那财主多吗？他是要像圣弗朗西斯和伯纳德一样，抛掉所有，无牵无碍地行走，为主作工。

耶稣又说："爱父母过于爱我的，不配作我的门徒，爱儿女过于爱我的，不配作我的门徒。"（《马太福音》10:37）

吉瓦多舍弃家人，跟从圣弗朗西斯，专一侍奉惟一的父，造物主。

4. 与克莱尔修女聚会

这一节故事，充满欢乐与爱，以及花朵的芬芳。如同世俗一对相爱男女，如同王子公主，如同羞涩的新郎新娘相会。听说克莱尔要来，弟子们充满喜乐，一大早，就开始布置。可是没有任何贵重东西，拿什么来迎接尊贵洁净的修女们？修士们想到了世俗女子的最爱、自然馈赠的最洁净物事：花朵。他们采摘来许多花儿，将花朵撒满弗朗西斯与克莱尔聚会时要坐的地方，通向圣母堂的道上也是鲜花铺成的地毯，又用枝杈花朵装点简陋的圣母堂门口。然后，如同要见世俗贵客一般，门徒们忙着刮胡子整衣服收拾得干干净净。这里并没有僧侣见到异性的冲动，而是有朋自远方来的喜悦。罗西里尼电影的妙处就在于，世俗的欢乐与宗教的洁净并不冲突，反是融洽得那么美好。

望风的修士激动地报告："克莱尔修女来了。"他们远远地奔过去迎接四位修女。而此时圣弗朗西斯作为主人站在圣母堂前，等候迎接，有点羞涩，有点局促，好似世俗青年男子见到美丽少女的局促与羞涩。一直到进了教堂，开始祷告，局促与羞涩才消失。当他们坐在一起，叹息着，羞涩局促又漫溢开来。那真是又单纯，又相爱，又贞敬的会面。

据说克莱尔出身贵族，17岁时，仰慕隐修生活，圣弗朗西斯帮助她"私奔"去修道院，传说她是从墙洞钻出去逃走的，穿过树林时，大家举着火把接应她，与世俗私奔的情节很类同，只不过，克莱尔是为了成为上帝的新娘而私奔。后人相信圣弗朗西斯和克莱尔是相爱的，虽没有肉体欢爱，但那精神性的、纯洁如百合花般的爱恋，其迷醉程度不亚于世俗男女。我觉得，克莱尔一开始对圣弗朗西斯的爱，也许不仅仅是宗教性、精神性的，掺杂有少女对浪漫情爱的遐想，爱圣弗朗西斯而追随他的信念，一起放弃俗世生活，如同阿伯拉尔与爱洛伊丝，双双成为修上。圣弗朗西斯死时，克莱尔是极其哀痛的。又有传说在一个寂静深夜，阿西西人看见山上的树木房屋都被火光映红了，冲上山去救火，却见克莱尔与圣弗朗西斯两人安安静静地呆在山上，一边领圣餐，一边谈论对上帝的爱，人们所见的火光，原来是笼罩在他俩头顶上的火红光环。

5. 与小鸟在一起

这是非常生动的一节，我反复看这个段落。花丛中，圣弗朗西斯开始祷告。小鸟们就停在枝头，歪头看他，又唧唧叫搅扰他，甚至还飞到他的头顶，落在他身上就是不肯下来。圣弗朗西斯的祷告屡次被小鸟中断，他只能用手托起一只小鸟，对着它轻柔地说："你这温柔的歌唱者啊，你是最受上帝的恩宠的，你也不种，也不收，也不积蓄在仓里，天父尚且养活你。你是最能自由地歌唱天主啊。那么，现在，请让我安静地向天主祷告一下好吗?"小鸟就飞上枝杈，继续歪着头听他祷告。在洋溢着早春的生机，在充满活力的花丛中，圣弗朗西斯专注凝神地向天主这样祷告：

　　主啊，

　　请将我塑造成和平工具

　　哪里有伤害，让我传达宽恕

　　哪里有仇恨，让我播种爱德

　　哪里有疑惑，让我提供望德

　　哪里有绝境，让我带去喜乐

　　主啊，

　　请赏赐我所梦寐以求的

　　不是被理解，而是去理解

　　不是被安慰，而是去安慰

　　不是被人爱，而是去爱人

　　因为

　　只有给予，我们才会获取

　　去原谅，我们才会被宽恕

　　死于旧我，才会获得永生

　　乔托画的《圣方济各与小鸟》，是一群小鸟从高空飞下，聆听方济各的讲道。我在罗马买过一块彩色画像砖，画的正是圣弗朗西斯与小鸟在一起，表情生动，洋溢着生机与喜乐，爱不释手。正如古希腊传说中的诗人歌者俄耳浦斯（Orpheus）弹奏手中七弦琴时，小鸟降落，老虎停止奔跑，连石头也频频点头呢。在圣弗朗西斯那被广为传诵的《受造物之歌》（the Canticle of the Creatures）、《太阳之歌》（the Canticle of the Sun）中，他称呼驴兄弟，麻雀姊妹，大象叔叔，水姐妹，火兄弟，太阳哥哥，月亮妹妹，百汇万物与人都是主的造物，都是神圣的，谁高谁低呢？他的心如此洁净、易感，充满对万物生灵、百汇世界的热爱。他的爱，又是爱如此独特、具体、充满生动的情感。正是这种爱，对万事万物的兴趣与热情，使他的所行所言有一种魔力，吸引众人去追随。电影中，他与小鸟在一起的生动情景，足以让我们体会他爱的全部精神。有本叫《小花》的书，讲了圣弗朗西斯与小鸟的许多故事，诸如他为了救一群小鸟，特意去找神圣罗马皇帝；他与弟子们分散出发到世界各地去传教时，鸟儿在空中按十字架的四个方向飞去；他临死时，鸟儿又在空中摆出十字架、预告那悲伤的消息……

6. 怜恤

再一个故事，也很幽默，讲吉那普罗为了给虚弱生病的修士增加营养，就去砍了村民的猪脚。闹了纠纷。那村民气呼呼地说：你们不是乞讨布道的吗？怎么去砍人家的猪脚。圣弗朗西斯虽然责备吉那普罗，要他赶紧向人家道歉。却是深知吉那普罗怜恤的心。

耶稣安息日从麦田经过，门徒饿了就掐麦穗吃，法利赛人看见了，就谴责他们。耶稣说，经上记载大卫和随从在安息日进入神殿，也吃陈设饼。"我喜爱怜恤，不喜爱祭祀。"怜恤是最重要的，律法规则是次要的。他不要门徒死守条规，"爱人"才是最重要的。

因为怜恤，村民虽然生气，终究是将整只猪送到圣弗朗西斯那里。

7. 勇气

圣弗朗西斯整夜在旷野上祷告，泪流满面。这时，主让他遇见了一个长大麻风的。深夜旷野，朦胧月色，长大麻风的孤寂地一个人走着，身上的铃铛远远响着。圣弗朗西斯又害怕又激动，害怕是人性的弱点，激动是因为主考验他、让他遇见了长大麻风的。有许多修士因看顾麻风病人，感染身亡。圣弗朗西斯人性的弱点让他害怕疾病，因而他偷偷尾随麻风病人，几次想要伸出手都迟疑着。影片不掩饰他的脆弱，不一味神化他。他最终鼓舞起自己的勇气，去抚摸那张恐怖的糜烂的脸，拥抱病人，给予了麻风病人深切的同情与慰藉。当病人继续孤单地摇着铃前行，他想到自己不能如耶稣行神迹洁净了大麻风，无法解除死亡与苦痛，就趴在地上痛哭起来。

8. 做比说重要

吉那普罗原来的工作只是做好饭等待布道回来的弟兄。可是他也想去布道，就一口气做好两周的饭。圣弗朗西斯苦笑着，又被他的热情感染，就说：你可以去布道了。不过你要记住：做比说重要。吉那普罗果真这样去行了。

他听说残暴的尼古拉在附近，就跑到那里，差点被当做密探杀死。威胁、戏弄、死亡，都不能改变他的谦卑的安宁的笑容。这并不意味着他不害怕死亡，他对自己轻声说："做比说重要。"必须鼓起勇气，必须直面艰难，必须忍受痛苦。他的谦卑终于让尼古拉放弃了在当地的残暴行径，并释放了吉那普罗。

正如耶稣所说："那杀身体不能杀灵魂的，不要怕他们。"

9. 真正完美的幸福

圣弗朗西斯与利昂一起去布道，冰天雪地，赤着脚，又寒又饥。

圣弗朗西斯问利昂："什么是最完美的幸福呢？"利昂不能回答。圣弗朗西斯说，就是如耶稣那样行神迹，让聋子听见，哑巴说话，让长大麻风的洁净，也不是最完美的幸福；又或者，如天使一般永远活着，能够知道过去未来，能够让所有的人都皈依主，那也不是最完美的幸福。利昂就问：那么什么么是真正完美的幸福呢？

圣弗朗西斯不答。他们走到一户人家门口，敲门请求布施，门扉紧闭；再敲，一个凶恶男子出来，用扫把将弗朗西斯与利昂一顿暴打，他们滚下了台阶……没布道成功，也没布施成，反受了顿侮辱与暴打。这时，圣弗朗西斯笑着对利昂说："这就是真正完美的幸福。战胜我们自己，为我们可敬的上帝，忍受所有的罪恶和痛苦，这就是上帝赐给我们的礼物，是真正完美的幸福。"

影片结尾，圣弗朗西斯将小屋留给村人，要与门徒去传道了。他们穿过城镇，人们纷纷开门赠送食品衣物，他们接了，又送给更贫穷的人，真如主说的"白白地得来，也要白白地舍去"，身上空空，心中却装得满满，爱、喜乐、和平、简朴、洁净，等等，以自己的行动，将天主的爱，传播到最遥远地方、最偏僻角落，直到离海洋最远的地方、靠近大海的地方，最贫穷的人群中……圣弗朗西斯一直在游走中传播福音，当他感觉生命之火即将熄灭，才回到阿西西的波提温克拉教堂，也就是最初出发的地方，他视为"上帝的神圣的家"的地方。人们抬着他，环绕着他，为他祈祷；他躺在床上，祝福大家，跟最亲近的几个道别后，要求人们将他放在光秃秃的地面上，——从他穿着粗布衬衫走进冬日的树林时，一直到临终，干枯、赤身躺在坚硬冰冷的地面，没有任何东西垫着，他以一生行动，证明自己过的是一无所有、一无所是，谦卑微小却无比崇高贞洁的人生。据说他临死，在地上摆出一个十字架造型，是偶然？或是神秘的暗示？这个传说，只为了证明，他的一生，就是对基督的再现与仿效。

圣弗朗西斯是美丽与荣耀的，他是山上吹来的一阵清风，是太阳光闪闪发亮的折射，他是一出爱情戏的主角，是最彻底的浪漫主义者，也是最深刻的一文不名者。他的一生就是一首诗，正如里尔克吟唱的——

"哦，他在哪儿，那声音清亮地一直响下去？"

注：本文的写作，除了罗西里尼的电影，乔托的绘画，另外还参考了G.K.切斯特顿著《方济各传》（王雪迎 译，三联书店，2016 年版）

2017 年 2 月 21 日二稿

挺住就是一切

一

尼采是从明丽的尼斯、经多礁的热那亚，抵达米兰的吧？在米兰附近的都灵，有人说，他抱着马儿哭泣，这个事件，象征着欧洲的衰微？……

电影《都灵之马》。一个民族，假如没了信仰，上帝不在了，只剩下干活、吃饭、睡觉，日复一日，便只有风暴的原野、呼啸的狂风、干涸的井、枯干的树，熄灭的灯，直至黑暗死亡降临。都灵之马比人更早知道这个结局，不吃不睡不干活，大滴泪水涌出。荒野石屋中的人却要到第六天，光都不见了，才知道恐惧。第七天，原是安息日，只等待死。

二

"在黑暗中行走、居住，如在冥府

我们这没有神性的一代。他们只为自身的烦忙

而被锻造，在轰鸣的劳作间里只听得见

自己的声音，这些野蛮的人用强壮的手臂卖力劳动

不知疲倦，但永远永远

一无所获，辛劳如复仇女神永伴这可怜之人"（荷尔德林）

但荷尔德林是神派来的。茨威格说，他身上的英雄气概，不是斗士的、勇武的，而是殉道式的。"哦，命运，你随心所欲吧！"他喊道，心甘情愿为信仰与理想去受苦，直至激情将他烧成灰烬。

这种高尚的，纯粹的，热烈的，超凡脱俗的激情，再不可复现了。

三

"世上将是黑暗与寒冷，灵魂将在苦难中煎熬，如果不是好心的神偶尔派那些青年，来重新振奋人们枯萎的生活。"荷尔德林《恩培多克勒之死》如是说。

18 世纪末、19 世纪中叶，这些神派来的青年，没有一个活过四十岁——

安德烈·谢尼埃，1794 年 7 月 25 日被送上断头台，32 岁

诺瓦利斯，1801 年 3 月 25 日死于肺结核，28 岁

克莱斯特，1811 年 11 月 21 日开枪自杀，34 岁

约翰·济慈，1821 年 2 月 23 日死于肺炎，26 岁

雪莱，1822 年 7 月 8 日因风暴覆舟溺死，29 岁

拜伦，1824 年 4 月 19 日发高烧而死，36 岁

威廉·豪夫，1827 年 11 月 18 日患热病而死，25 岁

舒伯特，1828 年 11 月 19 日死于梅毒或伤寒，31 岁

格里鲍耶陀夫，1829 年 2 月 11 日在德黑兰被一个波斯人刺死，34 岁

格奥尔格·毕希纳，1837 年 2 月 19 日死于伤寒，24 岁

普希金，1837 年 2 月 8 日与人决斗重伤而死，38 岁

至于荷尔德林自己，倒是活了 73 岁，但他 1802 年就疯了，32 岁结束了

精神生命。

他们歌颂神，充满激情与勇气地向真理之塔攀登。

但神是雷电、是太阳，挨得太近，就被烧成了灰烬。

四

一只歌唱的猪，咏叹爱与美；他的动人歌声，令情侣相爱，兄弟友好，孤独者燃起希望，士兵们充满勇气。

但这些人一结束自己的绝望，就磨刀霍霍要去吃那只猪。

歌唱的猪伤心地一次次逃脱了凶险。终于，他遇到一个吹风笛的人，笛声与歌声，一唱一和，非常和谐。歌唱的猪满心欢喜地跟着吹风笛的人走远了……

画面切换，吹风笛的人，独自出来，边走边吐出一根猪骨头。

这是南斯拉夫一部动漫片《歌唱的猪》中的故事。

杨索电影《无望的人》，讲述的是19世纪60年代发生在布达佩斯一个监狱里的故事。需在一群囚犯中指认出叛军及其领袖。杨索将故事设定在一个封闭空间、一段短暂时间流程，双方对抗中，人性在其间的显露：恐惧、死亡、分化瓦解、欺骗、背叛、团结、忠诚，以及爱（爱人，父子之爱）、恨（对敌人、叛徒），等等，……当一切胶着时，有消息传来，国王恩赦了，与叛军和解了，所有囚犯将被编入正规军中，只要叛军领袖答应率领原来的老兵、组建一支骑兵团。正当他们为和解欢呼、高唱自由之歌时，命令传来：所有老兵全部绞死！

欺骗赢得最终胜利。历史是欺骗者创造的。

五

米哈尔科夫电影《中暑》，据蒲宁回忆录《不幸的日子》及同名小说改编。灰黑天空大海，一艘满载的船，缓慢下沉，海水涌进，密集挤在船舱中惊愕的人……贵族，本应战死沙场、追逐爱情，如今却葬身大海，无声无息，不是作为战士，是作为一群被撕掉肩章、上缴了枪支的俘虏而被杀死。至死，他们都在等待幻想的和平。

至死，他们都不相信——一个拥有契诃夫、果戈理、托尔斯泰、陀思妥耶夫斯基的民族，怎么可能出现残暴杀人犯？他们以为接近了理性主义太阳，结果，中暑了，被烤焦了，伊卡璐斯的翅膀融化了，他们就掉了下来。

六

恐怖慢慢渗出。譬如墨水在宣纸，漫漶开去。初始不觉得，误以为是乡村的宁静。电影《白丝带》描述的是一战前德国的普遍状况。

七

大卫·里恩拍的《日瓦戈医生》，让我泪出的缘由：
白桦树的洁净，风卷动着云，火车上望见的星空，春天水仙花的摇曳。
诗性的瞬间，一再中断，一再呈现，风暴严寒也阻挡不了。
诗人的禀性与天赋在于，凝视那些瞬间，从不曾遗忘。
诗人之所以要被铲除，不在于身份立场，革命或不革命，在于对善美的赞赏与独立判断。集体主义精神：专制独裁也罢，以自由民主的面目呈现也罢，都致力于铲除诗人的小生活、小日子、对瞬间之美善的喜悦。

但禀性与天赋无法铲除。俄罗斯人拥有禀性与天赋的，是这些名字：陀思妥耶夫斯基，托尔斯泰，帕斯捷尔纳克，茨维塔耶娃，阿赫玛托娃，塔可夫斯基。

八

1922 年，真是个神奇之年。

是巧合吗？现代主义的伟大作品在这一年群体亮相：

卡夫卡于 1922 年开始创作《城堡》。

乔伊斯的《尤利西斯》1922 年由莎士比亚书店首次出版发行。

普鲁斯特《追忆似水年华》第四卷《索多姆和戈摩尔》的第二部分，1922 年 4 月由新法兰西评论社印毕。至此，普鲁斯特生前一共出版了四卷。同年 11 月，普鲁斯特去世。

T.S.艾略特 1922 年在《标准》季刊上发表《荒原》，引起巨大轰动。

里尔克 1922 年完成了他一生最重要的两部诗作：《致俄耳甫斯的十四行诗》和《杜伊诺哀歌》。

瓦雷里的《幻美集》于 1922 年问世，收入他的《脚步》《石榴》《风灵》等重要诗作。

20 世纪 20 年代，第一次世界大战结束后不久，被称为"疯狂年代"，叶芝说："一切都四散了，再也保不住中心，世界上到处弥漫着一片混乱。"战争是催化剂，也催动最后一批天才诞生，他们集体站在高高的山冈，如群星闪烁，反观人类之来路，思索"我们，我们的未来"。

九

在《充满幻觉的轻浮时代——巴黎日记》中，浪荡子莫里斯称："我们这个时代的一大特点可以这样概括：我们想走在时间的前面，走在事件的前面，走在一切的前面。……我们害怕兰波和凡高等人的悲惨命运在其他艺术家身上重演。……唯恐错过一个天才，不久我们的社会就会充满了天才，到时候人们需要打着灯笼去找：没有才华的普通人。"

此书原名《"屋顶之牛"的岁月》，"屋顶之牛"是20世纪二三十年代巴黎的一家咖啡馆，让•考科多等名流常在那出没。莫里斯有才又放荡，末了以双重间谍身份被德国人处死。

"疯狂年代"一去不复还了。我们这个时代，是要打着灯笼去找：憋在哪个角落昏头昏脑的天才。我们的时代，早已进入福楼拜《情感教育》里的时代。

十

莎士比亚《辛白林》：我们命该遇到这样的时代。

茨威格喟叹他的祖父辈们充满乐观主义、自由主义精神，对国家和社会朝着"进步"的方向迈步从未怀疑。而他自己呢？一战、二战，亲眼目睹各种思潮——意大利的法西斯主义、德国的国家社会主义、俄国的布尔什维克主义——的产生和蔓延："从未有过像我们这样一代人，道德会从如此高的精神文明堕落到如此低下的地步。"他终于绝望，1944 年自杀于巴西——远离欧洲，远离他所热爱的音乐之都，维也纳。

但他毕竟写出了《昨日的世界》，即使在动乱世界，也遭逢那么多天才，里尔克，罗曼•罗兰，罗丹，达利，保尔•瓦雷里，维尔哈伦，詹姆斯•乔伊斯，弗洛伊德，包括他自己……这些人，他们全部的生活就是为了争取内心的自由，满怀对文学与艺术的无限喜悦。充满激情的年代啊，哪怕是幻觉与绝望。

茨威格说："即使是最有失体面的时代，苍天也总还要偶尔给它留下这种珍贵的信物。"这些"珍贵的信物"，这些伟大的文学家艺术家，我们今天还寻觅得到吗？

我们命该遇到怎样的时代？一个缺乏信仰与激情的时代，一个飞速前进同时越来越野蛮的时代，一个平庸无聊的市民生活盘踞一切领域的时代，一个被网络、电视、报纸控制的时代，一个机械复制的时代，一个语词贫乏的时代，一个符号替代情感的时代，一个爱和恨都空白的时代，一个茫然地幸福着的时代，一个日日创新转眼陈旧的时代，一个缺乏天才充斥能言善辩的知识群众的时代……

十一

"生命，如鲜花般脆弱

今日怒放，转瞬凋零

怎能希望花儿的芬芳　长留不散。"

这是日本大西中将的一首俳句。智者吉田松阴临刑前说："明知要死亡/大和魂却激励我/如此而为。"

1970年，三岛由纪夫切腹自戕；1972年，川端康成在获得诺贝尔奖三年后，含煤气管自杀。三岛的死，意味着他所主张的建立"文化概念的天皇制"的破灭，战后的天皇，不再是"日本文化的历史性、统一性、全体性的象征"，日本走上了美式资本主义市场化道路。川端的自杀，意味着自《源氏物语》而来的日本传统的幽微、典雅、"物哀"之美的丧失。

十二

安吉拉·卡特说："精怪故事就是一个国王去向另一个国王借一杯糖。"

所有故事，重复一千遍，都是灰姑娘最终找到王子，一起幸福地生活着。灰姑娘有时披丑陋的蛙皮，有时穿破衣裳在厨房里，有时被女巫囚禁在古堡里；而王子，有时沉睡，有时轻信，有时出走，有时化为野鸭或白熊。他们历经一切，最终总能在一起。至于恶魔，幻化为各种形态，这里那里，到处都是。

生活如此多灾多难，需要安吉拉·卡特的"乐观的英雄主义"。正如这本《精怪故事集》译后记中说："有一天我们会获得幸福，哪怕它不能持久。"也正如大卫·鲍伊唱的："我们可以成为英雄，只为一天的不朽。"

十三

卡夫卡这样对自己说：

"不要失望，甚至对你并不感到失望这一点也不要失望。恰恰在似乎一切都完了的时候，新的力量来临，给你以支柱，而这正表明你是活着的。"

"一场倾盆大雨。站立着面对这场大雨吧，让它的钢铁般的光芒刺穿你，你在那想把你冲走的雨水中漂浮，但是你还是要坚持，昂首屹立，等待那即将来临的无穷无尽的阳光的照耀。"

读这样的话，就像读《新约》一般。

十四

这一天就要结束，黑暗又笼罩湖面。但你知道，神的光，凝结为星星、月亮。星星密密闪烁在湖上天空，月光从天降下，又从湖面延展到天空。即使湖完全被暗黑控制，你也知道，死去的时间会重新开始，明天，光会重新降临。

我们必须有所信心，等待，神的光。

十五

一线光，金色的，鲜嫩的，无所顾忌地投注下来。

里尔克说：挺住就是一切。

2017 年 2 月 12 日 定稿于沪上

三个莺莺

引 子

冬日，夜雨，拥被读《西厢》。至"我当他临去秋波那一转"，心也随之寸寸转；至"镇日价情思睡昏昏"，竟情意缱绻，无可如何；至"碧云天，黄花地，西风紧，北雁南飞"，则掩卷不忍卒读也。寻来各样明刊、清刊本中莺莺插图，细细赏玩，也想如柳梦梅，将杜丽娘写真悬挂，沐浴，焚香，声声叨念，想那佳人，当从纸上，飘摇而下。究竟笑自己颠。这样地，满心念想着莺莺，睡去。不移时，月影绰绰，花树摇摇，香风习习，环佩叮叮，有美人从外进来，袅袅婷婷，似笑非笑，疑似仙姝，却自然可亲，正是莺莺姐姐。她莺声婉转，问："我道是哪朝的才郎，原来今世的妹妹。唤我做啥？"我喜极拜道："姐姐，我也不是尚丹青的唐六如，将你的模样儿细细来画；我也不是能作诗的秦少游，道你个春风情重；我也不学张生效司马相如，弹一支《凤求凰》；我也不是会填词的董解元，把月下西厢故事一遍遍地唱；我也不是能写小说的元微之，将一段情韵忽隐忽现地描。我只将一点痴心啊，体贴姐姐的痴心，将一寸多情啊，摹写姐姐的多情。"莺莺含笑听罢，点头不语，回眸转身，香风过处，攸然而逝。蓦然惊觉，《西厢》一卷犹在手，夜已深，雨早停，院墙外，车声哗然。

正 本

1. 莺莺是谁？

后世所有的莺莺，皆追溯到唐才子元稹写的传奇《莺莺传》（又名《会真记》）。但她的身世、形象、性情，与张生的恩怨情事，随时代，在文人笔下、倡优传唱中，翻转变化。我们只关注被反复解读、叙说、重构的文本中的莺莺。本文以《莺莺传》以及衍生的诗歌、曲词，《董解元诸宫调西厢记》（下称"《董西厢》"），王实甫《西厢记》（元杂剧《西厢记》作者有多种说法，我倾向是王实甫，下称"《王西厢》"）几种文本，探究莺莺是谁。

《莺莺传》中写，唐贞元中，张生到蒲（名蒲关、蒲津，今山西永济市附近，是当时途经长安、洛阳的要津），住在普救寺，恰有孀妇崔氏携一儿名欢郎一女名莺莺，也暂住寺庙，欲回长安。崔家"财产甚厚，多奴仆"。张生与其叙谈，方知原是姨表亲，因张生母亲姓郑，这崔氏妇，就是郑家女。张生与莺莺，是姨表兄妹。当时军人劫掠民众，张生请蒲地官吏保护崔家，崔氏感恩，令欢郎、莺莺以兄长礼见张生。张生既见莺莺，惊艳，遂托莺莺婢女红娘，传情达意。莺莺最初严厉斥责张生，三天后，突然自荐枕席。后张生文调西去长安，次年，文战不顺，滞留京师。遂与莺莺永诀。

《莺莺传》中，只写崔氏财产丰厚，家奴多，并未说莺莺是官宦小姐。但，崔、郑是唐朝大姓，"太原王，范阳卢，荥阳郑，清河、博陵二崔，晚西、赵郡二李七姓"是世家望族。唐时极看中门第，世族只在"七姓十一家"中婚配。张生不在此族中，即便有恩于崔家，为家谱的纯粹性，崔氏也可能不愿与其联姻。红娘问张生，既爱莺莺，何不明媒正娶，张生只说远水解不了近渴，张生期望与莺莺有私情，对婚姻似不报期望；更兼唐时谈婚论嫁，非常烦琐，张生说自己见莺莺，"数日来，行忘止，食忘饱"，如等媒氏而娶，纳采问名，"则三数月间，索我于枯鱼之肆矣"。令人不解的是：张生是姨表亲，当时尚无功名，从联姻角度，娶得崔氏女，已是大幸，后来又何必抛弃莺莺另娶？

这些都是传奇中遮遮掩掩不明之处。那么张生是谁，莺莺又是谁？元稹是否凭空构想故事？宋人王铚考证，元稹写的是自己的情事，张生就是他自己。元稹母是郑济之女，郑济另有女嫁崔鹏，莺莺是崔鹏之女，与元稹恰是姨表兄妹。考察元稹这期间的经历，与《莺莺传》记载无不吻合；元稹所写的《会真记》三十韵、《古艳诗》中的《春词》二首、《离思诗》《杂忆诗》《古决绝词》《梦游春词》等，诗中或藏有"莺"字，或将二莺字隐为双文，诗多追忆恋情，其中女子形象性情，情事氛围，多与传奇相合。传奇中写，张生收到莺莺文采璨然的书信后，"发其书与所知，由是时人多闻之。"当时杨巨源作有《崔娘诗》，后来李绅又作《莺莺歌》，白居易、沈亚之诗中也暗指这段情事，他们都是元稹的知交。

宋代赵令畤、刘克庄，明代胡应麟、瞿佑，以及近人鲁迅、王桐龄、陈寅恪、孙望等，都认同王铚的观点，认为《莺莺传》写的就是元稹自己的情事，莺莺是他的初恋情人。至于莺莺到底是否崔鹏之女，崔鹏又是谁，则众说纷纭。近人曹家琪又考证出，崔鹏就是贞元时任知制诰的崔元翰，于比部郎中终老。由此，崔莺莺不再仅仅是个富家女，而是官宦人家的女儿，且又出身世族。此说也存疑。也有观点认为，莺莺根本不姓崔，也不是郑氏女，不过是一个小家碧玉（甚至疑心是娼妓），小名唤作莺莺，元稹在蒲时结识，一旦去了京都，攀上了权贵，就轻易抛却。这种作为，当时士人很普遍，比如骆宾王、白居易，都有过类似情事。所以，他后来念念不忘，甚至作传作诗，朋友们还觉得他是"善补过"的呢。

本文依从王铚说法，元稹就是张生。元稹母郑氏家世虽好，但父亲已死，家境贫寒，不得不搬到凤翔，依靠舅家过日子，元稹也不得不早早中了当时士人不屑的明经科。贞元十六年（800年），元稹只是蒲地一个低级官吏，以他当时的状况，如果莺莺的确姓崔，要娶大族的崔氏确有难度，不要说门不当户不对，聘礼都无力支持。何况，野心勃勃的他，一味要在功名上进取（也只有获得功名，才有可能娶上莺莺）。他的确爱着莺莺，到京城后，也曾写信致意，并赠送礼物；莺莺的回信，虽然悲伤，还存有希望，表达"永以为好"的念想。但随着吏部科考的失败，元稹发现，一个寒族要获得成功，只能攀附权贵；崔家虽是大族，但崔父已死，孤儿寡母甚至还要他去照顾，如何帮得了他的前程？若莺莺不姓崔，只是小家碧玉，为前程计，元稹抛弃她，更是必然。此时，元稹结识的韦夏卿在贞元十七年（801年）出任京兆尹，权势显赫，正是这一年，元稹科考失利。贞元十九年（803年），元稹娶的第一任妻子韦氏，就是韦夏卿的小女。

元稹之离开莺莺，纯粹是功名的考虑。但他又不能忘情，也不能解释自己对莺莺的背叛，借张生的口，托辞可笑且可恨，将莺莺视为尤物也罢，又说如是尤物，必会祸害，"予之德不足以胜妖孽，是用忍情。"女祸论在唐中期很盛行。唐初武则天临朝，后韦皇后、太平公主祸乱宫中，又有开元天宝年间的宠信杨贵妃等，到了中期，杜绝女祸论调盛行。但元稹借张生口，以女祸论为自己的离情背叛解说，着实可恶、可恨，既对不起莺莺，也对不起他自己投入的恋情。抛弃莺莺也罢了，在《古决绝词》中，他居然还怀疑莺莺的贞洁："矧桃李之当春，竞众人之攀折。我自顾悠悠而若云，又安能保君皑皑之如雪。"假若《莺莺传》中所引的莺莺来信果真出自莺莺之手（元稹可能润色），明知会被抛弃，依旧宛顺认命，反要张生千万珍重，面对这样款款深情的莺莺，居然说出那般话语，人品如何呢？实为莺莺不值。难怪陈寅恪要鄙薄元稹"薄情多疑"了。再者，又将莺莺私密深挚的情书，展示友人炫耀，尤可恨。后来写《莺莺传》，虽出自他的不能忘情，倘若莺莺真是崔氏，名姓属实，莺莺已嫁他人，元稹此举，又怎为莺莺的名节、生活考虑呢？我宁愿他是隐去了莺莺真姓名。

元稹若是张生，他写《莺莺传》，有纪念，有愧悔，有炫耀，有不能忘情。我虽鄙薄他的作为，但若没有他来写，我如何能读到《莺莺传》，又如何知这世间有一个莺莺在呢？后世又如何能敷演出这般多的妙文佳曲呢？我又如何能在这里絮絮议论呢？

莺莺张生故事，流传甚远，苏轼及门下的秦观、毛滂等皆作有咏莺莺诗词。宋赵令畤为《莺莺传》填词谱曲，写成《商调蝶恋花鼓子词》，以讲唱形式，说崔张故事，叹"聚散离合，亦人之常情，古今所共惜"耳。这些内容，都没有脱离《莺莺传》的格局。宋、金对峙时，崔张故事在民间多被说唱，如宋宫本杂剧《莺莺六幺》、金院本《红娘子》、南戏《张珙西厢记》等。勾栏酒肆说唱才子佳人故事，总要抬高门楣，又往往是两种结局：或"文君驾车、相如题柱"；或"王魁负心、桂英报冤"。民间倾向于大团圆结局。《董西厢》就是在这些民间说唱基础上形成的。董解元将赵令畤鼓子词演变得更复杂，一调变为十多种宫调，每调又有多曲，对白依旧采用《莺莺传》和李绅的《莺莺歌》，曲子却有了极大突破。依旧是讲唱形式，但一个短小的爱情故事，被铺展为洋洋几万言，并塑造了一些新人物，情节更富戏剧性。其基本格局，后被《王西厢》继承。关键是，《董西厢》将一个负心薄幸的故事，改为张生莺莺有情人终成眷属的大团圆结局。

莺莺的身份，也随之变化。莺莺变成一个相国小姐。《红楼梦》中，贾母说："（说书的）都是一个套子，左不过是些佳人才子，最没趣儿。开口都是书香门第，父亲不是尚书，就是宰相。"问题是，民间老百姓就喜欢听千金小姐、贵胄公子的故事。但是，董解元虽是个读书人（解元是当时对读书人的一般称呼），恐怕身份低微，混迹于酒肆歌廊，对相国小姐能有多少了解？观众必也是勾栏中最底层的百姓。《董西厢》中的相国小姐，难免带有酒肆歌廊味道。张生初见莺莺，对之描写是"尽人顾盼，手把花枝捻，琼酥皓腕，微露黄金钏"，感觉是个依门卖弄风情的小家碧玉；请对比《王西厢》此处的描写，全然不同："靥着香肩，只将花笑捻"，将花笑捻，一派天真烂漫样，靥是下垂着肩膀，有收缩、拘谨之意，动作含蓄委婉；全不如《董西厢》笔下相国小姐裸着白手腕，将金灿灿黄金钏露着；即便是《莺莺传》中的莺莺，也是淡妆、素服，相当雅致，丝毫不见市井气的呢。

又，《董西厢》写小姐，"见人不住偷睛抹"，这句话，在《王西厢》那里，用在了丫鬟红娘初次见张生时。写丫鬟是丫鬟语，怎能用到小姐身上呢？再看《董西厢》，当红娘传递张生情诗时，莺莺作态，她说"这妮子合死"，拿镜子朝红娘脸上就掷去，何其粗暴！把脸变了，眉头皱了，说"张生淫滥如猪狗"，这言语怎出得了相国小姐之口？又骂红娘说"不良的贱婢好难容，要砍了项上头颅"，"如还没事书房里走，更着闲言把我挑逗，我打折你大腿缝合你口。"啧啧，潘金莲也不过是胳膊上走马之类，莺莺竟然这般凶狠、这般泼辣、这般没教养！难怪红娘要吓得战战兢兢，连称死罪了。待到张生因被她在花园奚落而郁闷生病，作为相国小姐的莺莺，居然能和夫人一起跑到张生房中去探病，张生躺床上，她居然能"抚榻"对生说话，又不是宝哥哥林妹妹自小儿长大。相国夫人也不管，张生等他们走后，赤条条在床边就倒下了，莺莺和夫人红娘居然又都跑回来看，成何体统！再有，等到张生得官回来，看郑恒来抢亲，居然和莺莺两人一起跑到法聪和尚房中，要双双自尽。这些，都是和一个相国千金身份极不合之处。也是《董西厢》迎合民间需求，改变莺莺身份，却没能写出一个相国千金的模样、性情不成熟之处。

到了《王西厢》，在秉承《董西厢》塑造莺莺是相国小姐身份时，处处注意其言行举止乃一大家闺秀。多情而不淫奔；耍小姐性子而明智；羞涩而不匆促；温顺又聪明有主见；心思细密又豁达。行动是静，言语是少，态度是慢，心思是密，喜怒不形于色，等等，下文详述之。

2. 初见莺莺

"靡不有初，鲜克有终"。有初见，方能再见，再再见。初见，是首脑，定下情事之基调，后来之情，都是初见的铺展、结末。

《莺莺传》中，张生初见莺莺，是在崔家谢恩宴上，崔母让莺莺出来陪席，以兄礼相见。张生早知有个姨表妹，却从未见过。莺莺甚至不愿出来，以病推辞，崔母大怒道："是张兄存活了你，你还避嫌？"这才姗姗来迟。可见莺莺性情孤僻，不喜应酬。如林黛玉说："什么臭男人……"母亲严命下，磨磨蹭蹭出来了，也不盛装打扮，不过是家常旧衣裳，服饰简淡，妆容素净，鬓髻乌黑低垂，眉色如黛弯而细长，未语双颊绯红。凝眸而视，满含两汪幽怨，体态轻盈，好似衣不胜体。天然去雕饰，却艳丽非常，一出场，便光辉动人。张生一见，大惊。"惊艳"的名目，不在院前，不在殿中，只在这宴席上。张生自命态度温茂，容貌丰美，但内心孤僻，往日宴游，纷纷扰扰，一般闲花野草，等闲看不上，不入心的缘故，所以二十二岁，尚未亲近女色。张生以为，像登徒子这样的，不过是淫乱，自己才是真好色，非得遭遇一个入心入情的人，才可倾心倾情。张生之"惊艳"莺莺，他是碰到了宿世的冤家了，且惊且喜。莺莺初见时，对张生有何感觉，传奇留下空白，恐怕张生自己也不知；下文说，莺莺情致深远，少言寡语，张生自己也常捉摸不准她的情绪。张生初见，即稍稍以言语挑引，莺莺不应，只得作罢。以后数日，张生是"行忘止，食忘饱"，直到莺莺以身相许。

元稹即是张生。元稹写的大量艳情诗中怀念的人，和《莺莺传》中初见莺莺的描写，何其恰合："殷红浅碧旧衣裳，取次梳头暗淡妆"（《莺莺诗》），"鲜研脂粉薄，暗淡衣裳故"（《梦游春词》），说的都是家常旧衣、简淡妆容；"低鬟蝉影动"、"眉黛羞频聚"（《会真诗》），是鬟低黛接；"须臾日射胭脂颊，一朵红酥旋欲融"（《离思诗》），是面色绯红；诗中歌咏的月色、花丛、暗香，也正是《莺莺传》中的待月西厢、花树乱影、暗香拂面。这般情致，即使在元稹娶了韦氏，后又娶两妻，终不能忘。每每花前月下，窗棂影动，就勾念怀想。他那首著名的诗："曾经沧海难为水，除却巫山不是云。取次花丛懒回顾，半缘修道半缘君。"即便他抛弃了莺莺，即便沧海桑田变化，元稹一生一世之最爱，最关动情处，都在初见莺莺时。

相比元稹遮遮掩掩、却动情的描写，《董西厢》之初见莺莺，写张生较为动情，写莺莺则要粗陋许多。莺莺在其笔下，已是个相国小姐，反比元稹笔下的富家女要粗野。只因莺莺是元稹心中的莺莺，却不是董解元心中的情人。《董西厢》之初见莺莺，应是三次完成：第一次，张生逛普救寺，在几间房舍、半块屏风间，与莺莺打了个照面。上文写，莺莺依门而立，拈花而笑，偷睛乱抹，白手腕露着黄金钏，一派浮薄小家碧玉模样外，其他多是一般才子佳人故事曲词中的套话，如眉如远山，眼横秋水，腰如弱柳，指如春笋，脚似金莲，口若樱桃，腮如晚霞，云鬓似鸦，等等；又依据《莺莺传》堆积些"淡净的衣服儿"，"天生更一段儿红白"等，既缺乏个性，前后也不一致，如上文写她"钗簪金凤"，腕戴黄金钏，下文又是"也没有首饰铅华"，上文说她拈花依门而笑，下文又写她"手托着腮儿"，明明闺房中愁美人形状。第二次见莺莺，是月下瞥见，除了说白中抄录的李公垂《莺莺歌》中的描写外，还是重复了上文的朱唇、眉黛、春笋、香腮、弓鞋，没有更多出彩有特色的描写。第三次，是在佛殿斋醮时见莺莺，一身白衣，使其形象略添成色，其他依据《莺莺传》中的形容：举止轻盈，不甚梳妆，鬓松眉长。

《董西厢》在演绎最初见面中，莺莺对张生，是否有情，并无交代：初次与张生打个照面，泛写她羞婉入内；再次，是作为深闺小姐的莺莺，居然能听到墙外张生念诗，就偷偷跑出来酬和，张生破门而入，大踏步走至跟前，莺莺被吓得颤作一团，又有红娘高声大气盘问，催她回去睡觉。后据红娘说，莺莺被夫人罚立庭中，哭着说要改过自新。种种叙述，既没交代莺莺的情感，又全是小家模样，哪里见得半分大家体统。（《王西厢》将此节改为莺莺每夜必在院中烧夜，这才得与张生酬和）第三次在佛殿上，张生对其眉来眼去，她是不理不睬，装傻不见。至于张生，虽然过于急猴猴、鲁莽得不像个谦谦君子，倒也写出个疯魔汉的神采："瞥然一见如风的，有甚心情更待随喜，立挣了浑身森地"，见了莺莺一下呆住，如立森然之地，无法言语。莺莺羞婉而入，他就手撩衣袂，大踏步，要推门跟去，被法聪一把揪住；再次，莺莺无端和了他的诗，"早教措大心乱，怎禁那百媚的冤家，多时也长叹"，他真个就大踏步闯将进去；莺莺走散后，他怏怏归房，倒埋怨不如不见，"是一段风流冤业下，稍管折倒性命去也。"三次见莺莺在佛殿，张生疯魔颠倒，对莺莺眉来眼去不算，"所为没些儿斟酌"，"几曾惧惮相国夫人"，这既不是读书君子模样，也几乎不可思议。

无论如何，《董西厢》描绘初见莺莺，跌宕起伏，一次、再次、三次，完完全全突破了原小说格局，是创建。初见莺莺情形丰满了起来，极富戏剧性，畅快淋漓地表达了张生的"惊艳"情状，为情节的推进奠定基础。《王西厢》毫厘不爽地继承《董西厢》格局，写来，却是另一副笔墨。初见莺莺，全是从张生的视角写莺莺，虽三次见，总是一见，却如金圣叹评的，"深浅恰妙"，各各不同，情态、姿势与当时情境，张生所见之视角，完全贴切，从不同角度，展现一个张生眼中、心上念想着的莺莺，而张生、莺莺各自之情愫，也微妙、妥帖地流露笔端，真真好手笔，读王实甫写初见莺莺，读一句，得浮一大白。三次见下来，幡然醉倒矣！

初次见莺莺，在庭院，《王西厢》作了交代，不是小姐无端乱跑，恰是夫人交代红娘看前边无人，带小姐散心，"立一回去"。以为无人，恰恰有人。张生蓦然见到的是，"辧着香肩，只将花笑捻"，静女其姝，却疑似兜率宫、离恨天的神仙，"宜嗔宜喜春风面"，这是忽然的一个正面，似笑非笑，是仙人，明明又是凡间女子的桃花人面，因是遥见，不真切，又不知她是喜是忧，是恼是羞。莺莺见了生人，自然就想避开，下句写的就是张生见到的莺莺侧面："偏宜贴翠花钿。宫样眉儿新月偃，侵入鬓云边"，一个"偏"字就侧转了身，所见的是半边翠钿，一弯细眉侵入鬓；然后是莺莺神情态度，"未语人先腼腆，樱桃红破，玉粳白露，半响，恰方言。似呖呖莺声花外传。"只几句，莺莺的嘴、雪白脖颈、声音，更兼腼腆态度，见了生人的羞怯，缓慢的性情，活跳纸上，不独张生见到，读者也分明见到；"红娘，我看母亲去"，是莺莺的第一句话，是大家闺秀见着生人的自然态度，不恼，却羞，自然避开；接下，"可人怜。解舞腰肢娇又软"，莺莺已移步而行，仅仅一瞬间，正面、侧面、背身，全写到，"你看衬残红，芳径软，步香尘底印儿浅"可见春天，落红满地，莺莺又轻，又小，故脚印儿是浅浅，亏张生想得到，作者写得出；"只这脚踪儿将心慢俄延，投至到栊门儿前面，只有那一步远"，张生愿意认为是莺莺有情，脚步缓慢，其实恰是大家闺秀即使回避，也不是匆促乱奔，她逝去的姿态，翩若惊鸿，如此轻盈，人已逝矣，却余音袅袅，空怀冥想。

蓦然瞥见莺莺，于张生，如晴天霹雳，"颠不剌的见了万千，这般可喜娘罕曾见。"弱水三千，这一瓢如今才饮，却不知饮得着否；"我眼花缭乱口难言，魂灵儿飞去半天"，惊见莺莺，口不能言，目定魂摄，是张生情状。最让张生魂牵梦绕的是，"我当他临去秋波那一转！我便是铁石人也，意惹情牵。"张生心心念念的是，莺莺临去，秋波一转，是留情，是无意？说其无情，临去又何必多此一转，若是有情，又怎只此一转，而非千转、百转？莺莺腼腆，口不能言，目传心事，这秋波一转，恰到好处，若是千转、百转，岂如《董西厢》写的"偷睛乱抹",哪里是大家闺秀？张生反复念想这一转，以至反倒抱怨，"他不瞅人待怎生？"爱极了，反称"可憎"，念极了，反生抱怨，亏作者曲折肚肠，如何就能体贴出天下情种如张生者。其实下文交代，莺莺瞥见张生之际，秋波一转，虽谈不上留情，至少对张生略无反感，所以当张生向红娘打听小姐，并傻气地自报家门、不曾婚娶，被红娘抢白、对小姐取笑时，小姐已心存维护，"你不抢白他也罢。"并要红娘不许告诉夫人知道。

初次见是瞥见，再次见才是夜月下饱看。有影无形，先闻莺声，莺莺唤红娘摆香案；人未见，香先闻；然后，才见花阴月下之人，"容分一脸，体露半襟"，遥见不甚分明的情形；"掸长袖以无言，垂湘裙而不动"，续写其端静模样；"遮遮掩掩穿花径，料应他小脚儿难行"，再写她袅娜姿态，语句却与白日所见不同。此节，张生是有心偷瞧，莺莺是无意被看，故她不知墙外有人，添香而拜，长长一叹，"心间无限伤心事，尽在深深一拜中"。是怎样伤心事？是兰闺深寂寞，是春来之愁怨？这一叹，牵动墙外张生，心有所感，方才赋诗；而张生之诗，正应和着莺莺心事，故她不恼，反夸"好清新之诗"，依韵相和，"料得高吟者，应怜长叹人"，莺莺为诗情感应，更兼月色朦胧，思绪迷离，故本能流露心事。此种情怀，写来行云流水，毫无挂碍，至此，张生莺莺，已如五百年前相见，早是惺惺相惜了。张生没料到佳人不但貌美，原来这般聪敏善对，更是欢喜，此时心念的是，能"隔墙儿酬和到天明"，天地之间，唯他们二人，寂寂酬和，东方既白而不自知，如此，就已心满意足；但莺莺已悟自己酬和之不妥，对红娘说："咱家去，怕夫人嗔责。"这与《董西厢》是红娘来催睡觉相反，是大家闺秀模样。张生还在胡思乱想要撞将过去（《董西厢》中张生想也不想就撞过去，何其鲁莽；而此张生全是意淫，犹豫不决，才是读书人模样），莺莺已忽焉而逝，只剩得宿鸟扑腾、花影乱颤、落红满地。有此一节，两人虽容颜未近，声色未接，已是情思暗种，心心相印，"何须眉眼传情，你不言我已省"。

初次究竟是一瞥，再次又是月下遥见，总不细致。非要到斋醮时，才挨近细看了莺莺。所谓文心曲折，只见《王西厢》笔触。细细写了莺莺的檀口、粉鼻、杨柳腰、梨花面，这当儿，张生转而哀叹起自己，"我是个多愁多病身，怎当得你倾国倾城貌"，佳人跟前，看一眼都魂飞魄散，若是挨近她，如何吃得消。写张生，是写莺莺。而莺莺呢，"可喜冤家，怕人知道，看人将泪眼偷瞧"，有两次遭际，不由不让莺莺想将张生看清楚，却又怕人知道。前面都是张生主唱。到《寺警》，才是莺莺主唱，补充上文，"相你脸儿清秀身儿韵，一定性儿温克情儿定"。甫一上场，就交代，"前日道场，亲见张生，神魂荡漾，茶饭少进。"和盘托出，毫不隐讳，因了三番与张生相见，"这些时坐又不安，立又不稳，登临又不快，闲行又困。镇日价情思睡昏昏。"与张生是一样毛病，只"情思睡昏昏"更贴切于春困多情之女子情状。莺莺说自己平日不爱见人，"独见了那人，兜的便亲"。也如张生，遇着的是500年前已定的冤孽，宿世的情分。至此三见（三见总是一见，初见完成），两人情分已定，如张生唱的，"我情引眉梢，心绪他知道；他愁种心苗，情思我猜着。"有此三见，心意相通，情思互动，下文之寺警、许婚、赖婚、听琴、赖简、酬简，终至好合，全是行云流水，自然而成。

3. 莺莺性情

《莺莺传》中的莺莺，貌美上文已述。又往往沉吟章句，以此，张生方能以春词惹动她情思。佳人多慕才子，何况才子恋慕自己。然莺莺虽善作文，见识敏锐，却"寡于酬对"，待张生深情厚意，却极少将情感赋予章句。她言语甚少，元稹《莺莺诗》说她"频动秋波娇不语"，《赠双文》说："有时还自笑，闲坐更无聊。"即便张生告知要离去，她也是默默无语，只一分幽怨愁容，楚楚动人。或者如元微之所写，她对艺术总要穷尽美好，不轻易作文。传奇所录的《明月三五夜》四言，致张生书信，文采粲然，历代才女也不多见，且不论书信是否元稹修饰，只一片冰心，高洁如雪。更兼能弹琴，深夜独自操琴，或感与张生白头无望，琴声凄切愁怨，发现张生偷听，就不肯弹。元稹《赠双文》有"何因肯《垂手》，不敢望《回腰》"句，《垂手》《回腰》，都是琴曲，也说双文能琴却不肯多弹。直到张生离开前夜，才弹《霓裳羽衣》曲，以为纪念，而哀音怨乱，她泪流满面，竟不能终曲。

《莺莺传》中的莺莺，是文人雅士之理想，貌美，能文，又是知音。更难得是性情宛顺，深情款款。即便知张生要离去，也无半分难词，一再追问，不过说是自己命该如此。张生滞留京都，明知那繁华之地，诱惑多多，两地相隔，婚姻已然无望，依旧深情致意，更多是怨恨自己不好，不能抗拒张生的挑引，以至有自献之羞。脉脉多情，始终表达"永以为好"的渴望；绝非《霍小玉传》中那怨恨激烈的霍小玉，被抛弃后化为厉鬼也要折磨爱人的。这莺莺，有仙人之貌，又是良家女子，并非红尘中人，多情贴心，更兼多才，是红粉知音，哪个文士不爱？不怜？难怪后世文人才子一再描摹莺莺，全都指责元稹之薄情寡义。

只一点，令人困惑，《莺莺传》中莺莺，为何初要以礼斥责张生的春词挑引，三天后，又突然自荐枕席？是她爱张生之才（张生才写了两首春词），是为了报恩？（认哥哥已可，何必以身相许）或者是效《诗经》桑中濮上，男女一见钟情，张生惊艳于莺莺时，莺莺也正钟情张生？斥责张生，不过是内心的挣扎，终究逃不过情关去？从莺莺对待张生将要离去的态度，以及后来写给张生的书信看，她似乎早知这段情是未了的情，与张生必是永诀。唐时男女自由恋爱多，当时女子的开放程度或者远超出我们所想，男女之间有了性爱，又移情别恋，也是稀松平常。既知之，依旧顺从爱恋，不能抗拒张生。这也是她初献处子之身后，终夕无一言，后十来天，无声无息，直到张生又写《会真诗》三十韵，她恐怕极爱张生之才，又总渴望或能将终身托付给这才子，才又来与张生相会。

然莺莺多变的行为，其中隐隐闪闪、遮遮掩掩之处，到底是作者不肯多言呢，抑或张生（元稹）也不自知？这也让后世才人得以补白，阐释，演绎。《董西厢》的解释偏于报恩；《王西厢》以为是情思深种。

上文所述，《董西厢》中的莺莺，三次见张生后，对张生也是不理不睬，丝毫没写她是否动情。直到在谢恩宴上，张生自己做媒，表白爱慕，莺莺也不过是"心虽匪石，不无一动"而已。以前面这些铺垫，当莺莺看见张生托红娘传递的情诗，以相国小姐身份，大发雷霆也是可能，一如《莺莺传》描述，她以《明月三五夜》诗约张生出来，目的是要骂张生一顿，似乎不是掩饰情感。这个莺莺，显得义正词严。到张生生病，她去探望，回来就泪水盈盈，说自己害了张生；竟以自己为药饵，成全张生，兀自一再解释，说自己是看张生为自己病的要死，这才背着娘，来相会。如果没有前面情感作根基，这样的解释，未免牵强。另外是报恩，军人作乱要掳走莺莺时，张生以一纸书信，调兵来护，当时崔母许诺的是"继子为亲"，并不明白指婚约，认兄妹，也是亲，后来张生在宴席上，自己做媒，被崔母拒绝，也不能说是赖婚。所以，莺莺以赖婚、报恩来解释自己行为，也不完全说得过去。并且，这个莺莺，自视为相国小姐，念念不忘的还是"莺莺的祖先你知么，家风清白，全不类其他"，既如此，又何必仅仅为了报恩献身张生？

再说《董西厢》里的张生，实在不讨人喜：三次见莺莺，一味是个鲁莽好色汉，动不动就闯将过去，如是千金小姐，见着也怕；军人作乱，法聪等在混战，他作壁上观；莺莺急得要跳阶而死，他兀自在下面"拍手大笑"，高论生死乃人之常理；形势紧急，他还和法本长篇大论谈什么佛道儒，既迂腐又卖弄；法本问他有何计策，他说"夫人与我无恩，崔相与我无旧，索不往返，救之何益"，居然以利益要挟，哪见得仗义；崔夫人不得不泪落相求，答应"继子为亲"，他摆足了谱，才赔笑对夫人说，已发出求救书信，会解围的；当张生夜见莺莺，被叱责，绝望之际，居然要和红娘"权作夫妻"；后崔母转又许婚郑恒，张生居然想着和当朝郑相之子抢一个妇人，似涉非礼。这样的张生，着实可厌，莺莺又何必以身相许呢？就是莺莺自己，为人滞重、理智，行为又被动，且前后矛盾，开口闭口是相国小姐（粗口动作全是小家子），到张生自己为博取功名离开，莺莺虽也恨离愁，叮咛张生莫变心，但满心想的还有"专听着伊家好消息，专等着伊家宝冠霞帔"，然后发誓闺门紧闭，不梳洗，作贞妇状。可是等郑恒来告，说张生已被吏部尚书家招亲了，她不明察，不信任张生，就说"自己错了"，改定郑恒婚约，也不力争，倒是红娘劝她要相信张生的多情。所以，《董西厢》在戏剧结构上较传奇故事有新的突破，但在塑造人物上，不尽完美，莺莺形象甚至不如传奇，一来恐出自下层文人之手，二来在酒肆勾栏传唱，难免受市井庸俗气息影响。

《王西厢》中的莺莺，总为一个"情"字，接近小说中的莺莺，只更显得活泼、主动。王实甫大抵是元中统元年至重纪至元二年人（1260—1336），主要活动期在元成宗元贞元年至大德十一年前后（1295—1307）。其时废科举，儒生地位底下，所谓八娼九儒十丐。大量汉族读书人入仕无门，便致力诗词歌赋、元曲杂剧的创作。王实甫也混迹于风月营、莺花寨、翠红乡等歌儿舞女居处之地。这些读书人原本品学上乘，他们的加入，繁荣了元杂剧，改变了原来勾栏酒肆、倡优戏子之口传唱的才子佳人故事的品质。《莺莺传》及诗词中文人士大夫的莺莺，在宋金之际多在民间倡优中传唱，《董西厢》虽是文人加工，依旧带有民间传唱粗糙的痕迹。到《王西厢》，词彩华丽，曲调工雅，张生是真才子，莺莺也才是真佳人。

《王西厢》中，莺莺三次见张生，情思已然深种。此时她已十九岁，久处深闺，原本就如杜丽娘般叹恨深闺寂寞，春华易逝，而上有严母，虽已定亲，想自己如花美貌、兰蕙之心，唯恐所托非人。一旦遇见张生，清秀多才，彼此钟情，正是宿世冤家，却不知如何能够，唯有长叹。突然听到孙飞虎要抢自己做压寨夫人，她魂飞魄散之际，首先想到的是无缘张生，"赤紧的先亡了我的有福之人。"所以，当张生居然能够修书平息祸乱，莺莺那欢喜，全在脸上："红娘，真难得他也！""只他这笔尖敢横扫五千人。"爱慕与自豪，明明都在，张生，正是一生的托付，危难时的依靠，千秋今古，哪个女子不是这样想。一场灾祸，反成全了婚姻，张生莺莺，真是欢天喜地，满心满意。看莺莺，如何声口："若不是张解元识人多，别一个怎退干戈。"好自豪，好欢喜，别一个怎能够，唯有张解元能够，分明是自家两口儿的说话。这个莺莺，有《莺莺传》里的貌美、多才、多情，更显得俏丽、积极。一个在书院，一个在闺房，早早起来，打扮得齐楚，巴巴等着母亲安排的婚宴。却不料，"他做了个影儿里情郎我做了个画儿里爱宠"，赖婚，激动她的反抗，母亲让她给张生把盏，呼叫哥哥，她将酒盏递给了红娘，是消极的抵抗，拗不过母亲严命，只能又把盏。此时，她还来不及自己苦痛，而是心疼张生，"病染沉疴，他断难又活。母亲你断送了人呵，还使甚喽啰。"《寺警》《赖婚》，将莺莺的幽怨、自豪、欢喜、多情、体贴、抗争，摹写了个遍。

《惊艳》是一见钟情，《酬和》感其多才，《闹斋》感其多情，《寺警》感其恩德，《赖婚》则是愧对张生。但张生至此，还没有明明对莺莺表白。只有到了《琴心》，张生以琴为媒，莺莺在窗外，"他曲未通，我意已通，分明伯劳飞燕各西东，尽在不言中。"此时两人，声色未近，心意早通，不必肌肤相亲，已是两心合璧。张生弹奏《凤求凰》，莺莺反觉"越教人知重"，是张生深情让她知重，张生怨恨夫人忘恩负义，小姐在窗外回答："你错怨了（我）也。"直接许诺。此时张生若破门而入，两人搂作一处，就是草率处理情感，也不是莺莺大家闺秀形象，非得有许多曲折，也是作者体贴莺莺处。莺莺无疑是积极主动的，但又用心细密，怕人知道，连红娘，也瞒住。她先派红娘去看张生，等红娘偷将张生信简放置妆台，她慢悠悠起床，慢悠悠梳妆，虽然心急如焚，却要这样从容，吊足了读者胃口，也写活了莺莺作张作势，怕人知道的心态。慢悠悠看了书简，却突然发作了，"只见她厌的扢皱了黛眉，忽的低垂了粉颈，氲的改变了朱颜"，莺莺心思在急剧变化中。她发作，一来是相国小姐的作张作势，不这样作，怕被下人耻笑；二来试探红娘，她不知红娘对张生是，"我从来心硬，一见也留情"，满心期望他们好合；三来试探红娘是否知道信简内容。当红娘作意要将信简出首到夫人那，她又赶紧哄转。连红娘都以为小姐真生气了。这是莺莺的狡黠，也是她作小姐的本能。她其实是想瞒着红娘私会张生的，写的四句诗，也是再次试探张生是否多才，能否领会她的心意。张生自然领会，问题是，这个呆书生，对红娘倒都不瞒，什么都告诉给红娘听，让红娘又气又笑又恨，"是几时孟光接了梁鸿案"。

文章之妙，无限曲折。小姐心思之曲折，也活跳纸上。如果第一次私约，就成就了，戏也不好看，小姐也显得草率。张生满心的作那"无使尨也吠"的情郎，爬了树，去跳墙，欲花底月下来成亲，不想，"一个羞惭，一个怒发"，"一个无一言，一个变了卦"。明明小姐约得来，却不认账，张生哑口无言，无以分解，但小姐之变卦，一来还是不放心红娘，二来毕竟是私情，于千金小姐是何其艰难、何其羞惭来迈出第一步，三来究竟张生情感如何，委决不下。所以她几番声明要"扯到夫人那里去"，要扯，早扯去了。读着小姐这些说话，真是又爱，又怜。起决定作用的是，张生的病重，小姐感其深情，本来自己就爱他，这才不顾其他（红娘也顾不上），豁出去了。但即使决定了私会张生，依旧委决不下，还叫红娘收拾卧房，自己要睡了。红娘坦率的表白让她放了心，但她依旧挪不动脚，红娘反复地劝"去来去来"，她总共只说了一句"只是羞人答答"，这才挪动了脚。红娘捧了小姐去到张生那，终其一夜，直到早上离开，她总也害羞，并无一言，这也是千金小姐的情态。作者写来，体贴到骨髓。非得如此曲曲折折，折腾个够，才子佳人的好合，才是你情我愿，流水行云，他们是满心满意，读者也松了口气，也才显得"有情人终成眷属"的可贵。

4. 莺莺结局

《莺莺传》中莺莺是认命。莺莺明知张生（元稹）不能以礼定情，既遇到了冤家，不能抗拒挑引，失身于他，一切只交付与命了。第一次听张生要离开，她没有半句言语，只是愁怨动容，次夜便不再来；再次离别，心知恐怕是永诀，这才对张生说：始乱终弃，是应该的，我不敢怨恨；若能百年好合，是你的恩惠。她奏琴送别张生，不终曲，泪流满面而去。张生（元稹）果真辜负了她。对负心郎，她不是怨恨，反是道其珍重，表达自己深情，感佩当时爱念。唯其哀怨，宛顺，多情，才尤其动人情怀。莫说男子为之动心感性，我如今读来，也凄切爱怜，深恨张生（元稹）。元稹此文作于与莺莺别后四年（贞元二十年），他与韦氏新婚才一年，既作此文，是感念，是忏悔，也是解释。他们各自婚配后，张生曾以外兄身份，渴望再见一面，却被莺莺拒绝。张生想念莺莺，是真心。而莺莺之不见张生，也是真心，君既已有妇，妾亦已有夫，见了又能如何？所以，她致意道："不为旁人羞不起，为郎憔悴却羞郎。"正是为郎憔悴不能忘情，才不愿见，才怕见。"弃置今何道，当时且自亲。还将旧来意，怜取眼前人。"莺莺怨恨的是张生的负心抛弃，怀念的依旧是当时的深情爱亲，而此情此意，如时光流水，绵绵不绝，空留遗恨了，真所谓"天长地久有时尽，此恨绵绵无绝期"。

至《董西厢》，不满意才子佳人的离散，一改结局为张生莺莺的大团圆。虽其中情节布局、人物性情有所瑕疵，但"从今自古，自是佳人合配才子"是民间的美好愿望。结尾如唐传奇《柳氏传》，得了功名的张生倒不是一个负心郎，却冒出一个抢亲的郑恒，若不是有法聪、杜确这样的仗义帮衬，莺莺也要如章台柳一般攀折在沙吒利手中了。

《王西厢》秉承的是《董西厢》的结构，从一开始就酝酿的幽默、欢快氛围，尤其是红娘一角的喜庆色彩，结局应该是大团圆。再者，张生被塑造成一个志诚痴心的才郎，有点呆气的读书种，从一贯的性情看，他不该会变心；《董西厢》中，张生是自己要去博取功名，自己要走，而《王西厢》中，是崔母逼迫张生进京科考，生生将一对鸳鸯从热被窝中拎起来，张生更应是念念不忘莺莺，假如最后酿成悲剧，那也一定别有原因。之所以这样猜测，是因为，关于《王西厢》的结局有争议：一种认为《王西厢》仅止于《哭宴》《惊梦》，第五本张生得了官回来大团圆结局是后人续本；一种则认为《王西厢》的全本就是五本。从行文逻辑上看，从民间演出实践看，结局应该是大团圆的。但是，第五本的文采和前四本的确相差甚远，我倾向认为是王实甫尚未改定的初稿。

才刚热热地爱恋，眨眼就劳燕分飞。《哭宴》中，莺莺最伤离愁，人未走，便问归期。她不梳洗，水米不沾，莺莺痛的是离情，怕的是张生移情。母亲要张生："得官呵，来见我；剥落啊，休来见我。"张生自信满满地说："状元不是小姐家的，谁家的？"而莺莺则吩咐："此一行，得官不得官，疾便回来者！"她不忧"文齐福不齐"，只忧"停妻再娶妻"，她"不恋豪杰，不羡骄奢；只要生则同衾，死则同穴"，至此，莺莺，总为一个"情"字的莺莺，才最终丰满。《哭宴》中，莺莺是主唱，《惊梦》则是张生的呼应。《哭宴》《惊梦》其实是一出，一阴一阳，总写离情。张生的角度，自与莺莺不同，"乍孤眠，被儿薄又怯，冷清清几时温热。"他所想的还是莺莺那软玉温香抱满怀，所以做梦莺莺如倩女离魂，带了红娘来私奔。莺莺是相国小姐，自然不可能私奔，于情不合，于理也不合，所以只是一个梦。从艺术看，止于第四本的《惊梦》，如画作之留白，余音袅袅，口噙生津，着人联想。事实上，张生、莺莺在《酬简》中已经佳人才子好合，又何必有现实的结合？佳人得遇才子，才子得遇佳人，千秋万代，不过一瞬之事，或不过是一个梦，一个念想。

收 煞

　　明朝又有一出崔张故事。说是正德年间，苏州有才子叫张梦晋，名灵，姿容俊朗，才调无双，工诗善画，性情豪放。每每纵酒高吟，目中无人，年长未娶。说是数千年中，可当得起才子佳人的，只有两人，才子是李太白，佳人是崔莺莺。他自己呢，比李太白稍差点。所以，要娶就娶个崔莺莺来。一日，张灵边喝酒边读《刘伶传》，听说唐六如等在虎丘宴集，就携了书，手持木杖，披发赤脚，一路行乞到虎丘，见人就说："刘伶告饮。"唐寅叹其风采，画了《张灵行乞图》。当时有南昌崔文博慕其为真才子，向六如讨得此图回去。再说那张灵醉罢，行走湖边，忽见船中一佳人，超凡脱俗，他即登船长跪，称张灵求见，被个童子强拉走；那女子正是崔文博女，名崔莹，字素琼，后见《行乞图》，知刚才那人即是张灵，叹道："真风流才子也。"张灵过后就托唐寅寻访崔莹，以为绝代佳人，必娶之。时宁宸濠阴谋反叛，请唐六如画《十美图》进上，崔莹也在列。崔莹有心张灵，却成永别，便在《行乞图》上题诗，托付唐寅。张灵已病，读诗，大呼："佳人崔素琼！"呕血而死。宁宸濠阴谋败露，十美也被遣回。崔莹听说张灵已死，悬挂《行乞图》于其墓，边读张灵诗稿，边呼叫："张灵才子！"后竟自缢墓边。唐寅乃取张灵诗稿及《行乞图》，并置棺中，将崔张二人合葬。

　　《莺莺传》中，佳人得遇才子，才子遂得佳人，然崔氏有心，张生忍情，终究劳燕分飞，空劳记忆。《西厢记》中，佳人才子，两相好合，张生有意，崔氏多情，然不过月余，也生生分别，究竟能否永为好合，教人疑猜；

世间之事，聚少离多，苦多乐少，果真才子佳人能数月相随，两无疑猜，朝云暮雨，你恩我爱，也不枉一生一世。这张灵崔莹，不曾同日生，不曾一词半语约定，不曾酬和到天明，不曾夜半弹琴，不曾肌肤相亲，不过瞬间四目相视，一幅图，几卷诗，一个呕血死，一个自挂东南枝，总为了两样：真佳人，真才子。叹世间，哪得真佳人，哪得真才子，便是佳人，何得才子，是才子，又如何遇得个佳人。而佳人才子得遇，又能同死，恐只传奇故事、戏曲演义中有吧？东坡所谓"诗人老去莺莺在"，诗人梦想个莺莺，在小说，在诗词，在戏曲，在纸上舞台上；莺莺却梦见个诗人，在未来等待。

2008 年 9 月 4 日定稿

金钏儿之死

　　整部《红楼梦》，金钏儿死前，只出现过四次；宝玉在太虚幻境中读到的副册、又副册也没有点到她。故历来红学研究者忽略金钏儿。"红楼"众女，如果说秦可卿是主子中死亡的第一个，金钏儿则是丫鬟中死亡的第一个。这个昙花一现的小人物，她的死亡前后，是一个分水岭，宝钗、黛玉、袭人的姻缘、结局开始浮现出来。从对这个小人物之死的反应上，也能反观、映衬出其他"大人物"，以及那令人沉思慨叹的命途。

　　金钏儿，王夫人的贴身丫鬟，姐姐是金钏儿，妹妹是玉钏儿。钏是首饰，一对儿金首饰。

　　金钏儿第一次出现，是第七回，王夫人陪嫁周瑞家的去薛姨妈那寻主子，见金钏儿与一个才留头的丫头在玩。那丫头是香菱，就是甄士隐那被拐走失散的女儿英莲，薛蟠为她打死人，贾雨村为她乱判案，幼小的香菱，已历经沧桑，她自己尚懵懵懂懂，也不记得父母家乡，她未来之命苦，可想而知。此时出金钏儿，不过是陪衬香菱。周瑞家的说香菱，"倒像东府里蓉大奶奶的品格儿"，香菱是秦可卿的影子。金钏儿与香菱玩，是写金钏儿之性情与香菱一样，也与晴雯一样。主子中秦可卿、尤三姐、林黛玉，是一类的，性情之侧重不同；丫头里香菱、金钏儿、晴雯也是一类。

金钏儿第二次出现，是二十三回，宝玉去见贾政王夫人，"金钏儿、彩云、彩霞、绣鸾、绣凤等众丫鬟都在廊檐底下站着呢"，集中列出王夫人主要丫鬟名字。金钏儿排第一，是王夫人身边享受一两月钱的四大丫鬟之一，在贾政夫妇这里的地位，等同于袭人之于宝玉、平儿之于凤姐贾琏、鸳鸯之于贾母。此回写宝玉想着要见父亲，心中不自在，"金钏儿一把拉住宝玉，悄悄地笑道：'我这嘴上是才擦的香浸胭脂，你这会子可吃不吃了？'"可见宝玉平日即是这般与丫鬟调笑，他不是扭股糖似的黏在鸳鸯等丫鬟身上，要吃女孩儿嘴上胭脂？原无什么要紧，不过是公子哥儿的习性。此回特特道出金钏儿的"轻佻"，却是下文伏笔。

　　金钏儿第三次出现，就被逐出贾府了。三十回，宝玉盛夏无聊，乱晃，晃到母亲处，王夫人午睡，金钏儿在捶腿，就与金钏儿调笑几句，大意是要向太太讨她之类没要紧的话，金钏儿答语轻佻，被王夫人听见，打了一嘴巴，就叫玉钏儿，"把你妈叫来，带出你姐姐去"。接下来一段是金钏儿一生正传：

　　金钏儿听说，忙跪下来哭道："我再不敢了。太太要打骂，只管发落，别叫我出去就是天恩了。我跟了太太十来年，这会子撵出去，我还见人不见人呢！"王夫人固然是一个宽仁慈厚的人，从来不曾打过丫头们一下，今忽见金钏儿行此无耻之事，此乃平生最恨者，故气忿不过，打了一下，骂了几句。虽金钏儿苦求，亦不肯收留，到底唤了金钏儿之母白老媳妇来领了下去。金钏儿含羞忍辱的出去，不在话下。

　　金钏儿第四次出现，就死了。三十二回，借一个婆子口叙述出来，"金钏儿姑娘好好的投井死了"，"前儿不知为什么撵他出去，在家里哭天哭地的，也都不理会他，谁知找他不见了。刚才打水的人在那东南角上井里打水，见一个尸首，赶着叫人打捞起来，谁知是她。……"

　　金钏儿一生就此了结。但在金钏儿之死这件事上，不同人，各各表现出不同形状来。这也是作者烘云托月之法吧。这是本文要细致分析的。

1. 王夫人

写金钏儿，为着写王夫人，所谓背面敷粉法。小说总正面写王夫人如何慈祥厚道、罕言寡语，一味的吃斋念佛，孝敬贾母，相夫教子。即便逐出金钏儿，也说"王夫人固然是一个宽仁慈厚的人"，"固然"两字用得好！正如写贾政，说他"本要"科第出身、"不料"得皇上赐官，都是作者的春秋笔法。王夫人固然宽仁慈厚，却仅因一句轻佻话语，且是宝玉这等公子哥儿调笑在先，竟将一个跟了自己十来年的大丫鬟驱逐出去（三十二回，她对宝钗说，"金钏儿虽是个丫鬟，素日在我跟前比我的女儿也差不多"），其刻薄寡恩，不独令其身边人齿寒，寒意也透出纸背，令读者汗毛直竖。难怪袭人听闻金钏儿死，不觉间流下泪来，那是唇亡齿寒之泪，是同为奴才命运的感同身受：一句不谐，轻则打骂，重则逐出，乃至可能受贾赦、贾珍、贾琏之流淫媾。王夫人对贴身大丫鬟尚如此无情，后来发生的事也就自然顺出：抄检大观园，驱逐司棋、四儿，将病得四五日水米不沾牙的晴雯从床上拖下撵出，次日晴雯即死，任由芳官、藕官出家为尼。种种。

表面上，贾府是王熙凤管家，王夫人并不管事。其实不然。她到处安插耳报神，袭人只是其中之一；周瑞家的、林之孝家的、吴兴登家的，都是王夫人的恶奴。小说明写凤姐之为非作歹，暗写王夫人之狠恶。四十六回，贾赦要讨鸳鸯做姨娘，贾母大怒，见王夫人在旁，当众即骂："你们原来都是哄我的！外头孝敬，暗地里盘算我！……剩了这么个毛丫头，见我待他好了，你们自然气不过，弄开了她，好摆弄我！"贾母是气糊涂了？本应骂贾赦之妻邢夫人，倒骂起王夫人来，是否骂错了？下一回贾母见着邢夫人，"直至无人"，才说了几句端正劝告的话。聪明如贾母，岂会骂错？我们看看袭人原是贾母贴身丫鬟给了宝玉的，三十四回之后，是如何被王夫人收买（袭人月钱从贾母处出一两改为从王夫人处出二两一吊、且下令不告知贾母），变成王夫人的耳报神，就知道别的事情会如何发生了。王夫人的举动，贾母心知肚明，只隐忍不言罢了。"外头孝敬，暗地里盘算我！""弄开了她，好摆弄我！"就鸳鸯事，连同袭人之事，乘便说出，一机双敲。但贾母也只是发泄一下，她能怎么办？贾府的日常运营，已被王夫人、王熙凤把持，他们同是王家人，王子腾从京营节度使升为九省统制、奉旨查边，王夫人又是贵妃贾元春生母；而贾家呢？贾政不过个五品小官，宁国府那边更没什么像样的。家庭权力是朝廷权力的延伸。贾母发怒，不过是告知大家，她还不是个"老昏君"，别太过分了！贾府权力消长变化正是在这些闲言中体现出来，看官须仔细！

话转回来，金钏儿之死，传扬开，对王夫人"慈祥厚道"的名声可不好；若是金钏儿娘家闹出来，更是麻烦。所以，王夫人一方面要探听贾府上下如何看待这件事，于是就有了第三十二回，她对宝钗说："你可知道一桩奇事？金钏儿突然投井死了！"其口吻，竟如同谈论一个不相干之人、茫无所知缘由而发生的"奇事"，过后又找补，说是因为金钏儿弄坏东西，自己打她一下，逐出去是为了气气她，谁知就死了，"岂不是我的罪过"。宝钗一番安慰的话，自然很合她的心，下文再叙。王夫人另一方面要做的是给钱给衣裳首饰，又叫人念经超度，又将金钏儿每月一两例钱给玉钏儿吃个双份。这样几个动作，金钏儿娘家不再会告发，王夫人自己也安了心、洗了罪过，依旧享有"慈祥厚道"的好名声。同时，通过对金钏儿之死的议论，王夫人还识别出了宝钗、袭人两个"贴心"人。

2. 贾政

三十三回，宝玉挨父亲打有两个缘由：第一是狎戏子琪官；第二是"淫辱母婢"：贾环诬告给贾政，说宝玉强奸未遂，致金钏儿赌气投井。贾环的消息应该来自贾政之妾赵姨娘。金钏儿既是王夫人贴身丫鬟，自然也伺候贾政，就如平儿伺候凤姐贾琏一般。金钏儿之死的真实缘由，贾政岂能一无所知？

假如贾政真的一无所知，只能说明三点：或是王夫人有意隐瞒，这说明他们夫妻两个也是相互藏奸，如同贾琏凤姐相互争斗、各以利益畜养恶奴一般。又至少说明贾政于荣府日常事务是一笔糊涂账（或装糊涂），因此，外甥薛蟠打死了人投奔来，他窝藏并协同舞弊；哥哥贾赦为几把扇子弄人倾家荡产，不曾听他劝谏半句；侄媳王熙凤为三千两银子毁人婚约、逼死男女，他莫听莫闻；更兼贾珍贾琏诸侄子，在他眼皮底下，斗鸡走狗、淫遍贾府、恣意妄为，种种，没听见贾政发过怒、行过什么家法，独独因人几句言语，就对儿子大打出手。再者，贾环诬告宝玉，他竟也不查问清楚，既不相信儿子品性，也不明察，听信赵姨娘贾环搬弄是非，他们今天会指认宝玉奸淫，明日更能搬弄别样是非；宝玉亏得有贾母宠爱，尚不免于被灯油烫伤几毁容、被道婆施魔法几死、被诬告后遭毒打等种种磨难，贾府之险恶环境可想而知。

如果贾政明知金钏儿被驱逐真实缘由，依旧听任贾环对宝玉的诬告，竟以此理由狠打起宝玉来。难道贾政真的不顾恤父子之情吗？

贾府中，最有政治头脑的，一个是贾母，一个即是贾政，二十二回元宵诸子侄制灯谜、贾政"悲谶语"可知。当时形势，贾蓉媳妇秦可卿新死，以其出殡时王族路祭大太监戴权亲临的排场看，秦可卿身份可疑，又死得蹊跷，秦可卿之死事关贾府在朝中的权力消长；二十六回、二十八回两番提及冯紫英说的"幸与不幸"朝中大事，权力更迭必定牵扯贾府；贾元春刚刚晋升贵妃，虽是件喜事，但权力更替、政局不明时，贾府更是战战兢兢如履薄冰。在这样背景下，若为个忠顺王爷宠爱的戏子琪官，得罪对手，平白树敌，危及贾府，孰轻孰重，在官场子混的贾政不会不明白；又若因贴身奴婢金钏儿投井而死，其娘家人控告起来，贻人口实，岂非无端生事？所以贾政大张旗鼓打起宝玉来，一时大怒是可能，更重要的是打给觊觎其夫妻在贾府权势的长房贾赦邢夫人看，也打给清客门生看，打给外人，尤其是打给忠顺王府、金钏儿家的人看。贾政的打宝玉，与王夫人给钱给首饰衣裳、安抚金钏儿母亲，是一手软一手硬，出于同样的巩固权力利益、免人口舌的理由。为了这个重大理由，亲儿子受点皮肉之苦，也豁出去了。贾政王夫人，难不成上演了一出苦肉计、双簧戏？

3. 宝钗

三十二回，听见金钏儿投井死了的消息，宝钗只说了一句："这也奇了。"首先想到的是去安慰王夫人。王夫人向宝钗探听上下议论虚实，又欲撇清罪过、求得心安，说是金钏儿打碎了东西，撵她出去不过是气气她。聪明如宝钗，岂不洞明王夫人心思？她就说了这样的话："姨娘是慈善人，固然这么想。据我看来，他并不是赌气投井。多半他下去住着，或是在井跟前憨顽，失了脚掉下去的。……纵然有这样大气，也不过是个糊涂人，也不为可惜。"又说："姨娘也不必念念于兹，十分过不去，不过多赏他几两银子发送他，也就尽了主仆之情。"她轻轻松松，将金钏儿之死，归为偶然事故，若真是自尽，金钏儿不过是"一个糊涂人"，跟从王夫人十几年的贴身大丫鬟，死了，发送几两银子，即是尽了主仆之情。宝钗说的真是明智、理性、懂道理、不糊涂，将王夫人的心熨得服服帖帖。

我每每读着宝钗这几句话，汗毛直竖，好像听到的是王夫人的口吻。她果然是"冷"，真真是一枚"冷香丸"，护花主人说："真是香固香到十二分，冷也冷到十二分。"怪道她抽的花签上有句："任是无情也动人。"她的贴身丫鬟莺儿若是死了，也是这样"发送几两银子"便罢？鸳鸯不愿做贾赦小老婆，尚有贾母为她出头；平儿无故挨凤姐夫妇打，尚有贾母给面子、宝玉为之理妆、凤姐私下赔礼，甚至有个李纨替她抱不平；可叹这金钏儿也是袭、平之类，死了竟只落下这么几句话？再看第六十七回，尤三姐拔剑自刎、柳湘莲截发出家，如此惊天变故，连呆霸王薛蟠尚且哭起来，着人到处寻找柳湘莲，宝钗又是如何反应？"宝钗听了，并不在意，便说道：'俗语说的好，天有不测风云，人有旦夕祸福。'这也是他们前生命定。"

宝钗便是未来的王夫人！她开释劝慰王夫人的话，是其真心所想，自然也很对王夫人的心思胃口。接下来，王夫人说道，本想将给林黛玉生日新做的衣裳拿给金钏儿装裹，"我想你林妹妹那个孩子素日是个有心的"，这是王夫人第一次直接流露对林黛玉的嫌弃。看官仔细！王夫人对林黛玉的这句"判词"，是在第二十八回之后，也就是元妃端午赏赐、唯独宝玉宝钗的礼物一样之后。元妃只见过众姐妹一次，何以独独青睐宝钗？难道不是其母王夫人的主意，难道不是因为薛家的皇商身份？"送宫花"一节已显露薛家与宫廷的密切关系。王夫人是先认同了"金玉良缘"，才生发嫌弃黛玉之心，因而在金钏儿之死上，黛玉被拿来说事、无故躺枪。与黛玉的所谓"有心"计较相反，宝钗主动贡献出两套新衣裳给金钏儿，并说自己从不忌讳，显得又大方、又得体、又能宽慰人。表面上看，是宝钗会做人、说话贴心，在王夫人心中地位陡然提高，归根到底还是利益的联结。王夫人才不会凭几句甜言蜜语就决定宝玉的姻缘。小说这样写，仅仅为了表明宝钗的上升，黛玉的下降。

尽管宝钗表示不忌讳拿自己衣裳给死去的金钏儿装裹，作者难道不以此暗伏宝钗的命运？金钏儿第一次出现，是在薛姨妈住处，也是宝玉第一次看见宝钗的金锁、第一次谈到"金玉良缘"；金钏儿与宝玉调笑，说了一句自己命运的谶语："金簪子掉在井里头，有你的只是有你的！"金钏，即金簪子，钏、钗、簪子，皆首饰，尤其是"结发所用"，袭人回家探母病，"头上戴着几枝金钗珠钏"；金钏儿果真掉到井里头。金钏儿死了，宝钗以自己衣裳为之装裹，难道不是暗伏后头宝钗之死，"金簪雪里埋"？"有你的只是有你的"，宝玉后来到底是讨娶了宝钗呢，还是未讨娶，她就死了呢？王夫人丫鬟的名字都是一对一对：彩云、彩霞，绣鸾、绣凤，金钏儿、玉钏儿，最后是一对

"金玉"，"金"死了，只剩下"玉"。我揣度，曹雪芹原本要这样写："金玉良缘"在长辈这里的确是定下来了，但薛家较贾家先败，宝钗未及与宝玉完婚，便也死了。这枚冷香丸，经历了春夏秋冬、雪露霜雨之后，终于制成，也不过是埋在梨树根下，与宝玉是先合终离，故"金"死了，只剩下个"玉"。至于黛玉，病死的，更在宝钗之先。如果说晴雯之死是伏黛玉之死，那么，金钏儿之死，即是伏宝钗之死。黛玉宝钗是兼美，原是比对着写，只有两个都死了，才符合第五回宝玉所见的"正册"头一页箴语："玉带林中挂，金簪雪里埋。"我很不同意高鹗续书，将黛玉之死与宝钗婚事同时进行，如此戏剧化！宝钗这样顾体面，怎会任由事情弄得如此难看？

4. 袭人

袭人听见金钏儿死了，"点头赞叹，想素日同气之情，不觉流下泪来"。袭人深知赖嬷嬷所慨叹的"奴才"两个字是如何写的。所以，当宝玉赞叹袭人家两个堂姐妹长得好、巴不得也能到贾府来时，袭人激愤地说："我一个人是奴才命罢了，难道连我的亲戚都是奴才命不成？"袭人点头赞叹，是叹金钏儿有志气、刚烈、不甘受屈辱（这等奴才不多见，金钏儿是一个，鸳鸯在贾母前断发起誓是一个）；她流泪，是兔死狐悲，悲叹身为奴才的命运——挣得好一些，不过是如平儿般做了通房丫鬟，再升，也不过是个姨娘，乖巧一点的如周姨娘，忍气吞声过日子，心有不甘的如赵姨娘，闹腾一两下陡添耻辱，生的孩子贾环、探春是主子，她自己依旧是一个奴才，依旧处处受气、处处赔小心。——即便如此，当上姨娘，便是袭人所能挣得的最有前途的结果；剩下的，或赎身嫁人，或长大配奴才如彩霞，或被驱逐如司棋，或死去如晴雯，或出家为尼如芳官，等等。

所以，袭人努力朝当上姨娘的"好前程"奔去。为了这个上等奴才的前程，她已经做了很多准备，献身宝玉、虏获他的情感，在怡红院内收买众人，始终隐忍、小心、精明，但还缺少一个"官方"保证。袭人很清楚，这个保证并不取决于贾母，而取决于实权人物王夫人。她一直在寻找机会，获得这个保证。

袭人探听到，宝玉挨打的原因之一，是金钏儿之死。但当王夫人问袭人："我恍惚听见宝玉今儿捱打，是环儿在老爷跟前说了什么话。你可听见这个了？"袭人是怎么回答的呢？若是一般丫鬟，会这样想：王夫人既然厌憎赵姨娘，乘机将环哥儿在贾政面前告状之事抖出来，岂非又献好又畅快了王夫人的心？袭人更聪明。她矢口不提环哥儿告状之事，只说是宝玉霸占戏子挨打的。因她知道，金钏儿之死是王夫人的疮疤，千万别戳：若说她知道环哥告状之事，贾环是主子，她骂贾环，是奴才骂主人，至少在表面上显得于礼不合；又难免要议论金钏儿之死，她既不想违背内心悲伤显得无情，又不能流露唇亡齿寒之意，那是在指责王夫人罪过、撞到枪口上。所以，她只推不知，既显得老实、不卷入是非，又免掉议论的麻烦，同时安慰了王夫人，表明大观园内并没有人议论金钏儿之死。袭人在应对王夫人询问上，足见其心思绵密不亚于宝钗。宝钗的应答，合乎一个主子小姐、同时又是王夫人亲外甥女的身份，袭人的口吻，也符合奴才身份。

但是，如果错过了王夫人的询问机会，那是真老实，而不是精明的袭人了。所以，袭人话锋一转，向王夫人表达"忧虑"，意思是宝玉也该挨打受点教训，长大了也该搬出园林，因为有"林姑娘、宝姑娘"这样的亲戚（黛玉、宝钗并举，重点在黛玉）。借金钏儿之死，袭人切中了王夫人的关注点，表达了她愿意做王夫人的耳报神，将宝玉与姑娘们的一举一动汇报给王夫人的忠诚。尤其是宝黛之间的情感动向，是王夫人最为忧虑和关注的，这点，袭人已从元妃所赐礼物中体会出来，宝黛婚姻已不可能，宝钗才是未来怡红院的主子奶奶。第三十三回回目是"手足耽耽小动唇舌"，上半回写贾环告宝玉，是庶告正，下半回写袭人告林黛玉，是奴告主，都是"小动唇舌"。袭人，终于在

"金钏儿之死"后找到机会，向王夫人表达了忠心，为自己通向姨娘的道路，找到了准"官方通行证"；王夫人也以此利诱，将袭人从贾母身边挖过来，成为自己安插在大观园的耳报神，尽管她还是留了一手：只将袭人的月钱提高到二两一吊（晴雯、麝月是一吊钱），等同于周姨娘赵姨娘，却不明确身份，借口宝玉还小，"先浑着"，其实是将胡萝卜挂在驴前：你若不老实、不忠心，依旧不予颁发"姨娘"证书。——袭人，最终也没能挣到姨娘的位置。

5. 宝玉

好几个女子的死，与宝玉间接相关，金钏儿、尤三姐、晴雯，虽非宝玉的主观愿望。仅仅一句调笑，就断送了金钏儿。也是他的大家纨绔公子习性，对丫鬟奴仆，细心体贴，却难免轻浮，这才是真实的宝玉。但他究竟与贾琏、贾蓉、薛蟠等不同，尚懂得珍惜女孩、养护女孩儿。所以，听见金钏儿死，他"五内俱伤"，"恨不得此时也身亡命殒，跟了金钏儿去"。撞见父亲时，也是呆呆愣愣，最后又被父亲毒打。只有在黛玉面前，他才敢吐露真言："就便为这些人死了，也是情愿的。"

金钏儿死后余事，是通过描写宝玉完成的。写他负疚、百般讨好玉钏儿亲尝莲叶羹种种细节。四十三回，凤姐生日家中大摆宴席，独宝玉全身缟素，一大早出门，只带茗烟一人，跑到荒僻的水仙庵，在一个井台边，撮土为香，祭拜，丝毫未点出宝玉在祭拜谁，但"水仙庵"的洛神、"井台边"的祭奠，隐约透露出被祭奠者与水有关。直到他回到贾府，府内上下正忙着给凤姐庆生，热闹场景对比的是孤凄，"只见玉钏儿独坐在廊檐下垂泪"，宝玉赔笑道："你猜我往那里去了？"玉钏儿不答，只是擦泪。至此，还是没有交代宝玉是去祭奠谁了。反是满贾府人向贾母编谎言，说是北静王府的爱妾死了，宝玉去了那里。读者都要被搞糊涂了。此为悬疑。

一直到四十四回末了，宝玉为挨打后的平儿理妆，才点出：那一日，是凤姐生日，也是金钏儿生日，凤姐正春风得意时，上自贾母下到奴仆，都赶着为凤姐过生日，而金钏儿魂灵则冷冷清清躺在井底泥中，只有宝玉和玉钏儿记得她的生日，黛玉宝钗虽不知，大约猜测一些。此一节，凤姐之闹热，与金钏儿之凄冷比对。但作者写一个人之鼎盛时，已潜伏着他的衰败，死去的金钏儿，正比对出人物未来的命运。那一日，是凤姐极春风得意之时，却发生了贾琏淫媾奴仆、与其撕闹之事，虽然最终是贾琏被迫当众赔不是，却暗伏着未来她被贾琏休掉的命运。

又，贾琏淫媾鲍二家之事，与宝玉所谓的"淫辱母婢"事比对。贾琏淫媾鲍二媳妇是真，凤姐当场捉奸，贾母也不过笑笑道："小孩子们年轻，馋嘴猫似的，那里还保得住不这么着。从小儿世人都打这么过的。"淫媾霸占奴仆媳妇原不值得什么大惊小怪！后来因凤姐之威，鲍二媳妇畏惧自吊而死，她娘家说要控告，凤姐心中不安，嘴巴依旧强硬，还是贾琏给了二百两银子发送才摆平。回过头来，宝玉与金钏儿不过调笑几句，何至于到"淫辱母婢"？结果是金钏儿被逐、自尽，宝玉被贾政毒打！且不说宝玉并无奸淫之事，即便有，也不过如贾母说的"小孩子们年轻，馋嘴猫似的"，有什么大惊小怪？也值得贾政大打出手？贾政打宝玉的真正缘由，上文已分析。只可怜金钏儿，服侍王夫人十来年，无端身死，还被目为"一个糊涂人"，其母所得的烧埋银子只有五十两，还比不上鲍二媳妇；晴雯死时更可怜，只给她哥嫂十两银子。

第二十六回，小红冷笑说："'千里搭长棚，没有个不散的筵席。'谁守谁一辈子呢？不过三年五载，各人干各人的去了。"佳慧对小红说："昨儿宝玉还说明儿怎么样收拾房子，怎么样做衣裳，倒像有几百年的熬煎。"二十七回黛玉葬花，作为诗人的她，敏锐感受到萧瑟之气的逼近；三十二回金钏儿之死只是个开始！她是丫鬟中第一个死去的。宝玉，从秦可卿、金钏儿之死开始，一点点意识到"一朝春尽红颜老，花落人亡两不知"，大观园中众女终将无可寻觅，连他自身也不知何在何往，"则斯处、斯园、斯花、斯柳，又不知当属谁姓矣！"

6. 林黛玉

小说并未直接写黛玉对金钏儿事的看法。但荣国府内的暗涌，总会波及她这个孤女、闲女。金钏儿死了，毫不相干的黛玉，不知不觉间两次受中伤：

一次是宝钗去安慰王夫人（黛玉怎么没想到？），王夫人对她说，本想将给林妹妹过生日的新衣服拿去给金钏儿装裹，"我想你林妹妹那个孩子素日是个有心的，况且他也三灾八难的……"。二十二回贾母特特出钱请戏班子为宝钗过生日，隆重得很，至三十二回，才补写黛玉生日仅得两套衣裳，还要在装裹丫鬟时想着拿来用用，用也罢了，黛玉半点状况不晓得，又怎会说半个"不"字，却已被嫌弃是"有心的"、计较的。王夫人嫌憎黛玉之心如此直截了当露出，又独独流露给宝钗，其厚钗薄黛、喜钗恶黛，显而异见。上文已分析，嫌憎之表露，发生在贾元春端午赏赐之后。所以，并非黛玉气量狭小、"素日多心"、"三灾八难"，根本问题是宝玉的婚姻乃是家族利益的联姻。回想黛玉初进荣府，王夫人何等殷勤，身为朝廷二三品江南巡盐大员林如海的独女，黛玉是最合适的准媳妇。林如海一死，黛玉即毫无希望与宝玉结姻缘了。

第二次是王夫人向袭人探听大观园中对金钏儿之死的反应，袭人却说出要宝玉搬出园林的话，因为有"林姑娘、宝姑娘"，男女日夜起坐一处，"叫人悬心，外人看着也不像"。袭人的话中，林姑娘排在前面，重心是黛玉。第三十二回，"诉肺腑心迷活宝玉，含耻辱情烈死金钏"，将宝玉对黛玉诉衷肠，与金钏儿投井并列为回目，宝玉豁出去，对黛玉最完整最直接、唯一一次情感的大胆诉说，恰恰是被袭人听了去（我每读至此，便跌脚叹息）。第三十四回，袭人即将宝黛情感暗示出卖给王夫人，王夫人听了袭人的话，"如雷轰电掣一般，正触了金钏儿之事"。从此，她要袭人做她的耳报神，监视宝玉的行动，宝玉与众丫头的行止还在其次，宝黛情感的发展才是关键，王夫人想要成就"金玉良缘"，宝黛之间若是"错了一点半点"，"一生的声名品行岂完了"。可怜的黛玉，在金钏儿之死事件上，她没有任何举动言辞，却早成了他人的眼中钉，比起宝玉之皮肉受苦，黛玉所受苦楚更为内在。黛玉虽不闻不动，以其敏锐，对自身处境岂能不知？又岂能怪她日日以泪洗面、一味好哭？

但黛玉对金钏儿之死不是没有看法。四十四回，承前回凤姐生日，宝玉却一大早没了人影，很晚才归，此回一开始就写，众人看演《荆钗记》（注意，荆钗，是身为奴仆的金钏儿，对应着主子宝钗），演到《男祭》一句上，林黛玉就说，王十朋不通，"不管到那里祭一祭罢了，必定跑到江边子上来做什么！俗语说，'睹物思人'，天下的水总归一源，不拘那里的水舀一碗看着哭去，也就尽情了。"（金钏儿投水而死。真真草蛇灰线。）宝钗不答。宝玉回头要热酒敬凤姐儿。宝玉到底去哪里只他一个人晓得，但凭黛玉之灵窍、宝钗之善体察，是能够猜测宝玉做什么去了。此处也含蓄道出两人对宝玉的关注。宝钗不吭，是不想表明态度；黛玉以机锋敲打宝玉"不通"，实则能理解宝玉尽情之心，也表明在对待金钏儿之死上，黛玉与宝玉是心意相通、满含悲伤的。只宝玉关注的是对金钏儿的愧疚，而黛玉关注的是宝玉的心。黛玉的心思是随宝玉的起伏而起伏的。祭金钏儿，黛玉知晓；七十八、七十九回宝玉祭晴雯，念诵《芙蓉女儿诔》，恰又被黛玉听见，她"满面含笑，口内说道：'好新奇的祭文！可与曹娥碑并传的了。'"以此，可反衬出黛玉对金钏儿之死的态度。宝黛性情相通，从祭金钏儿、晴雯上可见。

注：引文回目以庚辰本《红楼梦》（脂砚斋评）为依据、参校人民文学出版社1982年版《红楼梦》。

2016年3月初稿，10月定稿

寻访沈从文

一

"我欢喜那些半天上的楼房。""渡江时水上光景异常动人。"

到凤凰，便看见了沈从文所说的。千年来古城依旧傍着山崖，沿河的吊脚楼也俨然悬挂在半空中，弯角飞檐如鸟翅，青灰屋瓦似鱼鳞，楼脚高高离开河面，竹木根根竖立支撑。到了凤凰，也才真的知道，水，对沈从文的影响，是清澈河水滋润他的笔，他的心，他的情，"我感情流动而不凝固，一派清波给予我的影响实在不小。……我认识美，学会思索，水对我有极大的关系。"水孕育了他的澄明透彻的智慧（不是知识！），他笔下的人物，故事，他的柏子、翠翠，都生长在水边。他的性情，想象，为人做事，也都拜水的涤荡，宽阔，富裕，成长。离开了水，他就失去了源泉。他的一生，也如水一般，看似柔弱，其实坚韧，且能涵容，并源远流长。

"山头无雪，虽无太阳，十分寒冷，天气却明明朗朗。"我就是在这样一个寒冷天气走进凤凰。火车一路过来，一路读先生的书。心里念诵着他的文字，想念着他的性情，爱，思虑，与沉痛，想从他的出生地开始，想贴近他。在这样寒冷明朗的中午，我抵达他在 15 岁之前一直生活的房子，十几年后返回过的家，1982年最后一次徘徊的天井（当时故居还住着几户人家，回到故乡的沈从文住在黄永玉弟弟在白羊岭的房子，其时杜鹃花开，杜鹃鸟啼鸣不休）——凤凰城南中营街10号（作为沈从文故居挂牌是1989年）。正门边格子四方窗户蒙一块蝴蝶小花蓝印花布，暗赭色木门，铜色剥落的牌匾。一个小四合院。左手第一间是陈列室，光线暗弱，悬挂着先生各时期相片及各种版本书籍。相片里的人，除了青少年时略略虎头虎脑，带几分湘西人的侠义剽悍（来自他充满将军梦的家世），三十年代后的先生，基本斯文儒雅，眉目清秀，唇吻柔弱，一双孩子般对世界充满好奇的眼睛（"三三，这真是稀奇的事"），他嘴角微翘，噙着宽和柔软的微笑，而这微笑里又分明有他的独立性和一种倔强；靠门角落一张低矮藤椅，是他晚年还坐的，我走过去，抚摩那弧形椅背、磨损扶手，——那个人，他的身子定是轻灵的，有多少次将他那写下妙文的手搁在这个扶手上？

在哪个角落，那个调皮明慧的孩童因逃学被罚跪，在哪里，他的想象跳跃在落雨的檐溜、蚂蟥、蟋蟀及树的坚果上？那个书篮，是他用来盛放《幼学琼林》《论语》《诗经》的，多少次他把书篮寄放在土地庙，就跳到了河里捞鱼，扑进草丛捉蟋蟀，看人吵架吵出结果，与人单挑培养勇气与机智，细细看人杀鱼、磨针、打铁，看小腰白齿头包花帕的苗妇人打豆腐（我在街上走时到处能见）。他说生活是本大书，他是流动不滞地"看"生活中的一切的。

我就是个不想明白道理却永远为现象所倾心的人。我看一切，却不并把那个社会价值掺和进去，估定我的爱憎。我不愿问价钱多少来为百物作一个好坏批评，却愿意考察它在我官觉上使我愉快不愉快的分量。我永远不厌倦的是"看"一切，宇宙万汇在动作中，在静止中，在我印象里，我都能抓住它最美丽与最调和的风度，但我的爱好显然到不能同一般的目的相合。（《从文自传·女难》）

而他从来是以充满好奇与爱的眼睛来看这个世界，理解、"同情"百汇万物的。

……我轻轻的叹息了好些次。山头夕阳极感动我，水底各色圆石也极感动我，我心中似乎毫无什么渣滓，透明烛照，对河水，对夕阳，对拉船人同船，皆那么爱着，十分温暖的爱着！（《从文家书》1934 年 1 月 18 日）

所以他看着那些兵士、土匪、商人，那些在寒冷十二月一下跳进水里弄船的水手，那些在吊脚楼讨生活的宽脸眉毛拔得很细的妇人，都满含爱与悲悯。因为他认识他们的哀乐，因为这一切他自己也有份，他就参与其中，他和这些人的生活，本就是完全融合，并与这山，这水，这吊脚楼融合在一起的。于是，他一次次在他的文字中回归到他们那里。十几年后，他从大城市归来，多么快乐，且因为过于快乐而感到悲伤了，那些柔软与深挚的爱与忧伤，全都体现在《湘行散记》《边城》等这些美丽作品中。

坐在沱江边的"亦素"咖啡馆，读先生的书，看沱江青碧安宁流淌（它一直这样流下去），虹桥的三拱与倒影构成满圆，艄公轻点竹篙，两头翘起带顶棚的明黄色小船便无声滑出码头。玻璃窗外人行人往，成群结队如蚂蟥的游客，背竹篓头盘青蓝头帕绣花肚兜的苗妇，蓝衣艄公，大冷天也热烈流汗的胖商人，城市管理员，清扫工……凤凰城，已不是自然自足的古镇，它被改造为一个被展示被追忆的旅游点，吊脚楼挂满了红灯笼，做着新时代的生意。"满河橹歌浮着！沿岸全是人说话的声音，黄昏里人皆只剩下一个影子，长堤岸上只见一堆一堆人影子移动，炒菜落锅的声音与小孩哭声杂陈，城中忽然当的一声小锣，唉，好一个圣境。"（《泸溪黄昏》）这里先生写的是泸溪，当年凤凰也是这样的圣境？那些奇妙声响的汇合，如今不是完全一样，长堤的人影子依旧移动，炒菜落锅的声音却被喧闹的歌声、鼓声替代。我并不悲伤。先生若在如今，那个小小的少年，也依旧会睁圆眼睛好奇地看着这一切，这丰富生动的人世，人来人往、变化反复的一切。对一颗敏感悲悯心言，所有的生活都是值得爱和同情的。何况，我们，所有这些人，时间在变，生活方式在变，也依旧是"很从容地各在那里尽性命之理，与其他无生命物质一样，惟在日月升降寒暑交替中放射，分解"。（《箱子岩》）

在先生卧室，雕镂窗透漏进的一束白光，落在先生伏过的檀木桌上，不曾铺有纸笔。斯人已去。这白光更显着房间的阴翳。床边一架老式留声机，是先生用过，他原是欢喜一边听音乐，一边写作的，从肖邦钢琴曲，从湘女清婉的歌声，都能寻到文字的韵律之美。于先生言，山水，文字，声音，人物，原是谐和在一起，美没有分界，只有表达形式的不同，他很难想象，一个作曲者，竟是不能从云气之相激山峦之跌宕来体会音乐的。留声机里有一张胶木唱片，盖上竖立一份曲谱，都是《伏尔加船夫曲》，原是先生所爱，他所写的那些水手之欢爱沉郁与远在俄罗斯的那些船夫，又有如何不同呢？五十年代后，这个曾在四九年还说要写一二十部文学作品满怀抱负的人，一边听音乐，流着泪，一边在一张纸片上写几句什么，然后将它揉成个小球，扔掉了。

这个想要写一二十部文学作品的人，这个一度被称为中国的托尔斯泰者，离开了滋养他的故乡（精神性的离开），水（他的笔曾一次次让他回归到水里），到了一个个充满心机的城市（哪里不是？）。他所认识的、叙写的、血脉相连的自然故乡也正有计划地被改变，而充满心机的现代性城市又不是他所能进入的。在三十年代，他还自信地说自己："真正说来倒是孑然孤立存在到这个世界上，倏然而来悠然而去，对这个流俗趣味支配一切的世界是不生多大影响的。"但到了四九年被围剿后，世界已经改变，机械社会已经取代山水之自然故乡，他就知道自己"灯熄了，罡风吹着，出自本身内部的旋风也吹着，于是息了。一切如自然也如夙命"。"如一虹桥被新的阵雨击毁，只留下幻光反映于珠荷间。"

世界变了，一切失去了本来意义。我似乎完全回复到了许久遗忘了的过去情形中，和一切幸福隔绝，而又不悉悲哀为何事，只茫然和面前世界相对，世界在动，一切在动，我却静止而悲悯的望见一切，自己却无份，凡事无份。……我是谁，原来那个我在什么地方去了呢？就是我手中的笔，为什么一下子会光彩全失，每个字都若冻结到纸上，完全失去相互间关系，失去意义。（以上均出自《从文家书》1949 年 5 月 30 日）

"世界正在有计划的改变"，他却静止在他的故乡、他的水。这些被认为他疯狂时的呓语，却是如此清醒地看待着世界与自己。尽管在五十年代，他一次次主观上努力说服自己"向人民靠拢"（他笔下的翠翠，柏子，牛保，夭夭，哪个不是人民呢？），说服自己"乐意学一学群，明白群在如何变，如何改造自己，也如何改造社会"，从而"新生"。但他终于还是无法（或不可）从文学中"新生"，茫然于如何来"新生"。于是在五六年，他自叹：

觉得《湘行散记》作者究竟还是一个会写文章的作者。这么一只好手笔，听他隐姓埋名，真不是一个办法。但是用什么办法就会让他再来舞动手中一支笔？简直是一种谜，不大好猜。可惜可惜！这正犹如我们对曹子建一样，怀疑"怎么不多写几首好诗"一样，不大明白他当时思想情况，生活情况，更重要还是社会情况。看看曹子建集传，还可以知道当时有许多人望风承旨，把他攻击得不成样子，他就带着几个老弱残丁，迁来徙去，终于死去。曹雪芹则干脆穷死。都只有四十多岁。（《从文家书》1956 年 12 月 10 日）

二

1949 年前的沈从文，可从他丰富的作品，从当时报章论争，从不为战火焚毁的书简中了解他的文学、思想历程及生平。而 50 年代后的先生，只能在传记家的笔下，在追忆与口述中，在存下不多的书简中（"文革"中他的六公斤信被抄走）零落窥见先生的后半世生活。这些资料中，我印象最深的有这几点：

1. 1948 年，以郭沫若《斥反动文艺》为代表，集中批判沈从文等所谓的"桃红色文艺"作家，批判其"反对作家参政"，反国共内战，崇尚人性，倾向"第三条道路"的自由主义文艺观，对早期"京派与海派""反差不多运动""与抗战无关"等论争予以清算。这次批判，决定了 1949 年后沈从文的被冷落。北平（北京）解放后，北京大学贴出"打倒新月派、现代评论派、第三条路线的沈从文"、"清客文丐"、"地主阶级的弄臣"等大字报，1949 年春天，沈从文在严重精神恍惚下，割血管自杀，幸亏救活。活转过来的他，灵魂经历了洗涤，也从此熄灭了文学的灵灯。他给张兆和的信是这样的：

我们既活在一个大城市里，就不免有这么一天，这么一次，以及明天更大的灾难。这就是"人生"！这也是"道"！一切齐齐全全，接受为必然。我在重造自己。……莫再提不把我们当朋友的人，我们应当明白城市中人的规矩，这有规矩的，由于不懂，才如此的。

"我不向南行，留下在这里（按：指不应蒋介石说客去台湾），本来即是为孩子在新环境中受教育，自己决心作牺牲的！应当放弃了对于一只沉舟的希望，将爱给予下一代。"（《从文家书》1949 年 2 月 2 日）

2. 1949 年 7 月，全国第一次文学艺术工作者代表大会在北京召开，名单里没有沈从文。1953 年第二次文代会他是以美术组成员与会。从 50 年代到 80 年代初，差不多三十年，沈从文没有文学创作，文学史也没有他。1953 年，大陆这边，曾经印行他书籍的开明书店正式通知，说"各书已过时，凡是已印、未印各书稿及纸型，全部代为焚毁"。令沈从文奇怪的是，此时，香港也转来台湾那边的命令，除焚毁其作品外，还永远禁止再发表任何作品。

两边一起禁止他的作品，"则不免令人起幽默感。"（《一个传奇的本事·附记》）这样状况下，没几年，他就几乎被人淡忘了。1956年，他以一个文物工作者身份到济南某师范学院，学生们都是只知道巴金，而不再知道沈从文了。此时，他写给张兆和的信说：

我想还是在他们中挤来挤去好一些，没有人知道我是干什么的，我自己倒知道。如到人都知道我，我大致就快到不知道自己究竟是干什么的了。

我生命中有一种十分"谦虚"，又十分"自信"的情绪在生长。它在当时虽若十分抽象，但反映在另外一时却极具体。在学习中和写作中，都会发生极大的影响。也许因此越来越像不现实，或生命中总被"不现实"那一部分支配，生活永远陷于败北状态。可是不妨事，因为"谦虚"和"自信"还依旧存在。（《从文家书》1956年10月12—13日）

3. 1952年，沈从文决定留在历史博物馆，其日常工作就是为展品写标签。但他一头扎进了对文物的研究中，以致废寝忘食，常常中午被管理员锁在库房中。（据凌宇《沈从文传》）数年后，就成为文物史专家。其间，他写给侄子黄永玉的一封信上谈了这样三点：

一、充满爱去对待人民和土地；二、摔倒了，赶紧爬起来往前走，莫欣赏摔倒的地方耽误事，莫停下来哀叹；三、永远地、永远地拥抱着自己的工作不放。（黄永玉：《太阳下的风景——沈从文和我》，转引自凌宇《沈从文传》）

4. 1963年，经文化副部长齐燕铭推荐，周恩来拍板，沈从文着手写作《中国古代服饰研究》，1964年春初稿既已完成，拟订1964年冬出版，作为建国十五周年献礼。然，历史注定了这部书出版的坎坷。"文革"一开始，沈从文就被"揪"出来，先后被抄了八次家。《中国古代服饰研究》成为"鼓吹帝王将相，提倡才子佳人"的毒草，几书架图书和资料被毁。沈从文后来虽受冲击不大，但也不能再搞研究，只负责扫厕所和拔草。1969年底，下放湖北咸宁。在艰苦环境下，他凭记忆，将《中国古代服饰研究》应该增补的图案一一列出，并列出待研究的文物专题二十多个，预备先搭架子，再随想随补，做了一堆卡片。终因劳累病重。《沈从文年表简编》，在1970年，这样记录：

7月下旬，沈从文致函历史博物馆革命委员会领导，提出与其在此"消极的坐以待毙，不是办法"，要求"让我回到那个二丈见方原住处，把约六十七万字材料亲手重抄出来，配上应有的图像，上交国家，再死去，也心安理得！"他得到革委会领导劝告："你那几份材料，希望你自己能一分为二来看待，那是还没有经过批判的……"

（1971年）2月8日，致函干校连队领导，重申回京治病请求："与其在此如一废物，近于坐以待毙，不仅我觉得对国家不起，从国家说，也极不经济……权力名位对我都无所谓"，只因"可用生命已有限……尽可能争取一年半载时间，将一些已改正，待亲手重抄工作抄出来，上交国家"。请求未获答复。（转引自李辉《沈从文图传》）

5. 1981年，《中国古代服饰研究》由商务印书馆香港分馆出版，引起国内外学术界重视，同时，沈从文的文学创作也在国外得到广泛重视，国内也出现了重新评价其文学成就的呼声。1980年，先生携夫人访美。1985年，《光明日报》头条发表题为《坚实地站在中华大地上——访著名老作家沈从文》的长篇专访。1987年，吉首大学召开沈从文研究座谈会，并拟召开全国性沈从文研究大型学术讨论会。沈从文，在沉寂了三十多年后，似乎"行情看涨"了。此时，沈从文却口述由儿子致信凌宇，措辞严厉，坚决不同意召开有关他的学术会议：

《秋水篇》："大块载我以形，劳我以生，佚我以老，息我以死。"孔子曰："血气既衰，戒之在得。"这两句话非常有道理，我能活到如今，很得力这几个字……自己作你研究，不要糟蹋宝贵生命。

你和我再熟一点，就明白我最不需要出名，也最怕出名……我目前已做到少为人知而达到忘我境界。以我情形，所得已多，并不想和人争得失。能不至于出事故，就很不错了。你必须放下那些不切事实的打算，免增加我的担负，是所至嘱。（沈从文：《致凌宇》，转引自凌宇《沈从文传》）

三

我站在并不宽大的沈氏故居厅堂，在先生画像前鞠躬、默拜，并代为远方的敬慕者再次三次鞠躬、默拜。先生头部塑像安置在一块蓝印花布上，显示着同样的质朴，正壁上挂着孙女沈红画的爷爷像，两侧各悬一幅小姨张充和的手书。东西墙壁又各悬挂一幅先生在 79 岁、80 岁时的手书。先生垂垂老矣，黄永玉去看他，带了先生 19 岁时写的字，他一看就哭了，黄永玉说，你哭什么？你 19 岁写的字，比我现在写的还好。先生听了，又笑了。1982 年，沈从文最后一次回到凤凰，有张照片是他到曾读书的文昌阁小学、坐在孩子们中间，神情如此幼稚，天真烂漫。李辉是这样描述那个八十多岁老人对故乡的情感的："刚刚说到'傩堂'（湘西地方戏）两个字，我发现，本来很平静的沈从文突然张开嘴巴，笑出了声，我们都停止了谈话，静静地看着他。他笑得很开心，眼泪不一会也顺着眼角流了下来。"（《沈从文图传》）

张兆和在《从文家书》后记中写："他不是一个完人，却是个稀有的善良的人。对人无机心，爱祖国，爱人民，助人为乐，为而不有，质实素朴，对万汇百物充满感情。照我想，作为作家，只要有一本传世之作，就不枉此生了。他的佳作不止一本。……太晚了！为什么在他有生之年，不能发掘他，理解他，从各方面去帮助他，反而有那么多的矛盾得不到解决！悔之晚矣。"悔之晚矣！沉痛至极。这不仅仅是她个人之悔，乃是时间中整体人之悔。而时间，会证明从文先生 1934 年的自信："我的作品会比这些人的作品更传得久，播得远。"时间，的确是个古怪的东西，诚如他自己说："时间正在改造一切，尽强健的爬起，尽懦怯的灭亡。我在这一分岁月中，变动得比那些小同乡还更厉害，他们做的事我毫不出奇，毫不惊讶。"（《一个爱惜鼻子的朋友》）这是先生 40 年代的话，对于他一生，却是极好的注解，以时间看，这个似乎"胆小，柔弱"，如水一般，儒雅温和的人，却以其强健的精神状态走完了他的人生岁月，他比许多人都走得更远。

1988 年，先生病逝于北京，1992 年移骨家乡，骨灰一半撒于沱江，一半埋葬于距凤凰县城中心一公里半的杜田村听涛山下。2009 年夏天再到凤凰，我和土豆去寻先生墓。沿沱江行不过半小时就到。八月祥和天气，坟茔前后左右满植潇潇细竹，又多木芙蓉、白杨、桂树，以及许多不知名姓的杂木，阴翳，清凉，阳光被树叶筛成圆点，落在随意排放的卵石路上。先生又能听到沱江的水流声，摇橹声，水手歌唱声，车行过往声，人家絮语交谈，炒菜落锅的声音，这些人世声响，先生安静听，一定欢喜。我们在先生墓前徘徊，默拜：这里埋葬着一个老了如同孩童的人，一个经历洞察世事却不责难不幽怨的人，一个以其专注的心热爱百汇万物生命之种种的人。我将头上戴的花环放在墓碑上，还是新鲜滴着水珠的花，墓碑上已经排放了好几个花环，这些在凤凰城为先生摹写过的爱娇的手编织、又为美丽质朴的女子戴过的花环，先生一定欢喜；墓碑下，有许多点燃过的香烟，并不是一般用来祭祀的香，而是抽的香烟，各种各样牌子，这样充满人情味的纪念方式，先生也一定欢喜；墓碑后一棵桂树，桂花开时甜美香气馥郁地环绕四围，先生也欢喜吧？如今，让人稀奇的是，枝杈上挂了许多粽叶编织的蝗虫，有的已经干枯，有的还是鲜润的叶子，原来正是从沱江边上女孩手中买的。我也正巧买了两个，就在一只蝗虫翅膀上写了"柏子"，一只写了"萧萧"，叫土豆挂上去。我问他，这蝗虫是害虫呢，先生可会欢喜？土豆说，蝗虫，《诗经》中可是代表福气呢，蝗虫多嘛，"钟斯羽，申申兮，宜尔子孙绳绳兮"，指的是多子多福呢。

那墓碑，竟是块天然五色石（可补天？），状如蘑菇。凹凸不平的五色石正面上刻有先生手迹：

照我思索，能理解"我"。

照我思索，可认识"人"。

这后一个"我"与"人"，乃是"自我"及"他者"，乃是个体生命及百汇万物。

背面为张充和撰联并书写的：

不折不从，亦慈亦让。

星斗其文，赤子其人。

他在时代之激变中坚强忍耐，不似崔苇之夭折，但也从不失去他的独自思考，他的爱、悲悯与谦和、沉静、平淡自处，贯穿生命之始终，他为文为人，都是一体。

当时却是冬日，坐在两头微翘的明黄小船泛行沱江，风凉极了，水清得让人伤感。湘女的歌顺着水波顺着凉风飘来，真清婉极了，或用先生的词，"清疏"，那是他用以形容凤凰的春天。但现在是冬季，河水中混杂有先生的遗骨。傍晚的雾气渐渐浸染上河面，在我心上蒙着了一层怅惘的灰白；再过一会，沿河的红灯笼就都点亮了，会将河水映成闪烁的红，风中，水中，晚色中，我似乎听见先生在耳边低低说：

"三三，你若坐了一次这样的小船，文章也一定可以写得好多了。"

（注：文中不加说明的引言全出自沈从文文字）

2012 年定稿于沪上

苏东坡：从阳羡到儋耳

一

2009 年 3 月 31 日中午 11 点多，我站在江苏宜兴丁蜀镇东坡书院门前。

宜兴，秦至西晋，皆称阳羡。如今属无锡市管辖。丁蜀镇有"陶都"之誉。从镇中心顺紫砂路直行，家家户户以陶为业：伏身埋首搬运的，幻影般旋转泥胚的，炉火灼烫烧炼的，浸白了双手水洗打磨的——到处是勤劳忙碌的身影，呼吸里尽是烟火气。路边堆叠着大大小小粗制的陶盆陶罐，橱窗内摆放着做工精良待字闺中的紫砂壶。紫砂路尽头是东坡路，过红阳桥，再顺东坡路走数百米，就是东坡书院。站在桥上，远望一座小山包，坡度平缓，绕山而走的是蠡河，水天淡灰，河面平宁静寂，一小片金黄油菜亮在迷蒙烟色中，矮矮房舍倒影水墨般洇漫，一条小货船低低压着舷舱，剪破水面，无声地由远而近……小山包原名獨山，当年苏东坡到此，登临一望，忽然思念四川眉山故乡，叹道："此山似蜀。"后人便将獨字去犬旁，更名蜀山。

东坡书院坐落于蜀山南麓。白墙灰瓦，门楣上东坡书院几个墨字非常素朴。入门是个小庭院，道路修洁，泮池、石桥皆是新修，布置得疏朗有致。初春天气，薄薄寒意，前两日或有雨，泥土湿润，石罅间杂草回绿，竹丛下新笋突突冒出，有石板一副，就而小坐，闭目嗅闻青草树木香气……正发着呆，两个男孩嬉笑着跑进书院，绕着庭院围墙追逐，皮野地在花树间跌跌撞撞，好半天，两人方笑喘着蹲坐地上；又不知看什么，齐齐凑着黑脑袋：蚂蚁？千足虫？不知名姓的草？石子的颜色？其中一个忽然发现我，扯扯同伴衣袖，被我发现秘密似的讪讪站起来，红脏的脸蛋上挂着余笑，互相扯笑着往门外走，顺手揪了片茶花叶子含在嘴里，出了门，又探头回看我，好奇的清亮亮带笑的眼睛，——门外绽放出童音清脆的大笑——

原来书院正门右侧有一月洞门，一条小路通向蜀山。走不多远，即是从书院迁出新建的东坡小学。坐在庭院，隔墙就能听见朗朗诵书声。想来这是东坡乐听的。那两个脸蛋红脏、眼神清亮的男孩定是东坡小学的学生。这些七八岁童子，日日追逐着，嬉戏着，在蜀山上跳下窜，过着童年恣肆、自在生活。童年日子，若是拥有一条河（蠡河），一座小山（蜀山），更有树木、花草、泥土、昆虫，便是上天给那孩子最富裕最幸福的赐予了。大自然会将最初的好奇、神秘、热爱植入到一个孩子心中，从一开始，他就拥有了纯良、敏感而诗性的质地。何况那孩子会走进书院，抚摩老东坡塑像，去读那些尚未全部认识的汉字，好奇于供奉的这个老头是个怎样的人；而他的老师每每读到东坡文字，也会说："喏，就是书院里那个老先生，他的文章写得多好啊！"还会见到如我一般慕念瞻仰之人，于是那孩子小小的心会升起一些景仰，有了敬畏，甚或开始阅读和喜爱诗歌。

过东坡小学，不多远，就登上蜀山山顶。北坡有松，松下荒地杂草，错些金黄油菜；最高处是娘娘庙，香火颇旺。站在山顶（娘娘庙），如东坡四面一望，太湖平原，良田万顷，道路沟渠四通八达如毛细血管。庙边一条小路，可穿行翻越到蜀山南坡。南坡多竹，山势更加平缓，但山坳里杂树迷乱、粗藤密叶缠绕，又多坟茔，乱鸟瞎飞，便是白日独行，也觉得心慌。走到山脚，看见人家菜园子，一道道青绿喜人，这才放下心来。原来从南坡有一条小路可通向南街，从南街可回转到东坡书院大门左侧。这是一条明清古街：石板路，木板门，青灰屋瓦密如鳞片，依稀可见当年繁华，如今只剩些萧条的手工制陶作坊，祖居于此不肯搬迁的老人，地上沿墙堆放着泥版、陶罐陶瓶；我行过时，一个蓝衣老头正拉着一木板车陶罐，在狭窄逼仄的街道上左突右突、拐不过弯来。

诗人、散文家黑陶就出生在东坡路上的某间小屋，毕业于东坡小学，当时小学尚未迁移出来的、设在东坡书院内。他笔下的书院是如此富裕细致而充满生气：

常绿的植物似乎正在进行秘密、盛大的狂欢，东坡书院内有了更为劲厚的气感。是的，气，一种由书院内漆黑的建筑部件、刻有汉字的古代石碑、泮池小桥、储藏的书籍、青砖甬道以及蓊郁茂密植物所组成的精神性流体，在黛青的露天庭院以及砖木封闭的清洁空间内弥漫、劲拂。……雨水润过的、深绿树影里的书院，在由蜀山浓阴递送过来的黄昏渐浸下，格外凝重，古老中依然透射出亘古不衰的强大生命力（像那些花白圆实的柱础和巨大坚韧的墙石）。无数年代积累下的朗朗书声，并没有消逝，在此刻散去了学子的寂静书院里，沉浸的人，仍能听见空气里碎裂却清晰的丝缕童音。（黑陶《雨意浸渗的岁暮故乡》）

过庭院，有一道黑木门，是书院原来的正门。乒乒敲半天，踱出个身穿棉袄双手对插在袖管里的老头，怕被打搅似的耷拉着两腮，瞅我们几眼，回去翻找半天，寻来一沓门票撕下两张递给我们，嘟囔说到点就关门。进门一道大理石屏风，刻写有"蜀山东坡书院简介"：

元丰七年（1084 年），苏东坡在此买田筑室，拟终老阳羡，即东坡草堂，后又扩建为东坡别墅。元代在原址建起东坡祠堂。明弘治年间，工部侍郎、宜兴人沈晖重建，更名东坡书院，作为文人学士集会之所。清康熙、乾隆年间多次扩建、修缮，咸丰时焚毁，直至光绪八年，当地有二十四家望族羡念东坡，集资重建东坡书院，为宜兴东南八乡教养子弟之用，光绪三十二年，废除科举后，改名为东坡高等小学堂。以后一直是东坡小学所在地（按：文革时更名红阳小学）。1989 年，东坡小学迁出。2002 年，列为江苏省文物保护单位，同年，全面重修，恢复光绪年的七间四进规模，2003 年扩建了碑廊。

简介说苏东坡在此买田筑室于元丰七年（1084 年），即被贬黄州之后。其实东坡在宜兴购买田产，时间更早。嘉祐、熙宁、元丰年间，东坡即多次到宜兴溪山一带游玩。熙宁七年（1074 年）正月，他随同科进士宜兴人单锡游宜兴善卷祝陵村，捐了一条玉带给当地人造桥，还将外甥女嫁给单锡，后又托单锡在善卷黄墅村（今芙蓉村）买田约二百亩；元丰二年（1079 年）四月，他又托邵民瞻在靠近武进的滆湖边南新塘头村（当时称淹头村）买田一百多亩，为了灌溉田庄还造了一个水闸，后人称为东坡闸。这些田产，应是托人照管，在他贬谪黄州前，均已置办好了的。宜兴属常州管辖，宋时常州是文人汇聚处，物质繁荣，气候温和，东坡动念定居江南，由来久矣。1079 年，他在湖州太守任上，4 月才头了阳羡田产，7 月 28 日，"乌台诗案"即发生。苏东坡是在湖州太守任上被直接抓捕入京。

"乌台诗案"肇因于北宋党争。党争始于仁宗朝，自庆历至元祐年间，直至北宋灭亡，不断激化，愈演愈烈。宋神宗为了稳固权力，剔除仁宗朝旧势力，也为了拯救宋庭积弊，诸如边关松弛、军队庞大、官员腐败、财政空虚等，锐意推行新法，重用王安石、曾布、吕惠卿、李定等新党；仁宗老臣无论是否主张改革、一律被视为保守派，熙宁年间罢黜了 11 位御史、3 位谏官，告老退隐的有韩琦、张方平、范镇、赵抃、曾公亮、欧阳修等，司马光也闭门写《资治通鉴》去。此时有号召力的旧党朝臣，尚有苏轼、苏辙二兄弟。于是，一向口不遮言、才高胆大、性情放任，"有蝇在口，不吐不快"的苏轼便成了新党的眼中刺。苏东坡任杭州通判期间，即献《上神宗皇帝万言书》，痛陈保留台谏、监察机构之必要，指出新法实施过程中出现的弊端；后又屡次上疏，均未蒙关注。"乃复作诗文，寓物托讽，庶几流传上达，感悟圣意"。（《乞郡札子》）这就引发了"乌台诗案"。

乌台即御史台。先是，监察御史何正臣弹劾苏轼在《湖州谢上表》中说"愚不识时，难以追陪新进。老不生事，或能牧养小民"是愚弄朝廷、诽谤新政、妄自尊大，应"大明赏诛、以示天下"；接着，御史舒亶列出苏轼有"四罪"——"怙恶，傲悖，讪上，鼓动流俗"，说其诗文被广为传诵就是"鼓动流俗"；御史中丞李定积极配合，搜检苏轼三卷诗稿，罗列出讥刺新法的诗句，道其包藏祸心。苏东坡被抓捕后，先是否认一应罪名，后坦承诗歌中讥刺新法有三点：一是不满新法苛刻、为害百姓；二是认为集中地方财政到中央会导致地方贫窭；三是不满王安石改科举以经义取士替代诗赋取士。有一百多首诗受审查（包括与苏东坡往来唱和的朋友诗文）。此案牵连70多人，有25人直接受罚：除苏东坡坐狱被贬外，驸马王诜削除一切官爵，王巩发配西北，苏辙也贬任江西高安当个小酒监。

"乌台诗案"是北宋文字狱的标志性事件，因为：

其一，此前虽有仁宗朝"进奏院案"，从王益柔《傲歌》诗中捕风捉影，却未如"乌台诗案"酿成大案。老臣张方平上疏说：孔子删《诗经》，往往有讽喻、美颂时政之功用，当政者或从中获益，或能有所警戒，以诗刺政向来无罪，如今东坡却因诗获罪，这是违背儒家诗学传统的。

其二，"乌台诗案"后，北宋党争升级，恶性循环。无论新党旧党，都是通过攻击对方诗歌文牍罗织罪名，大兴文字狱，党同伐异。士大夫在相互攻讦中消耗力量、无暇顾及切实有效的民生政事；皇帝也利用党争达到制衡目的，巩固了皇权。但恶劣的党争循环极大损害了北宋国力，加以外患不断、边关弛惫、地方空虚，终至王朝土崩瓦解。

其三，苏东坡是直接从湖州太守任上被逮入狱，在北宋，他是以诗文坐监的头一个；后来，徽宗朝有文士因文字被诛，虽不是高官，还是破了北宋"不杀文士"的祖训；但在北宋，士大夫阶层整体地位还是相当高。明成祖杀大儒方孝孺十族（第十族是门生），后又有庭杖大臣的，至于清，士大夫死于文字狱者，不可胜数，岂非一朝不如一朝？

苏东坡被囚禁四个月零二十天，元丰二年十二月出狱，次年（1080年）左迁黄州团练副史。这一年他寓居黄州定慧院时所作的《卜算子》，正是当时心境写照：

缺月挂疏桐，漏断人初静。谁见幽人独往来？缥缈孤鸿影。 惊起却回头，有恨无人省。拣尽寒枝不肯栖，寂寞沙洲冷。

深夜寂静，疏枝缺月，幽人独自，惊魂未定，满心忧患，对月伤怀，与影成双。全诗在一个冷，一个寂，内里又极孤高，仪态缥缈如仙人，即便无人问省，也"拣尽寒枝不肯栖"。

二

徘徊在宜兴东坡书院，空空荡荡的庭院、堂屋，黑木门枨，灰白光线下的雕饰阴影，铜门环的清冷闪光，石碑上东坡的温润疏朗手笔……一个人的精神魂魄转化为触手可及的质料，散落人间，年代久远地传递，你触抚到什么，就获得什么……呼吸其中气息，连同初春清寒一道吸进心肺，仿佛这样就能贴近他……

书院共有四进七个房间，依次为：飨堂、怀苏堂、讲堂，最后一进是空关的两层厢房，另有新扩建的碑廊。飨堂照壁前放一尊紫砂东坡立身塑像，长髯小帽，右手执毛笔、左手牵右袖、预备书写模样；照壁正面绘有书院全景及蜀山田地树木，反面是东坡行踪、年谱，左右联曰："玉女铜官溪山无恙七百年毓秀钟灵尽是东坡桃李，鹅湖鹿洞文字有缘六千里寻幽选胜依然西蜀峨嵋。"东坡说自己"万里家在峨嵋",心念着眉山故土,却将此地当"蜀山",欲在此终老。正中匾额乃光绪辛酉年间墨题:"东坡买田处"。两侧白墙挂有紫砂雕版的东坡在阳羡故事图文。

这里说的"东坡买田处",特指蜀山南麓田产,确是在东坡离开黄州后购买的。但苏东坡被贬黄州五年,原想就在黄州当农夫、度过余生的——

苏东坡很快从贬谪黄州之初的消沉、抑郁、惊疑不定中摆脱出来。在定慧院住了几个月后,家眷来了,又得鄂州太守朱寿昌帮助,就搬到黄冈县的临皋亭去,距长江边不到十步。《临皋亭记》中写:"东坡居士酒醉饭饱,倚于几上,白云左绕,青江右回,重门洞开,林峦岔入。当是时,若有所思而无所思,以受万物之备。惭愧!惭愧!"诗人不以居室为陋,反以为美,酒酣睡梦,不知身处何地,但见长江风帆上下,水空相接,一片茫苍。唯有一腔豁达胸襟、一双寻美眼睛,才能于艰难困顿处,体会万物周遭之美。

他为驸马王诜作的《宝绘堂记》中道:"君子可以寓意于物,而不可留意于物。寓意于物,虽微物足以为乐,虽尤物不足以为病。留意于物,虽微物足以为病,虽尤物不足以为荣。"同样是"物",若是寄放性情、感动内心于万物,且能不拘泥不执著,即使是渺小事物也能有所乐、有所爱、有所感,即使是最大物益,也不会为之迷惑挂碍;若是拘泥执著外物,碰到一点小事,即心心念之,寝食俱废,愁肠百结;一旦得意腾达,富贵荣耀也不能满足其贪欲。所以,对于身外之物,东坡要自己既"留意"又"无意",既感受之,又能超越之:"譬之烟云之过眼,百鸟之感耳,岂不欣然接之,然去不复念也。"

元丰三年(1081年),东坡从朋友马正卿那得十来亩地,打算自己耕种,贴补家用。田地在黄州城东一处山坡上,乃自号东坡居士;山坡有茅亭,亭下建房舍五间,称为雪堂。堂东有柳,掘井饮水,耕种水稻麦子,修植桑林菜圃果园。自青年时,东坡、子由就商议,要寻个幽静去处,退隐乡间,不问朝事，兄弟联床夜谈、吟诗作画。在黄州，苏东坡似乎真的一心一意做起农夫来了。他向农人学种植，自己造房子，还会烧菜、酿酒，经常往返于临皋亭、雪堂之间；又常与朋友漫游左近山水、每每饮酒大醉而归，这首《临江仙》写的就是这样的生活情景：

夜饮东坡醒复醉，归来仿佛三更，家童鼻息已雷鸣。敲门都不应，倚杖听江声。　长恨此生非我有，何时忘却营营！夜阑风静縠纹平。小舟从此逝，江海寄余生。

饮酒而醉，半夜从雪堂踏月回临皋，却吃了家童的闭门羹，只能倚着手杖听那江水滔滔，于人世苍茫、运命无常生出无限感慨。这首词气象清俊、疏朗、开阔，无半分抑郁，甚至用语幽默。但是心如江水，即使夜阑风静水波平，也曾起波澜，"长恨此生非我有，何时忘却营营"，又感慨人的肉身不过是天地之委形，又何必拘泥于得失呢？传说这首词还惹了个笑话：黄州太守徐君猷平日多赠酒食，常与东坡饮酒唱和，还有一个任务是"盯"住东坡；那日黄太守读罢"小舟从此逝，江海寄余生"，吓坏了，以为东坡乘船逃走了，赶忙跑到东坡寓所探看，却见主人鼻息如雷、睡眠正酣哪。东坡对自己的处境，心知肚明，自嘲是被曹操借黄祖手杀死的"狂处士"祢衡。但他究竟豁达人，对于失去恩宠、被贬谪、被监控的现实状况，也怀着"吾心淡无累，遇境即安畅"的心境对待。

"乌台诗案"后，东坡自忖"开口得罪"，心想"从此改了吧"，"不复作诗文"。却积习难改，才出狱，即赋诗一首："平生文字为吾累，此去声名不厌低。塞上纵归他日马，城东不斗少年鸡。"将自己比作因祸得福的马，将迫害他的小人比做少年鸡。相传上面那首《临江仙》，传至帝都，还引起神宗的怀疑（据说神宗皇帝吃饭时若是停住了筷子，臣仆们就知道他在读东坡文字）。好在皇帝并不真想杀了他，世人揣度皇帝心思，对于落难东坡，还算客气。赵翼《瓯北诗话》言："东坡才名，震爆一世。故所至倾动，士大夫即在谪籍中，犹皆慕与之交，而不敢相轻。"北宋士大夫多少存有独立性，朝局变化，尚不影响他们的倾慕之心。至于明、清，受文字狱牵连者，世人避之唯恐不及，还能如东坡，虽无法参与朝政，尚可饮酒赋诗、逍遥自在？（被贬海南后，东坡的日子就不那么好过了，下文详述）当时到雪堂见东坡的除了黄州大小官员外，还有画家米芾，世家公子隐士陈季常，诗僧参廖，乃至不知名姓的士人，农民，渔夫，僧道……东坡自云："吾上可陪玉皇大帝，下可陪卑田院乞儿。眼前见天下无一个不是好人。"无论贤与不肖、贫贱富贵，惟性情相投，东坡便乐于相交。历朝历代，从没有一个人如苏东坡，受到上及帝王卿相、下至愚夫愚妇的爱戴。

被贬黄州五年，苏东坡除了做农夫，与友朋饮酒唱和，还迷恋丹药瑜伽，思想出入儒、释、道，文风也为之一变。灾祸、忧患、思虑、感喟、体问，历练了他，将他早年文字的外露锋芒收敛，祛除了诗文中"好骂露才"的瑕疵，成就了《前赤壁赋》《后赤壁赋》《记承天寺夜游》《水调歌头》《浪淘沙》等名篇。他是这样看待生命与时间的："盖将自其变者而观之，则天地曾不能以一瞬；自其不变者观之，则物与我皆无尽也。"天地万物，人及自然，都在变与不变、瞬间与永恒中转化；他是这样看待"外物"的："且夫天地之间，物各有主，苟非吾之所有，虽一毫而莫取。惟江上之清风，与山间之明月，耳得之而为声，目遇之而成色，取之无禁，用之不竭，是造物者之无尽藏也，而吾与子之所共适。"这与上文说的"寓意于物，而不可留意于物"思想一致；他是这样写景的："白露横江，水光接天。纵一苇之所如，凌万顷之茫然。"开阔、空灵、透明的水与月，从他坦荡胸襟中流泻出来。夜半到承天寺寻访张怀民，"庭下如积水空明，水中藻荇交横，盖竹柏影也。何夜无月？何处无竹柏？但少闲人如吾两人耳。"月、人、影，历历在目，读之感泣。

东坡原想就这样在黄州"寄余生"，他或能抒写心灵思想之自由，却无法左右身体与命途。元丰七年（1084年）三月，神宗皇帝亲拟诏书，将苏东坡贬所由黄州改为汝州（今天的临汝，离帝都开封近）。这一举措让政敌们深感不安，东坡自己也惊疑不定。四月，苏东坡启程奔赴新贬所，写了《别黄州》诗："病疮老马不任鞿，犹向君王得敝帏。"病弱老马已经不堪忍受马骆头的束缚了，还是要向君王求得一幅帏幔、遮蔽身体。又作《满庭芳》词一首，留别雪堂邻里，第一句即是"归去来兮，吾归何处？"此时他已49岁，接到君命，命如浮萍，飘转何方，老东坡内心一片茫然……

到底"身归何处"？东坡踌躇着。朋友佛印要他去扬州；范镇要他到许下，与己为邻；仪真太守想和他为伴；他的表妹一家在靖江；他自己还看中了丹徒的一片松林……最后，苏东坡听从了湖州太守藤元发建议，还是打算在太湖边上的宜兴安顿下来，这就购买了位于蜀山南麓的田产，即上文所写的"东坡买田处"，也就是林语堂提到的。我猜他这样选择，是想将之前在宜兴置办的田产，集中管理。

他先将家眷安顿在仪真太守那，九月，独自下乡去看田庄。元丰七年（1084年）十月二口，他这样写："吾来阳羡，船入荆溪，意思豁然，如惬平生之欲。誓将归老，殆是前缘。王逸少云：我卒当以乐死，殆非虚言。吾性好种植，能手自接果木，尤好栽桔。阳羡在洞庭上，柑橘栽至易得，当买一小园种柑橘三百本。屈原作橘颂，吾园若成，当作一亭，名之曰'楚颂'。"这就是《楚颂帖》中所叙述的。如今在宜兴东坡书院，碑刻卅有东坡手书三种，《楚颂帖》《阳羡帖》《迈往宜兴帖》，前两样是离开宜兴前写的，最后一封，是被贬海南后写。

买园种柑橘，建楚颂亭，后来没有实现。但苏东坡的确在蜀山南麓造了房子。传说在阳羡他原本是花了500缗买一幢房子，遇一妇人哭泣，说是不孝子卖掉祖屋，身无依靠，一打听，正是自己买的房子，老苏当即将房契烧了，房子还给原主。这样，他就只能自己造房子住了。

十九日，他上疏，希望皇帝许可他住在常州（阳羡当时属常州管辖），尚未得到恩准，只得拖着二十几口家眷，往诏书指定的汝洲去。元丰八年（1085 年）三月五日，神宗皇帝驾崩，次日，苏东坡即接到圣旨，说可以在常州居住，就又携二十多口人南下，五月，终于抵达阳羡。看来，老东坡可以舒舒服服安居阳羡，惬意平生了，他的确这样想，诗曰："十年归梦寄西风，此去真为田舍翁。"在《满庭芳》词（自题"蒙恩放归阳羡"作），更道出他归隐阳羡的极乐念想："无何何处有，银潢尽处，天女停梭。问：何事人间，久戏风波？顾谓同来稚子：应烂汝腰下长柯！青衫破，群仙笑我，千缕挂烟蓑。"

但东坡并不能"惬平生之欲"；"誓将归老，殆是前缘"也只是他的一厢情愿。到阳羡田庄不过十来天，他就接到了朝廷的新任命。顺着如今丁蜀镇东坡路向外走，离开阳羡，往帝都，奔赴朝命，他再没能踏上阳羡土地……从此十几年，仕途起伏，朝廷依然党同伐异，你方唱罢我登场，国事却日益衰微。东坡生命的最后三年，不是在富庶江南度过，而是在蛮荒瘴疠的琼州（海南）；他没能买园种柑橘，也没能建成楚颂亭。离开阳羡之时，他给米芾的信这样写："衰病之余，乃始入闹，忧畏而已。"犹疑、畏惧，这是面对仕途前景的黯淡心境……

在宜兴东坡书院徘徊。飨堂与怀苏堂之间种有百年金桂银桂各一株，枝叶繁茂；讲堂后有东坡井，井边梅花未放，一株茶树，已然含苞矣。后园有柑橘若干、翠竹一丛，虽不成东坡想要的三百棵柑橘，也是后人体贴"楚颂"之意吧。最后一进两层楼厢房，原是小学教室，如今空置着……我坐在井沿发呆，他趴在二楼窗户朝我招手……顺木楼梯一节节上去，木地板响动，如有回声，浮尘随脚步起落，那些蒙尘前事，都藏在一扇扇木门阴影中吧？是风声、门扇开合声，抑或是童子的诵书声？木窗生涩，不能尽开，半启着，我们一起探头前望——

三

宜兴东坡书院有一幅唐寅《东坡先生笠屐图》碑刻,东坡坐着,双手提衣,面露微笑,头戴斗笠,脚穿木屐,整体线条流动,题曰:"东坡在儋耳,自喜无人识,往来野人家,谈笑便终日。一日忽遇雨,戴笠仍着屐。逶迤还到家,妻儿笑满室。歆哉古之人,光霁满胸臆。图形寄瞻仰,万世谁可及。"我后来到海南儋耳东坡书院,看见一幅宋濂画的《坡仙笠屐图》拓刻,东坡也是戴斗笠着木屐,举动潇洒,神情幽默,题曰:"东坡在儋耳,一日访黎子云,途中遇雨,从农家假笠屐着归。妇人小孩相随争笑,群犬争吠。坡曰:笑所怪也,吠所怪也。觉坡仙潇洒出尘之致。百世以下,犹可想见。"所叙细节更多,东坡姿态潇洒,神情毕现。东坡戴笠着屐的画作,历代有许多,皆本于他贬谪海南儋耳时,精神气息却令我想起他被贬黄州时写的一首《定风波》:

莫听穿林打叶声,何妨吟啸且徐行。竹杖芒鞋轻胜马。谁怕?一蓑烟雨任平生。//料峭春风吹酒醒,微冷,山头斜照却相迎。回首向来萧瑟处,归去,也无风雨也无晴。

词句清新喜人、俏皮潇洒。春寒也罢,风雨也罢,天晴也罢,诗人都能逍遥行走,不将祸福忧喜挂碍凝滞心中。便是一生风风雨雨,阴晴难定,他依然故我地吟啸、徐行。

苏东坡满心想着在阳羡安顿下来,与家人一起,做他的"田舍翁";朝政忽变,神宗死,哲宗立,高太后掌权,司马光重返朝堂,苏东坡也结束五年贬谪生涯,起任为登州太守,全家欢欣鼓舞,唯独东坡对佛印说:"如入蓬蒿藜藿之径。"离开阳羡,奔赴帝都,最后这十几年的时光,他将会在怎样的风中雨中穿行呢?接新皇诏令,他的心中,恐是滋味杂陈,一则以喜,一则以忧吧?

往后岁月，他先是一路高升：才到登州，又以礼部郎中召回帝都，两个月后又迁为中书舍人，连升三次，官阶从七级升到三级；元祐三年（1088年）任翰林学士知制诰，官二级，仅次于宰相。这时他53岁，之后，代皇帝拟写了八百多道诏书，负责科举考试策题，兼侍读，做了小皇帝八年老师。他的两个朋友，吕公著、范纯仁都身居高位，弟弟子由直做到御史中丞。在朝野，他又是文学泰斗，苏门四学士天下皆知。

司马光重掌朝政后，旧党纷纷回朝，新党失势。新党内部其实早就分裂了，熙宁年间，吕惠卿等试图将王安石父子牵连进谋反案中，王安石辞去一切职务，吕惠卿便把持了朝政。元丰七年（1084年）七月，苏东坡离开黄州后抵达南京，虽政见不合，依然去看望这位赋闲的老朋友；儿子王雱之死令王安石心灰意冷，这位聪明、勤勉、性情古怪的拗相公，传说晚年常骑驴独行，喃喃自语，后抑郁而终，据说死前叫侄子将他写的七十多本日记全数焚毁，幸亏侄子没有照办。司马光得知王安石病逝，说，他人并不坏，应当厚礼安葬。苏轼身为翰林学士，赠王安石太傅的诰书，出自他的手，有人认为，此文虽满篇褒词，却暗含讽刺。无论如何，老一代党争还仅仅是政见之争，对人品学问，还是有公正品评，尚不至于斗到你死我活，到了下一辈，仅剩下权力或恩怨争斗，一点情面不留。元祐四年到七年间，旧党炮制"车盖亭诗案"，将蔡确贬谪新州、清除新党在朝势力。此后，司马光身边，便尽是尾随附和之人，苏东坡生性不肯"随"，性情放达，说话不节制，不赞成司马光对有成效的新法也一概摈弃，就树立了不少新敌。

司马光死后，新旧党争暂告一段落。但旧党内部，朔党、洛党、蜀党之争转为激烈。以程颐为首的洛党，与以苏东坡为首的蜀党之间，到底争个什么？后来朱熹以为是"敬"与"不敬"之争。朱熹看不惯苏东坡放任不羁的文人习性，说他平日只是"吟诗饮酒，戏谑度日"，以之为"不敬"。蜀党与洛党，对于科举考试，是采用诗赋取士还是经义取士，也争论不休。苏东坡认为只讲经义、徒尚空论，不如作诗赋、是实学。因为要能写出好诗好文，除了得有扎实经义功底外（苏东坡注释过《易》《论语》《尚书》），还要有生活实践，有情感生命的体验，须游历山川江河，熟悉天文地理、民俗民风，对花鸟虫鱼、百汇万物都要了解，且得通晓音韵格律，擅长书法丹青，具有良好艺术教养和生活情致，只有对这些全面了解并能融会贯通，才可能作出一行或一篇好诗文出来。在苏东坡看来，一个优秀诗人，须经贵族化的全面教育。这与我们现代以为诗歌虚浮无用、理论策略（尤其是实证科学）才是扎实有效的观点实在不同。

所有这些争论，归根到底，就是权力问题，谁的人被举荐，哪一派就拥有更大的影响力。程颐身边围绕的多是北人，河洛一带尤多；苏东坡身边多是南人，川人为主；还有司马光门下、刘挚梁焘等为首的朔党，王安石派残余，这些人，在瓜分、占有权力上，争个你死我活。南宋施宿《东坡先生年谱》"元祐四年"条按语曰："元祐诸贤欲革弊而不思所以自善其法，欲去小人而不免于各自为党，愤嫉太深而无和平之气，攻讦已甚而乖调复之方，同异生于爱憎，可否成于好恶，朝廷之上，议论不一。"这是对元祐党人的批评，认为他们不管新法是否有成效，掌权后一概废除，又没能出台革除宋庭积弊的新措施，终日是忙于党同伐异、意气相争，以爱憎纠缠琐碎细节，不顾朝政、不理民生实事。而皇帝呢，太后呢，自然乐见朝臣相争，从中制衡，任何一派独大都不利于皇权控制。其结果，必定是极大地消耗各方力量，北宋的覆灭，与党派相争，关系莫大焉。

朔、洛两党联手攻击蜀党的高潮，是程颐门人朱光庭弹劾苏东坡的"策题案"。元祐元年，诽谤苏东坡撰写的《师仁宗之忠厚，法神考之励精》暗含讥讽仁宗、神宗，指责他"为臣不忠"；元祐二年，再次出现"策题之谤"，说苏东坡"亏损国体"、"习为轻浮，贪好权利"、"学术不正"。"乌台诗案"的发动者是新党，"策题案"则来自旧党阵营。两案皆空穴来风，险恶用心则是一样，皆为罗织罪名。幸亏哲宗年幼，高太后不予理会。蜀党自也不甘示弱，反向攻击诋毁程颐。元祐六年，洛党终于又逮到一个机会，以为奇货可居，欲置东坡死地：在扬州时，东坡曾作诗《归宜兴留题竹西寺》，其中有"山寺归来闻好语，野花啼鸟亦欣然""此生已觉都无事，今岁仍逢大有年"句，诽谤者说，东坡被贬黄州，耿耿于怀，神宗皇帝一死，他就欢欣鼓舞，以为是"闻好语"，逢上"大有年"。"乌台诗案"犹在眼前，如此捕风捉影，怎不令人心惊？东坡自辩说，写此诗仅仅是，要回宜兴归隐，由衷地喜悦欢欣，彼时神宗皇帝已驾崩两个月，不存在"闻好语"之说。经历二次"策题谤"后，帝都已令东坡心生厌倦，多次上疏请求外放，他说，"若上下相忌，身不自安，则危亡是忧，国何以报"，这是苏东坡对国事的精准分析。元祐四年（1089年），他到杭州任太守，后来，又回京做过两个月兵部尚书、十个月礼部尚书。但一个人的死，决定了他最后的命运。

元祐八年（1093年）高太后死，哲宗皇帝亲政，对那帮惟太后命是从的元祐老臣，早就心怀不满，开始重用能满足他放纵享乐之心的新党章惇、蔡京、蔡卞等，熙丰新党吕惠卿、曾布等也重新得势。历史就是这般你方唱罢我登场。绍圣元年（1094年），章惇官拜相位，实行"绍述"，即继承和恢复神宗皇帝时的法度；炮制"《神宗实录》案"、"同文馆案"，大兴文字狱，对元祐党人实行报复。他们效法元祐党人手段，清洗旧党的规模更大、更酷烈、更彻底：司马光已死，子孙依旧被剥夺官爵，财产悉数籍没；被流放、贬谪到岭南以外的元祐党人竟有830人，哲宗任由他们"自生自死"，毫无怜恤之情；到徽宗崇宁年间蔡京为相后，扩展到清除所有异己分子，三次刻石立碑、榜之朝堂，全面禁锢元祐党人，有309人遭终身废黜，同时禁毁"元祐学术"，波及子孙、弟子辈，迫害达到空前高潮。（令人啼笑皆非的是，到南宋，高宗提倡"吾最爱元祐"，凡列名"元祐奸党碑"的，又觉得是相当荣耀的呢。）

苏东坡当然遭遇迫害冲击的第一波。无论旧党在朝、新党在位，苏东坡总难逃被诽谤、被罪责之命运。这一轮，情势更凶猛。身居高位，一夜间就跌落下来。他第一个被贬到广东大庾岭以南。绍圣元年 （1094 年） 四月，罢英州太守，半年中，又连续三次降官 （与前面连升三次比对），不断调离，直到十二月接命安置广东惠州。在当时，贬谪岭南，已相当凄惨，惠州更属蛮荒之地。好在东坡性情放达，到了惠州也能安心过日子。章惇等大概觉得苏东坡日子过得还太舒服，三年后，将他再度贬到海南儋耳，为琼州别驾昌化军安置。

宜兴东坡书院有东坡手书 《迈往宜兴帖》 碑刻，记述了东坡与长子苏迈诀别、让长子两子带媳妇及全家回阳羡田庄安置之事。绍圣四年 （1097 年） 六月，东坡与子由道别，只带小儿子苏过一起前往儋耳。想当初被贬黄州时，虽位低职闲，不得签书公事，却有当地官员馈赠酒食，朋友也常相探问，妻姜子孙犹在跟前；而此时，东坡已经 62 岁了，垂垂老矣，夫人已逝，小姜朝云已亡，两个儿子媳妇又不能跟随，只小儿苏过一人陪伴，此中凄凉，难以尽言。《与王仲敏书》说："某垂老投荒，无复生还之望。昨与长子迈诀，已处置后事矣。今到海南，首当作棺，次当作墓，乃留手书与诸子，死则葬海外，……生不契家，死不扶柩，此亦东坡之家风也。"

古谚云："鬼门关，十人去，九不还。"到海南要先经过鬼门关 （在今广西北流县），前路茫茫……东坡与子由分别渡海时，还笑道："岂所谓道不行，乘桴浮于海者也。"一派潇洒样子。可当他从澄迈登岸，抵达琼州，沿海岸而行前往儋耳时，凄凉、郁闷、不平之气便在 《儋耳山》 中倾泻出来：

突兀隘虚空，他山总不如。

君看道旁石，尽是补天余。

四

去儋耳东坡书院很不便当。2011 年 2 月，我们先从广西北海乘船渡琼州海峡到海口，转乘公车前往那大镇，再转三轮电动车（或摩托车）。这种电动车侧边加一个座位，顶上有塑料棚，三面围黄色塑料遮雨帷幔，右车把上竖一面写有"顺风车"三字的小绿旗；车夫多是女子，头上罩花布巾，戴尖斗笠，身穿橘黄风雨衣。那年冬天特别冷，连日下雨，风又极大，电动车一路颠簸奔驰，阴冷海风四面灌进，细雨斜侵，我们坐在车内，满面雨水，衣裳也湿透了，牙齿上下磕碰，全身都在发抖。雨稍稍停了，才看见电动车是行在田间小路，两边树木葱郁潮润，田畴光色明媚，极为开阔舒爽。

"顺风车"直开到东坡书院门前开阔地。下车时，手脚麻木、僵硬。书院离中和镇大概半里地。四周是已收割的稻田，背靠一条河，面向一个大池塘，塘中浮满水生葫芦……苏轼刚到海南，朝廷对他实行"三不"禁令：不得食官粮，不得住官舍，不得签书公事。军史张中关照，得以偷偷住在昌化军衙门。生活艰难，他写信给朋友，说自己过的是"食无肉，病无药，居无室，出无友，冬无炭，夏无寒泉"的日子。最难熬的是寂寞，当地多为土著，中原文化相当稀薄，读书人更少，虽说东坡性情旷达，所结交的，不分文士农夫军史，汉族黎族，愚夫愚妇，小孩子老头儿，但可深谈交心的究竟太少了，且初来乍到，不识几个人，常常是"杜门默坐"，"父子相对如两苦行僧"。却有一户耕读人家，姓黎，苏东坡有时与张中到儋耳城南拜访黎子云兄弟。黎家旧屋即如今儋耳东坡书院所在。东坡《和陶田舍始春怀古二首》题记说黎家"居临大池，水竹幽茂"，正与我下车时所见的大池塘类似。

那东坡书院面池坐落，绛红泥墙，黛绿屋瓦，正门匾额"东坡书院"相当素朴，门前一株大树，叶落未发，秃撑着虬劲刚硬枝杈。入正门，即见一座二层六角亭，书"载酒亭"三字；又有张霈书红匾金字"鱼鸟亲人"，当出自东坡诗句"呼我钓其池，人鱼两相忘"。此亭居中建在一方泮池上，有桥渡接；亭桥栏杆，排放着一盆盆盛开的大红三角梅。泮池中红莲盛开，四面种植椰子树。新雨过后，阳光隐隐，一切都清新得很。

过泮池即载酒堂。入门有民国时人题写的匾额"先生悦之",联曰:"生而重问更有客吟诗对此茂林修竹,芳踪如晤看执经问难依然沂水春风。"青地砖,深赫落地折合木门扇,居中木板照壁上有红底墨色"载酒堂"三字,堂中陈设旧石碑刻。

当时苏东坡与黎子云等饮酒,谈及当地土人不通文理,座中人建议在黎家旧宅建屋讲学,东坡欣然同意,带头解衣醵钱,为之题名"载酒堂",乃引《汉书·杨雄传》中"载酒问字"典故。后来,东坡又编订经书讲义,讲学教授子弟,当他重新听到朗诵诗文的清脆童音,心中喜悦,写下《迁居之夕闻邻舍儿诵书欣然而作》:"儿声自圆美,谁家两青衿?""吾道无南北,安知不生今!"道既可在中原、江南,也可传播于海角天涯。苏东坡在儋耳三年时间里,努力传播学问文章,他的学生有黎子云兄弟、符林、王宵等当地人,还有特意从广东赶来拜师的姜良佐等。

这载酒堂始建于绍圣四年(1097年)十一月。元代重建时,将桄榔庵元代建的东坡祠中的苏公像移此,并在堂后建大殿。明成化、万历年间重修,拓展了钦帅堂、载酒亭、钦帅泉。明清以来,学者在此设帐讲学,称"东坡书院"。清康熙年间重修,光绪年间又扩建了两边廊庑及上中四耳房、头门,整个书院格局这才算完备。"文革"时摧毁殆尽。1984年重修,基本格局沿袭明清的。

载酒堂与大殿之间,有光绪年间种的大树,一棵芒果树,一棵凤凰木,枝叶繁茂,遮蔽屋宇。两边回廊陈列碑刻:有东坡草书"斗酒纵观廿一史,炉香静对十三经";有他的梅花图,一幅题绍圣年佛寿日画的大脑袋佛像;还有上文提及的宋濂画《坡仙笠屐图》……大殿门额为"海外奇踪",正堂题匾"鸿雪因缘",大殿内供奉三尊彩色泥塑,居中坐者,一手捻须、一手执书,即是老东坡,右边青绿衣立着的后生当是苏过,左边灰蓝衣坐者却不知是谁?殿后有钦帅泉,学子至此,总要买碗泉水喝,沾沾东坡的文气灵气。

东坡后园，中间是钦帅堂，左为东坡纪念馆，馆外有新塑的东坡戴斗笠立身雕像。后园疏朗阔大，小雨过后，草木潮润；再无别个游客，独我们二人，千里迢迢而来，瞻仰先生，俯首思之，遐想音容笑貌，徘徊不去……

中和镇西南隅，原来还有一个桄榔庵，乃是东坡故居所在地。苏东坡初到儋耳，张中将其安置在昌化军衙门，被前来视察的董必发现，将东坡赶出官衙，张中也丢了官。好在有数十乡亲及当地学子助力，在桄榔庵建成五间茅屋，聊以遮蔽风雨。屋成，老人高兴，摘叶书铭以记："且喜天壤间，一席即吾庐。"又作《新居》诗："结茅得兹地，翳翳村苍永。数朝风雨凉，畦菊发新颖。俯仰可卒岁，何必谋二顷。"茅屋应是建在桄榔林下，屋旁也有个大池塘，池中有莲花，《和陶拟古之八》写道："城南有荒池，琐细谁复采？幽姿小芙蕖，香色独未改。"苏东坡又学陶渊明在桄榔林种菊花，菊花开时，邀请当地人做重九之会，写下《记海南菊》。他随身携带的只有陶渊明集和柳宗元诗文，前者隐居，后者被贬，东坡以此二人自勉。

但此时，苏东坡的处境是一生中最艰难的。被贬黄州时，尚有太守、朋友接济酒食，而此时的哲宗，对元祐党人毫无顾念，新党乘便作威作福，朋友也不便千里迢迢来探望。儋耳原本粮食短缺，土人有顿顿吃红薯的，有时甚至吃老鼠和蝙蝠。老东坡求来一块地，自己耕种，"籴米买束薪，百物资之市。""晚途流落不堪言，海上春泥手自翻。"过的是"五日一见花猪肉"的生活，为了节约粮食，甚至学习龟息法……寂寞穷困，青壮年都难以忍受，何况是个曾经富贵的垂暮老人？传说某日，东坡背个大瓢走在乡间路上，遇到一个七十多岁老妇人对他说："内翰昔日富贵，一场春梦耳。"东坡深以为然，呼她为"春梦婆"。

我们没去桄榔庵，据说那里仅存旧址供人凭吊，主体建筑皆已毁坏。读资料得知，元代延元四年（1319 年）重建桄榔庵，重植桄榔林，有堂屋三间，有苏公像，并建有两廊庑供子弟们学习。明成化、清康熙年间皆重修，后又荒废。道光时再建，规模很大，时人李朴亭还在此结成"桄榔诗社"。光绪年间又修建，称为"桄榔书院"，宣统二年废科举后，改为"中和高初小学"。我读《桄榔庵历代诗选》，知道至少在1962年，主体建筑还在，因为这一年，邓拓、田汉、郭沫若都曾访问过桄榔庵及东坡书院，并留下文字，从中可见三人不同的人生态度，耐人寻味：

邓拓《怀苏东坡》诗："曾谒眉山苏氏祠，也曾阳羡诵题诗常州京口寻余迹，儋耳郊原抚庙碑。海角天涯身世感，朝云春梦死生知。千秋何幸留墨迹，画卷潇湘石竹奇。"1962年，已经"反右""三年自然灾害"，离"文革"爆发不远，"海角天涯身世感"，邓拓想那东坡身世命途，恐也是心有所感吧？

田汉诗《访东坡书院二首》，说自己是"冒雨来寻载酒堂"，"我来雨急瓦声古，绛鸟重鸣德不孤"用典出自东坡诗句："临池作虚堂，雨急瓦声新。"虽沧海桑田、人间变化，所谓"德不孤，必有邻"，田汉还是想要继承东坡之德风。

郭沫若的《儋耳行》，作于1962年2月。题记说他从海南北归时，"路经那大，因驱车往访"，为了看《坡仙笠屐图》。郭沫若诗中先记录了东坡在儋耳的事迹典故，称自己也是四川人，"我生西蜀峨眉郊，与尔同窗分晚早"，接着假想他与东坡老人的对话，道是江山依旧，而"人间却已换新样"，如今是"超英超美不遑让""三面红旗放光芒"，说完这番话，他写道："老人颜色渐改变，茫然似解似非解。""我思彼寿近千载，新旧难分好与歹。"郭沫若此诗，一心想着追赶新时代，称自己和老人"既不投机话无缘"，不思自己浅薄，还嘲讽东坡是"此翁似达却似顽""无奈珠黄不值钱"，实在可厌可恨。

在儋耳三年，苏东坡留下许多故事：历代"展笠图"以丰富的想象再现他戴斗笠着木屐、妇人小孩相随、狗儿乱叫、小孩乱笑的活泼泼情景，"总角黎家三四童，口吹葱叶送迎翁"，也描写了孩子们对老东坡的喜欢；当地土人饮水不洁净，易生病，苏东坡问卜城南，掘井而饮，至今还留有东坡井；土人生病，习俗是只作祷告、不用医药，东坡写信给朋友求来大量药品及能做药的材料，亲手制药，医治百姓；难得吃到猪肉，当地人打了鹿，也会送给他；东坡虽在逆境中，却不改达观态度，常携酒访友，大醉而归，一如黄州时。有个老人，形容枯槁，精神灼灼，与老东坡言语不通，依靠手语交流，送他吉贝布御寒；他常与老人漫游城西，赏月半夜方归。刚到儋耳时，东坡叹息"此中枯寂殆非人世"，三年过后，离开海南时，十数父老挑着酒食，到船边送他。朋友问他海南风土如何，他说那里"风土极善，人情不恶"。海南风土人情的确朴实自然，更重要的是东坡的磊落胸怀、乐观通达的生命态度。

他的生命是那样积极，具有极强的柔韧性。儋耳三年，如此艰难处境中，苏东坡除了编经书讲义、教授当地子弟、传播学问文章外，还写完了《和陶诗》124首（在广东惠州写了109首，最后15首在儋耳完成），完成了《东坡志林》，并注释完《尚书》。《与刘沔书》中，他说："轼平生以言语文字见知于世，亦以此取疾于人，得失相补，不如不作之安也。以此常欲焚弃笔砚为暗默人。而习气宿业未能尽去，亦谓随手云散乌没矣……"

初到海南，环视四周天水苍茫，一望无际，凄然伤怀，苏东坡悲叹道："何时得出此岛也耶？"转念一想，"天地在积水中，九州在大瀛海中，中国在少海中，有生孰不在岛者……"整个中国就是大海中的一个岛屿，人的一生都是在一个大岛中度过，都只是沧海一粟，何必在乎居住于这里那里？又何必挂念一时一刻的荣辱曲折？这样一想，东坡心下坦然起来——在儋耳，他不过是呆在一个大岛边的小岛上罢了。

人生到处知何似，应似飞鸿踏雪泥。

雪上偶然留指爪，鸿飞那复计东西。

老僧已死成新塔，坏壁无由见旧题。

往日崎岖曾记否，路长人困蹇驴嘶。

这首《和子由渑池怀旧》作于嘉祐六年冬（1061 年）。四年前，东坡与子由赴汴京应进士举，路过渑池，寄宿于老僧奉闲居舍，兄弟俩题诗寺墙；1061 年再次来此，老僧已死，旧题尚在。写这首诗时，苏东坡才 26 岁，诗中却充满苍凉空虚况味，似他一生运命之谶。人的一生，飘忽不定，生死荣辱，难以预测，偶然留下行迹，也不过是雪泥鸿爪，微薄渺茫得很。"雪上偶然留指爪，鸿飞那复计东西"，东坡心无挂碍，缥缈有出尘之意。知道自己的渺小空虚，内心才会浩瀚广大。知道在天地宇宙，处于最低微，他才站在了最高处。即便是雪泥鸿爪，也让人追念，不能忘怀。何况其诗其人，光耀万丈，百代而下，如东坡者，能有几个？

苏东坡原想必定要葬身海南了，究竟不甘心，对儿子苏过说："我绝不为海外人。近日颇觉有还中州气象。"于是洗砚索要纸张笔墨、焚香默祷道："果然如我所说，我默写平生做的八赋，当不脱误一字。"一气呵成，写毕，果真一字不误，大喜道："吾归无疑矣。"是否灵验且不论，东坡盼望遇赦回中原的心情可以想见。元符三年（1100 年）五月，他终于接到诰命，命其以琼州别驾官衔移廉州安置。至此，整整三年，他终于要告别海南，活着回到中原。他的内心是欢欣的，虽然已对儋耳的土地民人生了情分，有一首诗甚至写道："我本儋耳人，寄生西蜀州。"海南的三年艰苦生活，他轻描淡写当做一生最奇绝的行旅："九死南荒吾不恨，兹游奇绝冠平生。"九死不能，时光已逝，内心究竟惆怅，回归途中，又写："残年饱饭东坡老，一壑能专万事灰。"（《儋耳》）东坡已老，万念俱灰之感，流溢纸上。

哲宗皇帝死时才24岁，弟弟徽宗即位。此前皇太后当政，这短暂时期，元祐老人纷纷得到赦免。苏东坡渡海到雷州，又接诏书改去永州，路途中再接诰命，说可以随意居住了，他便启程北上，决意回常州。建中靖国元年（1101年）五月，苏东坡66岁，终于抵达南京。他不想再做官，只想回阳羡田庄养老，与在那里的孩子们团聚。但他还来不及回到他在阳羡的田庄，六月，即病重。应是在回江南路途，病毒侵入感染。东坡本希望能去除病毒，医治好自己，但六月十五日到达常州托朋友买的房子时，已是缠绵床榻不能起身了。意识到自己将一病不起，他托付给朋友钱世雄三部书，《易》《论语》《尚书》的注释本，请钱世雄要妥为收藏，不要让人看见，说是三十年后，会很受重视。难道苏东坡对身后事有所预言？元祐党人仅仅是获得短暂赦免，崇宁年间，蔡京等三次刻立"元祐奸党碑"，实行全面党锢，不但在世的元祐党人再遭迫害，还累及子孙，"元祐学术"也遭全面禁毁，波及诗文一概灭绝：司马光《资治通鉴》差点被烧毁，幸亏有神宗皇帝的序才得以保全；司马光、苏东坡、黄庭坚等的诗词文集全面禁毁，不得收藏、出版。直到三十年后，南宋高宗说"吾最爱元祐"，苏东坡的文字才又印行，只言片语皆价值千金。

七月中旬，苏东坡迅速衰竭下去，方丈要他念些偈语，他笑："鸠摩罗什呢？他也死了，是不是？"七月二十八日，弥留之际，方丈又要他想想来生，他轻声说："西天也许有，空想来生，有什么用？"方丈还是要他想，他只说："勉强想就错了。"在他看来，是否有来生，并不重要，重要的在于今生，生死之事，应当顺乎自然。

东坡病逝于常州城内藤花旧馆。故居已毁。如今常州城内有个东坡园。我两次到那。园内最重要的是舣舟亭，据说东坡十一次到常州，在古运河摆渡，数次将船系于此亭。原亭毁于清初，乾隆下江南时重建，并题字："玉局风流",太平天国时又毁。如今这亭是 1954 年重修。园内还有洗砚池，藤条覆盖，紫色藤花开时，异香满园，传说东坡老人在此洗笔题诗。近年又扩建新园，过东坡渡口拱桥，有怀苏楼，康熙题字"坡仙遗范"，巨石上拓刻着东坡手书："大江之南兮，震泽之北，吾行四方而无归兮，誓见此焉止息，岂其土之不足食兮，将其人之难偶。有食无人之为病兮，吾何适不可。独徘徊而不去兮，眷此乡之多君子。熙宁七年三月，苏轼书。"东坡终在常州"止息"，大概是慕念此地"多君子"吧？常州的东坡书院，呈列有苏轼墨迹四十六品，入门一幅卷轴，为苏轼绍圣三年手书的《归去来兮辞》。

东坡去世前半月，写信给维琳方丈说："岭南万里不能死，而归宿田野，遂有不起之忧，岂非命也夫！然生死也细故尔，无足道者。"贬谪海南，过鬼门关没死，遇瘴疬之气没死，缺粮乏食没饿死，吃不洁净的水没病死，缺医少药也没死，自己耕作没有劳累死，茅屋漏雨不曾冻死，寂寞孤独没有忧愤死……恰恰是遇赦回到江南，小小的病毒感染，就让他死去了。他终于没能回到阳羡田庄，回到他梦想的"乌有之乡"，做他优游自在的"田舍翁"。但生死于他，不过是"细故"，如同草木枯荣，皆天道自然，无须挂碍于心。至于来生怎样，由他去，他不去想，"勉强想就错了"……

注：文中史料参考林语堂著《苏东坡传》（群言出版社 2010 年版），沈松勤《北宋文人与党争》（人民出版社 1998 年版），《苏东坡乌台诗案》，海南东坡书院的内部资料《天涯雪爪》《桄榔庵东坡书院历代诗选》，宜兴蜀山东坡书院内碑刻等；文中引用的东坡诗文，参见孔凡礼点校《苏轼文集》（中华书局 1986 年版），龙榆生校笺《东坡乐府笺》（上海古籍出版社 2009年版），刘乃昌选注《苏轼选集》（齐鲁书社 1981 年版）等。

2012 年 3 月 25 日一稿，2017 年 3 月 6 日二稿

拣尽寒枝不肯栖

一

　　大年初一，和土豆顺苏州河走。楼宇如花瓣，片片向后倒伏。河水颤动着薄白光线。街道空阔。细碎的鞭炮声很远。我们越过一座又一座桥，如同翻过一页页日历。

　　在一个咖啡馆读沈从文。北平（北京）解放后，北京大学贴出"打倒新月派、现代评论派、第三条路线的沈从文"、"清客文丐"、"地主阶级的弄臣"等大字报，1949 年春天，沈从文在精神恍惚下，割脉自杀，幸亏救活。从 20 世纪 50 年代到 80 年代初，差不多三十年，沈从文没有文学创作，文学史也没有他。1953 年，大陆这边，曾经印行他书籍的开明书店正式通知，说"各书已过时，凡是已印、未印各书稿及纸型，全部代为焚毁。"令沈从文奇怪的是，此时，香港也转来台湾那边的命令，除焚毁其作品外，还永远禁止再发表任何作品。两边一起禁毁他的书，"则不免令人起幽默感。"（《一个传奇的本事·附记》）这样状况下，不出几年，他就几乎被人淡忘了。1956 年，他作为一个文物工作者到济南某师范学院，学生们都是只知道巴金，而不再知道沈从文了。此时，他写给张兆和的信说：

我想还是在他们中挤来挤去好一些，没有人知道我是干什么的，我自己倒知道。如到人都知道我，我大致就快到不知道自己究竟是干什么的了。

我生命中有一种十分"谦虚"，又十分"自信"的情绪在生长。它在当时虽若十分抽象，但反映在另外一时却极具体。在学习中和写作中，都会发生极大的影响。也许因此越来越像不现实，或生命中总被"不现实"那一部分支配，生活永远陷于败北状态。可是不妨事，因为"谦虚"和"自信"还依旧存在。（《从文家书》1956 年 10 月 12—13 日）

然而同年，两个月后的一封信，他又自叹道：

觉得《湘行散记》作者究竟还是一个会写文章的作者。这么一只好手笔，听他隐姓埋名，真不是一个办法。但是用什么办法就会让他再来舞动手中一支笔？简直是一种谜，不大好猜。可惜可惜！这正犹如我们对曹子建一样，怀疑"怎么不多写几首好诗"一样，不大明白他当时思想情况，生活情况，更重要还是社会情况。看看曹子建集传，还可以知道当时有许多人望风承旨，把他攻击得不成样子，他就带着几个老弱残丁，迁来徙去，终于死去。曹雪芹则干脆穷死。都只有四十多岁。（《从文家书》1956 年 12 月 10 日）

这种又谦虚又自信，又困惑义顽强的情绪一直伴随着晚年的从文先生。后世的人，往往轻率议论人的一言一行，全然不顾他当时的思想情况、生活情况、社会情况。陷落于社会政治泥沼里、身处时代变局中，怎不教人反复自省自问自证。就像我们，越过一座又一座桥，数点一个又一个日子，瞻前顾后，对自己的来路去路，谁又能确信无疑啊？

那天夜里，临睡前，又翻读东坡词，恰巧读到这首《卜算子》：

缺月挂疏桐，漏断人初静。谁见幽人独往来？缥缈孤鸿影。

惊起却回头，有恨无人省。拣尽寒枝不肯栖，寂寞沙洲冷。

此词苏轼自题"黄州定慧院寓居作"，当在元丰三年（1080）二月苏轼被贬黄州不久。元丰二年（1079）7 月 28 日，苏东坡被抓捕入京。"乌台诗案"是北宋著名文字狱,不仅仅因为主角是苏东坡,更因此前,哪怕是激烈党争,大臣多有被贬谪而"自生自死",却没有坐监的。唯苏轼因文字得罪,且直接从湖州太守任上被逮入狱。后来徽宗朝有文士因文字被诛,虽不是高官,还是破了北宋"不杀文士"的祖训;而自明成祖杀方孝孺十族(第十族是门生),后又常见庭杖大臣的,然而,被杀被庭杖,尚可成就其"死谏"的清流名声;至于清,且不说死于文字狱的,清统治者,令汉士大夫从骨子里,先自矮化,奴性渗透入血液中,不必杀,已尽毁。

苏轼被囚四个月零二十天。次年左迁黄州团练副史。惊魂未定,满心忧患,这首《卜算子》即是在这样心情下写的。深夜寂静,疏枝缺月,幽人独自,对月伤怀,与影成双。全诗意境在一个冷,一个寂,内里又极孤高,仪态缥缈如仙人,即便无人问省,也是,"拣尽寒枝不肯栖"。

在大年初一的鞭炮声中,夜读格外寂静而温暖。如有神遇,随手翻到的还有这首《定风波》。土豆说:一读再读,还是这般好,东坡,如此豁达人也。

莫听穿林打叶声,何妨吟啸且徐行。竹杖芒鞋轻胜马。谁怕?一蓑烟雨任平生。料峭春风吹酒醒,微冷。山头斜照却相迎。回首向来萧瑟处,归去,也无风雨也无晴。

贬谪黄州的苏轼,与晚年被贬海南比,日子过得还算逍遥,皇帝还没忘记他,朋友也敢来探望,五年间,他做农夫捕鱼,与朋友饮酒唱和,写字作画,迷恋丹药瑜伽,思想出入于儒、释、道中,文风也为之一变。灾祸、忧患、思虑、感喟、探问,历练了他,成就了那些著名篇章,《前赤壁赋》《后赤壁赋》《记承天寺夜游》等都在这段时间写下。从这首《定风波》看,东坡已挣脱了《卜算子》中的惊疑不定,词句心胸皆如此清俊、疏朗与开阔。

我后来常想起从文先生说的"谦虚"与"自信",也常以水的坚韧涵容自勉。

某年到西安，在碑林购得平轩书东坡词《卜算子》拓本一帧，藏于书房，我们深喜"拣尽寒枝不肯栖"这句。但每遇风雨路阻，天空阴霾，或是纪念的日子，我总要与土豆再读一遍东坡的这首《定风波》。在前路，或期望"也无风雨也无晴"，在心中，是向往"一蓑烟雨任平生"之境。

二

我喜爱江阴，是因为江阴的一个人、两处地方。

人是庞培。一个熟悉的朋友代表一座城市。念着江阴两个字，脑中就闪现庞培大兄的面庞。他的恣肆才情，丰沛文字，年过半百依旧保有笨拙任性好奇多情却深思熟虑的模样。他的年轻和老态同时存在。初到江阴是深秋，庞培约我在韭菜港碰头。没与我说韭菜港在哪，好似我天然该知道。"韭菜"两个字可真别致。我站在长江的风里，风将裙子鼓得满满。庞培穿件军绿多口袋外套、拎个塑料袋、踩着拖鞋踢踢踏踏过来，水牛般喘着气，像个农民有刀刻的皱纹，眼神与微笑却流露读书人的斯文与孩子气的羞涩。暮色降下，太阳向西，长江阔大，江水半灰半紫，晚风中轻轻鼓荡。庞培指着迷迷蒙蒙的对岸说，庞余亮在靖江，明日我们找他吃好吃的，边说边脱了外套，跳进不甚干净的水中，初时还见到胳膊溅起水花，越来越远，只露半个黑脑袋，好似砚台中留聚的一点墨……风凉了，我独坐岸边，抱着胳膊、抱着腿。拖沙船，巡逻艇，楼房般的客轮，小舢舨，来来去去，假使不是汽笛声、马达声宣示着存在，那些船只真如魂魄般浮游着，来来去去。岸边堆积着沙石，拆卸一半的旧轮船，逆光下的脚手架如巨大黑手，伸向灰蓝天空。晚霞满天。一轮正缓慢下沉的太阳、拼尽最后气力从黑色脚手架空隙间露出他的金红面庞……一种辛酸的甜蜜，潮乎乎地涌上心头。

次日去看江阴文庙。在市中心，始建于北宋，江阴学宫所在，苏南一带，规模最大。现存的是清同治年间建筑，规模已缩小，但从棂星门、三座泮桥到大成殿，大成殿内的孔子、四配、十哲，东西庑廊供奉的先贤77位、先儒52位，皆仿曲阜孔庙、合于规制，文气有节度。不消多说。与别地文庙不同的，是在明伦堂前，有一座阎应元、陈明遇、冯厚敦三公像，是纪念他们领导江阴人抵制清初剃发令的81天抗清守城运动。

顺治二年（1450），大清天下已定，一道严旨布告全国：十天内汉人全部剃发，"留头不留发，留发不留头"！本已献出户籍档案、想要归顺新朝廷的江阴，群情激愤：改朝换代只是变更统治者，尚可容忍；变更祖宗服饰衣冠，则是要从根本上铲除文化传统，是可忍，孰不可忍？闰6月2日，拘禁县令方亨、万人聚集明伦堂宣誓："头可断，发不可剃！"至此，开始了江阴81天的反剃发运动。他们的领袖，是曾任、现任江阴典史的阎应元（粗通武艺）、陈明遇（文吏），总指挥部设于文庙明伦堂。短时间内，他们即集中了江阴所有物资，整编了城内城外乡兵民军共20万人（乌合之众），分守江阴4个城门。清军总投入24万人（正规军），200门大炮。7月1日，清军开始攻城，8月21日城破，22日清军下令屠城，两天之内，江阴，这座江南繁华富庶的城市，被屠十余万人。

史可法守扬州，不过数日，城破身死。其时，弘光被执，南明小王朝奔走南方，江阴迟迟等不来南明正规军，只有盗贼顾三麻子派来数百只战舰……不过是几个小吏的指挥，20万临时拼凑的民军，江阴竟能坚守81天！！且让训练有素、令大明正规军望风而逃的清军损失了7万多人。这实在叫人惊奇！城破后，阎应元力战被抓、慷慨就死；陈明遇从容举火，将全家四十三口悉数烧死，独自力战而死；全城"四民骈首就死，咸以先死为幸，无一人顺从者……"井中沟壑池塘，尸体堆叠数层，令人耸动唏嘘——江南，温柔文弱之乡，竟如此坚强不可摧折！！城破后一个多月，幸存者回到面目全非的江阴，依旧不免于剃发，"剃发之夕，哭声遍野。"悲哉！诚如聂作平在《江阴，一座城市的玉碎》中所说："一个新王朝的建立，往往就是通过那些面目模糊、被遗忘了名字的底层民众的泪水来实现的。"徘徊江阴文庙明伦堂，读碑文，泪水盈眶，我似乎还能听见惊天动地的呐喊、哭声，听见不甘屈辱宁可一死的宣誓、城破之际的大合唱……

另一处值得再去的是刘氏兄弟故居。也在市中心，人车奔流、高楼环绕之间，那套清末江南民居，白墙灰瓦，显得特别安静。我傍晚到，独自一人徘徊于两进十来开间三个天井，桂香倏忽而来，如遇佳客，猝不及防的喜悦，又见两大株天竺，是旧主人手植。光线从格格窗几经折叠，室内阴翳，我细细分辨这三兄弟的影像、手稿、抄写的曲谱，惊异于天地灵秀，尽出刘氏一门。我小时陪伴父亲身边，他拉二胡，《病中吟》《空山鸟语》《良宵》等，都是他的喜爱。尤其是《病中吟》，忧郁困顿之际，父亲常拉。父亲学的是闵慧芬，年少的我，已知作曲者是刘天华。此次见到刘天华手抄的曲谱，如遇故人。惜刘天华如此天才，38岁竟因猩红热去世，他的弟弟刘北茂，多少继承了音乐才华，是三兄弟中最长寿的，活到1981年。

就影响言，当然首推大哥刘半农。《我之文学改良观》发在《新青年》，使刘半农与胡适、陈独秀、钱玄同成为提倡白话运动、改良文学的四大台柱。但他的改良观与陈独秀的却不尽相同。陈独秀不同意与旧派妥协从容，而半农认为"言文合一"、"废文言而用白话"不能一蹴而就，文言白话应有同等地位；此外，他主张打倒的是孔教、而非孔子。于今天看，刘半农的这些说法是对的。"五四"新文化运动激烈地与传统划清界限，留下不少后患。

我最先知道他，是读《叫我如何不想她》，那是可歌唱的情诗，与《诗经》在一个传统中的。半农先生注意收集民歌、倡导白话诗，留有诗集《扬鞭集》《瓦釜集》。沈从文认为，刘半农在诗歌上的贡献是："他用江阴方言，写那种方言山歌。用并不普遍的文字，并不普遍的组织，唱那为一切成人所能领会的山歌。"诸如"大姐走路笑笑底，一对奶子翘翘底。我想用手摸一摸，心中虽是跳跳底”这样的，都是如《国风》般质朴生动可歌唱的。

可惜刘半农44岁得传染病去世。胡适致哀辞说："半农先生为人，有一种莫名其妙之热处。其做事素极认真，其对学术之兴趣极广博，故彼卒能成为歌谣收集家，语言学家，音乐专家，俗字编辑家，彼之成功，完全由于一个'勤'字。"刘半农若活长些，或有更大成就？

苏曼殊有封致半农的信："《拜伦记》得细读一通，知吾公亦多情人也。不慧比来胸膈时时作痛，神经纷乱，只好垂纶湖畔，甚望吾公能早来也。朗生（包天笑字）兄时相聚首否？彼亦缠绵悱恻之人，见时乞为不慧道念。"后苏曼殊死。两个多情人，竟不得再见。刘半农写有《悼曼殊》诗：

这一个人死了，

我与他，只见过一次面，通过三次信。

不必说什么"神交十年""嗟惜弥日"，

只觉他死信一到，我神经上大受打击，

无事静坐时，一想到他，便不知不觉说——可怜

记得两年前，我与他相见，

同在上海一位朋友家里。

那时候……室中点着盏暗暗的石油灯，

我两人靠着窗口，各自坐了张低低的软椅，

我与他谈论西洋的诗歌，

谈了多时，他并不开口，只是慢慢地吸雪茄，

到末了，忽然高声说——

"半农，这个时候，你还讲什么诗，求什么学问！"

从刘氏故居正门，可望见兴国古塔，直奉军阀之战时，炮弹击中塔巅，残塔形如钢笔尖，黑色坚硬，刺向夜空。当此之时，苏曼殊高声叫："半农，这

个时候，你还讲什么诗，求什么学问！"“江阴八十一日”，最先宣誓“头可断，发不可剃”的是一群诸生，最先号令抵抗清人的是文质彬彬的典史陈明遇，国朝变故、文化变异之时，书生呼喊烈烈：“这个时候，你还讲什么诗，求什么学问！"投笔执剑、以弱肩担当，宁玉碎、不瓦全，温柔江南大地，流泻着灼烫血水。我那日坐在长江边等庞培，看残阳如血；之后我们在江边小店，吃羊肉、喝白酒，谈论诗歌、书籍，天空一轮满月，身边江水横流……此时我们尚能谈论诗歌、学问；我不希望，或有一日，阴霾大盛，不希望到那一日，也不得不拍案而起：“这个时候，你还讲什么诗，求什么学问！"

三

诗人舒航带我和土豆访丰子恺故居。在浙江桐乡石门镇，我们从湖州练市开车过去，半小时就到。

离运河不远，过木场桥，一排白墙黑瓦平房。左手一个门廊，写着丰子恺漫画馆。进去，当中一尊先生的立身石像，双手交握放置小腹前，圆圆眼镜，恬淡微笑，幽默从容。我立在先生边上，学他的样，双手交握垂于小腹前，微微笑着。先生是从容有智慧的人，我来拜他，学的不是知识，而是他的生活态度。

丰子恺一辈子，只做了一件他以为该做的事，倾尽一生，极认真、极执拗地去做。这就是画了《护生画集》六册。

弘一法师五十寿辰，丰子恺作五十幅画祝寿；六十岁，又献六十幅画，法师为其抄写修改题诗，并从泉州寄信云：“朽人七十岁时，请仁者作护生画第三集，共七十幅；八十岁时，作第四集，共八十幅；九十岁时，作第五集，共九十幅；百岁时，作第六集，共百幅。护生画功德于此圆满。"弘一自然并不知道能否活到百岁，不过是以这样的嘱托勉励弟子，使其能始终一贯以护生画做有益大众民生之事。丰子恺也很明白这个"伟大的嘱咐"之意义，乃回信弘一，允诺："世寿所许，定当遵嘱。"一个卑微书生，答应倾其一生，去完成一个允诺。何等的勇气！何等的守信重诺！！

从此，无论环境如何改变，丰子恺都恪守约定，去完成这件弘扬生命的事。日本人来了，四海烟火、颠沛流离中，丰子恺画的不是烧杀掳掠、凄惨罪恶，而是"护生"，是一个个活泼泼充满生趣和谐的世界，"所表现者，皆万物自得之趣与彼我之感应同情"（夏丏尊）。这难免被人目为迂腐，甚或遭批判。丰子恺正是感同身受于世人所处的困厄苦难，才尤其生出悲悯恻隐、形诸笔端。《护生画集》第二册封面画莲池沸腾、扉页是莲花间的兵仗，表达了丰子恺"沸汤长莲华，兵仗化红莲"的佛家悲愿。"文革"期间，到处在破"四旧"，人们争先恐后改造自己奔向新世界，丰子恺却依然故我，画着那些"四旧"。家人不解、恐惧，那个枯瘦老人，过着"一日不出门，一日无访客"的日子，心心念念的只是对老师的允诺。当他自感来日无多，唯恐活不到弘一法师诞辰百年，便提前完成了第六集百幅护生画。他信守承诺，功德圆满，对世界再没什么留恋，即于 1973 年去世，离"文革"结束不远了。

有人对丰子恺说：你既说不要杀生，最好吃素、吃植物，又说，对草木植物也该爱惜，不可随意攀折，岂非矛盾？丰子恺答曰："护生者，护心也……去除残忍心，长慈悲心，然后拿此心来待人处事。"护生是护自己的心，而非只是护爱动植物。读画者，不可拘泥一字一画。人通过爱惜百汇万物、生命种种，恢复天然柔软的恻隐之心，维护其慈悲心，这才是护生的目的。是佛理，也是儒家思想。孟子讲恻隐之心人皆有之，讲推爱，讲恢复人性的善。护生在佛是为因果，在儒是为世人。丰子恺是佛，也是入世的儒家。为来生，更为现世。

从漫画馆出来，转到故居。那是 1984 年在旧址重建的房子，原来的是丰子恺自己设计的，被日本人焚毁。右边有月洞门、碑廊、翠竹一丛，气息清朗；左墙门上"欣及旧栖"乃据丰子恺题字仿制，有块大玻璃罩住两熵烧焦的门板，是原房的唯一存物。小庭院种有芭蕉，先生喜爱的牵牛花，白墙黑瓦上尽是回绿的爬墙虎。庭院右侧，一幢三层小楼，叶圣陶题匾"丰子恺故居"。正厅即缘缘堂，依马一浮原迹复制匾额，外联为杜甫诗句"暂止飞乌将数子，频来语燕定新巢"；内联曰："欲为诸法本，心如工画师。"丰子恺卧室兼画室在二楼。阳光从格格窗进来，投在临窗一张笨重木质九斗写字台上。一张空虚暗旧藤椅，当年先生曾坐那里，作画读书。靠左墙有张单人床，大概只有一米五长，先生身量颇高，晚年的他，竟是蜷缩着睡在这样一张局促小床上，腿脚都无法伸直。西墙脚有张小小的竹靠椅，也是先生坐过的，我过去，坐了好一会。

法国大导演侯麦说："一个人只要坚持不改，就会有追随者。"丰子恺一辈子都"坚持不改"去做一件事，无论做得好或不好，后人知道或不知道。沈从文也是这样执拗的人。八十年代，在沉寂了三十多年之后，沈从文似乎"行情看涨"了，他却致信凌宇，坚决不同意召开有关他的学术会议，他说："《秋水篇》：'大块载我以形，劳我以生，佚我以老，息我以死。'孔子曰：'血气既衰，戒之在得。'这两句话非常有道理，我能活到如今，很得力这几个字……自己作你研究，不要糟蹋宝贵生命。"沈从文生前，看见了自己的"行情看涨"，似乎应验了他当年的预言：他会比别人走得远。丰子恺的画，近年也似乎"行情看涨"，各种版本的《护生画集》在市面流行，他的画又很有装饰性，人们挂在墙上，做了书签，印在书包上。这些，先生自然是看不见了。即使在世，作品之盛衰、遭际，对他，恐也不是重要的。重要的是"坚持不改"，是他完成了对老师的允诺。

先生有幅画：一堵高大砖墙，层层叠叠从下到上垒砌严实的冰冷灰砖。就在砖缝间，一株柔弱的、纤细的绿色草芽，弯曲着冒出来，张开两瓣嫩叶。

这幅画叫《生机》。先生的爱，就是这样的生机。我流连故居，带回了生机与爱。

四

某年八月，我从上海坐动车去郑州，想到那里与土豆汇合，做一次中原漫游。土豆先自去安阳、邯郸等地，骑马去看了九曲黄河。我生在闽南，大半辰光，又在江南度过，所见的都是蛛网迷宫的沟渠河道，古廊桥，逆光蓑笠的瘦黑船夫，河岸边的红色捣衣女娘，鹅黄柳烟，火焰油菜，白墙灰瓦，一小块一小块闪闪发亮的水田池塘……当火车铁犁般切开北方肥沃平整辽阔土地，那些种植玉米、高粱、小麦的田畴，成片相接着闪过，心中便升起新鲜而沉厚的感动。尽管因为风沙、污染、过度使用，大地天空蒙上一层灰白，这片土地，究竟孕育过我们的祖先。假使不乘着火车，从南到北，从东向西，一节节走，是不知道祖国有多么阔大。

去向北方的火车上，我一路读的是孙犁的"耕堂劫后十种"。孙犁青春时在"冀察晋"革命、中晚年安顿天津，他的所见、声口、语汇、胸次，应与南方作家很不同。这套书共十册，64开小口袋本，轻巧便于携带，书封墨绿色，内页纸发黄，素朴怀旧，我很喜欢。随身带的是《尺泽集》《远道集》《曲终集》。早年《荷花淀》《白洋淀纪事》中清新、鲜亮的色彩退去了，这些1979年到1995年的文字，呈现出另一个孙犁，那是历经"文革"磨难、朋友凋零、老伴去世后的老人，文字趋于平实、简淡、枯瘦，行文间却蕴涵大深沉、大悲痛。

我最喜欢读他散落在各集中的"芸斋小说"。虽曰"小说"，大抵是从自己经历取材，以现代文体分，或称叙事散文。他以悲悯之心，关注"文革"背景下，人物、尤其是小人物的运命。《小D》中的小D原是个清洁工，摇身而为造反派头头，小人得志，不可一世，却又忽然自杀。《王婉》讲王婉在丈夫被捕后卧轨自杀未遂，忽因江青接见而为新贵，"四人帮"垮台后自吊身亡。原不过是些普通人，命途却在政治浪潮中忽起忽落、不能自己。孙犁说："十年浮动，较之八年抗战，人心之浮动不安，彷徨无主，为更甚矣。"

火车过长江时，我在读《高跷能手》。写的是刻字工人李槐，被定性为由工人变成的资本家，且里通外国，因为他曾为天皇生日踩高跷献艺，小说写他临死前形状，"他站在那里拿好了一个姿势。他说：'我在青蛇面前，一个跟斗过去……干净利索，面不改色，日本人一片喝彩声！'他在那里直直站着，圆睁着两只眼睛，望着前面。眼睛里放射出一种奇异多彩的光芒，光芒里饱含青春、热情、得意和自负，充满荣誉之感。"孙犁叹道："重病垂危之时，偶一念及艺事，竟如此奋发蹈厉，至不顾身命，岂其好艺之心至死未衰耶。"这令我想起电影《霸王别姬》中为艺术而艺术的程蝶衣。可见，政治于许多地方，终究是无可奈何，诸如爱情、亲情、艺术之爱。但"文革"之后，这些地方也已被蚕食，留下了许多空洞。这才是"文革"最严重的后遗症。

《三马》写一个监管孙犁的人的儿子三马，单纯善良，自杀而死。通篇说的是三马，落在文末，是草草几句，"提及"老伴的死："我请了两位老朋友，帮着草草办了丧事，没有掉一滴眼泪。虽然她跟着我，过了整整四十年，可以说是恩爱夫妻，并一同经历了千辛万苦。"这样寡淡几行字，蕴含大悲痛。塞涅卡说："小悲易表情，大悲无声音。"奥维德诗句："她痛苦得成了石头。"蒙田解析说，当意外事件超越了我们的承受能力时，我们感到沉痛、麻木、心如槁木死灰。孙犁丧妻之初的悲痛，即是如此。直到境况有所好转，他才写了篇《亡人逸事》，以几个生活细节，深情追念这位不识字却与他共患难的善良、贤惠、勤勉的妻子。他说自己，"过去，青春两地，一别数年，求一梦而不可得。今老年孤处，四壁生寒，却几乎每晚梦见她，想摆脱也做不到。"这样平淡言语中，深情与惆怅、孤寂在焉。1995年，停笔前，他在一张书衣中，记录下念念于心的三件懊悔之事："吾出征八载，归而葬父；养病青岛，老母去世未归；'文化大革命'时，葬妻未送。于礼均为不周，遗恨终身也。"

《三马》篇末，芸斋主人曰："……痛定思痛，乃悼亡者。终以彼等死于暗无天日，未得共享政治清明之服为恨事，此所以于昏眊之年，仍有芸斋小说之作也。"这是他写"芸斋小说"的初衷。在历次运动中，那些有名有姓者，受了冤屈，有人回忆，有人追念，甚或得以平反；却有多少平民百姓，轻则改变命运，如我的父母，没能高考、上山下乡，重则受各样牵连，身首异处，身没名灭，这些普通大众，又有谁去纪念呢？孙犁借这些小说，痛定思痛于这些普通人在政治中、时代中的艰辛生活。然孙犁终究是乐观的，以为"文革"结束，流毒即肃清，政治即清明，不知流毒传播如此之远，影响后代如此之深，且至今缺乏全面反思，深可叹矣！

除了"芸斋小说"，我还喜欢读孙犁怀人忆旧的文章。这些文字，譬若先种一棵树，再不停修剪叶子，最后只剩得枯枯枝杆挺立在冬日，深情与悲伤全在里面了。一个劫后存世的孤寂老人，晚年所忆，尽是他人给予的些微好处，一箪食，一瓢饮，皆感念于心。读毕《我留下了声音》一篇时，火车恰好停靠在一个我熟悉的亲切的城市，末几句是这样写的："……然每遇人间美好、善良，虽属邂逅之情谊，无心之施与，亦追求留恋，念念不忘，以自慰藉。彩云现于雨后，皎月露于云端。赏心悦目，在一瞬间。于余实为难逢之境，不敢以虚幻视之。至于个人之留存，其沉埋消失，必更速于过眼云烟矣。"

孙犁还有一部分文字，尚未引人重视，也是我喜欢读的。他读史书、读古籍的杂感，有些成文，有些只记录在书衣上。孙犁晚年文字，平实、消淡、枯瘦，然蕴蓄大深沉，间或有所发扬，这样风格，乃得力于他阅读古书。尤其受班固《汉书》、范晔《后汉书》的影响，孙犁评论范晔文字，"语言简洁，记事周详"，"论赞折中，而无偏激之失。时有弦外之音。"正是他所效仿的。而如"芸斋小说"每篇，是为小人物立"传"，篇末的"芸斋主人曰"，也是模仿司马迁班固范晔"传"后的"赞"词。中国传统，文史不分家，孙犁又回到传统，以写史传的方式写"小说"。

另一方面，他又通过评史，借题发挥，抒发胸臆。比如，《评〈后汉书·班固传〉——一个为政治服务的人》，着力谈论的，是文学与政治的关系。他说："只要作家本人，不能完全与政治无关，那么文艺作品，就不能完全与政治无关。"班固一生都在为本朝服务，作品依旧可以流传，孙犁似以此解释自己作为革命作家、左翼作家，必定要写出符合政治需求的作品。但班固如此贴近本朝，依旧被处极刑，孙犁叹曰："文人不知修检，偶以言语及生活细故，遂罹大难，为可伤矣！"在评《后汉书·贾逵传》中，记述一代大儒郑玄，病重之时，袁绍一命，逼玄随军，不得不抱病随行，乃死于路途，孙犁由是叹曰："学者不能离政治而自由，而能产生自由的学术，这是梦话。"

显然，孙犁晚年，对于自己早年的革命热情，文学与革命、政治的关系，深有思索。1955 年，正当孙犁完成《铁木前传》时，忽然头晕昏倒，被认为是神经衰弱症，由此十年没有写作。孙犁患病，有遗传因素（小时候的惊风病后遗症），更有政治运动的惊吓——1955 年，开始反胡风运动，朋友鲁黎被逮捕，孙犁为其说话，险些受牵连，惊吓不小；1956 年开始批判丁玲等左翼作家，孙犁更是战战兢兢。孙犁因病，到青岛等地疗养，后又闭门在家，有身体缘故，也有远离政治中心之想。但政治风波是无法回避的，即便他躲在自己书斋中，十年不动笔，还是逃不过"文革"劫难。文学与政治的关联，孙犁是深有体触的。他内心，似乎向往一种对政治的超越。

"芸斋小说"《小混儿》中，他写了个农村的小混混，有点钱，就吃，就花，就赌，与他谈话，丝毫不提"文革"的事，也不谈土改、合作化、抗战和解放战争。"他好像是不谈政治的人。好像这些历史事件，对他都没有影响。"孙犁竟然羡慕起这个小混儿来，说他是"真正的逍遥派"。这与他评价郑玄之不能脱离政治，而没有真正的学术自由，是一致的。

对于革命理想，孙犁也有反思。或许他认为，解放后进城的许多干部，已经脱离了革命之初的理想。小说《葛覃》，写一个老战友、诗人葛覃，在斗争最激烈时，留在前线，之后，他似乎被历史遗忘了，既没与闻进城干部的荣光，也不受历次政治运动的批判，在白洋淀，他教书一教三十年，孙犁感喟说："他不是我们这个时代的隐士，他是一名名副其实的战士。他的行为，是符合他参加革命时的初志的。白洋淀那个小村庄，不会忘记他，即使他日后长眠在那里，白洋淀的烟水，也会永远笼罩他的坟墓。人之一生，能够被一个村庄，哪怕是异乡的水土所记忆、所怀念，也就算不错了。"

从《葛覃》一篇看出，孙犁究竟不想做"逍遥派"、"隐士"，而是努力进入时代政治生活。只是他历经劫难后，心有余悸，深感外在力量无限大，个人命途岂可与之抗衡？小说《鸡缸》，写无意购买的两个磁缸，被慢待、弃置、烟熏火燎，蒙上尘土油垢，忽一日发现竟是价昂的鸡缸，用水洗去，陈于几案，"磁缸容光焕发，花鸟像活了一般"。他是以鸡缸自喻吧，"瓦全玉碎，天道难凭"，"茫茫一生，与磁器同"。一个读书人的一生，如磁器，极易碎，能获保全，不过是造化罢了。

"砚中墨干矣，可以无言矣！"1995年，《曲终集》编后，孙犁不再执笔。钱起的诗，"曲中人不见，江上数峰青"。孙犁自叹："人生舞台，曲不终，而人已不见；或曲已终，而仍见人。"如今孙犁曲已终了，我犹见其人。青年时写革命文学，中晚年后退守书斋，孙犁文字，虽有时代烙印与限制，皆是怀着真诚的思考；政治运动中，他小心谨慎，甚至胆小怕事，但终究是个读书人，耿介、孤傲、寂寞；终其一生，勤勉阅读，笔耕不辍。信乎！其曲始终能再奏。

去往中原的路途，读孙犁文字，窗外，成排白杨树萧萧疏疏挺立于天地间，黄色南瓜花稀稀落落蔓延向远方……我似乎触摸着一个八十老翁的心境："故园消失，朋友凋零。还乡无日，就墓有期。哀身世之多艰，痛遭逢之匪易。隐身人海，徘徊方丈。凭窗远望，白云悠悠。伊人早逝，谁可告语。"

2016 年 12 月初稿，2017 年 1 月 4 日定稿

去往圣人墓的小桥

1. 去往圣人墓的小桥

我们两次去曲阜拜谒孔夫子。第一次是上世纪九十年代，土豆给学生开《论语》课，我常跟着他诵读。那时西风劲吹，读孔氏书，不像如今是时髦的事。土豆想如司马迁，去看看夫子讲学生活过的地方，若能沿孔子周游列国的路线走一走，更好。

去曲阜之先，我们先到泰安岱庙。岱庙在泰山脚下。泰山乃五岳之首，"王者受命，易姓而起"，帝王一统天下后，会去泰山，行封禅之礼，向天下昭告其政权乃天命所赐，具正当性，且对皇天后土的护佑表示感谢，所以岱庙主殿名天贶殿，即天赐，帝王上泰山前，往往先停据岱庙。

封禅乃天子礼，孔子传授六艺，深习礼乐。但他晚年返回鲁国时，季氏专权，季康子只是个大夫，却要去祭拜泰山，如"八佾舞于庭"一般都是僭越了礼仪，乃"是可忍孰不可忍"之事。所以孔子问弟子冉有："汝不能救与？"冉有时任季氏家宰，权重一时，却直截了当回答老师："不能！"冉有、子路、子贡几个做官的大弟子，其政治主张与实践已多多少少违背了孔子的行道理想。务实的冉有明白，即使他进谏了，季氏也不会听。到了秦王嬴政，行法家之说，以铁血武力一统天下后，去祭泰山，但他废绌儒生所议的封禅礼，上泰山立了块碑石，歌颂秦始皇帝德，遭遇暴风雨，后世以为不祥，谓不得上封，封禅之后十二年，秦亡；汉武帝也去祭泰山，他声称独尊儒术，却也如秦始皇，尽罢诸儒不用，也不带太史官司马谈，上山时独独带了个宠臣霍嬗，此人后竟暴卒，司马迁不敢明白批评汉武，但言外之意豁然，秦皇、汉武封禅后，皆往海上仙山，求长生不老之药去了；至于唐，武则天先随高宗去泰山、以皇后身份封禅一次，自己称帝时，又去封禅一次……此类种种，与孔子所述的封禅之礼，皆相去甚远吧？封禅之礼如今不用了，祭孔大典近年又恢复，历朝历代，托孔子之名者，又有几个能行孔子之道呢？

二十年前的岱庙之行，能记得的只是：忽然狂风大作，四面暗将下来，大殿琉璃失色，铜亭铁塔哑默，斑驳石碑在廊内隐隐绰绰，唐槐汉柏站立黑暗中，风动枝叶声如浪涛拍岸、阵阵起伏。目力所及，只是身边几株银杏树，高大，茂密，簌簌鸣动；柠黄叶片纷纷扬扬、漫天飞舞，青白银杏果如子弹梭梭坠落，在叶片厚积的地上发出扑扑响声，仿佛是，上天的昭示；黑暗笼罩着我俩，四下空空寂寂，我们凝神谛听，心生敬畏……

离开岱庙，从泰安乘汽车到曲阜。先去孔林，再到孔府、孔庙。司马迁说他到曲阜，民风以讲求礼乐为日常习惯，而我们当时所见，街巷穷陋清寂，民人粗野无文，颇失望。但曲阜孔庙是现存三大明清古建筑之一，气势恢弘，令人震撼，各地孔庙，也多仿曲阜建制，故录文献明示之：

整个建筑群以中轴线贯穿，左右对称，共九进院落。圣时门之前有四道四立柱石坊，从南至北依次是：金声玉振坊、棂星门、太和元气坊、圣时坊。过圣时门，为弘道门、大中门、同文门、奎文阁、十三碑亭。过碑亭，分三路：中路为大成门、杏坛、大成殿以及东西庑廊、寝殿、圣迹殿；东路为崇圣门、诗礼堂、孔宅故井、鲁壁、崇圣祠、家庙等；西路为启圣门、金丝堂、启圣王殿、启圣寝殿等。

孔子去世次年（前478年），弟子们在其故居立庙，庙屋三间，内藏孔子衣冠琴车书籍等，还有一对孔子夫妇楷木像，不满2尺，据说是子贡雕刻，后考证为汉代作品。汉高祖是第一个以太牢祭孔子的皇帝。此后历代，天下大乱，孔庙即毁坏不修，天下大治，又修葺一新；千百年来，孔庙总共大修15次，中修31次，小修数百次。最近一次人为破坏是1966年"文革"，1970年才又开始修葺。

二十年倏忽而过。2015年再来，是从上海乘动车，直抵曲阜。火车站出来，巨大孔子石像矗立，从车站到中心区域，道路两边挂满彩旗，上书夫子语录；中央神道，直通孔府孔庙，碗状枝形灯，几步一座；商铺饭店密集，游客中心豪华，广场开阔，可承办各级领导参与的祭孔大典。举小旗的旅行团多，官方会议多，四星五星酒店也多了不少。载我们的三轮车夫说，靠山吃山，靠水吃水，咱这靠孔子吃孔子。孔子若想到数千年后，人民靠着他，竟能吃饱饭，也会油然欣慰的吧？但我想起孔子去卫国时，看见人烟稠密、国家富裕，冉有问：富裕之后，该怎么办？孔子回答：教化之。孔子是把对人民的教育放在首位的。与二十年前相比，如今孔子似乎变阔了，行情看涨了，曲阜也不再冷清了，街面崭新，周身气派，但我所见，皆商人气、官僚气，唯独没有斯文气，距孔子"既富矣，教之"也远吧？

若非祭日节日，游人依旧少。旅行团加速度走了一圈，也就散了。孔府孔庙，依旧空荡荡的只是零星几个散客。孔府后园，草木繁茂，一碗巨大红莲，刚刚绽放，一个小戏台，几个人草草装扮，对着空空场子，兀自咿呀唱着……在孔庙流连最久。傍晚金色光线，将斑驳颤动的树影投在修葺一新的崇文阁红墙，黄色琉璃瓦闪闪发光。十三座碑亭，好似沉默老者，在青灰地砖拖下斜长蹒跚的身影。伸向晚暮天空的古柏枝桠犹如老人青筋毕露的胳膊，浑身披挂青绿小扇子的银杏间露出半掩的朱红小门。到大成殿拜毕夫子，我们并坐在寝殿石阶，阶上染一层薄薄青苔，滑溜溜地泛着潮气，草树香氛，弥漫周身，几只灰喜鹊，转动黑脑袋如挂钟秒针，蓝灰翅膀尾翼张开如扇，他们在草丛间随意跳动，忽起忽落，从这棵柏树追逐到那一棵，变化着鸣叫声，更显得庭院深广静谧……

大陆文气美好的孔庙，我所见的还有这几个：福建泉州文庙，有宋元明清四代建筑，是宋代中原建筑与闽南古建筑的有机结合；江苏江阴文庙，始建于北宋、如今所存为清代建筑，是苏南地区最大的文庙，左庙右学，中轴对称仿曲阜；浙江衢州孔庙，是全国仅存的两个孔氏家庙之一，金兵入侵时孔氏后裔南迁建此，素称南宗，有思鲁阁，现存为明代建筑，仿曲阜样式，以三条轴线布局，原藏于曲阜孔庙的孔子夫妇楷木像，也被携带南迁，今存此。

2014年，我们有机会拜访了台湾几个孔庙。其中两个印象很深。一个是台南的全台首学孔庙。建于明郑经时期，是全台第一座孔庙。其形制与曲阜孔庙从南向北呈中轴线层层深入很不同，节孝祠、先贤祠、明伦堂与大成殿是平行并列的，不那么正统，但是我见过的，无论大陆台湾，最有味道的孔庙之一。棂星门与庑廊构成一个闭合小院，大成殿独立中间如一幢精致小庙，其龙形飞檐如闽南民居般翘起，屋脊还有一对青色双龙面向宝塔。从"入德之门"坊进入另一个佳木茂盛的小院，主体是明伦堂，堂前有敞轩，堂内照壁是赵孟頫书《大学》，那明伦堂背面，两个圆眼一只方嘴，好似孙悟空变的小庙，模样很是幽默。明伦堂后还有文昌阁，三层塔形建筑。前庭原有围墙，现仅存对称的东西向的礼门、义路牌坊，最西侧是大成坊，即西入口，东侧是庙门，有"全台首学"金字横匾，面朝南门路。当年孔庙内设立台湾太学，监军御史陈永华被任命为学院，主持太学，由此在台湾岛上建立起较完整的儒学教育体系。我们数次在台南孔庙徘徊流连，南方鲜嫩晨光、橙红霞色下，枣红宫墙，明黄琉璃瓦，高大的雨豆树（大陆多槐树、松柏、银杏等），以及斑驳树影、湛蓝天色，令台南孔庙寂静、深广而又堂皇庄重；沿海庙宇多彩飞檐的加入，又平添些许民间气息；几只毛色很深的松鼠飞快窜过琉璃瓦、在雨豆树间上下蹦跳，整个孔庙活泼泼富有生气。

另一个是高雄市孔子庙，台湾最大的孔庙。位于高雄左营莲池畔北岸。穿过老街，过旗山小学，登高上山。进入泮宫后，广场极开阔，右侧是棂星门，左边是拱桥，一层层递进，前面大成门，后面崇圣祠，中间是大成殿、东西庑廊，以及文昌祠、明伦堂、礼门、义路坊等，整体形制仿宋代孔庙及曲阜孔庙，顺山势抬高，视野非常开阔。大成殿尤其雄伟壮观，参照曲阜样式及故宫太和殿。游人稀少，宽广寂静，我和土豆坐在大成门门槛，回看与大成殿之间的开阔庭院，一盆盆艳丽明亮的紫红三角梅，衬着白栏杆砖红墙体黄色琉璃瓦大红回廊圆柱，在洁净蓝天下，色彩非常明艳。大殿屋檐间多有鸟巢，新孵的小燕子张着嗷嗷待哺尖嘴，大燕子忙碌地在殿堂飞檐栋梁间穿梭飞翔。

台湾南部，对妈祖、风神、斗姆星君等的崇拜，很具地方色彩。但台南孔庙的建立，标志着儒学在明郑经时期既已进入台湾。大陆台湾在纪念孔子、推广儒学、传承文化上是一致的且相当必要。

二十年前第一次到曲阜，除了看孔庙，更重要的是去拜孔子墓。从曲阜城北门去孔林，当时还是泥路。由至圣林门进，顺洙水河走，可见明代所建洙水桥牌坊，后面有座单拱石桥横跨洙水河，从这座小桥，通向圣人墓的，是一条甬道，两边古柏森森，神兽石人成对或立或跪，孔子墓在最后，前有孔子之孙孔伋墓，东侧是其子孔鲤墓，子贡守墓庐在夫子墓西侧。当时是深秋，阳光所及，金黄一片，诺大墓园，似乎只有我们两个，徘徊流连，不知多早晚。

2015年再来孔林，道路阔大平整，至圣林门修葺一新。洙水河则一如当年，狭窄，水流缓慢，从河岸看洙水桥，白色半圆拱与其倒影构成一轮满月，两岸草树绿意葱葱，令我想起莫奈画的日本桥，从不同视角、在不同辰光望去，会产生不同印象。站在洙水桥上，好似时光倒流二十年，河水缓缓流动，草树倒影清晰，微风过去，影子变化着形态，如梦如幻。孔子周游列国时已55岁，在卫国不得其用，欲向西往晋国见赵简子，到黄河边上，听闻窦鸣犊、舜华两个贤人被杀，他临河叹息："盛美啊河水！浩浩汤汤！我不能渡河西进，这是命定的事情！"孔子便向南往楚国去，以为楚昭王是个明君，遇战乱，困于陈、蔡，乃至绝粮，孔子依旧弦歌不绝，弟子们则开始怀疑大道在现实是否可行：子路说世人不能理解孔子之道，子贡则以为夫子之道太高深、应降格以适应现实，颜渊虽赞同孔子之道，对于能否施行，则无可无不可。只有孔子说，正因周道不行、礼崩乐坏、世界失序，才更要奉行大道，知其不可为为之，他说自己是葫芦，"焉能系而不食"？是藏于椟中的美玉，喊着"沽之哉，沽之哉"，待好买家来。他是传道的木铎，勉力要在破碎大地上重建一个理想"东周"。

但楚昭王的死，令他失望迷惘，有一瞬间，也想如楚地隐者，与子路"乘桴浮于海"……"道之将行也与？命也。道之将废也与？命也。"哪里是大道得行的津渡呢？多少年来，孔子奔走路途，屡屡受挫，凄凄惶惶如丧家之犬，韶华老去，"岁不我与"，孔子站立河边，黄河之水浩浩荡荡东流，乃叹生命时光，"逝者如斯"；而礼崩乐坏，东周难再，欲挽狂澜，如何可能？他终于在69岁，结束流浪生活，回到鲁国。14年来，辗转各国，孔子终不得其用，回国后便专事教导弟子，或期望大道得行于未来？但历朝历代，托孔子之名者，少有行孔子之道的；至于废弃孔教者，连同孔子之说也毁。时势变异，孔子地位，或升或降，儒学也或热闹或凄凉……

我们缓缓走过洙水桥，向圣人墓缓缓走去。夫子墓上，薄薄一层青草，如精心修剪的短短发茬，几棵古柏挺立墓冢前，一如当年。只是其中一棵多了个树洞，露出两粒毛毛小脑袋，颤动着尖嘴，啾啾鸣叫，一只戴花冠着花衣的啄木鸟，衔一条虫，飞向她的稚子……默默跪拜夫子，沿旧路、绕墓园而行。七月之始，野花不发，叶子不黄，只一味的郁郁葱葱，风带着香气，光斑随人移动。沉默沉醉的绿色凝厚如绸，不时被林中鸟鸣剪破。灰喜鹊将蓝披风撑得平直，从我们头顶一掠而过；鹭鸶老头似的弓起脖颈，缩着脑袋沉思，或舒张阔大翅膀，双脚如起落架稳稳放下，在我们身旁，丢下一摊摊粪便……

鲁哀公十六年（前479年）夏历二月十一日，孔子死。一年前，子路死于卫国之乱，再不可能与夫子"乘桴浮于海"了；两年前，孔子寄希望能传其衣钵的颜渊死，夫子悲恸地叫："天丧予！天丧予！"这一年，西狩获麟，孔子叹："吾道穷矣！"又说，"没有人能了解我，""知道我的只有上天吧?!"《春秋》于是绝笔。

那天早上，天空大地，沉默不语，似无可言。孔子早起，一手拄杖，一手背负身后，徘徊门边，晨风吹拂，衣带飘飘。孔子每日都要唱歌，这天也不例外。他依着门，迎风歌唱道："泰山啊，就要倾覆了吗？房梁之木，就要损坏了吗？哲人啊，就要委顿了吗？"子贡进来问候。跟随夫子周游列国的老学生中，颜渊、子路、冉伯牛都逝去了，孔子说："赐啊，你怎么来得这么晚呢？"他告诉子贡："天下远离大道很久了，都不能用我的思想学说。昨天我做了一个梦，我梦见夏人殡葬在东边台阶，周人殡葬在西边台阶，而殷人殡葬在两根柱子之间。我的祖先是殷人，我梦见自己在两根柱子间祭奠。……我想，我是要死了吧？"这天之后，孔子就生病了，在床上躺了七天，就死了。

孔子返鲁后，当权者无论是季康子还是鲁哀公，表面上敬重，其实只将他供奉着，并不听从意见；相比之下，弟子冉有、子贡在鲁国政坛上位高权重。因此，当鲁哀公来祭奠孔子，尊为"尼父"，子贡责备说，先生在世时，不能用他，死了来祭奠，是非礼。又有势利者称颂子贡比仲尼贤能，子贡说，夫子是万仞宫墙，是日月，谁又能够逾越呢？大部分弟子服丧三年，只有子贡，在孔子墓边，造了庐屋，陪伴老师，六年之后，方才离去。也有一些弟子就在孔子墓周边安家，竟有百余户，那一带后来就称为孔里。孔子死后，弟子们分流云散，韩非子说，儒分八派，到战国，儒家队伍更是壮大，与诸子百家学说相互辩难、相互渗透。孔子生前，叹息"道之不行，可知矣！"但穷其毕生，"君子无终食之间违仁，造次必于是，颠沛必于是"，他的精神、性命与天道，以各种方式流播后世。

读《论语》，得以亲近孔子言语举止精神之零星，感受他潇洒、温暖、性情、沉思、坚毅、执着、好学、敏锐等等风貌。孟子说孔子是"集大成者"，不仅指他的思想学说，还指他的人格魅力很难用一二句话概括。故而叶公悄问子路，夫子是怎样的人呢？子路竟为之语塞。颜渊说夫子："仰之弥高，钻之弥坚。瞻乎在前，忽焉在后。"司马迁写《孔子世家》，以为孔子怎不比王侯高贵呢？读孔氏书，想见其为人，在孔子生活讲学的地方，低回流连不能离去，"'高山仰止，景行行止。'虽不能至，心向往之。"……

站在洙水桥，向右望去，孔子安卧在桥那边，世世代代，如我们来此拜谒夫子的人，是在迷惘之际，抑或得意之时？两千多年来，这孔林埋葬有十万多座墓冢，荒草杂树，大大小小土馒头，堆叠着，挨挤着，有的很勉力竖一块碑，不久碑断了，铭文泯灭了，即便还竖立在那，后人走过，念念名字，曾经的荣光又能记得多少呢？只有孔子和他的语录留下了。但孔子说："天何言哉？四时行焉，百物生焉。天何言哉？"圣人不言，只将其精魂，化为林中的那些鸟儿，翻飞，鸣啭，化成了树，成草，成花，成果，化成林间薄薄的光线，弥散的香气，无处不在……

2. 南方夫子

2012年春四月，我与土豆去常熟寻言子墓。言子名偃，字子游。《史记》说他是"吴人"，逝后葬于常熟虞山东岭。从山脚虞山公园穿过，顺石砌甬道行，过文学桥、娥影池，有牌坊，一是"道启东南"，一是"南方夫子"；拾阶而上，至半山，甬道两侧各有一座四角重檐歇山顶回柱石亭，一座悬有康熙御题"文开吴会"匾额，一座供奉乾隆十六年祭祀言子御碑。言子墓冢最早是汉代建造，如今重修完好，坐西面东、气势宏伟，封土直径约 3.5 米、高约 1.6 米，外设石砌罗城、拜台、环形围墙，内立三通碑刻，形制完好。我们在"先贤子游言公墓"石碑前留影，鞠躬默拜再三。其时，万木回春，草色泛青，游人稀少，空气清新。得以贴近先贤，想念其人其事，体贴教诲，徘徊不去，中心倾慕。

若从山脚清权祠上山，则可抵仲雍墓。传说周古公亶父想要传位给幼子季历（其子即周文王昌），若按长子继承制，怎么也轮不上季历。两个哥哥太伯、仲雍为了避让王位，从渭水之滨千里迢迢跑到江南，当时还是蛮荒之地，隐居起来，文身断发，如同野蛮人，直到死，也没回到故乡。如今无锡有吴太伯祠，仲雍卒后葬于常熟虞山，仲雍又名虞仲，虞山以他命名，他们成了吴国始祖。言子墓后面，还有个周章墓，是仲雍曾孙，据说周武王平定天下后，去寻找太伯、仲雍后代，找到了周章，分封之，吴国也由此并入周朝版图。从言子墓或仲雍墓向上，可达辛峰亭，亭如大鸟蹲立虞山东岭，左右是昆承湖、尚湖，整座城市，临水背山，山水相依。言子墓就在这样灵秀风水中，且与几个贤人墓比邻。我们一路走走停停，山路开阔，春日年轻树木拼命拔节生长，所谓"木秀于林"，如是所见。

言子小孔子 45 岁，是孔子后期的重要弟子。据说言子知礼，行礼仪得体合宜，无过无不及。《论语》中有一则著名故事：子游在武城做宰，武城，在今天山东费县，一说在江苏或安徽南部，当时也属吴国。孔子过武城，听见弦歌之声，微笑说："割鸡焉用牛刀。"意思何必小题大做。子游用先生的话辩驳说："君子学道则爱人，小人学道则易使。"君子知礼乐就能行仁政爱民众，百姓懂礼乐讲礼仪，就好治理。孔子听了，觉得有理，就说：前面不过是开个玩笑罢了。有点自嘲、自辩的味道。读《论语》，孔子及弟子言语性情毕现，活泼泼的，老师不是俨然端着架子，弟子也不会一味盲从附会，可听见孔子教训，也能见他自省（子路就常常反驳老师），师徒之间，相互呼应、辩难，其乐融融。这才是后世师生应当效仿的。道在生活中、实践中，道不是一些死教条，礼也不是死礼，是随时代、环境、问题、个人而权变的。后世小子，死抱着圣人语录，学一些饾饤琐屑，却将孔子与弟子之间，最活泼、最性情，也是最根本的性命之学抛弃了。"五四"时反孔教，连孔子一起反，将传统学问全盘否定，又是走向另一个极端。

在武城，孔子又问子游：这里有些什么贤人呢？子游当即举荐澹台灭明，说此人，行为举止不合常规，不因公事，不见公卿大夫；判案取决，极其公正无私；守信用、重然诺。澹台灭明正是武城人，字子羽。据《史记》说，澹台灭明长得恶行恶状，想奉孔子为师，孔子见了不喜欢，以为才薄；既已受业，退而修行，向南走到长江，宣扬孔子思想，追随的弟子达到三百多人，名动诸侯。孔子得知，就说："以貌取人，失之子羽。"更有子游向孔子举荐澹台灭明。《韩非子》与《孔子家语》却有完全不同的说法，说是澹台灭明长得堂堂皇皇太像个君子，行为却够不上、才能也不及。我倾向于认为，司马迁的说法更合理；因为《韩非子》往往有贬低儒家之处，而《孔子家语》被认为是三国魏时王述编撰的，是将春秋时各种传言辑录而成，多有矛盾处，比如这本书中，又有孔子赞美澹台灭明的话，说他不因贵重自喜，不以卑贱发怒，假使肯去侍奉公卿大夫，一定是为了替百姓做点实事。

《博物志》中还记载有澹台灭明的两则故事：一说，澹台灭明渡黄河，水流湍急，原来是两只蛟在兴风作浪，他一手举玉璧引诱，一手持剑，杀死了蛟，可见他有勇有谋；一说，澹台灭明的儿子溺水死了，家人想要捞起尸体埋葬，以为入土为安，子羽阻止说，这是命啊，一个人难道与蝼蚁特别亲近，与鱼鳖就是寇仇吗？可见他对人之生死运命的通达态度。

澹台灭明小孔子39岁，他与言子，都是孔子后期重要弟子，被称为"南方夫子"。子游是孔门十哲之一，《论语》将他列于四科中的"文学"，可见他尚言辞、学问好，孔子之学，得以传播，子游功劳很大。而子羽，向南行走，阐扬孔子思想、传播儒家精神，是孔学向南发展的大宗师。

澹台灭明一路向南行走、讲学，据说吴地曾有澹台湖，杭州也有他的塑像，他最终抵达豫章（今南昌），且逝于斯，他的墓，就在今天南昌市内（另一说在山东邹城县）。2013年春天，我与土豆又去江西南昌寻访澹台灭明墓。查得墓址在南昌第二中学附近、"苏圃路1号小区住宅"内。问了好几个人，皆茫然不知。好容易碰到一个中年男子，自称从小在此间长大，知道有这么个墓。他带我们到小区楼房之间一个健身器边上，用鞋尖点了点水泥地，以那个点为中心，拿脚画了个圈，说："这就是澹台灭明墓址。"见我们茫然看他，又说："我小时候，墓地是在这里，隔壁中学有个老师，常带学生来拜，说墓中葬着孔子的一个弟子，一个贤人。这地方后来成了化粪池，建楼房时，还挖出一块石碑座，就扔在那边了……"带我们走到一块灌木小树杂乱的绿地，的确有一块碑座倒卧泥中，长方形，有刻纹，没有文字（或已磨灭），碑身不知去向……回去查资料得知，墓是清人重修，碑题为"先贤澹台子羽之墓"，解放前一直存在，上世纪六十年代被砸毁，之后还有中学教师用青砖围成个简陋坟墓，供学生瞻仰，啥时完全毁弃，不知……

叹！同为南方夫子，常熟言子墓如此恢弘，子羽墓竟完全毁弃，几无人知。难道是江苏特别尊奉传统？想那赣州，历代贤士文人辈出，对孔门中如此重要一个人物，何以竟不知保护。后来我将澹台灭明墓状况，告知南昌文化人，希冀或有机会呼吁重修，没得到答复。或在他们看来，近代尚有许多重要人物，都不及修墓，哪里顾得上公元前一个老夫子呢？况且媒体人也不认识这个什么澹台灭明啊。凡是媒体人不认识的，或官方不重视的，价值也就似乎不存在了。

在九江，也寻访过陶渊明墓，埋葬地点，说法不一，有好些个疑冢，后统一迁移至九江县陶渊明祠，建造尚好，尽管门庭冷落；在南昌，还有个孺子亭公园，内有高士徐孺子之墓，据说未必是真墓。墓冢或真或假，地点准确与否，并不重要。重修先贤之墓，便于后人参拜、纪念、效仿，不是为古人，乃为今人。慎终追远，继绝存亡，对于今人是有意义的。

3. 洗耳磨牙

江西白鹿洞书院溪流中有一巨石，摩刻"枕流"二字。

字是朱熹手书。端谨中有风流，圆润中带肃静。与我想象的理学家的肃穆、谨严、内敛、警醒不很相同，倒有几分魏晋的飘逸。这"枕流"两字也正是出典《世说新语》。说是东晋有个叫孙子荆的人要退隐山林，对朋友王武子说，他要去"枕石漱流"，一时着急，说成"枕流漱石"。王武子笑问，这水流尚可"枕"一"枕"，石头怎么"漱口"呢？孙子荆答：水流是用来"洗耳"的，石头是拿来"磨牙"的。

被时人目为"道学家"的朱熹，他的举止倒很"道家"，不很"儒家"呢。

朱熹是在怎样的心境写下"枕流"两字呢？他真是想拿水洗耳吗？他是真的愿意退隐山林吗？

白鹿洞书院位于鄱阳湖星子县十二里处，本是唐朝李渤所建，北宋时已是四大书院之一，但真正声名是朱熹确立的。其时朱熹已经49岁，担任江西南康军治军，治所就在星子县。当时书院已然荒废，朱熹命人修复，重塑了孔子及弟子像，并聚集一批学者门生，在此讲学论道，阐发儒学思想、教育观念，蔚然成风。以今天的政治家们看，如朱熹这样有号召力的人在山野聚众讲学，真是一件危险之极的事，需得派多少人马、安置全方位电子眼，密集把握动向，尚无法放心；但在南宋，天高皇帝远，讲学风气很是兴旺，只要不在朝堂上闹，在民间讲些什么，皇帝也不怎么顾得上。可见，封建时代，也并非全然专制。朱熹还订立了《白鹿洞书院揭示》，这些语录体文字如今还在书院黄纸黑字书写着，简明扼要阐发了儒家思想在南宋理学中的发展。

朱熹诞辰一百多年后，宋朝皇帝还将这些教条颁发给太学生，之后流播海外，称为"白鹿洞精神"。

看上去朱门学术相当兴旺，且越往后越发挥着巨大影响。

但许多年来，朱熹在朝廷一直为当政者排挤。先是王淮集团，再是林栗，大凡有独立见解，刚毅正直、守道循理、能经世致用之人，都被讥讽排挤，被目为"伪道学"。朱熹首当其冲，被指责犯有十大罪状，说他"欺世盗名，不宜信用"。整个南宋孝宗、光宗、宁宗三朝，朝廷中存在反对"道学"和支持"道学"的两大阵营，朱熹是枢纽人物，被指责是"伪道学"党羽的竟达59人。党争历来如此，失败者被逐出朝堂、退隐山林，远离政治中心。朱熹很长一段时间就只在山野读书，与二三朋友往来探讨性命天道而已。

朱熹出任南康军，是在他退隐山林近三十年之后。南康军位于江西九江，也不是政治中心。但他们在白鹿洞书院，与附近的鹅湖书院、濂溪书院、石鼓书院，等等，互相呼应，形成了一些志同道合的群体。虽如此，朱熹当时的心情是郁闷彷徨的，即便已应召拜任南康军，心中依旧存着退隐念头。

白鹿洞书院溪流巨石上的"枕流"两字，或正传达了朱熹想退隐的心境？"枕流"，以清水洗耳，免于宵小之徒的恶言入耳。临近溪流，还有质朴笨拙的"独对亭"一座；亭边又有"枕流桥"，朱熹当年造的是木桥，清人改为石桥。李梦阳写有《枕流桥》诗："峡急岂有心，临桥石相激；蓦惊桥上听，夕阳人独立。"这夕阳人独立，是慎独自守的儒者？或是欲念俱灭的老僧？

但朱熹并非真的甘心情愿退隐山林，他也不是一个素来就想退隐的人。他只是想找到能使他的"道"得以贯彻的"明君"罢了。有一首《感怀》诗，道出他心中所想："经济夙所尚，隐沦非素期。几年霜露感，白发忽已垂。……乾坤极浩荡，岁晚将何之。"如同孔子说："吾岂匏瓜，焉能系而不食？"朱熹也是怀着儒家的经世致用之想，所以当史浩以君臣大义相劝，他还是出来任南康军，虽也不过是个小官。当他身在山林，想着时光一天天消耗，老之将至，渴望能遇明君，得经世致用；一旦出来为官，他又觉得自己"不能与时俯仰"，难有作为，便又心生退隐之念。朱熹的心情，就是这样矛盾。所以他既能书写积极有为的《白鹿洞书院揭示》，也能写出"枕流"这种流连山水的文字。

他没有写"漱石"，想来他还不想用石头"磨牙"，或者他不愿意将更多的时间耗费在与敌人的论争上？他倒是愿意与他的朋友就不同观点切磋、探讨。最著名的就是与陆九渊等的辩论。朱熹讲求"格物穷理"，以为要接触具体的事物万象，努力穷尽，达到极致，才能追寻到事物之"理"，主张收敛、敬畏、专一、严肃，而陆九渊主张"发明本心"的良知良能，"宇宙便是吾心，吾心便是宇宙"，将朱熹的"格物致知"说成支离的事业。1175 年夏，朱熹与陆九渊兄弟在江西信州铅山鹅湖相会，双方论辩激烈，这就是中国哲学史有名的"鹅湖之会"。当时朱熹 46 岁，尚在江西福建交界的武夷山隐居。三年后，朱熹出任南康军，白鹿洞书院一修复，他就急忙去请陆九渊，陆带来朱克家、陆麟之等大批弟子，来此讲学。陆九渊以《论语》中的"君子喻于义，小人喻于利"为题演讲，史称这次演讲极为轰动，连当地的农夫也来旁听，不少人流下激动的泪水。演讲盛况及相互辩论情况到底如何，后人已无法做感性的想象。但朱熹，作为儒者，对学问精微之理的尊重与执著探究；作为学界大佬，不拘泥于自己一门一派，对各家观点学说的兼容并包，其精神、其心胸气度很值得今天学习。

在学术观点上，朱熹既不"洗耳"，也很愿意"磨牙"。事实上，陆九渊虽与其学术观点不同，在政治上却是很"挺"朱熹的。后来吕祖谦等死去，朱熹在政治上更加孤立，"道学"处于四面被围攻状态，陆九渊就成为了他有力的盟友。

2017 年 2 月 17 日改定于沪上

旧书店•台湾

壹 草祭

一个城市是否宜居，要看她是否有像样的书店。

土豆是这样认为的。在巴黎，午后从协和广场顺塞纳河一路行，塞纳河左岸那些神秘绿盒子纷纷打开，躺在其中呼呼大睡的旧书一本本跳将出来晒太阳，主人们则懒懒散散坐在河堤上晃着腿抽烟，或歪靠着绿亭子一口一口喝咖啡——他们之中，谁会是法朗士的父亲？——我们一家家看过去，只要花不多的钱，就能捧回塞维尼夫人的书信、魏尔伦的诗，这样一直走到巴黎圣母院，橘黄灯光如奶油，莎士比亚书店在河畔等你，虽已非旧址，也非旧主人，嗅闻书籍香气，触摸那些质优价廉纸本或摩洛哥羊皮封面时，想想贝克特、乔伊斯、海明威、米勒也曾在同名书店流连，似乎看见他们或优雅或粗鲁的姿影、似乎挨近伟大。日内瓦的早晨，我们去寻访卢梭故居，越过为小卢梭施洗的圣彼得大教堂、简洁肃朴的加尔文纪念堂，越过摆放三门大炮的老市政厅，拐进狭窄的铺着石子路的格朗大街（Rue des Granges），两边高房切出一道蓝天、倾泻的光线还流溢着 18 世纪的气息？卢梭故居在 40 号，门扉尚闭，11 点才开，那个与父亲彻夜读书直到早晨燕子叫了的 6 岁男孩似乎刚刚睡去……橱窗中陈列些有关卢梭的书籍，我们数点着门牌号码，走向街道深处……20号是一家书店，门楣上写 Librairie Ancienne Antiquites，18世纪是否已站在那里？当年的小卢梭也如我们扒开那道沉重木门，攀着胡桃木架子，抽出普鲁塔克《名人传》，蹲在角落读起来？——怦然心动！在这家古旧书店，我们见到各种精装平装枣红色烫金字软羊皮或深棕色硬布面的卢梭著作，有的竟是19世纪版本。

巴黎、伦敦、佛罗伦萨、布拉格，是那种值得一再返回心醉神迷的城市，因为有书店，尤其是旧书店，以及众多与旧书店是姻亲的文学历史会馆、美术馆博物馆、教堂和音乐厅。还有台北。请在下文听我细细分说。

现在我们抵达台南。土豆不像我那么好新奇，每到一个新地方，总是心怀疑虑，他是如超现实主义电影大师布努艾尔一般，只愿意去熟悉的地方，走相同的路线，在同一个地方停下来休息，看相同的风景，吃一样的菜；老布努艾尔说："若有人胆敢提议去陌生地方，一定会遭到拒绝，因为我不知道要去那里干什么！"假如不是被我拖着东游西逛（至少我本人是个熟悉之"物"），假如不是眼睁睁看着上海的旧书店一家家消失、他不得不变成一个网络购书癖的话，土豆一定是只愿意株守上海，如老侯麦般一辈子呆在巴黎，拖个小型摄影机，记录巴黎街道的时时刻刻。我深知土豆的忧虑，就安慰他：台南是开台首府，有四百年的历史，一定藏着不少旧书店的吧？

初到台南，有点失望。住处在海安路一带，这是古老的三街五巷，一些具民间信仰特色的家庙，一些酒吧排档夜间的闹热，并无见到半爿书店。次日依照线路逛了开台天后宫、郑成功打败荷兰人的安平古堡、德记洋行，以及巨大榕树气根架设的奇奇怪怪的安平树屋，都是值得一看、不会留下深刻记忆的景点。很毒的南方正午太阳，昏头昏脑精疲力竭走在安平老街上，劈面看见一条横幅：安平书屋一本10元。精神一振，钻进去，是间旧书店，宽敞阴凉，一个马尾辫女孩趴在柜台上登记书目，一架黑钢丝老式电风扇嗡嗡嗡摇着脑袋。一本10元（人民币约2元）仅限特价小说。楼上是教材，楼下多文艺、台湾政治类书籍，二层加起来不过八十来平方米，藏书量却很大，因为靠墙书架都是三列一个整体，每列顶天立地八层，每层只放单排书，有轨道可推拉书架，这样最后一列书架上的书也完全看得见摸得着。土豆很羡慕这种书架，认为可以在家里推广开来。——推轨书架是19世纪英国四任首相格莱斯顿先生的发明，他担心在不远时日，大英帝国子民会被汗牛充栋的书籍赶到大海中去，在《细论书及如何藏书》中，设计出这种推轨书架，并得意洋洋说，一间长四十尺、宽二十尺的书房，用这个方式可藏书六万册。后来在某图书馆看见一种两排书架，靠摇手柄可左右移动，土豆更为羡慕，说这样书房可以全部排满双排书架，想要哪一排，就摇出哪一排；我却隐隐担心：轨道或手柄一旦失控，或另一个人不知道有人在两排书架之间就摇动手柄的话，很可能把人夹在书架中间……

在安平书屋只买到一本书，精装本《司马迁的人格与风格》（80元新台币），这足以让土豆觉得一个上午没有白过。靠近茉莉巷的一家小吃店，趴在矮矮松木桌椅上，我大快朵颐着鱼圆、蒸芋头、大肉粽、蚵仔汤这些台南美食，土豆只是胡乱往嘴里塞，一味垂头翻着这本《司马迁》。据说有种弯弯曲曲的小虫叫威利，会将书里的字，一个个当巧克力吞进肚子。土豆很有点书虫威利的派头，食书与嗜书，出自同样的欲求。伽利略把《疯狂的罗兰》视为散发浓甜香味的蜜瓜田；考文垂·巴特摩尔将莎士比亚作品比作烤牛肉；《鲁拜集》英译者爱德华·菲茨杰拉德则说修昔底德是美味的干酪；至于济慈，这样写信给朋友："说到快乐，此刻我一手写诗，一手抓着一只水蜜桃送到嘴边——真是棒极了——它柔软、多肉、入口即化又鲜嫩多汁，滑入我的食道——它甘甜可口的丰腴在我喉咙化开来，像是一枚大粒鲜甜多汁的草莓。"这很让人怀疑济慈的诗如水蜜桃般性感多汁。于是我相信写《感官世界》的阿莲德是可能光着身子在厨房烧出美味；由此也原谅土豆之所以烧不出好菜，是因为他过于沉溺书的美味。

安平书屋只是序曲。匆忙逛完赤嵌楼、台南文学会馆等之后，我们迫不及待奔向之前检索的有53年历史的金万字书店（忠义路二段6号）。金是姓氏？一个敦实中年汉子站在柜台边，头上墙壁挂有表彰书店职业精神的奖状。上下两层，二楼是词典、教材之类，底楼多台湾本土文学、翻译文学，台湾研究书籍也多，哲社类学术书则少。我们转了一圈，没任何斩获，颇失望。南门路71号还有家草祭二手书店，夜幕已降，腿脚酸痛，我们并不抱太大期望，懒洋洋、譬如不是地走到那里。

也许是夜晚，也许是草祭的低调，不十分留神，很轻易就走过、错过。临街一扇木门、一个橱窗。橱窗中堆放着成捆成捆未整理的旧书，歪歪斜斜从底下一直堆到高处，透漏出灯光，内部世界完全被遮蔽，橱窗好像不是为了展示商品，倒是为了挡住玻璃之通透。深色木门，靠右手柄竟是刻度清晰的中式秤杆，居中有一枚放大的阳文篆体印章，后来知道，刻的是拆开的书店老板姓名：草祭（蔡）—水又（汉）—中心（忠）。"草祭"原来是老板的姓。又听说蔡汉忠是个摄影师，先后开过四家旧书店：第一家叫"思潮"，多休闲书；第二家是"草祭水又中心"，经营古书、英文日文书、日据时期文献、地方志等，已结业，是如今这第四家"草祭"的前身；第三家是"墨林"，位于大学路西段53号B1。

不推开草祭的沉重木门，不知道内部是如此宽大寂静别有洞天、如此温暖辉煌。书店如人，会散发独特香气，有温暖肌肤、清明魂魄，对不爱书的人冷漠厌倦，对爱书者则报以明眸笑嫣。进门正对一道移门，饰有三排黑铅活字雕版；左手柜台一个女孩站起来，看见我脖子挂着相机，为难而客气地说："不能拍摄哦……"我赶紧说是来买书的，她瞥了一眼旁边文气腼腆的土豆，显然更信任他，迟迟疑疑地放行。

这是一套老式双拼街屋（1966年造）改建的旧书店，楼上楼下统共约

150平方米。进移门，是文学、宗教、命理、医学类书籍，咖啡酒水吧台边是休闲书区域，有楼梯上到二楼，是音乐绘画摄影等，兼有众多古典CD和黑胶唱片，老式唱机，CD播放机，落地灯及沙发，陈设雅致，舒适封闭，满可以坐在那里，翻翻书，听一下午音乐。前屋摆设，并不稀奇，我以为仅此而已，蓦然发现一个小门洞通向后边。原来是个过道间，靠墙有花草，圆形纸灯下吊，木桌椅上堆满旧书，可在此小憩，好似吃大肉前，稍稍喘口气。跨过过道间，吃一大惊！原来后屋更开阔，装饰更大胆，藏书量更大：后屋分两个区域，前半部左边将一楼与地下室之间的楼板拆掉，生生呈露着钢筋格子，边上有旧自行车摆件、名人签名砖，透过钢筋格子，看到地下室的累累书架，需从台阶下去，才看清是各类地方志、日据时期文献，各色刊物；地下室右边，楼板、钢筋全都拆掉，完全与地面一层打通，形成一个透气的挑空空间，可举办新书发布会、诗歌朗诵会等，最右靠墙宽宽的深色木书架，从地下室一直延伸到地上一层楼顶，高低错落排列各种各样精装书，形成两层楼高的整堵书墙，这道墙上的书不对外销售，是老板自己的珍藏，包括中文珍本善本、绝版书、赠送本，以及从世界各地淘来的外文书，那一本本枣红暗红赭红、陈旧结实的书籍，似乎藏着一个个古老或异国灵魂。不让买的书！好不惹人恼火！！老板偏生的在书架下放一张木条凳，又竖一架高高竹梯子，允许你爬上梯子去取，坐下来读，直读得你心痒难挠，又不卖给你！

我们感兴趣的书多在后屋最里面半部。但不可以踏着钢筋格子渡过去，对面的书架也就因遥不可及而显得神秘。你得下到地下室，再上楼梯爬到地面一层。最里面的半部，地板没拆掉，设计也不灵巧，靠墙书架相当实用，每排五层，伸手可取到最上一层的书，中间的旧桌子、条凳、木箱子，摆、堆、叠放着书，一切布局都是为了读者方便清晰地读取到书。主人深知淘书者的不知餍足，很贴心地放置椅子，地板也擦得一尘不染，累了就席地而坐。这部分书是：台湾历史文化，我感兴趣的翻译文学、古典文学，土豆感兴趣的文史哲及社科类学术书，也有大陆简体字学术书。我们剩下的时间，就全泡在那里了。土豆的视线与手指保持平行，逐行扫描架子上的书，一片片蚕食过去，不放过一本。格莱斯顿先生跑进一家书店，向四角画几个圈，不是以册数而是以车数，买走目光所及的一切。我们没法这么气派。考虑到飞机超重，旅途不便，我们不得不精挑细选。3个小时的抽进抽出、反复权衡，土豆每定下一本，我就叠在一边。最后在22本中再筛选：他先将我挑的《呼啸山庄》中英文对照本扔掉，我争辩说精装如此漂亮，三百多页才80台币，可带回送给朋友；又扔掉钱穆《八十忆旧》的两种版本，已有大陆本，虽然实在喜欢，后来到钱穆故居（素书楼），到底还是买了本兰台版《学术思想遗稿》作纪念；他又想扔掉我的《普鲁斯特》，说家里有两种全本，这仅是个节本，而我是冲着插页照片买的，有普鲁斯特童年照片、15岁少年唇上薄薄的绒毛胡子、遗容（唯美的他，一定不愿意这张照片传世），有他的父亲母亲，有斯万的原型查里哈斯、斯万夫人奥黛特的原型海曼小姐，至于巴黎社交界明星胖胖的勒玛尔夫人，是令人讨厌的维尔兰迪夫人的原型……末了，达成一致，留下16本，总共1800台币。结账时，柜台女孩微笑地为我们办了会员卡，从此，我们与草祭，就是旧相知，而非邂逅的情人了。

草祭右边，有窄门咖啡馆，两墙间是条狭窄只容一个人的通道，从中度过，转个角，再爬一道陡而暗楼梯，上到二楼才是。耶稣说："引到永生、那门是窄的、路是小的、找着的人也少。"（《马太福音》7:14）这话也适用于对一本好书的找寻、对好的旧书店的找寻。书与福音一般，永远等待在那里，从不会背弃你，只要你满怀信心地寻找，必能找到。与草祭隔条马路，是全台首学孔庙。建于郑经时期，明伦堂与大成殿平行，前有对称的礼门、义路牌坊，东西两侧各有大成门，文昌阁在后。这是我见过的，无论大陆台湾，最有味道的孔庙。南方鲜嫩晨光、橙红霞色下，枣红宫墙，明黄琉璃瓦，高大的雨豆树（中原孔庙喜植槐树、银杏树），以及斑驳树影、湛蓝天色，令台南孔庙寂静、深广而又堂皇庄重；南方沿海庙宇多彩飞檐在殿堂的加入，又平添些许民间气息；几只毛色很深的松鼠飞快窜过琉璃瓦、在雨豆树间上下蹦跳，整个孔庙活泼泼富有生气。孔庙前是府前路，四围开阔，树木深广，从草祭出来，漫步凝神于此，呼吸中华文化的中正堂皇气息。那些书之魂魄，或也如松鼠般，从孔庙的某棵雨豆树，一跳一跳，跳到草祭的书架子上。

淘书人，书，书店，都是有灵魂的。一个好的旧书店，是将这三者的灵魂、欲求，重叠在一起。嗅闻书店气息，恍如遇见个女子，倏忽飘来香气，是刺鼻的、浓郁的、幽雅的，抑或淡而有味？听见一本书在书架上婉转唏嘘，禁不住要抚摸他，打开他，高声朗诵，饮甘泉般一口一口吞下汉字。鸟儿飞翔在茂林，一本书，舒适躺在书店，等待爱他的读书人，将他领回家；有时莫名其妙落到一个不读书的人手里，就很不安定，旧书店会重新安排他的命运，终将得其归宿。美国女作家安•法第曼伤感地说，看着她老师的藏书被运到旧书店，分门别类拆散、归类，好似将尸体火化，把骨灰撒向空中，随风而逝。她不晓得，一本书，脱离了旧主人之爱，在一个热爱他的新主人那，灵魂又得以栖居；因为有爱书人存在，他从不曾孤单，每被阅读一次，他就得到一次新生。那些旧书店，是书们的灵魂暂居地，如同诞生了耶稣的马槽，是客栈，是过程，只要有一个爱书人捡起他，他就回到了家。

后来某天，我出外回到酒店，土豆居然不在，手机也没带，这让我诧异，因为他是如写《英格兰游记》的李•加林一般，住进一家小旅馆，就算抵达目的地，然后就心安理得点燃烟斗、翻开书继续读起来。身在异乡，种种幻象奔涌而至，等了一会，坐不住，决定出去找他。可是偌大城市，哪里找呢？想起老布努艾尔说的："走相同的路线，在同一个地方停下来休息，看相同的风景，吃一样的菜。"我就往草祭奔去。——土豆站在书架前专注翻书的样子如在眼前，我要一进门就对柜台女孩微笑，请她不要声张，蹑手蹑脚挨近书架，从身后突然抱住他，他会吓一大跳、回转头说："你怎么知道我在这里？"我就很得意。——我这样一路想着一路自己笑起来。

到草祭，一点灯光都没，铁门上挂一牌子：周三休息。牌子上还有墨林与城南旧肆两家旧书店的地址及营业休息时间。我呆了呆，跑到左侧茶馆，朝露天摆放的木椅子上看，一对男女，面对面坐着，正在啃包子、喝奶茶，如同那天我和土豆一般；我想我的方向大概错了，已过了吃饭时间，就挤进右边的狭窄通道，爬上黑暗楼梯，还没进窄门咖啡馆，小姑娘就冲我叫："人都走光了……"不理她，兀自进去，的确空空如也，讪讪爬下楼梯。难道我的判断出错了？不安慢慢升起……到孔庙看看吧，他可能正安安静静坐在孔庙的雨豆树下……我已经走进孔庙深广树木中，极其安静，只有几个老人在打拳，找了每棵树下的椅子，还是不见土豆……我告诉自己不要着急，应该回到酒店去等，很可能他已经回去了，看不见我，才要着急呢。

忽然想起草祭门上的牌子，城南旧肆二手书店就在庆中街68号，离此不远，今天开放明天休息，土豆会不会去那里呢？我的脚已迈向城南旧肆，越走越没信心，小巷安安静静，家家关门闭户，连狗也不叫，十步远，看到书店招牌了，书店却是暗的，显然已经打烊了。我茫然站在路边，盯着那块牌子……突然，听见土豆叫我，一回头，他正笑笑地站在对面一幢两层的日据时期老房子下，手里拎着凸出书的纸袋子，一只猫蹲在他身边。……接下来，在我一路抱怨的小提琴声中，不时插入他亚麻布似的大提琴音。他说以为我会晚回才出来走走的，走的路线，与我的寻找完全吻合，只是没料到草祭今天不开，否则我就会在草祭找到他；只是他到窄门咖啡馆后，发现电脑没电，只能离开；只是一个人坐在孔庙树下没意思，坐坐就走了，走着走着偶然看见城南旧肆，就逛到现在了……

次日，我们又去了一趟草祭，再从草祭打车至成功大学附近的墨林二手书店，在地下室，约八九十平方米，老板是同一人，装修虽不如草祭精巧，书的品质也不错，又买了数册。看看离上火车还有段时间，快快扫过珍古书坊等几家旧书店，也有所斩获。在台南，总共买了27本书，连同漫天霞色，一起纳入囊中。下一站，高雄！

贰　午后书房

到午后书房纯属偶然。

我们在台中东海大学半个多月，并不知晓这个书店。只是一日午后，到东海艺术街瞎晃，短短一条石路，很是洁净，花花绿绿的小店，多是女孩子欢喜的衣饰、布绒玩具、家居用品，另有咖啡馆、冰茶店、西餐甜品店，装点些小花小草，颇有情调。每个八十岁婆婆，都怀揣一颗少女的心。我新新鲜鲜进去逛，土豆就坐在门口看书等。天太热、日光太长、海洋的潮湿气流太撩人，将岛屿上的人，变成昼伏夜出的猫；许多夜市，白日里空空荡荡，一到夜里，就活转过来，通体透亮，灯火辉煌，人声鼎沸。这艺术街，11点前，关门闭户，寂寂无人，午后依旧是窗帘半卷、门扉半开、猫的眼睛半睁半闭。我们懒懒散散地逛，看见一所房子写着"理想国"几个字，就走过去，也没什么，却见一条小巷延伸进去，尽头横一所平房，房顶高挂"午后书房"几个字。

那所房子具体位置是：艺术北街46巷2号，带个小院子，登上台阶是白色碎石子路，花草环绕，靠门有个小圆潭，盛开着蓝莲花。推开玻璃门，土豆大喜，是个旧书店，大约65平方米，进门左手是柜台，堆叠一些书、老式唱机、音响、几张CD，一个男子，三十多岁，胖，穿件黄绿宽松圆领T恤，脸色红润有粉刺，埋头在柜台，略略看我们一眼，一声不吭，继续做事。应该是老板吧？右手是个榻榻米，被横着的深色矮木桌分成两半，桌上是茶具、咖啡壶、纸墨砚台、散乱的唱片、书、剪刀，榻榻米两边各一排矮书架，一面是电影音乐摄影美术等艺术类书，一面是文人集子，摆放些绘画习作，墙上挂一帧没有落款的书法（后被告知是沈尹默临王羲之行书手迹，沈遗其弟子王静芝），竹帘低垂，滤去光线，阴翳清凉。走进去，最靠前的书架，为台湾现当代文学作品，且有不少大陆文学书，当代诗歌有专架，文学藏书量并不算最多，但显然经主人精心挑选过，且深知好坏；最靠内几排是文史哲书，品质也相当不错。法律商业等适用类书籍不多，只是凑数。主人是知书者！书架间杂置些干枯的芦苇莲蓬、旧了的望鹤兰、毛绒鼠、笨拙有古意的陶瓶，油亮的绿萝长长地垂在书架边。右边另有个小间，藏有不少 CD，爵士摇滚流行，最多的是古典音乐，墙上有幅小提琴家 Kidon Kremer 肖像，书桌、窗台堆放些休闲书，大江流日月，走访深幽小径……

大概听见我惊叹这里有古典音乐，那男子悄悄放了一张 CD，是 Pablo Casals 演奏的巴赫无伴奏大提琴组曲（1930 年代为 HMV、即现在 EMI 公司所录）。午后的阳光斜入书屋，照亮那些旧书、深色木架子，在幽暗深处，我和土豆两人，蚕吃桑叶般沙沙沙地一排排将书看过去。再没有其他顾客。那个男子在和小孩子打电话，不时自呼"巴比"，声音低而温柔。哑哑的琴声环绕书房。老板打完电话，抱一堆书，坐到榻榻米那，开始沙沙沙裁剪纸张，包书、写地址，将包好的书，一件件累起，一大叠黄黄的邮件，见我在看他，就小声说："我出去几分钟，将这些邮件寄了就回来，你们还在的吧？"我微笑点头，他就抱着那一堆邮件出去，很放心的样子。

电影《诺丁山》中，大明星朱莉娅·罗伯茨偶然走进一家惨淡经营的旅游书店，老板休·格兰特缩在柜台高高叠起的书籍中，抬头看了她一眼，愣了一下，从此，白雪公主与青蛙王子的魂魄就在书架间一跳一跳地追逐、试探、怄气、犹豫、和好，当青蛙王子在众人面前，大胆宣布对白雪公主的爱，朱莉娅大嘴慢慢咧开，眼睛一点点绽放笑意，两人眼神欢欣纠缠，歌曲《无论如何》响起，屏幕内外全都欢欣鼓舞，我傻乎乎一遍遍将这个桥段重放，打算到伦敦诺丁山区去看那家书店，据说在 Blenheim Crescent 街上，就叫旅行书店（The Travel Bookshop），门是深蓝色的。在一个中白偏灰的时代，能够温暖我们的，只能是男神女神的罗曼史。偶然推开一家书店的门，有时候结下爱情，有时候是友谊，或长或短的默契，一点点温暖记忆，都要感谢那个午后，蓝莲花开放的时刻。

《查令十字街 84 号》中，缩在纽约逼仄公寓的女作家海莲，在一架老式打字机上，写下一封封远比现实处境幽默热情的信，寄给伦敦查令十字街 84 号的马克斯与科恩旧书店，海莲是叽喳的麻雀、花腔女高音、飞翔的小提琴，书店经理弗兰克则是木讷的夜鹭、温雅男中音、嗡嗡的大提琴；那家旧书店，"是一间活脱从狄更斯书里头蹦出来的可爱铺子"，橡木书架顶天立地，充溢着旧书气味，"那是一种混杂着霉味儿、长年积尘的气息，加上墙壁、地板散发的木头香……"弗兰克如《双城记》的银行家劳雷，一个保守、忠诚、严谨的绅士，那些软羊皮封面、镶嵌金边的诗集、书信选、散文集被细致包扎，越过大洋，堆在一个从未谋面的女人杂乱无章的书桌床头。想想看，一本羊皮面史蒂文森《致少女少男》，加一本《哈兹里特散文选》，只需 5.3 美元（1949 年）；一本 1852 年首版的纽曼《大学论》，小牛皮精装、烫金书名，标价 6 美元（1950 年）；木刻画精良的《垂钓者言》卖 2.2 美元（1952 年）；本杰明·乔伊特英译、1903 年牛津版的柏拉图《苏格拉底四论》，在 1956 年标价 1 美元……比较一下：济慈 1817 年版《诗》赠送本，1897 年阿诺德以 71 美元买入，1901 年以 500 美元卖出，至 1918 年，藏书家爱德华·纽顿花费 1950 美元购入。撇开赠送本的商业价值，也要惊叹，40 年不到，伦敦的书籍竟如此"贱价"！"二战"之后，英国大把精英死去，毕生收藏的书籍被随意抛弃、贱卖，可怜的伦敦人，战后每人每月只配给一个鸡蛋，却有大把大把羊皮面精装书流落街头，换不回一小块肉、一个生鲜鸡蛋

（谁也不曾烧、煮、啃了羊皮封面？）——哦，亲爱的格莱斯顿先生，您用不着担心您的大英帝国子民要被车载斗量的藏书挤到汪洋大海去，有人、有战争在那里销毁图书、让您珍爱的精贵书籍流离失所！紧跟在战争后面的是商业与网络，人们会自甘自愿抛弃书籍的——令人动容的，是《查令十字街84号》中流溢的爱、家园式依存，一种怀旧而温暖的情愫。爱德华·纽顿在《书海拾趣》中说，伦敦的朋街、皮卡迪利大街、霍尔本和海滨区的旧书店是他经常光顾的，查令十字街在当时（1914年左右）不过是条新街，"建筑单调、又脏又乱"。海莲与弗兰克书信往来之时（二战结束后），应是查令街旧书业繁荣期吧？据说最大的旧书店福伊尔（Foyles）曾藏书千万册。弗兰克1968年去世，他给海莲的最后一封信中说，大批美国法国北欧观光客将他们店中的皮面精装书一扫而光（这些书探们廉价买入，到80年代，一些珍本书被狂炒到令人咋舌的价位），书店又缺少书源补充，70年代后，更为萧条，1977年，查令十字街84号书店正式歇业，之后被改作唱片店、酒吧等，如今据说是家必胜客……但只要有爱书人，有梦想家，有纪念者，就如海莲说的："书店还是在那儿，你们若恰好路经查令街84号，代我献上一吻，我亏欠它良多……"午后书房的老板抱着一堆邮件去寄，我很好奇，他是将书寄给哪些人，收到书的人，和这家书店，有过多久的情缘、发生过怎样的故事？回上海后，这老板也将用黄黄的纸张包书，在午后阳光下，抱到附近的邮局，寄给隔着海峡的我们吧？

我抽了本白先勇《台北人》，读了第一篇《永远的尹雪艳》，觉得好，想买下来，老板已回，抽出几个版本给我比较，最后选了1971年晨钟版，题词是"纪念先父母及他们那个忧患重重的时代"，扉页录刘禹锡《乌衣巷》："朱雀桥边野草花，乌衣巷口夕阳斜。旧时王谢堂前燕，飞入寻常百姓家。"他是白崇禧之子缘故。该书有夏志清、欧阳子的评论。那天在午后书房，书和唱片加起来买了1500元台币，是意外收获，土豆喜颠颠的。傅月庵说：

"闻书香下马,一试成主顾。"我们是嗅着书香,进的深巷。

几日后傍晚,我们又拐到午后书房。大凡淘书者,都是两类:一类是暴走族,一天内走个十来家,我们在台北,按图索骥,逛一家旧书店,就在地图上勾掉一家,我逛家居用品店,类同于土豆逛书店,口头禅都是"细细逛",绝不使一家漏网,直走到两手发酸(重)、两腿僵硬。一类是拾遗族,三天两头去同一家。前一类具全景视野,后一类无遗珠之恨。土豆热爱"重复",重复的地方,重复的路线,干重复的事。第二次他熟门熟路,直奔那几个书架。

老板认出我们,对老主顾般点点头,依旧坐在榻榻米上,几上摆着砚台笔墨,卷着透出字迹的宣纸,刚刚写过字的样子。我在他对面盘腿坐下、自我介绍,夸书店品味好、书的品质好,他就憨厚、羞涩而高兴地笑起来。他37岁,叫吴家名,东海大学国际关系硕士毕业,先服役,再工作,2007年创办午后书房。喜欢书的缘故。我问:"靠旧书店能养活自己吗?"他说:"可以啊。我这店,每月房租1万多台币,运气好的话,多来几个像你们这样的朋友,一天就可以将租金赚回来。"他说淘书者,都有读书习惯,会重复来,笑着指指土豆背影:"像你们这样爱书的,我一下子就嗅出来。"他有车有房,养两个孩子,一个4岁,一个2岁,从家里走到书店,只要几分钟,书店既用以经营,也是自己的书房,朋友们常在这里小聚、喝茶聊天。我很羡慕地叹息。他笑说:"我的追求不高嘛。"他说网络文字、电子书很不可靠,撤一下键,书写的一切就消失了,不像纸书,手可触、眼能见,一切都是具体的、有形的、可感知的,因为书的缘故,又能与同道面对面交流。又说,到新书店是人找书,到旧书店是书找人。我们又谈及台北牯岭街时期、光华商场时期,如今的公馆商圈旧书业状况,又说台北重庆南路一带的新书也不如过去了,都在一点点衰退。他说以前台湾地方财政收入的10%到30%用于教育,书业相应繁荣,现在不行了。一副忧心忡忡的样子。问他如何保证书源，他说，一方面是出去收购，到中间商那挑选，开店久了，有些名气，也会有人将书送上门，或收购或寄销。他笑说："我也去别家书店淘书呀，碰上不懂的，将好书贱卖了，默不作声赶紧搜罗进来。去书摊挑书，那要一大清早，天墨墨黑，大家打着手电筒，带个板凳，候着，书一来，就抢，看谁的手脚快了……"

话题转向台湾现当代文学。白先勇《台北人》中的对比、沧桑感、身世、游园惊梦，黄春明《嫁妆一牛车》中的台语写作，周梦蝶的旧书摊及诗歌中的孤清，余光中诗歌之变化，悲情城市之悲情，岛屿写作及拍摄的电影，阮义忠的影像及对古典音乐的热爱，洛夫的诗，李敖其人其事，又谈及来台的傅斯年、胡适、林语堂、钱穆等，他们的故居墓祠，又说到张爱玲与胡兰成之恩怨，夏志清对沈从文、张爱玲、白先勇的推荐，我们共同喜欢张爱玲的《流言》胜过其小说……这书店老板对文学艺术如此熟悉，可比得上查令十字街84号的弗兰克·杜尔，无怪乎到他书店，如进他的书房，我很疑心他总要将卖出去的书，留一份复本。初始觉得他木讷沉默，如今变得开朗、健谈起来。他开始在电磁炉上烧水，要泡茶给我们喝。

土豆又淘到几册书，听我们在谈张爱玲，就拿了本张爱玲研究的书问我要不要。听老板谈及白先勇、李敖等办出版社、杂志之事（他指了指身后，都是他喜欢的文人集子），才发现上次没怎么留意榻榻米那排书架，又从上面抽走了傅斯年选集、林语堂的几个集子。土豆加入我们的聊天，喝老板泡的洞顶乌龙。话题转向古典音乐，老板说，会听一点。但土豆谈及一些版本，他却如数家珍，他们的对话在古尔德、阿劳、伯恩斯坦、克莱伯、卡拉扬等等的风格间跳来跳去，土豆听过、收藏的版本，吴老板很多也有，我自认为土豆在古典音乐收藏鉴赏上算是不错，如今在这午后书房，碰上一个可交谈者，其中喜悦，不可言说。我们如多年故交般，盘腿席地而坐，电磁炉扑扑沸腾着，竹帘低垂，灯光昏黄，茶香四溢，琴音绕梁，环壁皆书……我们三人热烈交谈，时间一点点从手中、从摸索的纸页中流过，竟不知多早晚了。我叹息说：我们是偶然来到午后书房，偶然谈起来，就这样偶然认识了一个朋友，如此不确定，又似乎命定一般，特定地方、特定时间，相互遇见。老板说："真是啊，你们第一次来是周一，惯例是休息，书店不开门的，那天有事，恰巧来，刚处理点事，你们就进门了……"

　　说起我们去过的东海大学附近几家书店，很一般，吴老板推荐台湾大道上的若水堂，专营大陆简体版新书，眼光不错，台湾学者喜欢去。（后来去，看见一些熟悉的作者，土豆的《心术与治道》也在）我说买书是要有缘分的，不经意会遇见好书。几天前我们到彰化鹿港小镇，出龙山寺，过九曲巷，拐到杉行街，突然见到一个旧书店，叫书集喜事，一套鹿港典型的两层三进老房子，第一进是旧书店，二楼木板房漆成明绿鹅黄的茶室。土豆在书店磨了半天，只买了一本安·法第曼的《爱书人的喜悦》，我与老板在聊天，他一边说话，一边从地上一垒拿出一本本满布灰尘的赭色硬面精装书擦拭起来，土豆打算走，随手翻他擦拭的书，是《中国古史研究》，一共7册，原来就是《古史辨》，无版权页，有"中央研究院"陈槃的《重印〈古史辨〉赘言》，写于1970年1月28日，说由明伦出版社重印；第一册扉页有一段法文和中文，译自罗丹美术的序文："要深澈猛烈的真实，你自己想得到的话，永远不要踌躇着不说，即使你觉得违抗了世人公认的思想的时候，想起别人亦许不能了解你，但是你的孤寂决不会长久，你的同志就会前来找你，因为一个人的真理就是大家的真理。"土豆立马要买，老板说昨晚才送来还没标价，在我们催促下估了个价，最后我们以1000台币（约人民币200元）买入。吴家名笑说："很合算，要是我，标价会更贵。"

　　我抱怨这套《古史辨》如何重，本来想从鹿港再去集集小镇，因为这套书，累赘得很，只能回转台中。此时，土豆又找到一套《足本水浒传》（七十回本，世界书局1952年初版2001年二版），兴头头翻给我看，说直行排得如此舒朗漂亮，上下册 1078 页才 150 台币，我说家里已有 9 种《水浒》了，这套书这么厚，很占地方，照这样子买，不晓得要超重多少呢。就和吴老板抱怨，说起 2003 年他在杭州一个旧书店买了套《金圣叹评点才子全集》，四本厚厚砖头，喜悠悠满西湖拎，说不重不重，回到上海，却在个二手书店见到。总之，我大摇头，坚决不能买！那天，我们在午后书房又买了 1300 台币书，500 台币唱片，吴老板将那套《足本水浒传》赠送给土豆，说难得那么投缘，又难得碰上喜欢这书的人。

第三次来午后书房，吴老板恰要去送个朋友，让我们看店，一会返回，招呼我们喝茶。一回是缘分，二回是挚友，三回已是故交。我们其实是来道别的，但不想说，只赠送给他一本我的电影评论集《幻声空色》。他很高兴地拿出一本珍藏的《资本论》给我们看，昭和二年东京改造社印行，一张马克思肖像书签掉出来，纸张发黄，缺个角，那幅马克思肖像，与平日所见的很不同，眼角下挂，含着怒火、甚或暴戾气，很性格。吴老板将那张书签送给我们。

那天阳光依旧热烈，透过细细的竹帘子也能感觉到明亮天色，下午的时光悠长又匆促。我们随意聊天，松弛自然，似乎明天会再来。会隔多长时间我们能够再来呢？哪年哪天，我和土豆再来，午后书房还会在那里吗？眼前这个垂头倒茶憨笑的胖胖男子已不再是"巴比"，而是爷爷了吧？

叁　总书记

总书记，令人莞尔一笑。

这三个字脱离了熟悉语境，恢复到更古老的意味。必须这样读：总一书一记。汉语是一个字一个字来体现意象的。让人想到另三个字：典藏吏。老子是典藏吏，也就是图书馆馆长。看来书店老板想当这个角色。总书记的灯箱广告挂在罗斯福路，很醒目。上二楼，玻璃门上方贴着四个字，"书书福福"——拥有书的，能够阅读的人，是有福的。土豆笑说，读书人的幸福是一样的，不读书者各有各的不幸。

推开门，一种熟悉的、亲切的、温暖而芳香的气息扑面而来，尤其是在童声合唱中，晕黄灯光下，走进一个雅洁书房。说"总书记"是书房，而非书店，因为感觉是进入主人自己的藏书屋，是应邀而来、听他喜悦地将一本本藏书推荐给你。面积也就五六十平方米，一个大房间被书架自然隔成几个区域：柜台靠门，堆叠的书刊几乎将一个年轻人埋没，柜台左墙，或横叠或竖排着旧版文艺类书籍，多经精细装裱，发黄封面包有塑料纸；中间区域是弧形的4层书架，自然分割为政治经济、小说、旅游休闲、台湾历史等，还有CD架，流行音乐与流行小说或休闲类书架上，挂着"三本五十六"牌子，就是三本56元台币；最靠里面的墙壁，是到顶的8层书架，为严肃厚重的文史哲类书籍。这个房间，因为书架的高低富有节奏的搭配，开放式空间，书虽密集，却不拥挤。书架间，一盆盛开的紫色蝴蝶兰，一座白色石灰雕像，柳藤椅上一对布绒丑娃娃，明朗又温厚的色调，显现着主人对书的热爱、欣悦之情。从雕像眼睛俯视，藏在每本书里的魂灵在书架间游走……

大房间左拐，本是内阳台，主人将它改造成一个别致小空间：民国老报纸下，一台蓝绿色缝纫机；对面是洋红皮面双人沙发，沙发后整齐堆放着整理装订好的精装面旧杂志、地方志合订本，上挂一个镜框，内扣一幅黑白老照片：披头士四个长发喇叭裤排着队从斑马线穿过马路。沙发边有个涂色鲜艳的旧铁罐子，右前方木凳、圆木桌上，齐整横堆着装裱过的旧书刊，圆桌边有个编制细巧的旧竹箱，放一台老式唱机，边上横叠几张CD，其中一张是Bailey演奏的贝多芬、巴赫、肖邦等的大提琴曲集；另一张是《放牛班的春天》，里昂圣马可童声合唱团的同名电影插曲全集，我们进门时，听到的正是这组温暖、天籁般的童声合唱。唱机挨着玻璃窗，上悬红、绿两盏菱花玻璃灯，窗台上站一盏古雅台灯，有磨砂玻璃灯柱、灯罩垂下晶莹珠子。靠内两面墙的书架上，尽是文史书籍、地方志、民国史料、旧报纸杂志、旧插画曲谱等。从玻璃窗俯视台大校园，黑树郁郁，罗斯福路、新生南路上车流如火、人行匆匆……

后来知晓，总书记的老板何新舆，是个报社主笔，学哲学出身，从高中时候就喜欢淘旧书，那时牯岭街一带旧书市场繁荣，他常到相熟的十几家书店淘书。牯岭街没落了，他的藏书却越来越多，就在永康街开设了"青康藏书房"，将私有书房变成开放空间，后来又搬迁到公馆商圈，改名"总书记"。如今这个书店，定位比"青康藏书房"更实用，但也保留了原有的"书房"气息。

20世纪初，亨丁顿花了5万美元买了本谷登堡《圣经》。到21世纪初，看看这些珍本书价格：1937年版的《霍比特人》，托尔金签名本值75000英镑；1891年版的《道林格雷的画像》，王尔德签名大号纸本，当时定价仅2基尼，可卖3万英镑，如是赠给波西的，6万英镑；乔伊斯《尤里西斯》1922年首版签名本，当时定价350法郎，其中签给玛格丽特·安德森的赠送本，在2003年被卖到46万美元……令人咋舌！得有多少钱才能做这样的藏书家？爱德华·纽顿说，"不要用手碰我买下的任何值钱的东西，尽可能少修理、镶嵌、插入、裱贴、装架或装订"，更不要说阅读！那样贵的书，除了束之高阁，偶尔小心搬出亮相一番，进出拍卖行，传给子孙或献给国家，还能有什么用？纽顿又说，一本旧书的价值，除了版本、签名、题献，还要考察是否清洁完整、有否正确印记日期，相当数量的原版插图，登载广告公告之类，也能增值。他说的这些，大多不在（或无法在）我们考虑之列，除了品相，我和土豆购书只有一个标准：内容是否够吸引！仅这个标准，可购买的书已是车载斗量，全世界竟会诞生那么多天才，写出那么多奇奇怪怪的书，吸铁石一般吱吱吱吸空你的钱袋！更何况，喜欢的书，又心甘情愿收集多种版本。土豆是很愿意将复本送人，我则有葛朗台心态，凡入我囊中，皆属我所有，出我之门，万万难矣。我宁可任由复本书一字排开站在一起、心满意足，除非事先想好作为礼品之用。我认识一个学者，上世纪八十年代初书籍贫乏时，凡喜欢的书，就抄下来，后来坊间一见到，就两眼放绿光，总要买几本，强行送人。据说李敖购书，常常一种买三本，一本自藏，两本用以剪裁做资料（书籍正反面印刷）。我喜欢李敖这个老头，却无法忍受他这癖好，暴殄天物哪！将玫瑰花一瓣瓣扯下的说。话转回头，既然不在乎一本书的商业价值，若一家旧书店只关注版本，很难唤起我们的热情。我是绝不会挤在一家"断烂朝报"书店，尘土飞扬、挥汗如雨地翻几个小时，仅仅为了捡漏一二本便宜的绝版书！而若能将那些堆积陈旧发霉、带斑点、有蠹虫书刊的晦暗空间，变成一个拥有芳香书籍的温暖雅洁书房，你不能不说，主人是个艺术家。在总书记，感受到的是一种精致古雅的生活，那些旧时代精魂，写书者的精魂、书的拥有者的精魂，书中人的精魂，探头探脑趴在书架间等待你的呼唤呢，在这里，时间不是线性流动，而是旋环往复的。

一本二手书，残留多少人的手泽？他曾到过什么地方？被谁的手摩挲？我们不在乎签名本的商业价值，但若在《匹克威克外传》读到狄更斯给小姨子的亲笔题词，"给玛丽·霍格思，你最亲爱的"，也会为霍格思18岁即逝、狄更斯为之悲伤停止此书写作达两个月而唏嘘吧？在汤姆森《季节》上，读到拜伦送给韦伯斯特的签名及一首即兴之作："去吧——凛冽的秋风，/金色的秋天，以及贞洁的春天。/去吧！——昔日夏季的微风，/你将可爱的翼献给了明媚。"又会怎样欣喜啊！这类名人题签自然珍稀难觅。就是寻常题签，摩挲那富有个性的淡去的笔迹，考究奇奇怪怪的图章（比如纳博科夫的蝴蝶章），同样令人遐思。譬如这本《傅斯年选集》（第四册，文星丛书，1967年1月版），扉页上有杨氏印章、毛笔题"六十五年三月二十五日购于台中"，土豆买下后印上"人书俱老"章，添一行"2014年11月购于台北总书记"。是怎样情景下，杨先生购买了这本书？将来又是谁读到土豆扉页上的字？那读书的人，能否想象这个总书记的布局？他更难想象这一晚童声合唱中的书房生活给予我们的意义吧。一个签名，好似夹在纸页间的枯萎玫瑰花，黯淡的颜色、发脆的花瓣、陈旧的香气，让人触摸嗅闻着，遐想当她盛放在水边枝头的丰盈神采，一个干瘪的签名，饱含着怎样的时间流动与生命激情呢。

　　翻读一本旧书中的划线、页白注释批语，窥探到阅读者的隐秘心意，怦然心动！心有戚戚处，频频点头、浩然长叹；不合意之处，顿足拍案，大骂划线者是混蛋。土豆说，被我读过的书，总是遭了劫难一般，比如这本卡夫卡《城堡》（上海译文1980年版1993年3刷，印数至73700册，汤永宽译），歪歪扭扭各种颜色划线不算，页白、扉页、目录页，甚至封底，都写满乱七八糟的批语，以致书籍破烂不堪，送到二手书店准定没人要！我承认，土豆的划线的确比我工整，极其均衡的波浪线，每一小节就打个完美的圈，如浪花有规则地跳跃一下，甚至用尺子画……哎，当然，在二手书店我也是愿意买"干净"一点的书。可是，英国沃尔大将军死后，人们在他随身之物中发现了一册葛雷的《哀歌》，那是他的未婚妻凯瑟灵·劳瑟小姐的礼物，上面满是划线、注释，人们是如何争先恐后来读这些手迹，上面寄予了将军怎样的深切情谊与思念啊！在雪莱题赠玛丽的《马白王后》中，到处都有玛丽的手迹，诸如"这本书对我是神圣的。因为没有别人会看它，我可能会在书里随心所欲地乱涂一通。但我写些什么呢？无言可表达我对作者的爱，而我却和他永别了。"即便别人已经看见她的手迹，这本书依旧是神圣的。我告诉土豆这两个故事，他还是不许我在这本漂亮的康有为《孟子微》（台湾商务1987年四版，定价2元2角，有南海康有为题名）上划线，说除非我能画得很工整，而我绝对做不到。

　　坐在总书记的红皮沙发，我翻看一本冯至译《给青年诗人的信》，很想再买一本，虽然我已有了 1994 年北京三联版、2005 年上海译文版。扉页上有一行秀气的钢笔小字："是小花珍爱的书"，内文有钢笔划线，一些段落字下全是小小的圈，眉批一律写在顶端空白，灵巧纤细的字。这个小花，让人好生遐想的小花，是个怎样的姑娘呀，或是个藏有少女之心的八十岁婆婆？这本书是某个少年赠送给她的？让她珍爱的是书本身，还是赠书者呢？里尔克的这本小书，泛起我多少美好的回忆啊。三联版那本，有好几封信被我满满地划了线，红笔铅笔，加以歪歪扭扭的批注，使得这本小书非常"杂乱"。将来，会有谁读到我的划线批语呢？我的划线和这个小花的划线，有哪些叠合？我曾写过一篇文章，谈到对这本小书的热爱，其中一段是："里尔克说：'没有一种体验是过于渺小的，就是很小的事件的开展都像是一个大的运命，并且这运命本身像是一块奇异的广大的织物，每条线都被一只温柔的手引来，排在另一条线的旁边，千百条互相持衡。'在这句话的页白，我批注道：'有时我莫名地想流泪，尤其雨夜，读着这样文字，又听肖邦。'我的批注下面，土豆某天也写了一句：'是的，在晴朗的天气读这样的文字，也会想流泪，因为这不是出于感伤，而是出于心动。'"在总书记的夜晚，读到"小花"的纤细笔触，我的灵魂与土豆，与小花，与那个始终完美纯净的诗人，重叠了；穿越多少时光，未曾谋面的我们，在阅读同一本书中，我们的心，紧紧地靠在一起。

翻开一本旧书，有时会有意外发现：一朵枯萎梅花，一张发黄纸币，印有一对白头翁的书签，便条、发票、作者的版税收据……与这些东西相关联的，会是怎样的故事呢？我曾将一个台州女孩寄来的 29 朵桂花夹进《柳如是别传》中，也曾将东林书院 12 月 4 日的银杏叶夹进《三诗人书简》中，至于庐山白居易草堂的十二张野花书签散在哪些我喜爱的文集了？土豆不像我这么女孩子气，会用丰子恺凡高的画之类的书签，也会随手将衣服标牌景点门票音乐会票当书签，花花绿绿，杂七杂八，更多时候，他会在书里夹纸条，短短的露出白白的头，一本书读完，平白厚了许多。胡适也喜欢夹纸条，每读一遍，所夹的纸条颜色都不同，一本书若读过五遍，就会有五种颜色纸条。午后书房的吴家名说，有一次他收购到一本书，封面用挂历纸细心包着，拆开，掉出两张电影票和一封信，是个女子的情书，表达对男子思念，附有电影票，希望某日在电影院相见。显然，男子从未拆开这本书封皮，绝想不到其中藏着的情愫。也许那粗心的男子也同样爱着她，从未敢倾吐过。岩井俊二的电影《情书》故事相似，女孩藤井树多年后才发现《追忆似水年华》第七卷借书卡反面画有她的肖像，而画像者已逝。意大利某个岛上，有堵情人墙，传说情人将秘密写信贴墙上，爱神会将情书寄达她的爱人。有个老婆婆50年后才收到回信，垂垂老矣，依旧千里迢迢从英伦到岛上寻找初恋情人，她真的找到他了。吴老板说，假如可能，他也很愿意找到那本书的主人。

整个晚上，我们在总书记呆着。购买了十来册书。其实藏书不算最多，吸引我们的，是这个书店酝酿的那种温暖明亮又怀旧的气息。能感觉主人热爱的手、眼睛细致触摸过这里的每一本书，你进入的是他的珍爱，他生活的内部，这是一种真正源自内心的富有活力而永恒持久的生活。正是这种珍爱，这种隐秘的心领神会的接头暗号，看见一本好书时欣悦透明的眼神，将买书人和卖书人连接在了一起。我浏览完书架，坐在洋红皮沙发上，随手翻看书，心神恍惚。下过雨，雨滴在玻璃窗上蝌蚪般奔走、滑落，窗外依旧车灯如流火。温暖古雅的台灯，童声合唱，架上累累旧书，将两个世界隔开了。何时何地也有类似感觉？我在思维深处寻找一种生活与另一种生活的相似。这书房里是真实的生活，抑或窗外的生活更真实？此刻，我内心升起一种向往、一种幻觉，一种能够持守幸福生活的渴望，一种能够与现世冰冷做抵抗的力量，这缓慢的、浸润的、模糊的、遐想的辰光，我极力拖延，挽留旧时间，憎恨新时间。土豆在靠窗空间或文史哲区域徘徊，如在自家书房，他的手指头轻轻触摸那些静静等候在书架的脊背，翻开发黄纸页……只要翻开一页，一个古老灵魂就会跳出来，激情的、悲伤的、欢欣的、古老浪漫的旧时代精魂，会跳出手指头，站在面前，和他对话……假如有可能，他是很愿意当一个典藏史，余下的生命，在音乐中，在这些纸页中，与这些灵魂对话，足矣。

肆 胡思、茉莉及其他

台北。撇开阴郁的冬日色调，疯狂飞驰如蝗虫般的机车，有足够爱上台北的理由。之一就是跻身电子时代、虽哀叹盛况不再、依旧有鳞次栉比的书店。牯岭街有过繁荣的旧书市场，这个地名，除了杨德昌《牯岭街少年杀人案》，我一无所知；又闻光华商场的旧书市场，上世纪八九十年代也曾盛极一时，但我们所到的光华商场几个楼层及附近街道，尽是大大小小数位产品门店，书店零星窄小、品种又少，印证着电子之迅猛发展、纸质之日渐衰微。重庆南路一带书店出版社还有一些，据说也不如过去繁荣，台北房价金贵，让他们纷纷放弃中心地段，我们来时，台湾商务印书馆正在打折库存，要搬迁到淡水去……

无论如何，我们还是在台大附近的公馆商圈、师大附近，找到了大大小小新旧书店。台湾淘书人傅月庵说，找旧书秘诀靠的是"勤"，方法有二：一是像机关枪扫射，一次走很多家店；一是连续点放，同一家店，日必三顾。我和土豆第一次来台北，是客人，时间与旅店价格成正比，又加以新鲜、揣着没有喂饱的肚子，必定是"机关枪扫射"式购书，每天走六七家，每走一家，就在地图上打个勾。第二次来，时间较充裕，才消停些，有所着重。在这些书店进进出出，恍如回到上世纪八九十年代，那时的北大、清华附近，复旦附近，也是有许多书店啊。我曾在《书痴的日常生活》中记录过与土豆、同学曾、郭，我们四人的淘书经历，上海国年路国权路一带，鹿鸣、左岸、心平等等书店，坚持下去的还有几家呢？曾用麻袋装书、用三轮车拖书来摆地摊的书贩子，如今都到哪里去了？书店不见了，人也散去了，或者说长大了，各有各的心思，各走各的道路。20世纪末、21世纪初，那帮和土豆一样年轻的博士们，刚刚毕业留校，只有我和土豆已结婚，其他十几位多是单身，每周就有一二天在我家客厅相聚，一起读书，下棋，清谈，听音乐……哎，那时候，真如乔叟老头唱的，我们这些年轻的——

> 他宁可床头堆上二十本书，
> 也不要提琴、竖琴和华服；
> 书外装着红黑两色的封皮，
> 书内是亚里士多德的哲理。
> 可是，尽管他是一位哲人，
> 但他的钱箱内却殊少金银。
> ——节自《坎特伯雷故事集·总引》

还是说台北的书店。手上有一份"温罗汀读书地图"，我们按图索骥。所谓"温罗汀"，是指2005年之后，在台北温州街、罗斯福路、汀州路一带由独立书店、独立音乐演出与发行所、咖啡馆、NPO团体等构成的公共空间。他们独立又补充着公馆附近的大学社会。这张读书地图是这样描述"温罗汀"的：

尝说台北之宿命与古典无缘、离不朽太远，也无力追求如上海北京一般的大规模开发荣景，但温罗汀的街巷经验，却由乍似散漫无章、处处棱角的地貌表层积累出其他华文城市无法取代的人文层。""看似随意的温罗汀书店招牌，实则开展出台北城市认同光谱的频宽彩度。从性别到族群、从身体到主体、从左翼批判到台湾意识、从生态环保到文化地图、从艺术诗歌到社会哲学文学、从繁体简体到英文梵文书写、从二手折价交换到珍版古书收藏、从理工科学到生化医学、从基督神学到佛法灵修，每家独立书店昭喻了店主深化特定知识范型的理念或单纯爱书乐智的喜悦分享，个别坚守阅读的主题又集蔚而为可观的书风景，相异立场各自表述但彼此连构成一个书的生命共同体。""温罗汀是论述的、行动的，也是生活的，是知识的、抽象的，也是可感的；在阅读、清谈、游荡、独酌、批判、省思之间，不断辨证从社会主义到自由主义所提倡的种种价值。

温罗汀一带二手书店，我们最先去的是胡思和茉莉。网上关于这两家书店的信息较多，一般到台北的学人文青，总要去兜兜，难免买些回去，可见深巷酒香，也是要吆喝的。我们到台北第一晚，就闻着名扑过去。从台大罗斯福路校门一出来，抬头劈面见到"胡思二手书"店招（罗斯福路三段308—1），虽被阿瘦皮鞋、生活广场等招牌包围，还是蛮醒目。书店在二楼，门却不开在罗斯福路，需得拐进小巷，穿过大肠包小肠、饭团、海蛎煎、奶茶果汁、臭豆腐等小摊的烟熏火燎，才找到楼梯爬上去。玻璃门写：Whose Books，原来"胡思"是英文音译，巧妙地将中英文意思，各自发挥，只有女子才想得出这么个讨巧轻灵的店名。果真，主要经营者是个叫阿宝的女子，2002 年在天母中山北路上开张，外文书刊品种在当时号称全台二手书店之冠，2010 年搬迁到公馆商圈，新合伙人吕先生加入，增加了中文书刊，尤其是文艺书，之后又推出"胡思人文讲座"，请些作家、诗人、艺术家到现场，扩大了影响。2008 年，在捷运士林站（中正路 235 巷 44 号）开分店，我们一出地铁口即看见，但面积、藏书量并不比公馆店大。

公馆的胡思书店很有女性经营者的洁净、实惠、综合利用，以及信息的快捷传播，书架及护墙板均是深咖啡色，灯光晕黄柔和，空间温暖舒适。二楼靠门是柜台（买单外兼营：回收书最高三折，咖啡茶水，盖印章，过客留言，花花绿绿的，很有点旅游观光味道），靠窗的公共空间有老式留声机、摩洛哥皮面珍本展示，古典木桌椅，供顾客或朋友喝咖啡、小憩、随便翻书，但空间不够隐蔽。有旋转楼梯上到三楼，多是实用类外文类书籍。我们感兴趣的书多在二楼，文学艺术哲学宗教历史，藏书量不算大，也能淘到数册，除了土豆要的学术书外，还买了几本文学书：《莎士比亚剧集前言》［善谋·姜生（Samue Johnson）著，张惠锁译，联经 2005 年版，100 元台币］；《浮士德博士》［马罗（Marlowe）著，张静二 译注，联经 2001 年版，180 元台币］，马罗是莎翁之前最伟大的剧作家，此书收入译序、导言、生平外，剧本分 A 本 B 本；《格里弗游记》［绥夫特（Jonathan Swift）著，单德兴 译注，联经 2004 年 10 月初版，320 元台币］，有 478 页，我反对购买，家里已有几个版本，土豆说此书的好处是注释详尽，又有齐邦媛作序，我认为纯粹出于他少年时对格列弗的热爱（后来才知，此书被他作为政治哲学研究读本），才千里迢迢驮这么块砖头；但我很赞成拿下《桃花扇》（精装注释本，汉京 1984 年 3 月版，内文印刷精良，扉页有枚"启真"印章，140 元台币）。

我们是偶然撞进茉莉二手书店公馆店（罗斯福三段 244 巷 10 弄 17 号）。正找吃的，蓦然回首，看见小巷内有堵亮灯的松木墙，刻有茉莉两字及一本翻开的书。推开落地玻璃门，正对一联，"环保公益阅读敬天爱物惜人"，室内一色清水木地板，装饰雅洁，宽敞明亮，书架也很实用，属于很正常的书店。新书旧书分类明晰，兼营包袋卡片等文具礼品。靠门口的书低至三折，或有免费赠阅的，品相内容好的书，则具体定价。买书人不少，藏书量大，我们在其间逗留许久，收获颇丰。茉莉书店内有块平台，抬高了铺以松木地板，淘书累了，就脱鞋上去，席地而坐，随便翻看，就是不买，天天来书店读书，也无人问津，这样的自由散漫，又比胡思的咖啡空间舒适些、大众些。

茉莉的经营者是一对夫妻，男子叫蔡谟利，女的叫戴莉珍。各取一字谐音，坊间就有了茉莉小姐的响亮名号。创始于 1980 年代，夫妻俩原在光华商场摆摊，地下室 22 号，仅三坪大小。2002 年，茉莉公馆店是转型后的第一家，借鉴诚品书店的现代经营模式，改变发霉黑暗、断烂朝报，将二手书店装修得又新又亮，读者定位偏大众。同时，很注意媒体营销，傅月庵写文章赞美茉莉的三条好处：一是够宽敞、可搞多元经营，二是书籍分类清晰、流动快，三是虚拟实体结合，除门店外，兼顾网络销售。茉莉又倡导一些话题，诸如"环保回收"、"雇佣残障"、"所得拨捐"等，媒体借此做文章，再搞些公益活动，名头越发响亮，上了维基百科，号称是台湾旧书店第一家。如今的茉莉书店还有5家，台中、高雄各一家，台北除了这公馆店，还有公馆影音店（就在附近），另有一家是师大店。我不否认茉莉的经营很成功，但茉莉太像一个书店了，缺少独特性。如上文介绍，草祭兼有藏书量大与设计独特、书房味，我排第一位；至于午后书房、总书记等，毋宁说更像书房，会为老淘书者喜爱。我倾向于认为，一个旧书店，应具有独特的灵魂气味，流连旧书店的人，不仅是买书，更将书店当作寄放心灵的家园，这是旧书店区别于新书店之处。

茉莉公馆店我们去了三次。找师大店（和平东路一段222号B1）过程中，我摔了一跤，膝盖磕破，一拐一拐走到师大附近，却吃了闭门羹，到边上一家唱片店坐下来，土豆问有没有卢梭的唱片，老板娘居然知道卢梭是写书的，经土豆解释，才晓得他也作过曲，没有买到卢梭，却挑到4张好版本CD。到11点半，茉莉才开门，在地下室，入口很小，里面却蛮大，品种也不少，也敞亮，但不能与公馆店比。看我们买不少，柜台小姐说超过500元台币，就可以办理8.5折会员卡，5家可通用。几次茉莉跑下来，买了十来册书，2000元台币花掉是必须的。

除了胡思、茉莉，在台北的温罗汀一带、重庆南路一带，我们跑过的书店，无论新旧，约略列出，因为本文写的是旧书店，一些品质很好的新书店就不做专门介绍，虽然在其中收获很大，且本文的品评全凭个人喜好，同好者或可参考，商家则不必为之喜怒，以下是这些书店：

联经书房·上海书店（新生南路三段 94 号 1F，新书店，一楼是联经的门市部，地下室是上海版简体书。联经出版有丰富的学术书，台湾研究书籍也多，我们来了三次，买了五六册，新书虽贵，到台北淘书的必须去。）

唐山书店（罗斯福路三段 333 巷 9 号地下室，独立经营的新书店，超过 500 台币可 8 折，第一次去逢麦田书展可 7 折。地下室入口被各色海报覆盖，中间黑字大写唐山书店四字。老板陈隆昊台大毕业，有左翼倾向，早先卖大陆简体书，是有名的买卖禁书的"地下书店"，八九十年代为其全盛期，至今三十来年。店正中悬挂马克思像，下贴红纸黑字"为理想劳动"。藏书量较大，以学术书为主，倒不仅仅左翼，各种思潮都有，我们去过两次，均有收获。值得去。）

古今书廊（罗斯福三段 244 巷 17 号的博雅馆和 23 号的人文馆，二手书店，两个门店，我们感兴趣的是人文馆，二层楼，顶天立地书架，排列无艺术性，非常密集，藏书量很大。据说此店有 50 年历史，傅月庵曾写到它，说老板娘姓李，牯岭街时期便以旧书为业，70 年代迁到光华商场，80 年代才到汀州路，李敖、庄永明、简茂发等，都是老顾客。早先地下室藏有许多"断烂朝报"，一不小心还能捡漏到绝版书或签名本。我们见到的店主却是对年轻夫妻。可惜找到这里临近关门，未能细逛，土豆以最快速度扫瞄，买了好几册，未尽兴，我买到朋友托的、问了十几家书店都没有的 1980 年新潮版的康拉德《台风及五个短篇小说》。）

书林书店（新生南路三段 88 号 2 楼之 5，新书店，书林出版公司门市部，1977 年成立，1992 年迁至现址，有高雄、台中业务部。台北店是我所见过的最美丽的外文书店，主营文学、语言、人文类外文书籍，品种多。淡柠檬黄墙壁，米色或白色书架，书籍正放、斜放富有节奏，气息明朗，空间敞亮，杂以绘画、摄影、外国玩具、礼品等，富有情趣，连门把手都温馨地以卡通装饰，手写"推开门，让知识拥抱你"。劈有内部空间，可做小型讨论会。）

台湾商务印书馆（重庆南路，出版社兼门市部，二楼外墙上挂：迁址折价。库存老书，老定价再对折，岂非偶遇的福分呢？对商务两字原就充满温暖记忆。去了二回，第一次买了3册，只66元台币；第二次8册1200元台币左右，包括：做得非常漂亮的《易卜生集》二册，杨日出著《〈庄子·天下篇〉研究》2014年初版，熊公哲著《果庭读书录》，有作者照片、手迹，书分经学、诸子、理学与汉学，此老于孟荀老庄之说，造诣甚深，1993年初版一刷，520页，定价9元台币。）

三民书局（重庆南路，新书店，地面三层是台版书，学术书在第三层，地下一层是大陆简体版书。书多而杂，因为多，也能淘到好书。）

诚品书店（有大商场的地方，繁华人多的地方，都有诚品，现代管理，多元经营，文具礼品漂亮、咖啡馆敞亮，有画廊等，甚至整幢百货楼都是诚品，没来台湾，只听说诚品，来台湾淘书，却没在诚品买过什么书，趣味偏大众，文化的时尚及政治的时尚，恐难满足淘书老饕需求。但其书店经营方式及生存方式，或可借鉴，茉莉就是学了诚品。）

雅博客（新生南路三段76巷9号1楼，二手书店，多文学艺术类书籍，CD、DVD也不少，布置也有氛围。）

若水堂（新生南路三段98号4楼，大陆简体版新书店，进书快，挑选书籍品味也不错，我们在台中店细看过，大陆版书，自然不必在台湾买。）

四分溪书店（中央研究院内，招待所地下室，学术书多，买了5册，意外收获，同日在胡适纪念馆买《胡适演讲集》3册、《尝试集》、诗集等做为纪念。）

金石堂书库（重庆南路，新书店。外墙挂有玛德莲咖啡馆字样，身为普鲁斯特迷自然要被吸引，上二楼，原来是书店里的咖啡吧，靠窗有座位，桌椅过分隆重华美，位置不够隐蔽，并不舒适。藏书量不多，以文学艺术书为主。有个文艺类活动空间，满墙都是作家们的签名。到台南，从火车站车行往文学会馆，也见到一个金石堂，灯火辉煌，人挺多，文学艺术书从不缺少读者。）

秋水堂（罗斯福路三段 333 巷 14 号 1 楼，大陆简体版新书店。）

校园书房（罗斯福路斯段 22 号，新书店，是我在中国见过的最大最全的基督教书籍专卖店，兼营与基督教有关的纪念品、卡片等。）

真理书房（新生南路附近，二手书店，基督教书籍专卖，规模不如校园书房。）

华欣书店（师大路 125 号 B1 及和平东路一段 121 号 B1，二手书店，两家均在地下室，规模大，藏书多而杂，品味一般。）

台大出版中心门市（在台大里面，专营台大出版社新书，购买 3 册近 1000 元台币，赠送咖啡券两张，当天喝掉。）

光华商场三楼（虽面积不大，买到一套陶希圣《中国社会政治思想史》5 册本，家里的是合订本。）

雅舍（罗斯福路三段 266 号 2 楼，二手书店，命理、中医类多。）

南天书局（罗斯福路三段 283 巷 14 弄 14 号，一些学术书，主要是台湾研究书籍。）

书宝（师大路 159 号，二手书店，以财经、文学类为主。）

合记医学图书（在小巷内，专业书。）

惠的风（靠近师大，字画图书为主。）

女书店（新生南路三段 56 巷 7 号 2 楼，女性主义书专卖店，楼下是咖啡馆，楼上是书店。）

……

台北的书店，我们走过的，还遗漏了哪些？台南、台中的，已记录在草祭与午后书房两篇中。新竹，我们到过三家书店，位于台湾清华大学内的苏格拉（猫）底二手书店兼咖啡馆不能不记，在这里，与张旺山教授的交谈是如此愉快，连同午后阳光，秋日荷塘，哲学家般孤单沉思的夜鹭，草上林间的松果，都让人记忆深刻，这家书店有许多哲学文学艺术类书籍，不定期举办讨论会、放映电影，众多的 CD、VCD，尤其是，起了一个这么好的名字，还有猫，土豆得张旺山先生赠其新译作《韦伯方法论文集》。至于宜兰，火车站边上原有个堆积木头沙石的老仓库，被租来改造成旧书店，旧书不多，但老物件摆设、咖啡馆等营造出怀旧氛围，也吸引一些散客。高雄啊，可惜，我们后来发现长长的一串书店名单，时间不够，竟没能走到，但美好的高雄记忆，会吸引我们再来，那些未到的书店，如陌生而芳香的女子，静静伫立，等待好奇青年，前去叩问芳名。

　　台湾之行，总共购买了多少册书，没有统计。只晓得以快递寄回上海，大约 50 公斤，运费不菲，随身携带的书，依旧超重、被罚。但淘书过程，所得的欢乐，岂是金钱可计算？回到上海，拆箱分类，一本本排入书橱，忙了一阵，这些书，被书橱吸进去，如沙子撒在沙滩，如水滴进海里，要找到他们的踪迹，只能问土豆。家里的书橱，因为这批书的来临，终于一点空隙都没有了。怎么办？书还要买下去。——我们已经扔掉了单人沙发，又将三人沙发改为二人沙发，该不会连床都拆了吧？推轨书架怎么样？即便如此，也要坚决购买纸书，电子书只能用于检索而非阅读！阅读是个缓慢并可停顿的过程，一握纸书在手，可感、踏实！——土豆又开始搬书，每次用自行车一包两包驮到办公室，不厌其烦。他趴在书橱前，抽进抽出，先分类别，同一类别按照年代排，同一年代按作者排，同一作者，书脊高低厚薄颜色，怎么顺眼怎么排，他趴在书橱前，专注做这些，像极了脑袋圆圆的书虫威利。格莱斯顿先生捐一座图书馆给某地，亲自用手推车将 2 万册图书运过去，又亲自动手将书一本本上架，他干得气喘吁吁又其乐无穷，与书有关的事，从不让秘书插手，他说："书一定要摆在书架上，书架一定要有安身之处，藏书处一定要有人看管。并且一定要时时拂拭尘埃，有人整理，有人编目录。眼前呈现的是如何一种苦工，却是如何一种令人不改其乐的苦。”

拿破仑走到哪里，随身携带一个流动书库，对其藏书了如指掌，每本书呆在专门柜子，一伸手就能拿到想要的书，看完即归位；蒙田的房子在一座山丘上，书房又在塔楼第三层，花园、庭院、饲养场尽收眼底，书房是圆形的，书架分五层排列，顺弧形墙壁围成一圈，在书房，他踱来踱去，翻翻这本，翻翻那本，沉思、记录或口授，随心所欲、无比幸福；终身为图书馆工作的博尔赫斯说：“让别人去夸耀写出的书好了，我则要为我读过的书而自诩。”尤金•菲尔德为自己做的藏书章是：“我书我心，不离不弃。”他说他不能想象某天早上起来，他的伙计们全然不见了。哎，伟大的人，平凡的藏书者，痴痴迷迷穷尽毕生精力，从各个角落搜罗来书，藏到自己的古堡，一旦身死，书也随之散去。即便如南浔刘承干的嘉业堂藏书楼、宁波范氏天一阁，或尤金•菲尔德的藏书作为图书馆，被完整保存下来，也难保哪一天战争、灾害或人为的销毁；大部分人的书，散落到旧书店，等待另一个爱书人将他领回去，等不到，他就一直站在那里，直到发脆变黄，被虫蛀成粉末，成灰成土了⋯⋯令人痴迷者有三，宗教、爱情、自然，体现在具体上，是爱者、音乐与书。爱者可遇不可求，音乐飘忽难解，唯有书，可触可感，随手可阅，蒙田说与书的交往，最为踏实可信，且能从心所欲。⋯⋯台北的夜晚，在总书记，我坐在靠窗沙发，童声合唱中，看着土豆在书架间流连，坐在木凳子上翻一本什么书，忘记时钟，忘记灯光会黯淡、白昼会来临。鲜花会枯萎，书会旧去、毁坏、散落，我们寻觅书籍，营造书房，将自己裹起来，毋宁是要穿越时光与书中精魂对话，吸取温暖与力量，像果壳保护果实一样，努力维护自我生活的纯洁、神圣、体面、独特性，维护一种神圣不可侵犯的东西、对我们至关重要的东西——自由。

2015 年 1 月 8 日初稿于上海，2 月 1 日定稿于厦门。

书痴的日常生活

"我要逃离对你的痴迷，不再给你以任何搭理。"

贺拉斯这幽怨的诗行，是献给书的。就一个典型男书痴言，对书的亲爱，等同甚至超越女人。又要书，又要女人，怎能不三心二意？唯一办法是，让他亲爱的女人也爱书，成为一个女书痴。美国诗人藏书家尤金·菲尔德断定，让一个女人爱书，几乎不可能。除非——除非在她心智尚不成熟时，就遇见了她的书痴男人，他一手打磨、塑造一个像爱她男人身上的零部件一样狂热爱书的女人。未来岁月，当她抚摸那些布绒面纸面图书时，眼睛会闪动绿光如同盯着钻石，她会绕着打折书架转悠如同狂热选购换季衣裳，她会不由自主与二手书贩攀谈如同碰见一个热爱毛巾、和猫狗散步的女伴……

尤金·菲尔德的话不无道理。我怀疑自己对书的热爱，全因年纪轻轻就遇见他。想想看，一个笨拙的小城镇女孩，突然遇到一个文雅极了的男人，他轻轻吐出柏拉图、埃斯库罗斯、希罗多德、贺拉斯、但丁、歌德、卢梭的名字，佐以温柔语调，在宽大幽暗校园、潮湿阴翳的梧桐树下，这些名字带来的书籍气味是多么芳香，多么让人沉醉啊；那些 32 开 16 开发黄斑点的书，被他白皙透明的手握着，连同这个男人手握书卷的纤弱体态，都那么迷人地印在了小城镇女孩的心。于是我迅速加入了他的淘书行列。他买书，我就捧着；他捧书，我就掏钱。当然，他是非常乐于送书给我作礼物（其实有时候我还是喜欢衣服、首饰、鲜花和毛绒熊的）。1990年新年，他送我一本小32开软精装《红楼梦》（尽管我早有了各种复杂的版本）说是便于携带，让我随时随地从任何一页读起；2000年新年，他送我一本安娜·帕福德的《植物的故事》，以酬劳我像热爱植物一样爱生长在书柜里的书；2010年到来，他送我一整套旧版茨维塔耶娃，只不过我在烧菜时谈起她的爱情及那些在锅台灶边写下的高贵诗行。一个书痴的典型病症是，巴不得将他所认为的好书，每人一本分送给他所有的朋友。一个小小的理由，足以让他兴致勃勃将书捧到你面前；什么理由也不用，他已经走在去书店的路上了。

至于我自己，为配合一个书痴的全部生活，硕士毕业后，就顺利成长为一个做书人。每天往返于出版社与家之间，触手所及，都是书。碰见的也都是写书的、买书的、做书的、读书的，以及藏书的——有个家伙，十年前买的书，往房间一搁，再没打开过包装；还有个学者，仅仅在书目上打个勾，就认定这些书已被他占有了。我工作的第一个月，是在出版社图书馆学习书目检索，那里收藏三十年代中华书局遗留下的图书期刊，昏暗过道，深色木书架，需爬上梯子才够得着最上一排，嗡嗡响摇脑袋的电扇，高而阴翳的房间散发着防蛀防霉丸及陈旧图书蒙尘的混合闷热气味。十五年过去了。不知不觉间，我自己变成一本书：当我二十多岁穿碎花白连衣裙时，我是本窄边小32开的五角丛书；如今我是小16开宝蓝麻衣封面内页纯质纸的文学书；当我成为小核桃脸婆婆时，我会是本深棕色布绒面32开烫金字的版本学专著？这样被书籍浸染，我对他说的话，就是这样的了："你再读完一个印张就开饭了"；"这大提琴声有哑铜版的质地"；"那些丝绸比进口纯质纸还滑啊"；"天哪，这人呆板得像本辞典"；"亲爱的，你不要将衣服折成八开大，要折成十六开才好！"……

有关读书年代的淘书经历，在我初涉写作时，便以煽情的笔调写了篇

《男人与书》，我当时得意洋洋，因为贴出来，后面跟了一堆男书痴，叹息道：怎能遇见这么个善解人意、对买书全然不怨恨的女人呢？他读了却皱皱他那严谨学者的眉说：你总是将现实与想象混为一谈。其实到如今我还是半梦半醒，所说的有一半读者都请不要相信。不过，我发誓，我当真问过他：书，音乐，我，书是排第一位吧？他也当真摸摸我脑袋回答说：当然你是第一位啦。于是我就宽容了书的霸道，一任他将买衣服的钱用去买书了。还有一些细节当然也是真的：比如我们买的那套人民文学1978年版《莎士比亚全集》，的确是在折成豆腐块的宿舍被子上读的，当然也在寝室过道昏暗灯光、课堂上（前面放专业书遮挡）读，那时，我俩的对话就是"在你没有要求以前，我已经把我的爱给了你了；可是我倒愿意重新给你"这样的。再比如，大学四年级，图书馆发疯，将一些上好版本的图书以最低折扣大甩卖，他和G、Z三人去书架混抢，派我蹲守角落看管书，七十多元买了百来本，多是商务版的汉译名著；至于中华书局那套影印本《钦定词谱》，我伸手的时候，同学G也要，被我横眉冷对吓回去了。他至今还在耿耿于怀我的小心眼兼小气吧。这套书早已绝版，如今也是绝不能让给他的。读研究生时，吃罢晚饭，溜达到国年路那，总有个面容瘦削、头发略秃的老头，拎只麻袋蹲在路边，摊了几本书出来，一面招呼顾客，一面神色鬼祟慌张留心着城管，他的书总是新的，混熟了，也总要讨价还价磨半天，我就去旁边小摊点看看草莓小罐子啊，头饰啊（我当然没被完全驯化），回来时他脚边已经堆着一摞书了。

回忆这些零零碎碎，其实是叹息，那样的淘书时光多么美好啊。钱少，书品种少，必须淘，斟酌比较，淘得价格低廉版本良好内容上品的书，这样乐趣，岂是那些闭眼大把花钱买书的能体会到？据说四次出任英国首相的威廉·E.格莱斯顿，每次走进书店，就气派地一挥手，往四面角落画了几个圈，说："就送那些。"他买走目光所及的一切，定购的书不是以册数，而是以车数，很快的，家里就书满为患。他就将他认为无用的书扫地出门；隔些时候，这些被抛弃的书，被二手书贩以高价重新卖给格莱斯顿先生。如今我家里，也很快书满为患了。他当然不及格莱斯顿气派，也能做到想要的书都买了回来。当我们的房子还不足 40 平方米时，书不满三千册，他经常坐在凉席上，将书摊放出来，有时按国别排，有时按作者生卒年排，有时又按出版年份排，这样的辰光，他安静得很，连音乐也不要听。搬去新房时，从整理书入箱，再打包，再排到书橱内，忙了一个多月，一次性搞怕了，很长时间他就没鼓捣那些书。再后来书超过万册了，他再也没能力全部摊出，只在有限的区域内挪挪位置。但他还是记得住每本书的大约位置。据说拿破仑对其藏书了如指掌，每本书都在专门柜子有其独特位置，一伸手就能拿到想要的书。这点他还做不到，有时会买重复的书。但是假如我想要一本写落雁糕做法的书，他会迅速抽出《中华名物考》给我；若要寻一本谈书的，他就抽出《书于竹帛》《聚书的乐趣》这样的给我；假如他出差在外，我要找本朱熹生平，他就在电话里说，在 E 架 M 行内排靠左，不出二三本，我就能找到我想要的。

尤金·菲尔德认为人世最动人的场景是："医生本人，舒适地蜷偎在一张很大的安乐椅里，正一边吸着他的石楠烟斗一边欣赏着普罗佩提乌斯的诗赋；他的妻子，坐在他旁边的摇椅里，为盖斯凯尔夫人《克兰福德》的风趣幽默而会心微笑；更远的长靠椅上，他们的长子正在入迷地读威尔逊《边境故事》，他的弟弟也同样沉浸于《没有国家的人》的悲惨故事中……"其实是个明朗的下午，光线因为竹帘细密的过滤而让房间显得阴翳，在这寂静中会听见书们均匀呼吸。他拉开书橱的一扇门，随便翻弄一本什么书，或者无所事事地来回逡巡，喃喃自语：他们都是我的孩子，整整齐齐乖乖地站在那里，或者陷落在沙发里，长久沉默地盯着他的书，这时候，我这本宝蓝麻衣

16 开小书，矮矮地在房间移动，这个光景，也是很好的。博尔赫斯说："让别人去夸耀写出的书好了，我则要为我读过的书而自诩。"甚至都不用读书，只为坐拥书城自诩。只要与这些书一起呼吸，只要坐在他们之中，被他们包裹，就心安理得。尤金•菲尔德为自己做的藏书章是："我书我心，不离不弃。"他说他不能想象某天早上起来，他的这些伙计们全然不见了。我们的藏书章是："人书俱老。"

2010 年 9 月 4 日定稿

后　记

　　去年夏天，我们在布拉格小住。房子在伏尔塔瓦河西岸。登上山顶公园，顺台阶下到河畔，河水湍湍地流淌，站在桥上远望，城堡耸立在灰白层云下，一朵一朵的云从天空浮到桥上，浮过去，掉落到桥下，化作了浮沫，随水流逝……我们向老城广场走去，阳光开始无遮挡地铺洒下来，泰恩教堂黑尖顶的沉默、披檐阴影的青幽、栏杆窗台的明丽，全都坠落在亮白广场上。就在这个广场，扬·胡斯，被当作异端烧死，五百年前的火熊熊燃烧，而今他的塑像披着大氅、耸着肩，顶天立地。一大片黑色鸽影快速掠过，如风扬起灰烬，万国的人在他身边簌簌移动，聚合，散开，如星辰或流沙……环绕这个广场的，有卡夫卡的几处故居，他诞生的"塔楼"，写下《饥饿艺术家》的房子……

　　沿河畔行，一直走到查理大桥。逆光中，桥两边的黑色圣徒雕像，肃穆、高大，令人生畏。据说，圣约翰·内波穆克主教就是在这座桥上被国王扔下河去，扔下的瞬间，洪水汹涌而至，冲毁了大桥，天空却现出五颗星星……如今他的雕塑就立在被扔下去的那个位置，鲜艳的游人在他面前穿梭往来，雕像的一角已被摸得溜光铮亮。唉，无论怎样惊心动魄的事件，也如河水，一去不复返了……早起天空还厚积着铅灰云层，午后天蓝云白，阳光新鲜地沐浴着一切，一小队白天鹅，凌波踏浪，滑行，突然振翅，飞越大桥，从我们头顶掠过，划出一道优美弧线，在很远的河面缓缓降落下来……但天空说变就变，乌云低低压下来，眼看着要下雨了，我们依桥栏远望，一种沉郁、忧愁的烟灰色从河面弥漫到眼睛……

　　豆大雨点砸下来，人流密集的查理大桥上，瞬间空无一人。我们躲在桥洞，等待雨停。桥对面山腰上，矗立着古城堡，从布拉格任何地方，都能望见城堡巍峨沉默的身影。卡夫卡《城堡》写的是现代利维坦，触发点应是这日日所见、随处可见的城堡，一生一世，他都在城堡影子下生活。城堡内有条黄金小巷，有排矮矮小屋，16世纪是炼金术士居住的，卡夫卡租了22号一间，大约有半年时间，中午和晚上他都会在此写作，短篇小说集《乡村医生》的大部分即完成于这间有蓝门的矮屋内。

　　卡夫卡博物馆，也在城堡山脚下，从查理大桥步行几分钟就到。雨过云收，天空大地尤其洁净，阳光像新鲜的草莓，踩着湿漉漉闪闪发亮的石子小路，顺伏尔塔瓦河畔走，就能看见那幢砖红小楼。我们第一次到，博物馆已关门，门前竖立两个巨大的K字雕塑，红色屋顶在傍晚金红光线下显得尤其明亮、温暖。坐在博物馆前的咖啡馆，看一个小喷泉内，两个铁塑机械人，相对着撒尿（喷泉），滑稽的模样很让人想起《城堡》中那两个一模一样的"助手"。

　　有些天，我们一大早就登上山顶公园，那里有个露天餐厅，挑个可俯望伏尔塔瓦河的位置坐下，重读《城堡》和《美国》。上午的河是湖蓝，中午转成明绿，成片起伏的红色屋瓦中，不时冒出教堂的乌黑顶子、碧绿顶子，阳光满溢，云影转移，面光的河水好似跳跃着无数银鱼。不知何故，即使是大晴天，这个城市也似乎笼罩着一层喑哑雾霭，一层诗性、忧郁的烟蓝。午后，半城年轻人都聚集在山顶公园餐厅，陌生语言在周围嗡嗡作响。我们就起身，穿过草地和树林，顺公园小路，可以一直走到城堡去，走到城堡附近的霍特克维花园，那是卡夫卡经常散步的地方。他常带一本书，坐在树下读。

有一天，从城堡转回来，天已暗下来，河面黑蓝，只剩薄薄一抹夕光染出山下屋瓦的红，路灯也亮了，草地绵延着融进暗黑树林，归林的鸟啾啾叫个不停。我们坐在一棵花树下，紫红花瓣不时落下来，身上椅子到处都是。远处，那个露天餐厅灯火辉煌、人影绰绰……突然，一声低哑的二胡曲调哽咽而出，穿破晚幕，缠绵悱恻，绵绵而至。正是《江河水》!! 在异国他乡，听见这支二胡曲，泪水瞬间涌出……斯美塔那结束流亡后，回到故土，磨难、病痛、孤独，没有减少他的爱与激情，他写下《伏尔塔瓦河》，这首深挚、宽广、诗性，沉郁而壮阔的交响诗，是献给"二战"后他那苦难深重的祖国。在这布拉格晚暮中，伏尔塔瓦河在脚下湍湍地流着，缠绵哽咽的二胡曲，令我泪水盈眶，——我，始终只是一个过客，一个漂泊者，一个异乡人。卡夫卡《城堡》第一段这样写：

K到村子的时候，已经是后半夜了。村子深深地陷在雪地里。城堡所在的那个山冈笼罩在雾霭和夜色里看不见了，连一星儿显示出有一座城堡屹立在那儿的亮光也看不见。K站在一座从大路通向村子的木桥上，对着他头上那一片空洞虚无的幻景，凝视了好一会儿。

站在桥上，远望着城堡，即使在鲜亮的白日，也犹如雪夜掉落在那里，我听不见河水湍湍地流，只是凝视着远方那一片空洞虚无的幻景。

三年来，我们走过多少城市与乡村啊！穿行于凹凸不平或平滑如纸的街巷，辨识各种文字的门牌号码，打开多少陌生门扉，睡过多少陌生床铺，盖上各种颜色的被子，与各样肤色的人擦肩而过……一次次返回，又一次次出行。仅仅为了寻找一张安眠的床，一张平静的书桌。即便是在上海、这个呆了三十年的城市，我们也不过是漂泊者。正如写下这些文字的四月，坐在音乐厅前，草坪那边几株樱花正开得繁盛，樱云上染有的一层忧郁藕色，令我不禁泫然而泣。那些人在树下拍来拍去，人与车从樱花树边无声地滑行而过，影像一般。恍惚是在布拉格广场，一到正点，教堂钟声当当地响着、回荡着，人们聚在自鸣钟下，看那十二个圣像木偶，依次晃着脑袋，升起来，降下去，末了一声鸡鸣，一切复归静止。

在这样的漂泊中，阅读与写作，犹如最后一根稻草，我紧紧抓住，不至于坠落到痛苦的渊薮；站在这块小小磐石上，不至于被泪水之河、时间之河冲走。痛苦令我看见樱花灿烂而泫然流涕，也让我读懂了颠倒迷乱的深刻敏锐、木讷静寂的莫大伤悲、急促惶惑的剧烈激情、憔悴不安的华美笑媚、毛糙肌理下的柔软光泽，同时也让我能在一大堆漂亮光鲜说辞中，分辨出乏味空洞的虚饰心肠。

在阅读与写作中，身在异乡也如遇见故知。穿越时空，我的心得以贴近那些敏感生动的心灵；那些神偶尔派来的使者，他们的熠熠华光照耀着我，给我力量，于是我记住了卡夫卡说的：

不要失望，甚至对你并不感到失望这一点也不要失望。恰恰在似乎一切都完了的时候，新的力量来临，给你以支助，而这正表明你是活着的。

一场倾盆大雨。站立着面对这场大雨吧，让它的钢铁光芒刺穿你，你在那想把你冲走的雨水中漂浮，但你还是要坚持，昂首屹立，等待那即将来临的无穷无尽的阳光的照耀。

这本散文集的整理，缘于百花洲文艺出版社社长姚雪雪的邀约，编辑郝玮刚和朱强具体而微的工作，使这本小书的出版成为可能。特致谢意。

那些给我帮助的朋友，即便是几句温暖的话，我皆铭感于心。至于世态人情，我也有所了解。在这个过程中，我常常反问自己：在最低处，在幽暗的山谷，能否开出美丽的花？当一无所有、一文不名时，是否还相信爱与美的哲学？当亲友、邻人、陌生人需要时，是否伸出援助的手？所行的，是否一如嘴上所说的？写下的，是否恰当而诚实地表达了内心？

我的先生洪涛，感谢他的勇气、坚强与努力，感谢他与我一起度过的每一段面面相觑的时光。

最后，以这本书，作为母亲七十大寿贺礼。

赵荔红

2017 年 4 月 22 日于沪上